Kristin MacIver

DER TRAUM DER LADY FLOWER

Roman

Besuchen Sie uns im Internet:
www.droemer-knaur.de

Originalausgabe März 2024
© 2024 Knaur Verlag
Ein Imprint der Verlagsgruppe
Droemer Knaur GmbH & Co. KG, München
Alle Rechte vorbehalten. Das Werk darf – auch teilweise –
nur mit Genehmigung des Verlags wiedergegeben werden.
Die Nutzung unserer Werke für Text- und Data-Mining
im Sinne von § 44b UrhG behalten wir uns explizit vor.
Dieses Werk wurde vermittelt durch die Literarische Agentur Gaeb & Eggers.
Redaktion: Hannah Jarosch
Covergestaltung: Alexandra Dohse / grafikkiosk.de
Coverabbildung: Collage von Alexandra Dohse unter Verwendung
eigener Bilder, Midjourney und eines Shutterstock.com-Motivs.
Ornamente im Innenteil: MLWilson / stock.adobe.com
Satz und Layout: Adobe InDesign im Verlag
Druck und Bindung: CPI books GmbH, Leck
ISBN 978-3-426-53030-6

2 4 5 3

Liebe Leser:innen,

bestimmte Themen lösen bei manchen Menschen unbeabsichtigte Reaktionen aus. Deshalb findet ihr am Ende des Buches eine Triggerwarnung.

Ich wünsche euch ein schönes Leseerlebnis.

Eure Kristin

Für meine Eltern.

*Und alle, die endlich Nein sagen müssen,
um zu träumen.*

PROLOG

SCHOTTLAND, 1475

Bitte, das darfst du nicht tun!« Flower umklammerte die Hand ihres Vaters, die den Dolch hielt, und sah flehend zu ihm auf. »Er wird es nie wieder machen, ganz sicher nicht.«
Gregor schüttelte ihre kleinen Hände mit zusammengepressten Lippen ab und setzte seinen Weg durch den Burghof fort. Flower rannte ihm nach, griff nach seinem Unterarm und bekam ihn doch nicht zu fassen. Tränen traten ihr in die Augen, die Klinge des Dolches funkelte höhnisch im Morgenlicht.
»Bitte, höre mir doch zu!« Dieses Mal krallte sie ihre abgebrochenen Nägel in das Leinenhemd ihres Vaters.
Er zitterte, während er mit anklagendem Finger auf das kauernde Wesen vor ihnen zeigte. »Deine Schwester ...« Gregor verstummte, und kalte Luft stieg in dichten Wolken aus seinem Mund. »Deine Schwester wäre beinahe gestorben wegen ihm.« Er löste ihre Hand abermals und trat einen Schritt nach vorn. »Lege dich wieder schlafen, Mädchen.« Es war ein leiser Befehl, bei dem er sie nicht einmal ansah.
Flowers Atem ging schneller. Sie konnte jetzt nicht gehen, ihr Vater musste ihr zuhören. Verzweifelt warf sie sich neben ihm auf den Boden und hielt sein Bein mit all ihrer Kraft fest. »Aber Leaf lebt! Es geht ihr schon viel besser. Bhaic kann doch nichts dafür.« Sogleich ertönte ein zustimmendes Knurren.
Gregor schnaubte. »Kann nichts dafür ...« Er schüttelte den

Kopf, während er den Dolch in die rechte Hand übergab, um Flower mit der anderen von sich zu schieben. »Hätte Leaf nicht die Lederschoner getragen, hätte er ihren Arm durchgebissen.«

»Und wäre sie nicht auf ihn gestürzt, hätte er sie nicht angegriffen. Vater, bitte!« Das rasende Gefühl der Hilflosigkeit schnürte ihr die Kehle zu, und ihre Stimme wurde dünn. »Siehst du nicht, was für eine Angst er hat?«

Gregor rieb sich mit der freien Hand über die Stirn. »Glaubst du, mir macht das Freude? Aber er stirbt ohnehin an der Wunde an seinem Bauch, und so ist es besser.«

»Nein, nein, nein!« Sie presste die Wange an die Wade ihres Vaters, während ihr ein neuer Schwall Tränen über die Wangen strömte. »Wenn er verletzt ist, müssen wir die Heilerin holen und ...«

Gregor packte sie fest am Arm und riss sie ungewöhnlich grob auf die Beine. »Es reicht jetzt, Flower! Gehe hinein!«

Doch sie dachte nicht daran. Mit klopfendem Herzen und verschwommener Sicht drängte sie sich zwischen ihren Vater und den an der Kette winselnden Übeltäter. »Bhaic ist mein Freund«, beharrte sie. »Und ich kann ... Autsch!«

Etwas Scharfes hatte ihre Haut zerkratzt, und sie zog ruckartig ihre Hand zurück. Nahezu zeitgleich schleuderte ihr Vater sie mit schreckgeweiteten Augen hinter sich, und kaum dass sie ihr Gleichgewicht wiedergefunden hatte, spürte sie eine schallende Ohrfeige. Ihre Wange brannte, und sie taumelte erneut. Das hatte ihr Vater noch nie getan. Zitternd blinzelte sie und sah ihn halb vorwurfsvoll, halb ängstlich an.

Gregor raufte sich die braunen Haare und ging vor ihr in die Knie. Er holte tief Luft, ehe er ihr mit harter Stimme einschärfte: »Solange du auf dieser Burg lebst, tust du, was ich sage, verstanden? Gott«, er sah keuchend zur Seite, »beinahe hätte er dich auch erwischt.«

Mit bebender Unterlippe verbarg Flower die Hand hinter dem

Rücken, auf der der Kratzer pochte. Die weiteren Tränen konnte sie allerdings nicht zurückhalten. »Es ist nicht gerecht«, wisperte sie heiser. »Zur Not versorge ich Bhaics Wunde und ...«

»Er ist ein Hund, Flower. Ein Hund!« Er schüttelte ungläubig den Kopf. »Außerdem versteht ein Kind wie du überhaupt nichts vom Heilen.«

»Er ist *unser* Hund«, schrie sie und rang mühevoll nach Luft. »Warum ist dir das plötzlich egal?«

Gregor stöhnte und berührte ihre Schulter. »Es ist zu seinem Besten.«

»Du lügst!« Sie vergrub ihr Gesicht in den Händen, während ihre Brust zu bersten drohte, dann stampfte sie auf. »Du lügst!«

»Enttäusche mich nicht, Mädchen.« Gregors Stimme klang schroff, und er richtete sich auf. »Oder hast du vergessen, was gerade geschehen ist?«

Flower schluckte, zögerte, und ihr verschwommener Blick wanderte zu Bhaic.

»Er wird es kaum merken.« Ihr Vater strich ihr über die Haare. »Und du wirst andere Freunde finden.«

Natürlich wird er es merken.

Flower ballte die Hände zu Fäusten und warf einen letzten, verzweifelten Blick auf ihren treuen Gefährten. Dann rannte sie schluchzend zurück ins Innere der Burg, so schnell, wie sie es noch nie zuvor getan hatte.

KAPITEL 1

1485 – ZEHN JAHRE SPÄTER ...

Ob es ihr wohl gelingen würde? Diese Frage stellte sich Flower, als sie mit einem kleinen Tongefäß in der Hand endlich die Weiden von Ribigill erreichte. Der erdige Geruch des purpurnen Heidekrauts stieg ihr in die Nase und mischte sich mit dem fruchtigen Duft der gelben und weißen Wiesenblumen. Vom nahen Meer her wehte ein leichter Wind, sodass sich die Blüten zwischen den wadenhohen Gräsern im uralten Tanz der Natur wogen. In der Ferne thronten die schneebedeckten Gipfel der Berge Ben Hope und Ben Loyal. Am unteren Ende der leicht abfallenden Weide spiegelte sich der Himmel im klaren Wasser von Loch Hakel.

Mit einem Lächeln sog Flower das Bild in sich auf. Obwohl sie ihre Heimat in den nördlichen Highlands bisher kaum verlassen hatte, war sie sicher, dass es keinen schöneren Ort auf Erden gab. Besonders, da inmitten dieses Paradieses ihre geliebten Hochlandrinder lebten. Genau genommen gehörten sie natürlich nicht ihr, sondern ihrem Clan. Ihr Vater Gregor MacKay war der jüngere Bruder des Clanführers Malik und trug durch die Haltung der rotbraunen, zotteligen Tiere zum Wohl des Clans bei. Ihr Onkel dagegen lebte an der südlichen Grenze der MacKay'schen Ländereien und beschäftigte sich vorrangig mit kriegerischen Belangen.

Heute, stellte Flower mit leichtem Bedauern fest, waren nur drei Dutzend der rund siebzig Rinder zu sehen. Die meisten von ihnen hatte es angesichts der warmen Augustsonne zu der kühlenden Nässe von Loch Hakel gezogen. Die Tiere, für die es in dem See zu eng geworden war, lagen davor und kauten träge im Gras. Ihre Hufe hatten sie entweder nach vorn ausgestreckt oder unter ihre gedrungenen Körper geschoben. Der verbleibende Teil der Herde, vermutete sie, war in den nahen Wald von Varrich geflüchtet. Dieser begrenzte die Weide zur linken Seite und reichte von Loch Hakel bis hoch zur verlassenen Wiesenhütte, neben der Flower gerade stand. Hier ruhten in einem eingezäunten Teil drei weitere Hochlandrinder unter einem hölzernen Unterstand. Bei ihrem Anblick spürte Flower eine Woge der Zuneigung. Fiona, Murray und Scott – so hatte sie ihre drei Sorgenkinder genannt. Fiona, eine mittelgroße schwangere Hochlandkuh, hatte ein entzündetes Auge. Murray, ein kräftiger Bulle, litt an Juckreiz und hatte sich im Wald einen großen Teil seines Fells aufgescheuert. Und Scott, ein einjähriges Jungtier, hatte sich infolge eines Kampfes mit einem ranghöheren Tier eine Wunde nahe dem Hals zugezogen.

Scott war auch der Grund, warum sie an diesem Nachmittag ein zweites Mal auf die Weide gekommen war. Gestern hatte ihn einer der Knechte, die regelmäßig nach den Rindern sahen, in das umzäunte Stück gebracht. Sie hatte seine Wunde mit Wein gesäubert und überlegt, sie zu nähen. Doch anders als die verletzten Dorfbewohner, zu denen sie oft die Heilerin Greer begleitete, hielten Hochlandrinder beim Nähen nicht still. Als sie heute Morgen aber Dreck in der Wunde gefunden hatte, war ihr klar geworden, dass sie handeln musste. Die in dieser Hinsicht einfältige Greer hätte gewiss vorgeschlagen, die Wunde auszubrennen. Doch Flower hielt das für barbarisch und ohne Feuerstelle auch für schwer umsetzbar. Stattdessen wollte sie etwas ausprobieren, über das sie schon lange nachgedacht hatte. Die Frage war nur: Würde es helfen?

Das Tongefäß in ihrer linken Hand fest umklammernd, wandte sie sich zu Hailey um, die einige Schritte hinter ihr schwer atmend zum Stehen kam. Die Hände hatte sie in die leicht gerundeten Hüften gestemmt, die Wangen ihres herzförmigen Gesichts waren gerötet. Flower war ihrer besten Freundin sehr dankbar, dass sie sich bereit erklärt hatte, an ihrem freien Nachmittag mit ihr zu den Rinderweiden zu gehen. Natürlich hätte sie es auch befehlen können, da Hailey eine Küchenhilfe auf der Burg und sie die Tochter des Lairds war. Doch sie führten ihre Freundschaft seit Kindertagen auf Augenhöhe, und es würde ihr niemals einfallen, die Freundin anders als eine Gleichgestellte zu behandeln.

»Ich kann wirklich nicht verstehen«, schnaufte Hailey, »wie du diese Strecke jeden Morgen freiwillig zurücklegen kannst!«

Flower lächelte mild. Sie wusste, dass Hailey bis zum Mittag im Reich der Träume verweilen würde, wenn man sie ließe. Sie dagegen wachte zuverlässig mit Beginn der Morgendämmerung auf, es war ihre liebste Tageszeit. Nachdem die Erde unter dem Mantel der Dunkelheit geruht hatte, erwachte sie zu neuem Leben. Die Sonnenstrahlen vertrieben die Schatten der Nacht, die Vögel begannen zu singen, und die Blumen öffneten ihre Blütenblätter. Der Morgen war das Versprechen eines neuen Abenteuers und in Flowers Fall der lang ersehnte Zeitpunkt, an dem sie ihrer Leidenschaft nachgehen und nach den Hochlandrindern sehen konnte. So früh am Morgen hatte sie nämlich keine anderen Verpflichtungen, die sie vom Gang auf die Weiden abhielten. Hailey wusste das. Die Freundin wusste schließlich alles, was in ihr vor sich ging. Deswegen fragte Flower nur: »Du hast den Apfel?«

Hailey nickte. Dennoch war ihr das Unbehagen deutlich anzusehen.

»Du musst das nicht machen«, bot Flower mitfühlend an. »Scott wird dich nicht beißen, aber wenn du nicht willst, suche ich jemand anderen, der ihn ablenkt.«

Das war leichter gesagt als getan, hatte sie Greer doch bereits gefragt. Allerdings hatte die verwitwete Dorfheilerin, die mit ihren fünfundzwanzig Jahren nur einige Sommer älter war als Flower, freundlich, aber bestimmt abgelehnt. Hochlandrinder würden nicht für ihre Behandlung zahlen, und sie habe ohnehin eine Verabredung mit einem ihrer Liebhaber.

Umso erleichterter war Flower, als Hailey nach kurzem Überlegen entschieden den Kopf schüttelte. »Ich habe gesagt, dass ich helfe, und das werde ich auch. Außerdem«, sie zwinkerte verschwörerisch, »wer könnte deinem Sorgenkind den Nachtisch besser schmackhaft machen als eine Köchin?«

Ein warmes Gefühl der Zuneigung machte sich in Flower breit. Sie kannte niemanden, der so loyal war wie Hailey, und es war ein Segen, mit ihr befreundet zu sein. Sie lächelte der Freundin aufmunternd zu, ehe sie die Röcke ihres Kleides aus brauner Wolle raffte und mit einer geübten Bewegung über den hüfthohen Zaun stieg, der sie von den drei Tieren trennte. Scott blickte sie dabei misstrauisch an, während Fiona sich fröhlich muhend erhob und ihr, so schnell es ihr trächtiger Bauch erlaubte, entgegenkam.

»Oh, Fiona«, lachte Flower. »Du bist die einzige Hochlandkuh, die lieber gestreichelt wird, als dass sie frisst oder schläft!« Wie zur Bestätigung muhte Fiona erneut und stupste sie mit ihrer Schnauze in die Hüfte. In den vergangenen Wochen, in denen die Augenentzündung des Tieres mehrmals zurückgekehrt war, hatten sie eine enge Bindung entwickelt. So wusste sie auch, dass Fiona am liebsten zwischen den Ohren gestreichelt wurde und dass die Kuh sich nicht erschrak, selbst wenn Flower die Hand unmittelbar zwischen ihre Hörner legte.

»Fionas Auge ist noch immer geschwollen«, bemerkte Hailey, während sie unbeholfen über den Zaun kletterte.

Flower nickte betrübt und liebkoste das dichte Haarkleid der werdenden Mutter. Sie wusste genau, warum die Schwellung nicht vollständig abheilte, und seufzte. »Ich kenne die richtigen Zutaten für die Augensalbe nicht.«

»Du hast die Tierheilerin in Portskerra damals nicht danach gefragt?«, hauchte Hailey ungläubig, ehe sie grinsend hinzufügte:

»Oder muss ich Sorge haben, dass dich deine Erinnerung im Stich lässt?«

»Ersteres«, brummte Flower und konnte sich trotz ihrer Sorge um Fionas Auge ein Lächeln nicht verkneifen. »Aber falls ich dir noch einmal alle Einzelheiten von meinem Besuch dort erzählen soll?«

»Bloß nicht«, winkte Hailey lachend ab, und Flower konnte es der Freundin nicht verdenken. Ihr Aufenthalt in Portskerra war ein derart einschneidendes Erlebnis gewesen, dass sie Hailey mindestens ein Dutzend Mal davon berichtet hatte.

Zusammen mit ihrer Mutter war Flower in den fernen Ort an der östlichen Grenze der Ländereien des MacKay-Clans gereist, um ihre Cousine und deren neugeborenes Kind zu besuchen. Auf dem Weg nach Portskerra hatte sich das Auge des Pferdes, auf dem sie geritten war, entzündet. Beunruhigt hatte sie sich bei ihrer Cousine nach der örtlichen Heilerin erkundigt, und die Frau namens Eiric war trotz ihres fortgeschrittenen Alters sofort gekommen. Kurz war Flower besorgt gewesen, dass diese, ähnlich wie Greer und so viele andere, das Leid eines Pferdes nicht ernst nehmen würde. Doch Eiric beschäftigte sich seit Jahren vorrangig mit der Pflege von Tieren, da diese, wie sie Flower erzählte, anders behandelt werden müssten als Menschen. Das liege bei ihr in der Familie. Ihre Großmutter sei bereits Tierheilerin gewesen, und ihre Schwester in Glasgow sei es auch. Im Anschluss daran hatte sich die alte Frau das Pferd angesehen und behutsam mit einer Feder eine streng riechende Salbe um dessen Auge aufgetragen. Gern hätte sich Flower erkundigt, woraus die Salbe bestand, doch ihre Mutter hatte das verhindert. Kein Tag war seitdem vergangen, an dem sie sich nicht wünschte, in Portskerra von Eiric lernen zu können. Diese war so viel erfahrener als Greer, und Flower müsste nie wieder ein Tier im Stich lassen.

»Nun«, holte Hailey sie mit gespielt ernstem Tonfall in die Gegenwart zurück, während sie von einem Fuß auf den anderen trat. »Opfern wir jetzt meinen kostbaren Honig für Scott, oder nicht?«

Flower musste lachen. Seit der vergangenen Woche tüftelte Hailey an einer Mischung aus Honig und wildem Thymian, die Gemüse einen besonderen Geschmack verleihen sollte. *Damit nicht alle immer nur das Fleisch loben.*
»Und Honig verdirbt wirklich nicht?«, versicherte sie sich noch einmal bei Hailey.
»So ist es«, erwiderte die Freundin begeistert. Ihre Augen nahmen dabei einen derart verträumten Ausdruck an, dass Flower sich fragte, ob sie bereits über eine neue Kreation – vielleicht Honig im Brotteig – nachdachte.
Sie dagegen hoffte, dass sie aus Haileys Beobachtungen den richtigen Schluss zog. Wenn Honig nicht verdarb, musste er sich selbst rein halten. War es da so abwegig, dass er auch eine Wunde rein hielt? Zumal die zähflüssige Masse die offene Stelle gegen weiteren Dreck schützen würde. Greer hatte dazu nur lachend gesagt, dass Honig genau für zwei Dinge gut sei: zum Essen und fürs Liebesspiel. Flower hatte nicht weiter nachgefragt, was sie damit meinte. So blieb ihr nun nichts anderes übrig, als sich auf ihren Erfindergeist zu verlassen und zu hoffen, dass sie mit ihrer Vermutung nicht falschlag.
»Ich werde jetzt langsam auf Scott zugehen, und du folgst mir. Wenn wir bei ihm sind, gibst du ihm den Apfel, und ich trage den Honig auf.«
Hailey nickte, und Flower schob Fiona sanft zur Seite, die angesichts des Verlustes von menschlicher Aufmerksamkeit muhte.
»Psst, mein Kleiner«, murmelte Flower, als sie langsam auf Scott zuschritt. »Ich bin da, um dir zu helfen.« Scott rührte sich nicht, und so näherte sie sich ihm behutsam weiter an. Wie erwartet, stand der junge Bulle daraufhin auf und machte Anstalten, zu flüchten. In diesem Moment holte Hailey den Apfel hervor und bot ihn Scott mit leicht zitternder Hand dar.
»Du machst das toll«, raunte Flower ihrer Freundin zu.
Und tatsächlich – nach kurzem Zögern überlegte es sich das

Hochlandrind anders und trottete langsam auf die beiden Frauen zu. Etwas misstrauisch schnupperte Scott, der Flower mittlerweile knapp unter die Brust reichte, an dem Apfel. Dann nahm er ihn mithilfe seiner Zunge zwischen die Zähne und begann, genüsslich zu malmen.

Unterdessen warf Flower einen genaueren Blick auf seine Wunde. Erleichtert stellte sie fest, dass diese noch nicht eiterte und sich seit ihrem Besuch vor wenigen Stunden kein weiterer Dreck darin gesammelt hatte. Beherzt tauchte sie zwei Finger in die zähflüssige Masse im Tongefäß. Anschließend ließ sie ihren Handballen vorsichtig über Scotts Seite in die Nähe der Wunde gleiten. Sie holte noch einmal tief Luft, dann tupfte sie den Honig großflächig auf die Verletzung. Scott muhte, aber da hatte sie ihr Werk schon vollbracht. Etwas unsicher blickte sie zu Hailey, während sich der junge Bulle entfernte.

»Oh, Hailey, ich hoffe so sehr, dass der Honig hilft und nicht alles noch schlimmer macht. Wenn ich doch nur zu Eiric gehen könnte – dann müsste ich nicht immer bangen«, fügte sie mit einem leisen Seufzen hinzu, als ihr die Freundin über den Rücken strich.

Im selben Moment schienen die Farben um sie herum zu verblassen, und am fernen Horizont zogen graue Wolken auf. Flower spürte, wie der Wind auffrischte, so als habe sich der Sturm, der schon viel zu lang in ihrem Inneren tobte, nach außen verlagert. Fiona muhte unruhig, als würde sie es ebenfalls fühlen. Nur Hailey blieb wie immer zuversichtlich.

»Aye, das wäre schön, wenn du nach Portskerra gehen könntest. Und wer weiß? Vielleicht passiert genau das eines Tages. Man soll niemals nie sagen!«

Vielleicht, dachte Flower, doch das Gefühl von Niedergeschlagenheit ließ sie noch mehr frösteln als das aufziehende Unwetter. *Aber dafür müsste ich meinen Vater davon abbringen, mich zu verheiraten.*

KAPITEL 2

Cailans Bauer wurde bedroht. Erneut. Grimmig zog er die Augenbrauen zusammen, stützte seine Ellbogen auf den Tisch und strich sich mit dem Fingerknöchel nachdenklich über die Unterseite seiner Nase. Die hellbraunen Bartstoppeln kratzten dabei an seiner Haut, doch das merkte er kaum. Zu sehr war er damit beschäftigt, den Gedanken an den aufziehenden Sturm zu verdrängen und sich dem Spiel zu widmen.

Es war bereits die zweite Partie, zu der ihn sein Vater Ewan, der Laird der Sinclairs, zwang, seit sie aufgrund des nahenden Unwetters in einer kleinen Schenke rasteten. Die sechs Clansmänner, die mit ihnen auf die Reise zur Hochzeit seines Cousins Logan MacLeod aufgebrochen waren, hatten sich im Schankraum schon dem Ale gewidmet. Gern hätte sich Cailan zu ihnen gesellt und sein flaues Bauchgefühl im Alkohol ertränkt. Doch sein Vater hatte dem Wirt eine Münze in die Hand gedrückt und für sie beide ein Zimmer im oberen Geschoss der Taverne beansprucht. Dort hatte Ewan sogleich das Schachbrett aufgebaut – ein Geschenk für seinen guten Freund Gregor MacKay, auf dessen Burg, Castle Varrich, sie auf dem Weg zur Hochzeit Rast machen wollten.

Der Raum, in dessen Mitte sie nun an einem hölzernen Tisch saßen, war nicht sonderlich groß, aber warm und trocken. Auf dem Boden lag frisches Stroh, und an der Wand gegenüber der Tür stand ein schmales Bett. Fenster gab es keine, dafür spendete ihnen eine Kerze aus Bienenwachs Licht.

Als Erbe eines mächtigen Clans der nördlichen Highlands war

Cailan zu Hause auf Castle Girnigoe weit mehr Annehmlichkeiten gewohnt. Er besaß dort ein großräumiges Zimmer und ein Bett mit kunstvollen Holzverzierungen. An der Wand hingen aufwendig gewebte Teppiche, und den Boden bedeckten dunkle Schaffelle. Dennoch war es nicht der fehlende Prunk, der ihm auf den Bauch schlug, sondern dass sein Vater ihn während eines verfluchten Sturms bereits zum zweiten Schachspiel zwang. Und er schon wieder nicht wusste, für welchen Zug er sich als Nächstes entscheiden sollte. Dabei schätzte Ewan nichts mehr als einen würdigen Gegner.

»Darf ich heute noch mit deinem Zug rechnen?« Sein Vater zog mahnend die Augenbrauen nach oben, die ebenso grau waren wie sein schulterlanges Haar. Obwohl sein Gesicht von Falten durchzogen war, wirkte er nicht alt. Im Gegenteil, aus seinen eisblauen Augen strahlte eine solche Lebenskraft und Entschlossenheit, dass Cailan kaum glauben konnte, dass er mehr als vierzig Sommer zählte.

Cailan zwang sich zu einem, wie er hoffte, lässigen Lächeln. »Eine Entscheidung will gut überlegt sein.« Hatte er wirklich nichts übersehen? Dann, als sein Vater ungeduldig mit der Zunge schnalzte, zog er seine Dame zwei Felder hinter den bedrohten Bauern.

Ewan nickte langsam, und erst da merkte Cailan, dass er seinen Atem angehalten hatte. Erleichtert ließ er die Luft aus seiner Brust strömen und lehnte sich im Stuhl zurück. Allerdings war die Entspannung nicht von Dauer, denn schon nach wenigen Augenblicken griff Ewan die eben noch zur Rettung verwendete Dame an. Cailan seufzte innerlich und massierte seine Schläfe. Die schwarze Dame seines Vaters stand nun gegenüber von seiner weißen. Seine erste Eingebung war, die Figur zu schlagen. Doch war das richtig? Angestrengt betrachtete er die anderen Spielfiguren. Gleichzeitig begann es, draußen heftig zu regnen. Alles in ihm schrie nach einem rettenden Krug Ale zur Besänftigung seiner wachsenden Beklemmung. Aber sein Vater missbilligte es, wenn er den für das Schachspiel nötigen Verstand mit Alkohol benebelte. So blieb ihm nichts anderes übrig, als die Fäuste zu ballen und weiter auf das Schachbrett zu starren.

Ein unzufriedenes Schnauben unterbrach seine Gedanken. »Wenn du Clanführer bist, musst du schneller handeln.« Ewan sah ihm streng in die Augen, seine Stimme wurde harsch. »Du weißt ja, was damals beim Beutezug der Gunns geschehen ist, als ich einen halben Tag zu spät kam.«

Cailans Muskeln spannten sich an, seine Nackenhaare stellten sich auf. Sein Bauch krampfte, und er umklammerte das Tischbein mit der linken Hand. Er wusste genau, was sein Vater eigentlich meinte.

Als ich zu spät kam ... wegen dir.

Er fröstelte und bewegte mit zittrigen Fingern seine Dame. Hatte sein Vater bemerkt, dass Cailan in zwei weiteren Zügen seinen König schlagen könnte? Ewan würde ihn dann, auf bizarre Weise zufrieden mit der Niederlage, entlassen, woraufhin er endlich hinunter in die Schenke gehen könnte.

Zu seiner großen Enttäuschung geschah das nicht. Anstatt wie erwartet mit dem König zu flüchten, griff sein Vater nach dem Turm. Mit zusammengepressten Lippen, die seine Missbilligung nicht verbargen, sprach er: »Schach.«

Cailan raufte sich die dunkelblonden Haare. Wie hatte das nun geschehen können? Wenn er so weitermachte, würde sein Vater ihn für einfältig halten. Er musste seinen nächsten Zug gut überlegen, doch ihm blieb keine Zeit. Ewan wippte bereits unruhig mit dem Fuß, und draußen begann es zu hageln. *Verdammt!* Sein Herz schlug bedenklich schnell, und mehr aus Zeitnot als Überzeugung bewegte er den König.

»Schachmatt«, verkündete Ewan im nächsten Moment und zog seine Dame geräuschvoll über das Spielfeld.

Entgeistert starrte Cailan vor sich auf das Brett. Schachmatt?

Das konnte nicht sein! Er konnte doch die Dame seines Vaters mit dem König schlagen oder sogar mit dem Bauern daneben. Mein Gott, würde er nun eine dritte Partie spielen müssen?

»Du warst unaufmerksam«, tadelte sein Vater scharf. »Das kann sich ein Clanführer nicht erlauben.«

Cailan schluckte und versuchte, nicht an den lauter werdenden Hagel, sondern an das Schachbrett zu denken. Seine Zähne knirschten, während er nach seinem Fehler suchte.

»Es sind die Türme«, erklärte sein Vater mit Widerwillen. »Egal, mit wem du die Dame schlägst, die Türme schlagen danach deinen König.«

»Verdammt«, knurrte Cailan und rieb sich über die Stirn. Ihm wurde immer wärmer.

Sein Vater bedachte ihn mit einem harten Blick. »Eine Dame allein mag nicht gefährlich sein«, sprach er nach einer kurzen Pause mahnend. »Aber merk dir eines: Wenn sie mächtige Verbündete – oder schlimmer noch – Ambitionen hat, kann sie ein ganzes Königreich zu Fall bringen.«

Cailan nickte pflichtschuldig und wusste, dass es bei diesen Worten nicht mehr nur um das Schachspiel ging. Vielmehr sprach sein Vater wieder einmal von Joan Beaufort, die nach der Ermordung ihres Gemahls König James I. jahrelang versucht hatte, zurück an die Macht zu kommen. Zwar war das schon einige Jahrzehnte her – mittlerweile regierte James III. –, doch sein Vater pflegte zu sagen, dass es einiges aus der Geschichte zu lernen galt.

Früher einmal hatte Cailan gern mit seinem Vater über die Vergangenheit gesprochen und sich mit ihm darüber beraten, was Könige und Clanführer besser hätten machen können. Doch heute, nach all den Entscheidungen, die er gerade beim Schachspiel hatte treffen müssen, hoffte er inständig, dass Ewan ihm das ersparte. Zumal jene Entscheidungen wieder einmal alle falsch gewesen waren.

Der erste Donner grollte, und Cailan zuckte heftig zusammen.

Es hatte damals auch gedonnert in jener Nacht vor vier Jahren, die alles verändert hatte. Zwar nur in der Ferne, doch jedem, auch ihm, war klar gewesen, dass ein Sturm aufzog. Trotzdem war er ausgeritten. Und jetzt ... Er schluckte, und Schweiß trat auf seine Stirn. Jetzt waren zwei Dutzend Menschen tot.

»Du bist ganz blass, Junge«, rügte sein Vater mit einer steilen Falte zwischen den Brauen. »Setzt dir die Niederlage derart zu?«

Bemüht schüttelte Cailan den Kopf, während er seinen rechten Arm umfasste. Er wollte etwas Schlagfertiges erwidern, doch selbst diese Fähigkeit ließ ihn heute im Stich. Wieder ertönte ein krachender Donner. Er musste ruhig atmen, doch die Luft strömte schnell in ihn und noch schneller wieder heraus. Die Welt um ihn herum begann sich zu drehen. Er musste weg. Bevor sein Vater verstand, was sich hier ereignete.

»Es ist wegen des Sturms, nicht wahr?« Sein Vater lachte höhnisch auf. »Dabei nennst du dein Pferd sogar Taran.«

»Ich ...« Cailan spannte seine Waden an und grub die Fingernägel in seine Handflächen. Er hatte Taran nach dem keltischen Himmelsgott benannt, *bevor* all das geschehen war. Als Unwetter ihn noch mit Begeisterung erfüllt hatten und ihn nur an die donnernden Hufe seines Hengstes erinnerten. Doch das wollte er nicht zugeben. Also schwieg er grimmig, während der Regen immer stärker auf das reetgedeckte Dach des Gasthauses peitschte.

Sein Vater nickte wissend. Er griff nach seinem Pferd und hielt es ihm unmittelbar vors Gesicht. »Du musst wieder zurück in den Sattel kommen, Cailan. Die Zügel wieder in die Hand nehmen.« Sein Tonfall wurde schärfer. »Es ist deine Pflicht!«

Als er nichts erwiderte, stellte Ewan das Pferd geräuschvoll neben Cailan ab. Cailan zuckte leicht zusammen, kämpfte mit dem Schwindel und der Hitze, ehe er mit zusammengepressten Lippen von der Schachfigur zu den eisblauen Augen seines Vaters blickte. Sie hatten dieses Gespräch schon oft geführt, und mit jedem Mal hasste er es mehr.

»Das will ich doch auch.« Er verfluchte sich selbst dafür, dass er so heiser klang. Lautlos stellte er das Pferd zurück auf das Schachfeld. Dabei hatte er nicht einmal gelogen. Er wünschte sich nichts mehr im Leben, als endlich wieder wie früher zu werden und für seinen Clan da zu sein. Obwohl es seinem Vater missfallen würde, rückte Cailan den Stuhl zurück und erhob sich mit wackeligen Beinen. Wenn er nicht bald etwas zu trinken bekam, würde es ein böses Ende nehmen. Ein weiterer Donner ließ ihn zusammenfahren, und er krallte sich an der Lehne des Stuhls fest. »Es war ein langer Tag«, presste er erstickt hervor.

»Aye.« Ewan erhob sich ebenfalls. »Und die Tage werden nicht kürzer, wenn du einmal Clanführer bist.« Mit polternden Schritten ging er um den Tisch herum und packte Cailan an den Schultern. »Du bist mein einziger Sohn. Der einzige, der noch lebt.« Ewans Stimme wurde lauter, schneidender. »Ich zähle auf dich. Unser gesamter Clan zählt auf dich. Verstehst du das?«

Cailans Bauch drohte, zu rebellieren. Bei dem Gedanken an all die Entscheidungen, die er eines Tages als Clanführer würde treffen müssen, wurde ihm übel. Anfangs mochte eine Angelegenheit harmlos erscheinen – nur ein Ritt im Sturm –, und dann starben sechzehn Männer, sechs Frauen, zwei Kinder – eins davon noch nicht einmal drei Jahre alt – und er selbst beinahe auch. Wie konnte man in so einer Welt überhaupt etwas entscheiden? Er musste hart schlucken, um gegen den Würgereiz anzukommen. »Du kannst dich auf mich verlassen.«

Einen langen Augenblick schwieg sein Vater, ehe er zu Cailans großer Erleichterung das Thema wechselte. »Wir reiten morgen früh los. Vergiss das nicht!«, sagte er langsam.

Doch wenn Cailan eines in diesem Moment wollte, war es vergessen. So nickte er nur knapp und floh, als es erneut donnerte, aus der Kammer. Seinen rechten Arm hielt er dabei fest umklammert. *Gott, hilf mir,* flehte er stumm. *Und lass diesen verfluchten Sturm endlich vorübergehen.*

KAPITEL 3

Als Flower erwachte, war es dunkel. Ihre Eltern und Geschwister schliefen sicher noch. Ungeduldig schlug sie ihre Decke zurück und stellte die Füße auf den kalten Steinboden vor ihrem Bett. Auf dem Beistelltisch neben ihrer Schlafstatt standen wie üblich nicht nur die Tongefäße mit den Heilsalben, sondern auch eine Schüssel mit klarem Wasser. Ein Gähnen unterdrückend, tauchte sie ihre Finger hinein und wusch sich das Gesicht.

In der vergangenen Nacht hatte der Sturm lang und heftig gewütet und sie immer wieder aus ihrem sonst sehr tiefen Schlaf gerissen. Trotzdem dachte sie keinen Moment daran, sich zurück unter die Felle auf ihre wohlduftende Heidekrautmatratze zu schmiegen. Der neue Tag rief, und sie wollte unbedingt nach den Hochlandrindern sehen. Zwar glaubte sie nicht, dass im Unwetter ein Tier verletzt worden war, denn die Rinder waren dafür bekannt, auch den schlimmsten Naturerscheinungen zu trotzen. Vielmehr wollte sie herausfinden, ob der Honig auf Scotts Wunde den gewünschten Erfolg gehabt hatte.

Zufrieden stellte Flower fest, dass sie gestern Abend daran gedacht hatte, ihr Unterkleid, das braune Überkleid und ihre Strümpfe griffbereit über die Holztruhe neben ihrem Bett zu legen. Flink erhob sie sich, um ihr Nachtgewand dagegen zu tauschen.

Obwohl sie weit prächtigere Gewänder aus gefärbter Wolle und mit aufwendigen Stickereien besaß, war ihr das braune Kleid am liebsten. Sie unterschied sich darin nicht allzu sehr von den Mädchen im nahen Dorf Tongue, in dem sie an Greers Seite nach den kranken Dorfbewohnern sah. Außerdem konnte sie das Kleid ohne fremde Hilfe anziehen, was sehr nützlich war, da es auf Castle Varrich keine Zofen gab und sie andernfalls eine ihrer Schwestern hätte bemühen müssen.

Während sie sich ihre langen dunkelbraunen Haare zu einem Zopf flocht, suchte ihr Blick bereits nach den Lederstiefeln. Sie entdeckte sie nahe der Tür neben dem Weidenkorb mit den Kräutern. Als sie sich nach ihnen bückte, strömte der betörende Geruch von Baldrian, Minze und leicht bitterem Eisenkraut in ihre Nase. Den Baldrian sammelte sie für Lorna, die Frau des Fischers. Diese war stets unruhig und von Ängsten geplagt. Die Minze kochte Flower in warmem Wasser auf und gab sie dem Schmied, der nach langen Jahren in der rauchigen Schmiede schwer atmete. Das Eisenkraut dagegen war für seine Tochter, die während ihrer monatlichen Blutung an starken Krämpfen litt.

Besonders der Baldrian war fast aufgebraucht, und so entschied Flower, den Korb mitzunehmen, um ihre Vorräte im Wald nahe der Weide aufzufüllen. Vorfreude machte sich in ihr breit. Wenn sie sich beeilte, würde sie rechtzeitig zum Sonnenaufgang an der Wiesenhütte sein. Sie würde sehen, wie die ersten Wolken in zarte Rottöne getaucht wurden und die Rinder, die bei dem Unwetter gewiss am Rand des Waldes geschlafen hatten, auf die vom Tau benetzte Weide zurückkehrten.

Wie immer quietschte der Riegel ihrer Tür fürchterlich, als sie ihn zurückzog. Es wunderte sie jedes Mal, dass ihre Schwestern in den benachbarten Kammern davon nicht aufwachten. Ihr sollte es recht sein. Der Morgen gehörte ihr und den Hochlandrindern. Sie wandte sich nach links. Dort führte eine Tür zum Turm, dessen Treppe die große Halle im Erdgeschoss, die Wohnetage ihrer Familie sowie den zweiten Stock miteinander verband. Zwar hätte sie auch entlang der Balustrade gehen können, um an deren Ende über die weitläufige Holztreppe erst in die große Halle und dann ins Freie zu gelangen, wie es ihre Eltern stets taten. Doch der Turm hatte noch einen weiteren Ausgang, der in den Rosengarten führte und dessen morgendliche Ruhe sie bevorzugte.

Als einen Moment später die Tür rechts neben dem Turmeingang aufging und sie das Schreien eines Säuglings vernahm, seufzte Flower leise. Wie es schien, war ihr das Glück eines ungestörten Morgens heute doch nicht vergönnt.

»Mutter«, grüßte sie im Flüsterton und straffte die Schultern, um noch etwas aufrechter zu stehen.

Rhona lächelte ihre Tochter wohlwollend an. Sie legte viel Wert auf gutes Gebaren, obwohl sie im Norden Schottlands nicht abgelegener von höfischen Traditionen hätten leben können. Woher diese Neigung kam, konnte Flower nicht mit Gewissheit sagen, aber vermutlich erinnerte es Rhona an ihre Kindheit in den Lowlands. Nun aber legte sich die Stirn ihrer Mutter in Falten. Flowers acht Monate alter Bruder Conall, der bei ihrem Anblick kurz verstummt war, hatte erneut zu brüllen begonnen.

»Psst«, säuselte Rhona, während sie ihrem Kind sanft über den Rücken strich. »Er hat bei dem Sturm heute Nacht kein Auge zugetan. Ich bin natürlich bei ihm geblieben, aber selbst das hat kaum geholfen.«

Besorgt beäugte Flower die dunklen Augenringe ihrer Mutter. Rhona liebte ihre Kinder von ganzem Herzen und war bereit, jedes Opfer zu bringen, damit es ihnen gut erging. Eine Amme hatte sie daher für Conall – ebenso wie für ihre anderen Kinder – abgelehnt, auch wenn das bedeutete, dass sie nun erst recht keine Zeit mehr für sich und ihre Gedichte hatte.

Kurz dachte Flower an den Sonnenaufgang, die nach einem Regenfall stets erdig duftende Weide von Ribigill und Scotts Wunde. Dann aber, nach einem weiteren Blick auf das von den Entbehrungen des Schlafs gezeichnete Gesicht ihrer Mutter, traf sie eine Entscheidung. »Du kannst mir Conall geben«, bot sie ihr an. »Ich sehe nach ihm, und du ruhst dich etwas aus.«

Doch Rhona schüttelte den Kopf. »Ein Kind braucht seine Mutter.«

»Aber doch nicht die ganze Zeit, oder?« Flower unterdrückte den Drang, sich für ihre forsche Art zu entschuldigen. Damals, in Portskerra, hatte sie sich nicht getraut, ihrer Mutter zu widersprechen. Doch manche Fragen mussten gestellt werden. Besonders, da sie wirklich nicht verstand, was falsch daran war, ein Kind zeitweise an jemand anderen abzugeben. Und zwar nicht nur, wenn es bereits schlief, wie es ihr Bruder während des Abendessens meist tat.

Rhona starrte ihre Tochter missbilligend an, während sie den noch immer schreienden Conall leicht hin und her wiegte. »Nur eine Rabenmutter würde ihr Kind allein lassen. Und das bin ich nicht.«

»Du wärst doch keine Rabenmutter, wenn du dir ab und an etwas Zeit für dich nehmen würdest«, widersprach Flower, dieses Mal etwas entschiedener. »Ich bin sicher, dass Conall davon keinen Schaden nehmen würde.«

Doch Rhona schüttelte abermals den Kopf. »Er hätte schreckliche Ängste, wenn ich ihn weggeben würde, während er wach ist. Außerdem ist es die Aufgabe einer Frau, Ehefrau und Mutter zu sein. Wer sie nicht erfüllt, ist eine Enttäuschung für den Clan. Das wusste bereits deine Großmutter.«

Bei diesen Worten jagte es Flower einen kalten Schauer über den Rücken, und ihr Bauch verkrampfte sich. Ehefrau und Mutter. Das konnte doch nicht alles sein? Vor allem nicht in dieser Ausschließlichkeit? »Was ist mit Eiric aus Portskerra? Oder Greer? Sie leben beide allein und sind kinderlos, aber lindern das Leid ihrer Mitmenschen. Ist das nichts wert?«

Ihre Mutter seufzte leise. Die Mischung aus Enttäuschung und Nachsicht, die in diesem Laut lag, fühlte sich an wie ein Dolch, der über Flowers Haut kratzte. »Ich sage deinem Vater seit Jahren, dass dir die Zeit mit Greer nicht guttut. Immer diese Ausflüge ins Dorf.

Sie bringen dich auf falsche Gedanken. Das Beste für Greer wäre, wieder zu heiraten. Kaum zu glauben, dass kein Mann sie will.«

Schnell biss sich Flower auf die Zunge. Sie wollte nicht verraten, dass bereits mehrere Männer um Greers Hand angehalten hatten, die unbeschwerte Heilerin aber ihre Freiheit und ihre heimlichen Liebschaften bevorzugte. Die Gefahr war zu groß, dass Flower die Ausflüge ins Dorf doch verboten wurden, die ihr Vater, dem ein gutes Auskommen mit den Dorfbewohnern wichtig war, seinen Töchtern gern gestattete. Insbesondere, da die Gegend um Castle Varrich aufgrund ihrer Abgeschiedenheit sicher war und keine Gefahr für sie und ihre Schwestern bestand.

Dennoch, Flower stimmte ihrer Mutter nicht zu, egal, wie oft ihr gesagt wurde, der Wert einer Frau sei unabdinglich an die Rolle als Ehefrau und Mutter geknüpft. Sie hatte eine andere Aufgabe im Leben. Die Tiere brauchten sie, denn sie konnten sich nicht selbst helfen – so wie einst ihr Hund Bhaic und nun die erkrankten Hochlandrinder. Und Flower würde für sie da sein. Sie würde alles Nötige lernen, um ihr Leid zu lindern, und lieber auf einen Ehemann und Kinder verzichten, als ihre Schützlinge im Stich zu lassen.

Nur das zu sagen, traute sie sich nicht.

Es lag nicht daran, dass sie Angst vor Streit hatte. Im Gegenteil, jemandem, der ihr nicht am Herzen lag, konnte sie gehörig die Meinung sagen. Doch ihre Eltern hatten Jahre damit verbracht, sie zu einer jungen Dame zu erziehen, die zum Wohl des Clans heiraten und diese Verbindung durch Kinder festigen würde. Ihnen mitzuteilen, dass sie etwas anderes von ihrem Leben wollte, schien undenkbar. Die Bestürzung in Rhonas Augen, falls sie es doch täte; die Enttäuschung ihres Vaters, der die Heilkunst zwar inzwischen achtete, diese aber niemals wichtiger als eine Ehe ansehen würde; die Möglichkeit, dass ihre Eltern sie als Bestrafung verstießen, weil sie ihrer Schuldigkeit als Tochter nicht nachkäme – all das hielt Flower im Moment davon ab, die Wahrheit auszusprechen. Aber irgendwann würde sie es müssen. Irgendwann würde sie ihrer Familie Leid zufügen müssen, um das der Tiere zu lindern – oder sie müsste ihrem Traum beim Platzen zusehen.

Gut nur, dass ihr Vater bisher keinen Ehemann für sie gefunden hatte. Was auch daran lag, dass sie als Tochter des zweitgeborenen Gregor MacKay eine weniger begehrte Partie darstellte als Fia, ihre Cousine väterlicherseits und das einzige Kind des Clanführers Malik. Dieser führte jedoch wegen eines Dutzends gestohlener Rinder und der folglich gelösten Verlobung seiner Tochter mit Lennox Ross eine Fehde mit Clan Ross und wollte vorerst nichts mehr von Bündnissen wissen. So war Fia noch immer unverheiratet, und wer eine Verbindung mit Clan MacKay anstrebte, wartete lieber auf das Ende der Fehde, anstatt sich vorschnell mit Flower zu vermählen. Sie konnte nur hoffen, dass die hochmütige Fia, die sie ebenso wie ihre Verwandten in den Lowlands seit Jahren nicht gesehen hatte, noch lang ihre heimliche Retterin blieb.

Glücklicherweise erwartete Rhona von ihr keine Antwort mehr, sondern hatte ihren Blick wieder Conall zugewandt, der noch immer schrie. »Er wird ein willensstarker Mann, dein Bruder«, murmelte sie. In ihren Augen lag dabei ein sonderbarer Glanz, und Flower glaubte, dass ihre Mutter sehr stolz war. Stolz auf diesen Säugling, der mit seinem anhaltenden Geschrei bewies, dass er jede Menge Lebenskraft in sich trug. Und stolz, dass es ihr nach vier Töchtern endlich gelungen war, den ersehnten Jungen auf die Welt zu bringen.

Flower fiel es schwer, in ihrem brüllenden Bruder keinen tragischen Vorboten ihrer Zukunft zu sehen, und sie trat unruhig von einem Bein auf das andere. Es wurde höchste Zeit, dass sie sich von ihrer Mutter verabschiedete und auf die Weide ging, bevor ihr morgendlicher Unterricht begann.

Da aber öffnete sich eine weitere Tür, und ihre jüngere Schwester River kam in ihrem Nachtgewand und mit einem Wolltuch über der Schulter und Brust zum Vorschein. Ihre hellbraunen

Zöpfe, die sie stets kunstvoll flocht, waren unordentlich vom Schlaf, und in den blauen Augen der Siebzehnjährigen stand Schrecken.

»Was ist los, River?« Flower eilte zu ihrer Schwester und legte ihr eine Hand auf die Schulter. »Geht es dir nicht gut?«

River schwieg einen Moment und kratzte sich am Hals, während sie ihren Oberkörper leicht vor- und zurückwiegte. »Ich ... ähm.« Ein zweifelnder Blick in Rhonas Richtung, dann senkte sie den Kopf. »Es bringt ja doch nichts, ich muss es sagen. Leaf ist verschwunden. Das ist an sich nicht ungewöhnlich, wie ihr wisst. Aber normalerweise ist sie morgens immer zurück.«

»Dieses fürchterliche Kind! Warum tut sie uns das an?«, entfuhr es ihrer Mutter bestürzt, und ihr fahles Gesicht wurde noch bleicher.

River hatte recht. Es war nicht ungewöhnlich, dass Leaf, die dritte Tochter, trotz des daraus resultierenden Ausschlusses vom Abendessen öfter verschwand. Sie war aufbrausend und kämpferisch, immer auf der Suche nach einer neuen Herausforderung. Es fiel Flower nicht schwer, sich vorzustellen, welche es in dieser Nacht gewesen sein könnte.

»Ich fürchte, Leaf hat die Sturmtauglichkeit ihres Unterschlupfs im Wald geprüft«, äußerte sie ihre Vermutung.

River kaute besorgt auf ihrer Unterlippe. »Aber der Sturm ist vorbei. Sollte sie nicht zurück sein?«

»Aye«, murmelte Flower, während sie die Spitzen ihrer Finger unruhig aneinanderrieb.

»Wir müssen sie zurückholen«, sprach ihre Mutter aus, was alle dachten. Gleichzeitig sah sie besorgt zu Conall, der sich langsam beruhigte.

Flower, der die Zerrissenheit ihrer Mutter nicht entging, verabschiedete sich endgültig von ihrem geplanten Besuch auf der Rinderweide. »Ich werde Artair wecken«, sagte sie stattdessen. »Wenn jemand Leaf finden kann, dann er.« Während ihre Mutter und River dankbar zustimmten, fügte sie in Gedanken hinzu, dass sie danach einen Kräutertee für Leaf kochen sollte. Nicht selten führte eine Nacht in Feuchte und Kälte zu Fieber. Selbst wenn ihre Mutter dachte, dass es Gott allein war, der über die Gesundheit eines Menschen entschied.

Etwa zwei Stunden später galoppierte Leaf erhobenen Hauptes vor Artair in den Burghof von Castle Varrich. Ihr dunkles Haar war dreckverkrustet und klebte ihr in langen Strähnen am Oberkörper. Ihr sonnengebräuntes Gesicht mit den Sommersprossen war ebenfalls mit Schlammschlieren bedeckt, und auch das durchnässte schwarze Leinenhemd und die Hose aus Rehleder zierten Matschflecken. Lediglich ihr Pferd, ein hochgewachsener Hengst mit weißer Blesse, war trocken und sauber. Vermutlich war sie ohne das Tier aufgebrochen, und Artair hatte es in weiser Voraussicht auf seine Suche mitgenommen.

»Leaf«, keuchte Flower. Ob vor Schreck, weil die Lippen ihrer Schwester blau angelaufen waren, oder vor Erleichterung, weil Artair sie endlich gefunden hatte, konnte sie nicht sagen.

»Glückwunsch, meinst du wohl«, verkündete die Sechzehnjährige mit klappernden Zähnen und einem triumphierenden Glanz in den Augen. »Ich habe Artair soeben erneut im Wettreiten besiegt.«

»Danke, meinst du wohl«, entgegnete Artair. In einer fließenden Bewegung saß er von seinem Pferd ab. »Dafür, dass ich mich in aller Frühe aus dem Bett gequält habe, um dich Tunichtgut im Wald zu suchen. Zum zweiten Mal in diesem Monat.« Obwohl die Worte tadelnd waren, zuckten die Mundwinkel des etwa fünf Jahre Älteren verräterisch. Flower wusste, dass ihr Adoptivbruder mit den blonden Haaren und den dunklen Augen Leafs temperamentvolle Art sehr schätzte. Anders als ihre Eltern konnte er ihr nie lange böse sein. Zu eng war ihr Verhältnis, seit ihr Vater Gregor ihn als schiffbrüchiges Kind ohne Erinnerung am Strand unterhalb von Castle Varrich gefunden und in die Familie aufgenommen hatte.

»Du hättest gern in deinem Bett bleiben können, Artair«, schnaubte Leaf, während sie ebenfalls aus dem Sattel glitt. »Ich bin sehr gut allein zurechtgekommen.« Dass ihre Beine beim Absitzen kurz nachgaben, strafte diese Aussage Lügen. Doch die junge Frau biss die Zähne zusammen und hielt sich am Steigbügel fest.

Flower bewunderte sie dafür. Dennoch fand sie, anders als Artair, die Lage keineswegs belustigend. Sie liebte Leaf sehr, ebenso wie ihre anderen beiden jüngeren Schwestern River und Skye. Der Gedanke, dass ihr etwas zustoßen könnte, war unerträglich.

Doch ehe sie ihrem Unmut Ausdruck verleihen konnte, blickte Leaf sie aus strahlenden rehbraunen Augen an. »Mein Holzhaus hat dem Sturm standgehalten. Fast kein Wasser ist nach innen gelangt, das Leder hat es abgehalten.«

»Oh«, machte Flower und legte die Stirn in Falten. Sie zeigte auf Leafs Erscheinung. »Ich hätte vermutet, dass dein Unterschlupf nachgegeben hat.«

Zu ihrer Überraschung schnalzte Leaf mit der Zunge und schüttelte den Kopf. »Weißt du denn nichts über Unwetter? Sobald es anfängt zu blitzen, darf man nicht in einem Unterschlupf aus Holz bleiben, erst recht nicht, wenn er unter einem Baum steht. Man muss sich einen Graben suchen und sich dort hineinlegen.«

»Einen Graben?«, wiederholte Flower und stemmte die Hände in die schmalen Hüften. Sie konnte kaum glauben, dass Leaf freiwillig die halbe Nacht in einer schlammig feuchten Mulde im Wald verbracht hatte.

»Aye«, antwortete die jüngere Schwester stolz. »Ein Steinhaus wäre auch gut gewesen – oder eine Höhle. Wenn ich es mir recht überlege, sollte ich das nächste Mal die Höhle ausprobieren.«

»Du magst doch überhaupt keine Höhlen«, warf Artair neckend

ein, während er den Hals seines Pferdes tätschelte. »Ich werde wohl nie wieder ausschlafen können.«

»Und ich werde nie wieder einschlafen können«, zischte Flower, »wenn ich befürchten muss, dass meine kleine Schwester sich nach besten Kräften bemüht, krank zu werden.« Falls das nicht bereits geschehen war.

»Was nicht tötet, härtet ab«, erklärte Leaf und schwankte dabei leicht.

Artair, der immer zur Stelle war, wenn das rebellische Mädchen ihn brauchte, legte ihr eine Hand auf die Schulter. »Flower hat recht. Niemandem ist geholfen, wenn du einem Unwetter trotzen kannst, aber danach tagelang das Bett hütest.« Er zwinkerte Flower verschwörerisch zu. »Man müsste sich die ganze Zeit um dich kümmern, Wildfang. Du wärst vollkommen abhängig von uns.«

Ein erneutes Zittern schüttelte Leafs schlanke Gliedmaßen, die für ihr Alter bemerkenswert muskulös waren. »Pah«, höhnte sie. »Eher lege ich mir ein Hunderudel zu.«

Flowers Augen verengten sich. Obwohl es lange her war und inzwischen keine Hunde mehr auf Castle Varrich lebten, mochte sie es nicht, wenn Leaf Witze über den grausigen Vorfall von einst machte. Zumal ihr Vater ihr nicht einmal verraten hatte, wo Bhaic begraben war. Doch das war nicht der Zeitpunkt, um Leaf darauf hinzuweisen. Vielmehr musste ihre Schwester ins Warme, bevor ihre Mutter sie erwischte und ihr hier im Freien die Hölle heißmachte.

»In deinem Zimmer wartet ein Bad auf dich«, sagte sie. »Ich hole deinen Kräutertee aus der Küche. Dann helfe ich dir beim Schrubben.«

»Nicht nötig«, sagte Leaf barsch. »Ich kann mich allein waschen.« In einem versöhnlicheren Tonfall fügte sie hinzu: »Aber den Kräutertee trinke ich. Und ...« Sie brach ab, und Flower zog erwartungsvoll die Augenbrauen hoch. »Danke, schätze ich.«

In gespieltem Protest verschränkte Artair die Arme vor der breiten Brust. Sein Pferd wieherte ungeduldig. »Und was ist mit meinem Dank?«

Sogleich verschwand der milde Ausdruck aus Leafs Augen, und auf ihre blassen Lippen legte sich ein verschmitztes Grinsen. »Den erhältst du, nachdem du mir zu meinem Sieg gratuliert hast.«

KAPITEL 4

Ein unsanfter Tritt in die Rippen riss Cailan aus dem Schlaf. Sogleich schlug er die Augen auf und wälzte sich knurrend zur Seite. Seine Hand tastete nach seinem Dolch, doch sie fand nur klebriges Stroh. Er fluchte heftig und blinzelte, damit sein verschwommener Blick sich endlich klärte. Doch die Welt schwankte erbarmungslos, während über ihm ein zorniges Schnauben ertönte.

»Suchst du den hier?«

Dieses Mal verbiss er sich mit Mühe den Fluch und kämpfte sich entschlossen auf die Knie. Rasch rieb er sich mit der Hand über die Augen – vielleicht half das ja? –, doch noch immer konnte er die Gestalt seines Vaters nur unscharf erkennen.

»Danke«, brummte er schließlich und griff nach dem Dolch. Bei dieser Bewegung drohte er, das Gleichgewicht zu verlieren, und musste sich an einem Stuhl abstützen, der ebenso klebrig war wie das Stroh und nach Ale roch. Von dem süßlichen Geruch wurde ihm unwillkürlich schlecht. *Oh, bitte nicht ...*

»Cailan«, zischte sein Vater wütend, nachdem Cailan sich seines Abendessens entledigt hatte. »Was zur Hölle soll das? Hast du mir gestern überhaupt nicht zugehört?«

»Entschuldige«, murmelte er und schloss für einen Moment die Augen. Gestern Nacht war der Alkohol eine Wohltat für seine geplagte Seele gewesen, aber nun zeigte er seine Schattenseite. Warum nur hatte er sich so gehen lassen? Wütend biss er sich auf das Innere seiner Lippe. Nicht einmal die Enttäuschung seines Vaters wog so schwer wie die Verachtung, die er selbst für seine lächerliche Schwäche empfand. Wo war der mutige Mann von einst, dem nichts Angst einjagen konnte? Der wusste, wie man seinem Clan diente?

»Auf die Füße mit dir, und zwar sofort!« Ehe Cailan sichs versah, hatte Ewan ihn am Saum seines Leinenhemdes gepackt und wollte ihn hochziehen. Doch Cailan war mittlerweile zu groß und stark, als dass seinem Vater das ohne sein Zutun gelungen wäre.

»Ich stehe schon auf«, versprach er und hob abwehrend eine Hand. Im nächsten Moment biss er die Zähne zusammen, fasste abermals an den Stuhl und zwang sich, mit langsamen Bewegungen aufzustehen. Nur, um sich kurz darauf auf die hölzerne Tischplatte sinken zu lassen.

»Gott, Cailan, nimm dich zusammen. Unsere Männer satteln draußen schon die Pferde. Wer trinken kann, muss auch aufstehen können.«

»Das musst gerade du sagen«, murmelte Cailan und atmete tief aus. Wie viele Krüge hatte er in der letzten Nacht geleert? Die Antwort auf diese Frage entzog sich seiner Erinnerung. Er wusste nur, dass es nicht lang beim Ale geblieben war.

Ewan schnaubte. »Ich habe nie behauptet, dass ich ein Heiliger bin. Aber man muss wissen, wann man sich gehen lassen kann und wann nicht. Denn wenn man es nicht tut ...«

»... bringt man den ganzen Clan in Gefahr?«

»Aye. So wie damals, als ...«

»Bitte, Vater«, unterbrach Cailan ihn. »Hab Nachsicht und erzähle mir nichts, was mir längst bewusst ist.«

»Nachsicht.« Ewan ließ das Wort wie eine Drohung in der Luft hängen. »Ich hatte zu viel Nachsicht mit dir in den letzten Jahren. Aber das ändert sich jetzt. Wenn Lady MacDonald im Herbst mit Eleanor kommt, werde ich nicht dulden, dass du ...«

»Ich weiß.« Cailan rieb sich die Schläfen.

»Hm«, brummte Ewan und musterte ihn mit zusammengepressten Lippen. Dann atmete er scharf aus und stöhnte. »Gott verfluche mein weiches Herz. Du wirst dich keine Meile auf deinem Pferd halten. Bleibe hier und schlafe deinen Rausch aus. Aber zum Abendessen bist du auf Castle Varrich, sonst kannst du was erleben!«

Der Nachmittag neigte sich bereits dem Ende zu, als Cailan nach einem langen, anfangs äußerst unangenehmen Ritt eine Weggabelung erreichte. Beide Pfade würden ihn in Kürze nach Castle Varrich bringen, sodass er in jedem Fall rechtzeitig zum Essen eintreffen würde. Ritt er rechtsherum, käme er erst an einem knorrigen Baum vorbei, dem sagenumwobenen Glücksbaum, und dann in das Dorf Tongue. Dieses lag am Fuß des Hügels, auf dem die Burg der MacKays über einer Bucht thronte. Der linke Weg verlief dagegen durch den Wald von Varrich, nahe den Rinderweiden, auf die Gregor MacKay zu Recht stolz war. Schließlich bedeutete der Besitz von Hochlandrindern den Zugang zu Milch, Fleisch und Fell. Alles drei wichtig, um einen Clan zu versorgen, und auch der Grund, aus dem Rinder als das Gold der Highlands angesehen wurden.

Der linke Weg war etwas kürzer, und nach einem Moment des Zögerns entschied sich Cailan für ihn. Zwar waren seit seinem letzten Aufenthalt auf Castle Varrich bereits einige Jahre vergangen, doch er hatte ein gutes Gedächtnis und wusste, dass der Weg durch den Wald an einem Bach vorbeiführte. Dort konnte er sich vor seiner Ankunft bei Clan MacKay noch einmal frisch machen. Zudem würde die Kühle des Wassers hoffentlich den übrigen Kopfschmerz vertreiben, der dank der frischen Luft mittlerweile merklich besser geworden war.

Auch wenn Wälder bei schlechtem Wetter Unruhe in ihm auslösten, genoss Cailan an diesem sonnigen Tag den Ritt entlang der duftenden Birken, Kiefern und Eichen. Sie erinnerten ihn an die Sommer, in denen er hier stundenlang mit Artair ausgeritten war und zwischen all den Farnen, Waldblumen und Pilzen Unterschlüpfe auf dem moosbewachsenen Boden gebaut hatte. Natürlich nur, wenn sie nicht gerade nahe den Kalksteinhöhlen unter Castle Varrich im Meer geschwommen oder auf den Wiesen in der Sonne geschlafen hatten. Ein Lächeln stahl sich auf seine Lippen. Er war viel zu lang nicht mehr hier gewesen. Ob Greer wohl noch in Tongue wohnte und wie vor fünf Jahren, als sie frisch verwitwet gewesen war, Lust auf ein paar feurige Nächte hatte?

Cailans Mundwinkel hoben sich weiter, als schließlich das leise Rauschen von Wasser an sein Ohr drang. Er konnte es kaum erwarten, die letzte Nacht von sich abzuwaschen und sich mit einem Schluck Wasser zu erfrischen. Mit einem sanften Druck seines Oberschenkels lenkte er Taran nach rechts in das Unterholz. Der Hengst gehorchte ihm ohne zu zögern und fand sicher seinen Weg zu dem nahe gelegenen Bach.

Am Wasser angekommen, saß Cailan ab, die Nachwirkungen des Alkohols waren fast vollkommen abgeklungen. Kurz überlegte er, Taran anzubinden, entschied sich aber dagegen. Sein treuer Begleiter würde ebenfalls trinken wollen und nach dem langen Ritt nicht das Bedürfnis haben, weit wegzulaufen. Dennoch verknotete er die Zügel oberhalb des Tierhalses, um zu vermeiden, dass sich Tarans Hufe beim Laufen darin verfingen. Ein letzter Klaps auf die Flanke des Pferdes, dann trat Cailan zwei Schritte zur Seite, zog sich das Leinenhemd über den Kopf und entblößte seine muskulöse, mit einem Flaum hellbrauner Haare bedeckte Brust. Achtlos warf er das Hemd auf einen Stein, kniete sich ans Ufer und spritzte sich das kühle Wasser über Gesicht und Oberkörper. Nachdem er sich erfrischt hatte, tauchte er seine Hände in den Bach und formte mit ihnen eine Schale. Vorsichtig führte er das Wasser an den Mund und spülte ihn gründlich aus. Gerade als er ein zweites Mal Wasser schöpfen wollte, um zu trinken, hörte er einen Schrei, gefolgt von einem lauten Platschen.

Überrascht hob er den Kopf. Er hatte bei seiner Ankunft niemanden am Ufer gesehen, und auch jetzt konnte er keinen anderen Menschen entdecken. Viel beunruhigender war jedoch die Tatsache, dass er Taran ebenfalls nicht mehr sah. Wachsam lief Cailan in die Richtung, aus der der Schrei erklungen war. In einigen Schritten Entfernung machte der Bach eine Biegung, und Cailan musste erst um einen hohen Strauch herumgehen, ehe er seinen friedlich trinkenden Hengst erblickte.

Den weitaus reizenderen Anblick bot jedoch die junge Frau, die unfern seines Pferdes mit dem Rücken zu ihm im Bach stand und in diesem Augenblick zu einem davontreibenden Weidenkorb watete. Ihr dunkelbraunes Haar war zu einem losen Zopf geflochten, der nass an ihrem Kleid klebte. Das Kleid selbst war ebenfalls durchnässt und schmiegte sich wie eine zweite Haut an ihren schlanken Körper. Nur zu gut konnte Cailan dadurch ihre wohlgeformte Kehrseite betrachten. Ihre Haltung war aufrecht, ihre Bewegungen trotz des schlammigen Untergrundes und der Strömung sehr anmutig. Es schien ihr jedoch nicht schnell genug zu gehen, denn mit erfreutem Erstaunen sah er nun, dass sie ihre Röcke raffte, um zu ihrem Korb zu gelangen, ehe dieser davonschwimmen konnte.

Eine vertraute Hitze durchströmte ihn, als er beobachtete, wie sie dabei ihre Beine entblößte und sich ihr Kleid noch enger um ihren Körper zog.

Kurz überlegte er, ihr zu helfen. Doch es lag ihm fern, die Frau zu erschrecken. Zudem hatte sie nun ihren Korb erreicht, hob ihn aus dem Wasser und wandte sich in einer fließenden Bewegung um.

Sie hatte ein ovales, ebenmäßiges Gesicht. Ihr Hals war lang und schlank, und der nasse Stoff des Kleides offenbarte die zwei keck aufgerichteten Spitzen ihrer Brüste.

Ungewollt entwich ihm ein leises Knurren.

Als die Frau daraufhin den Kopf hob und ihn entdeckte, schnappte sie erschrocken nach Luft, taumelte und stürzte rückwärts in den Bach. Sofort sprang Cailan selbst ins Wasser. Mit einigen langen Schritten war er bei ihr und streckte ihr seine Hand entgegen. Die Frau blickte ihn jedoch nur stumm aus großen, goldgrünen Augen an, die ihm auf sonderbare Weise bekannt vorkamen. Sie wirkte wie ein Reh, verschreckt und ungläubig. Die vollen Lippen hatte sie leicht geöffnet, von ihren elegant geschwungenen Augenbrauen tropfte das Wasser auf die zarte Haut ihrer Wange. Nur mühsam konnte Cailan den Drang unterdrücken, darüberzustreichen. Stattdessen beugte er sich vor, um sie aus dem Wasser zu ziehen.

Sogleich wich die Frau ein kleines Stück zurück. In ihren Augen blitzte etwas auf, das entweder Angst oder Unsicherheit war. Da erst wurde ihm bewusst, wie sie die Lage wahrnehmen musste: Vor ihr stand ein 6'2 Fuß großer, fremder Mann mit nacktem Oberkörper, der ohne Anwesenheit anderer nach ihr griff. Zur Hölle, es war ein Wunder, dass sie nicht schreiend versucht hatte, davonzurennen.

Cailan hasste Männer, die Frauen Angst machten, und so trat er pflichtschuldig einen Schritt zurück. »Entschuldigung«, brummte er und setzte ein freundliches Lächeln auf.

Die Fremde antwortete ihm jedoch nicht, sondern musterte ihn weiterhin aus ihren großen Augen, aber nun ohne Furcht.

Schmunzelnd bemerkte er, wie ihr Blick fasziniert über sein Gesicht, seinen muskulösen Oberkörper und die starken Arme wanderte, bis ihre Erkundung auf Höhe seines harten Bauches endete. Als sich ihre Wangen hochrot färbten, entfuhr seiner Kehle ein Lachen. »Gefällt dir, was du siehst?«

Die Frau räusperte sich hastig und starrte ihn vorwurfsvoll an. Es ziemte sich nicht, einer jungen Frau gegenüber so unverblümte Andeutungen zu machen, auch wenn sie, der einfachen Kleidung nach zu urteilen, nur ein Mädchen aus dem Dorf war. Doch er war nicht zu einem der berüchtigtsten Verführer des Landes geworden, weil er sich den Regeln von Moral und Sitte unterwarf. Dennoch gab es Grenzen, und die waren für ihn erreicht, wenn eine Frau keinen Spaß mehr hatte. Das Geschöpf vor ihm fühlte sich unwohl, wie ihm die Mischung aus roten Wangen und unsicherem Blick verriet.

»Darf ich dir wenigstens beim Aufstehen helfen?«, erkundigte er sich deswegen. Da die Fremde nicht widersprach, streckte er ihr erneut seine Hände hin. Dieses Mal ergriff sie sie. Wie erwartet, war die Haut ihrer schmalen Finger von ihrer täglichen Arbeit rau. Und trotzdem fühlte sie sich angenehm auf seiner an. »Wie heißt du?«, hauchte er, ihre Hände hielt er noch immer mit sanftem Druck gefangen.

Unvermittelt hob die Frau den Kopf und blickte ihm in die Augen. »Das wisst Ihr nicht?«

Überrascht hielt er inne und überlegte, während er eine Hand hob und ihr eine nasse Strähne hinter das Ohr strich, die sich aus ihrem Zopf gelöst hatte. Es schien, als ob sie eine Art Spiel mit ihm spielen wollte. »Du solltest Bonnie heißen. So schön, wie du bist.« Im nächsten Moment senkte er seinen Blick auf ihre Lippen, bemerkte ihren schnellen Atem und beglückwünschte sich innerlich bereits zu dieser Eroberung.

Die Ohrfeige kam unvermittelt und mit einer solchen Wucht, dass er einen Schritt zurücktaumelte. Verblüfft starrte er die Frau an, die die Zähne wütend zusammenbiss und die Hände zu Fäusten ballte.

»Ich gratuliere, Mylord. Ihr habt Euch seit unserer letzten Begegnung kein Stück verändert.« Schwungvoll wandte sie sich ab und stieg fluchend aus dem Bach. »Bindet Euer Pferd das nächste Mal an«, fügte sie mit einem Blick auf Taran ärgerlich hinzu. »Es hat mich in den Bach geschubst.« Dann schritt sie erhobenen Hauptes davon, der Weidenkorb war vergessen.

Wie heißt du?
Zur Hölle mit Cailan Sinclair! Wie konnte er die Frechheit besitzen, sie nicht zu erkennen? Oder erinnerte er sich am Ende überhaupt nicht mehr an sie?

Mit schnellen Schritten stampfte Flower zum ersten Mal an diesem Tag über die saftig grünen Weiden von Ribigill. Am Morgen hatten zuerst Leafs Eskapaden im Wald und dann der Unterricht sie an einem Besuch bei den Hochlandrindern gehindert. Im Anschluss hatte sie ihre Kräutervorräte aufgefrischt, nur um sie in dem Weidenkorb am Bach zu vergessen. Dank Cailan, dem Schuft! Was suchte er überhaupt im Wald von Varrich?

Flower blies die Backen auf und ließ die Luft dann geräuschvoll ausströmen. Da sie wieder einmal zu Fuß unterwegs war, blieb ihr nicht mehr viel Zeit. Die Sonne stand bereits bedenklich tief am Himmel, und in der Ferne funkelten die schneebedeckten Berggipfel im frühen Abendlicht. Vermutlich sollte sie unmittelbar zur Burg zurückkehren, wenn sie sich vor dem Essen noch waschen und umziehen wollte. Doch das konnte sie ihren zotteligen Freunden nicht antun. Sie würde sich später beeilen müssen.

Zu ihrer Rechten trottete Fiona zum Zaun und streckte den Kopf über das Holz. Ein kurzes Lächeln stahl sich auf Flowers Lippen. »Ich habe dich auch vermisst, Große.«

Anders als ein gewisser Lord mich.

Entschieden raffte sie ihr nasses Kleid, das trotz der sommerlichen Temperaturen noch schwer an ihrem Körper klebte, und stieg über den Zaun. Obwohl sie sich heute hastiger auf Scott zubewegte, floh das Tier nicht, sondern musterte sie aufmerksam. Wahrscheinlich hoffte es erneut auf einen Apfel.

»Morgen wieder«, versprach Flower, während sie mit etwas Abstand in die Knie ging und die Hand nach ihm ausstreckte. Doch Scott blieb, wo er war. Sie stöhnte. War ein eigensinniger Mann am Tag nicht genug?

Noch immer war sie maßlos enttäuscht, dass Cailan sie nicht erkannt hatte. Und das, obwohl sie bei seinem letzten Besuch vor fünf Jahren einen Kuchen für ihn gebacken, sein Pferd für ihn geputzt und nach seinem Sturz in einen Dornenbusch Heilkräuter für ihn gesammelt hatte. Sie schüttelte den Kopf. Was machte sie sich vor? Das hatte Cailan doch schon damals nicht gekümmert. Den Kuchen hatte er zu einem Mädchen aus dem Dorf mitgenommen, sein Pferd selbst ein zweites Mal gestriegelt und die Kräuter mit der Aussage: »Danke, du kleiner Kräuterzwerg, aber Hokuspokus ist nichts für Männer«, abgetan. Das Schlimmste war jedoch, dass er ihr dabei die Haare verstrubbelt und sie mit einem freundschaftlichen Klaps auf den Rücken ihrer Wege gesandt hatte.

Sie presste die Lippen zu einer schmalen Linie aufeinander und riss ein Grasbüschel aus der Erde. Ungeduldig wedelte sie damit vor Scott hin und her. »Hier, nimm schon!« Das Tier beäugte sie unter seinen langen Wimpern, und kurz sah es aus, als würde es sich nähern. Dann aber senkte Scott den Kopf und zog selbst einige Grashalme mit seinen flachen Zähnen aus dem Boden.

Das konnte doch nicht wahr sein! Das Rind machte sich über sie lustig, beinahe so, als hätte es sich mit Cailan verschworen. Sie seufzte und schloss für einen Moment die Augen. Seit sie den Erben der Sinclairs das erste Mal gesehen hatte, war sie hoffnungslos in ihn verliebt. Als Kind hatte sie seine Abenteuerlust und seinen Mut bewundert. Später hatte sie sein unwiderstehliches Lächeln, den Schalk in seinen Augen und seine selbstsichere Art bestaunt. Und als er sich schließlich vom Jugendlichen zum Mann entwickelt hatte, war die Anziehungskraft seines starken Körpers hinzugekommen.

Nichts davon aber war vergleichbar mit der Aura von rauer Männlichkeit und dem Hauch von Gefahr, die sie heute in seiner Gegenwart verspürt hatte. Und dann erst dieser Blick, mit dem er sie angesehen hatte. Flower ließ sich auf den Boden sinken. Er hatte ihr Herz höherschlagen lassen und ihr das Gefühl gegeben, Cailan wäre ein Raubtier und sie seine Beute. Es war das Verspechen gewesen, dass er sie nicht entkommen lassen würde – und sie hatte auch nicht entkommen wollen. Nicht, nachdem Cailan endlich erkannt hatte, was er all die Jahre übersehen hatte.

Flower lief ein Schauer über den Rücken, ehe sie das Grasbüschel zusammenknüllte und es Scott vor die Hufe schleuderte. Cailan hatte doch nicht sie angesehen, sondern nur ihren Körper. Sie, das Mädchen, das ihn seit Jahren bewunderte, hatte er nicht einmal erkannt. Sie war in diesem Bach für ihn nur eine weitere Frau gewesen, die er seiner unverschämt langen Liste an gebrochenen Herzen hinzufügen konnte und die er ohnehin nie heiraten würde, weil ihr Vater kein Clanführer war.

Kopfschüttelnd richtete sie sich wieder auf. Sie wollte doch überhaupt nicht heiraten, was sollten diese abwegigen Gedanken? Sie musste sofort damit aufhören.

Mit einer entschlossenen Bewegung strich sie ihr Kleid glatt. Ohne Apfel würde sie nicht nah genug an Scott herankommen. Aber vielleicht konnte sie langsam um ihn herumgehen, um zumindest aus der Ferne einen Blick auf die Wunde zu erhaschen? Vorsichtig machte sie einige Schritte zur Seite, wobei sie das Rind nicht aus den Augen ließ.

»Huch, Fiona!« Sie ruderte mit den Armen, um ihr Gleichgewicht nicht zu verlieren. Die Kuh muhte und rieb den Kopf an Flowers Hüfte. Widerwillig zuckten Flowers Mundwinkel. »Du bist wohl immer für eine Überraschung gut, was?«

Während sie dem Tier durch das dichte Haarkleid strich, wanderte ihr Blick zurück zu Scott. Der Schrei eines Falken hatte seine Aufmerksamkeit geweckt, und er drehte sich endlich so, dass sie auf seinen Hals blicken konnte. Erleichtert atmete sie auf. Die Verletzung war weder geschwollen, noch konnte sie Dreck darin erkennen.

Ein warmes Gefühl durchströmte sie. Immerhin das lief an diesem Tag richtig. Und doch schlug ihr Herz nicht bis zum Hals, wie es sonst bei einer gelungenen Behandlung der Fall war. Sie grub ihre Nägel in die Handfläche und knirschte mit den Zähnen. Sie würde doch nicht zulassen, dass die Gedanken an Cailan ihren Erfolg trübten? Flower stöhnte.

Cailan war der Erbe eines mächtigen Clans. Er verkehrte mit

den einflussreichsten Lords der Highlands. Natürlich war er eingebildet. Und es hieß, dass er mindestens ein Dutzend Bastarde hatte. Ob das stimmte?

»Hör auf!« Etwas zu grob schob sie Fiona beiseite, als diese übermütig an ihrem Kleid zu knabbern begann. Ein Muhen war die Antwort, ehe die Kuh schwerfällig davontrottete.

Flower schnalzte mit der Zunge. Sie sollte freundlicher zu dem Tier sein. Fiona hatte es schwer genug mit der anhaltenden Augenentzündung, und ihr Leben wurde nicht gerade leichter, jetzt, da sie trächtig war.

Seltsam erschöpft stieg Flower aus dem Gehege. Auf der großen Weide unter ihr jagten sich zwei Kälber durchs hohe Gras und ließen ihrer scheinbar endlosen Kraft freien Lauf. An einem anderen Tag hätte sie ihnen gern zugesehen, doch nicht heute. Stattdessen raffte sie ihr Kleid abermals und hastete zurück Richtung Bach. Cailan würde inzwischen verschwunden sein, und der Teufel sollte sie holen, wenn sie wegen ihm den mühsam gesammelten Baldrian für die Fischersfrau zurückließ.

KAPITEL 5

Die große Halle von Castle Varrich war zwar nicht so prächtig wie der Speisesaal von Castle Girnigoe, aber dafür sehr gemütlich. Die Wände waren aus Stein, die Decke und die Balustrade, die den Raum umspannte und mit dem oberen Stockwerk verband, aus dunklem Holz. In eisernen Halterungen steckten Fackeln, deren Schein den Raum in warmes Licht tauchte, und der Boden war mit frischen Binsen bestreut.

Während er über die Balustrade schritt, genoss Cailan die ausgelassene Atmosphäre in der Halle. An den sorgfältig aufgereihten Tischen unter ihm unterhielten sich die Männer von Clan Sinclair mit den Burgbewohnern von Clan MacKay. Bei diesen handelte es sich vor allem um ältere Krieger, die zum Schutz von Castle Varrich nicht bei Clanführer Malik, sondern bei Gregor weilten, sowie deren Frauen und Kinder. Auch Jan van Bergen, Gregors rechte Hand und Lehrer seiner Töchter, war zugegen.

Ebenso wie auf Castle Girnigoe speiste auch hier der Laird mit seiner Familie auf einer hölzernen Empore, die an der Stirnseite der Halle gegenüber dem Tor zum Burghof lag. Hier war der Tisch mit einem bestickten Tuch bedeckt, und hinter der Tafel brannte ein Feuer im Kamin. Cailan selbst hätte gern auf das Feuer verzichtet. Dennoch beeilte er sich, von der Balustrade hinunter zur Tafel des Lairds zu kommen. Zwar waren sein Vater und Gregor MacKay noch nicht anwesend, aber er wollte nach seiner misslichen Darbietung am Morgen gewiss nicht zu spät zum Essen erscheinen. Und erst recht nicht, weil er sich wie damals zu lange in einem Wald herumgetrieben hatte. Was hatte er sich überhaupt dabei gedacht, gerade heute mit einer Magd zu tändeln?

Kaum dass er von den Anwesenden bemerkt wurde, erhoben sich die Mitglieder von Clan MacKay. Seine eigenen Clansmänner folgten deren Beispiel. Allerdings lag in ihren Augen hauptsächlich freundlicher Spott, der ziemlich sicher auf die Tatsache abzielte, dass er am Morgen zu betrunken zum Reiten gewesen war.

»Mylord«, ertönte Rhona MacKays warme Stimme. Sie war von ihrem Platz auf der Empore heruntergekommen und schritt mit einem strahlenden Lächeln auf ihn zu. »Welch eine Freude, Euch zu sehen.«

»Die Freude ist ganz meinerseits«, erwiderte Cailan und verneigte sich galant. An die Burgbewohner gewandt fügte er hinzu: »Es ist schön, wieder einmal auf Castle Varrich zu sein.« Während ihm diese zustimmend zuprosteten und ihn ebenfalls willkommen hießen, reichte er Rhona seinen Arm und führte sie zurück zur Tafel, wo Artair und drei Mädchen in feinen Kleidern warteten.

»Cailan.« Artair, der links außen an der Tafel stand, grinste breit. »Gut siehst du aus.«

Lachend schlug er seinem Jugendfreund auf den Rücken und betrachtete dessen sonnengebräuntes Gesicht und die sportliche Statur. »Das Gleiche kann ich von dir sagen.« Dann richtete er seinen Blick auf die drei jungen Frauen und musterte sie aufmerksam.

»Ihr erinnert Euch an meine Töchter?«, fragte Rhona. Es war offensichtlich, dass sie ihn vor einer unangenehmen Lage bewahren und sie ihm notfalls erneut vorstellen würde.

Cailan nickte. Zwar musste er zugeben, dass es nicht leicht war, die kindlichen Gesichter aus seiner Erinnerung mit den in festliche Kleider gehüllten jungen Damen in Einklang zu bringen. Doch anhand ihrer unterschiedlichen Größe meinte er sie erkennen zu können.

Gegenüber von Artair mit Blick in den Raum stand Rhonas

jüngste Tochter. Ihr Körper wies noch kindliche Formen auf, aber in ihren großen grauen Augen lag bereits eine sonderbare Reife.
»Lady Skye«, grüßte er höflich. Die Antwort der Zwölfjährigen bestand aus einem kleinen, aber nicht unfreundlichen Lächeln.

Neben Skye stand entweder Leaf oder River. Das freche Grinsen des Mädchens verriet ihm jedoch, dass es Erstere sein musste.

»Wurde auch Zeit, dass du dich wieder einmal zeigst, Cailan«, verkündete sie keck, woraufhin sich Lady MacKay bestürzt räusperte. Was vermutlich sowohl auf den Inhalt von Leafs Aussage als auch auf die vertrauliche Anrede zurückzuführen war, die sie verwendet hatte. Anders als Artair hatte Cailan ihr diese schließlich nie ausdrücklich angeboten. Leaf jedoch schien das nicht zu stören. In ihren Augen glänzte der Schalk, und er ahnte, dass es keinen Tag dauern würde, bis das sommersprossige Mädchen versuchen würde, ihn zu Unfug anzustiften.

Leaf gegenüber stand demnach River. Das Braun ihrer zu Zöpfen geflochtenen Haare war heller als das ihrer Schwestern, und ihr rechter Nasenflügel wurde von einem Muttermal geziert. Mit ihrer vollen Unterlippe und den großzügigen Rundungen unter ihrem blauen Kleid wirkte sie sehr sinnlich, und er musste sich ermahnen, seine Gedanken nicht auf unangebrachte Wege wandern zu lassen. Besonders nach der aufreibenden Begegnung mit dem Dorfmädchen, das ihm nicht aus dem Kopf ging.

»Lady River.«

»Lord Cailan«, kam sogleich die fröhliche Erwiderung. »Ich hoffe, Ihr hattet eine gute Reise.« Er schmunzelte. River hatte weder ihre hohe Stimme noch ihre höfliche Art verloren.

»Setzt Euch doch, Mylord.« Rhona wies auf den Stuhl neben der rechten Stirnseite der Tafel. Er nahm das Angebot dankend an, und auch sie und die anderen Anwesenden ließen sich wieder nieder.

»Eure älteste Tochter fehlt«, bemerkte Cailan. »Wo ist sie?«

Bei dieser Frage legte Rhona die Stirn in Falten. Ob aus Missbilligung, Sorge oder gar beidem, konnte er nicht mit Sicherheit sagen. Bevor sie ihm jedoch antworten konnte, schritt eine schlanke Gestalt in einem moosfarbenen, mit Goldfäden verzierten Gewand die Treppen der Balustrade herunter. Das dunkelbraune Haar fiel ihr in sanften Wellen bis zur Taille hinab, und ihr Haupt zierte ein schmaler Goldreif. Ihre Haltung war aufrecht und ihr Gang anmutig.

Als die Frau das Ende der Treppe erreicht hatte und ihr Gesicht der Empore zuwandte, stockte Cailan der Atem. Er blickte in das engelsgleiche Antlitz des Mädchens, dem er vorhin im Wald begegnet war.

»Lady Flower?«, keuchte er fassungslos, während sich diese mit zusammengepressten Lippen und hochroten Wangen der Tafel näherte.

»Aye«, meinte Rhona und ließ die zuvor angespannten Schultern leicht sinken.

In Cailan dagegen verkrampfte sich alles. Er hatte vorhin der Tochter von Gregor MacKay unverschämte Avancen gemacht! Himmel, es war nicht auszudenken, was geschehen wäre, wenn er Erfolg gehabt hätte! Ihr Ruf wäre ruiniert gewesen, die Freundschaft zwischen ihren Vätern Vergangenheit und Clan Sinclair um einen Verbündeten ärmer. Wie nur hatte er das nicht kommen sehen?

Flower MacKay hatte sich in den letzten Jahren stark verändert. Sie, der unscheinbare Kräuterzwerg, war nun eine bezaubernde Schönheit, die nach den Blicken der anwesenden Männer nicht nur ihm die Sinne vernebelte. Er schluckte. Wie gern hätte er dieses hinreißende Geschöpf in sein Bett geholt. Doch es ging nicht. Nicht heute, nicht irgendwann. Niemals.

Denn sonst würde dem vertrauten Albtraum ein zweiter folgen.

Bei ihrer Rückkehr auf Castle Varrich hatte Flower von Tevin, dem noch äußerst jungen Stallknecht, erfahren, dass Lord Ewan Sinclair samt Gefolge und Sohn zu Besuch gekommen war, was ihre Hoffnung zerschlagen hatte, Cailan erst einmal nicht wiedersehen zu müssen. Aus diesem Grund hatte sie sich unmittelbar danach auf das unausweichliche Zusammentreffen beim Abendessen vorbereitet. Sie hatte ihr schönstes Gewand angelegt, um ihr ärmliches Erscheinen am Nachmittag wettzumachen, und sich vorgenommen, ganz gleichgültig mit Cailan umzugehen – genau wie er es verdiente.

Dennoch schlug ihr das Herz bis zum Hals, als sie jetzt mit erhobenem Haupt auf die Tafel zuschritt. Am liebsten würde sie Cailan ignorieren. Doch die anderen Anwesenden würden es als seltsam empfinden, wenn sie den einflussreichen Gast mied. So zwang sie sich, ihm in die Augen zu sehen und dabei nicht daran zu denken, dass deren Grau einem schottischen See im Morgengrauen glich.

Auf der Empore angekommen, knickste sie höflich vor Cailan, der sich von seinem Platz erhob. »Lord Cailan.«

Einen langen Moment sagte er nichts und starrte sie mit undurchdringlicher Miene an. Dann trat ein unverbindliches Lächeln auf seine Lippen. »Lady Flower.« Er zögerte kurz, ehe er schmunzelnd hinzufügte: »Ein wahrhaft schöner Name.«

Ihr stockte der Atem. Hatte sie sich gerade verhört, oder hatte Cailan tatsächlich die Unverfrorenheit besessen, auf den nachmittäglichen Vorfall anzuspielen? Mit Mühe versuchte sie, ihre gleichgültige Miene aufrechtzuerhalten. Dennoch reizte sie Cailans pure Anwesenheit derart, dass sie sich selbst sagen hörte: »Wie schön, dass Ihr Euch an meinen Namen erinnert, Mylord.«

Cailans Lächeln wurde breiter, und er sah ihr tief in die Augen. Darin stand wieder jener Glanz, der sie schon im Wald in seinen Bann gezogen hatte. »Ich erinnere mich an vieles, Mylady. Unsere letzte Begegnung zum Beispiel.«

Sie sog scharf die Luft ein.

»Du bist ganz blass, Flower«, bemerkte River besorgt. »Dabei war es wirklich unterhaltsam, wie Taran damals beim Abschied die Blumen aus deinem Weidenkorb gefressen hat.«

»Aye«, bestätigte Cailan und zwinkerte Flower zu. »Aber ich bin mir sicher, dass Ihr heutzutage besser auf Euren Weidenkorb aufpasst.«

Flower kochte innerlich vor Wut und musste schwer schlucken, um Cailan nicht giftig anzufauchen. Noch nie hatte sie es derart bereut, damals einen halben Tag lang Wiesenblumen gesammelt zu haben, um ihm eine Freude zu bereiten. Und was ihren Korb anging – dieser war verschwunden gewesen, als sie an den Bach zurückgekehrt war.

Leaf rettete sie glücklicherweise vor einer Antwort. »Wo sind Vater und Lord Sinclair?«, fragte sie ungeduldig. »Ich habe einen Bärenhunger.«

»Leaf«, zischte ihre Mutter sichtlich erschrocken, während diese undamenhaft nieste. Vermutlich bereute Rhona es bereits, dass sie ihre Tochter nicht doch vom Essen ausgeschlossen hatte.

Cailan dagegen lachte nur, ohne Flower dabei aus den Augen zu lassen. »Das geht mir genauso. Mein Appetit wurde heute bisher nur unzureichend gesättigt.«

Alles in allem entwickelte sich das Abendessen nach dem Erscheinen von Gregor und Lord Sinclair zu einem fröhlichen Beisammensein. Selbstverständlich war Flower noch immer angespannt. Cailan saß ihr schräg gegenüber, und sie wollte nichts lieber, als seiner unerträglichen Gegenwart zu entfliehen. Doch als Ewan Sinclair das Essen mit den Worten »Mmh, Reh« lobte, musste selbst sie schmunzeln. Zu lebhaft sah sie in ihrer Vorstellung Hailey vor sich, die den Lord ermahnte, auch die in Honig gebackenen Karotten zu würdigen, und dabei weder vor dessen Rang noch der Stärke und Entschlossenheit, die er ausstrahlte, zurückschreckte.

»Auf Euren Besuch«, rief Gregor und prostete seinen Gästen lächelnd zu, ehe er sich in ein Gespräch mit seinem alten Freund vertiefte. Dabei kam Lord Sinclair sonderbarerweise immer wieder auf die Schlacht von Bannockburn zurück. So schnappte Flower verschiedene Wortfetzen darüber auf, wie der legendäre Robert the Bruce mit nur fünftausend Mann die mehr als dreimal so große Armee der Engländer geschlagen hatte. Und die Frage, ob die Schlacht damals wohl anders verlaufen wäre, wenn König Eduard I. zu dem Zeitpunkt noch am Leben gewesen wäre.

Cailan dagegen schien sich nicht im Mindesten um die Erfolge des verstorbenen Schottenkönigs zu scheren und, anders als ihre Väter, auch nicht um das Ale. Stattdessen unterhielt er Flowers Mutter, Artair, Skye und eine glücklicherweise nur leicht verschnupfte Leaf mit Anekdoten aus seiner eigenen Vergangenheit. Flower wiederum versuchte, Cailans Blick zu meiden, und verwickelte stattdessen River in ein Gespräch über den Handel mit Hochlandrindern.

»Eine eigene Schiffsflotte, um die Hochlandrinder in die Lowlands zu verkaufen, sagst du?«

»Aye«, bestätigte River mit leuchtenden Augen. »Oder ihre Erzeugnisse. Das wäre vielleicht besser.« Sie legte den Kopf schief. »Für die Tiere selbst könnte es auf dem Schiff etwas eng werden. Was meinst du?«

»Das stimmt«, pflichtete Flower ihr bei. »Außerdem bezweifle ich, dass sie sich auf dem Wasser wohlfühlen.«

»Kaum vorstellbar, dass es jemand auf dem Wasser *nicht* lieben könnte«, warf River kopfschüttelnd ein. »Aber du kannst es auch nicht ausstehen, nicht wahr?«

»Letztes Mal wurde mir etwas flau im Bauch«, untertrieb sie.

Sogleich legte ihre Schwester die Stirn in Falten. »Das legt sich mit der Zeit. Artair und ich bessern doch das alte Ruderboot aus. Wenn es wieder seetauglich ist, könntest du uns auf einem Ausflug zum Seehundstrand begleiten. Natürlich nur, wenn du willst.«

Flower wollte ablehnen. Sie wusste genau, dass ihr von dem Auf und Ab der Wellen übel werden würde. Doch in der Vergangenheit war ihr Verhältnis mit River nicht immer einfach gewesen, und sie wollte ihre Schwester nicht vor den Kopf stoßen. »Alles, was dich glücklich macht.«

Begeistert erzählte diese ihr daraufhin, was noch notwendig war, bis das Boot wieder zu Wasser gelassen werden konnte. Doch Flower konnte sich nicht wirklich darauf konzentrieren. Ungewollt wanderte ihre Aufmerksamkeit wieder zu Cailan und seinen Geschichten.

»Stimmt es auch, dass du aus dem Fenster von Lady Munro geflohen bist, damit ihr Gatte dich nicht erwischt?«, klang Leafs Frage an ihr Ohr.

Ein schneller Seitenblick zu Ewan, gefolgt von einem heiseren Lachen, war Cailans Antwort. »Wo hast du das nur aufgeschnappt?«

Leaf machte eine wegwerfende Handbewegung, ohne ihn aus den Augen zu lassen. »Stimmt es nun oder nicht?«

Cailan lächelte geheimnisvoll. »Für eine feine Lady bist du sehr unnachgiebig.«

»Aye, Leaf«, mischte sich ihre Mutter ein. »Du musst lernen, wann Schluss ist ... Sonst werden wir nie einen Ehemann für dich finden«, fügte sie nach einer kleinen Pause hinzu.

»Ich will auch keinen«, entgegnete Leaf trotzig und verschränkte die Arme vor der Brust. »Nur ein Narr würde seine Freiheit für eine Ehe aufgeben.«

Oder seine Träume, dachte Flower unwillkürlich, während ihre Mutter geräuschvoll den Krug absetzte. »Jetzt reicht es, Leaf MacKay! Ab mit dir nach oben! Du hast mir genug Kopfschmerzen für einen Tag bereitet.«

Leaf erhob sich mit einer spöttischen Verbeugung. »Wenn mir so ein Gespräch über die Ehe erspart bleibt, gern.« Sie stahl sich eine Pflaume von Skyes Teller und schob sie sich in den Mund. Ein letztes Zwinkern in Artairs Richtung, dann verließ sie die Halle.

»Entschuldigt.« Rhona hob beschämt die Schultern. »Ich weiß wirklich nicht, was ich bei ihrer Erziehung falsch gemacht habe.« Ewan neigte leicht den Kopf nach vorn und sah ihr fest in die Augen. »Gegen das Feuer der Jugend kommt bekanntlich die beste Erziehung nicht an.« Er hielt den Blickkontakt noch einen Moment länger, ehe sein Blick Cailan streifte. »Wenn Eure Tochter erwachsen ist, wird sie Verantwortung übernehmen. Wie es sich für gute Kinder eben gehört.«

Cailan verschluckte sich beim Trinken, während Rhona blinzelte und ein seltsam gequältes Lächeln aufsetzte. »Selbstverständlich habt Ihr recht, Mylord. Das Pflichtgefühl siegt immer.«

»Wohl gesprochen.« Gregor schlug seinem Freund, dessen Wangen vom vielen Ale genauso gerötet waren wie seine eigenen, kameradschaftlich auf die Schulter.

Hoffentlich war das Gespräch über Ehen damit beendet. Flower öffnete bereits den Mund, um das Essen zu loben, als Ewan sich im Stuhl zurücklehnte und sie aufmerksam betrachtete.

»Es wäre ohnehin unüblich, die dritte Tochter zuerst zu verheiraten.« Seine Miene war nachdenklich. »Aber was ist mit Lady Flower?«

Flowers Bauch verkrampfte sich. Diese Frage war nicht gut, ganz und gar nicht gut. Und zu allem Übel wandte sich ihr jetzt auch noch Cailan zu.

Gregor musterte seine älteste Tochter einen Moment mit einer Falte zwischen den Brauen, ehe er Ewan antwortete. »Es ist nicht einfach, einen guten Ehemann für Flower zu finden, solange Maliks Tochter nicht verheiratet ist.«

»Verstehe«, sagte Ewan, und Flower erkannte förmlich, wie sich hinter seiner Stirn Gedanken formten. »Das muss hart für Euch sein, Lady Flower, nicht wahr?«

Damit hatte Flower nicht gerechnet. Hilfe suchend sah sie zu ihrer Mutter, doch diese blickte sie nur erwartungsvoll an. Auch der Blick ihres Vaters ruhte auf ihr. »Nun«, stotterte sie und bekam plötzlich sehr schlecht Luft, »es ist gewiss unüblich, dass ich in meinem Alter noch nicht verheiratet bin. Aber ...« Aus den Augenwinkeln sah sie, dass sich ihr Vater anspannte und ihre Mutter sich unruhig eine Haarsträhne hinter das Ohr schob. »Aber ...«, setzte sie erneut an, und Bilder von den Weiden von Ribigill schossen ihr durch den Kopf. Sie roch das frische Heidekraut, spürte die ersten Strahlen der Morgensonne und dachte an Eiric, die unerschrockene Eiric, von der sie so gerne mehr über Tierheilkunde erfahren wollte.

Nein, sie wollte nicht heiraten. Nicht, wenn es bedeutete, dass sie all das nicht haben konnte. Zumal der einzige Mann, für den sie Zuneigung verspürt hatte, ohnehin nicht für eine Ehe mit ihr infrage kam. Und obendrein ein Frauenheld und arroganter Schuft war. Dennoch glitt ihr Blick unbewusst zu Cailan hinüber. Ob er noch immer dachte, dass Kräuter nichts für Männer seien? Flower würde ihm gerne das Gegenteil beweisen. Genau genommen würde sie nicht nur ihm, sondern auch ihrer Mutter und jedem anderen, der die Wirkung von Heilmitteln anzweifelte, gerne das Gegenteil beweisen.

Aber all das konnte sie nicht laut aussprechen. Nicht, wenn sie damit ihrer Familie schadete, ihre geliebten Eltern verletzte und brüskierte. Vor allem, nachdem Leaf ihrer Mutter heute schon derart zugesetzt hatte. Und was zählte schon ihre Antwort an Ewan Sinclair? Er würde ihr kaum seinen eigenen Sohn zum Ehemann anbieten, und so konnte sie ihren Eltern zu einem anderen Zeitpunkt behutsam von ihren Wünschen erzählen.

Doch etwas in ihr sträubte sich dagegen, zu lügen. Etwas, das nicht damit zufrieden war, dass sie die Wahrheit erneut totschwieg. Etwas, das schon am Tag von Bhaics Verlust in ihr aufbegehrt hatte.

»Aber nur weil etwas unüblich ist, heißt es nicht, dass es hart ist«, hörte sie sich zu ihrer eigenen Überraschung antworten. »Ich komme gut allein zurecht.« Mit einem Blick auf ihre Mutter, die scharf die Luft einsog, fügte sie hinzu: »Bis ein Ehemann für mich gefunden ist, natürlich.«

Lord Sinclair nickte, in seinem Blick lag Anerkennung. Dann aber wich der Ausdruck wieder dem des Strategen. »Hast du einen bestimmten Clan für deine Tochter im Sinn, Gregor?«

Dieser legte den Kopf schief. »Am besten wäre natürlich ein Clan in den nördlichen Highlands. Aber angesichts Flowers Alters und meinen weiteren drei Töchtern bin ich auch für andere Angebote offen.«

»Hm«, machte Ewan und nahm bedächtig einen Schluck Ale. Als er den Krug wieder absetzte, streifte sein Blick Cailan. Für einen aberwitzigen Moment fürchtete Flower, dass Ewan doch eine Ehe zwischen ihr und seinem Sohn erwog. Ihr Herzschlag beschleunigte sich. War es tatsächlich Furcht, die sie bei diesem Gedanken verspürte? »Wir sind auf dem Weg zur Hochzeit meines Neffen, Logan MacLeod«, erklärte er schließlich. »Die MacLeods sind ein kinderreicher Clan. Es werden also einige junge Männer zugegen sein und natürlich auch Mitglieder des Sutherland-Clans, der Familie von Logans Braut. Wenn es in deinem Sinn ist, nehme ich Flower mit. Sie mag zwar nicht die Tochter eines Clanführers sein. Aber mit der Aussicht, durch eine Ehe mit ihr auch die Freundschaft der Sinclairs zu gewinnen, wird das schnell in Vergessenheit geraten.«

»Das würdest du tun?«, fragte Gregor ungläubig, während Flower nur fassungslos von einem zum anderen sah.

»Aye«, antwortete Lord Sinclair und ließ seinen Blick erst über Flower, dann über Rhona gleiten. »Es gibt wenig, das ich nicht für dich tun würde.«

Während Gregor seinem Freund in unverkennbarem Dank zuprostete, verfluchte Flower den Keiler, vor dem ihr Vater Lord Sinclair in Jugendtagen gerettet hatte. Ohne diesen Vorfall wäre die Freundschaft zwischen den beiden Männern gewiss nie derart eng geworden. Gleichzeitig sah sie Hilfe suchend zu Cailan hinüber.

Halte ihn auf, wollte sie sagen, während ihr Innerstes in tausend Stücke zerbrach.

Doch Cailan betrachtete sie nur mit einem sonderbar wehmütigen Ausdruck in den Augen. »Auf Eure zukünftige Ehe, Mylady! Möge sie mit vielen Kindern gesegnet sein.«

KAPITEL 6

Bei Nacht war der Rosengarten von Castle Varrich ebenso bezaubernd wie bei Tag. Wie die Küche und der Kräutergarten lag er links neben dem Hauptgebäude und wurde an den hinteren drei Seiten von der Burgmauer eingefasst. Entlang der Mauer bis hoch zum Wehrgang wie auch an dem Steinbogen, der den Garten mit dem Burghof verband, wuchsen Wildrosen. Sie dufteten nach Apfel und Wein und wurden vom Mond in silbriges Licht getaucht. Flower hatte heute jedoch keinen Blick dafür. Ihre Sicht wurde von einem Schleier aus Tränen getrübt, als sie gefolgt von Hailey zu der Grasfläche mit der knorrigen Esche in der Mitte des Rosengartens floh.

»Oh, Flower.« Ohne Protest ließ sich Hailey neben ihr im Gras nieder, und das, obwohl sie sonst viel lieber auf der hufthöhen Mauer saß, die den Garten an der vierten Seite direkt über den Klippen und dem darunterliegenden Meer begrenzte. »Bitte beruhige dich doch!«

Aber sie konnte nicht. Nicht einmal hier, wo das friedliche Rauschen der Wellen an ihr Ohr drang. Seit Cailans Ankunft war ihr gesamtes Leben aus den Fugen geraten. Erst das Treffen im Wald, und nun hatte Lord Sinclair zugesichert, ihr einen Ehemann zu finden. Hätte sie doch nur bereits mit ihren Eltern über ihre Träume gesprochen! Doch sie hatte sich nicht getraut, hatte geglaubt, dass genug Zeit bleiben würde, bis ihre Cousine wieder verlobt war. Ein leises Schluchzen entrang sich ihrer Kehle, sodass Hailey aufhörte, über ihre Hand zu streichen, und sie stattdessen in ihre Arme schloss.

Dort schluchzte Flower eine Weile, ehe sie sich aus der Umarmung befreite. »Tut mir leid«, hauchte sie. »Ich sollte nicht weinen.«

Doch Hailey schüttelte entschieden den Kopf. »Es ist in Ordnung, zu weinen. Das machst du ohnehin viel zu selten.«

»Ist das jetzt etwa ein Vorwurf?«, krächzte Flower, während sie sich mit der Hand die Tränen aus dem Gesicht wischte.

»Nein«, sagte Hailey einfühlsam. »Nur eine Beobachtung.«

Flower nickte stumm und blickte zum verschlossenen Tor in der Außenmauer des Rosengartens, hinter dem die Hügel und danach die Weiden von Ribigill lagen. Ein Friedhof zerbrochener Träume. »Wenn ich doch nur mehr wie Leaf wäre«, seufzte sie müde. »Sie sagt, was sie denkt, und nimmt sich, was sie will.«

»Aye«, pflichtete Hailey ihr bei. »Aber sie ist auch sehr rücksichtslos, oder nicht? Denk an all den Kummer, den sie deinen Eltern bereitet, die ihr so viel Zuneigung entgegenbringen.« Bei dem letzten Satz war ihre Stimme melancholisch geworden. Die Freundin erfuhr selbst kaum Liebe in ihrer Familie. Ihre Mutter war gestorben, und ihr Vater forderte zwar, dass sie ihm Essen ins Dorf brachte und für ihn putzte, zeigte aber keinerlei Zugewandtheit ihr gegenüber.

»Du hast recht«, murmelte Flower betrübt. Aber dennoch: War es gerecht, dass ihre Eltern ihr mit ihrem Ansinnen selbst so viel Kummer bereiteten? »Oh, Hailey. Ich weiß nicht, wie ich das ertragen soll. Es fühlt sich an, als ob mein Herz blutet.«

Sogleich strich Hailey ihr beruhigend über den Arm. »Ich weiß. Aber die Köchin sagt immer, dass alles irgendwann vorübergeht.« Dann zwinkerte sie ihr zu. »Wie das eine Mal, als ich dich gezwungen habe, meine Knoblauchmilch zu trinken.«

Ein Schaudern lief Flower über den Rücken, und gegen ihren Willen hoben sich für einen Moment ihre Mundwinkel. »Das war scheußlich, Hailey!«

»So schlimm war es nun auch wieder nicht.«

»Stimmt. Wirklich schlimm war es erst, als du auch noch den kostbaren Pfeffer hinzugefügt hast.«

Hailey kicherte schuldbewusst. Auch Flower gab einen Laut von sich, der sich verdächtig nach einem Lachen anhörte, ehe sie ihren Kopf wieder an der Schulter der Freundin vergrub.

Hailey schob sie etwas von sich und sah ihr ernst in die Augen. »Weißt du noch, was du mir gesagt hast, als mein Vater meinen Geburtstag vergessen hat?«

»Dass Geburtstage unnütz sind, weil man ein Jahr näher an einem Ehemann ist?« Als Hailey sie sanft in die Seite stupste, seufzte Flower ergeben. »Na gut. Ich habe dir gesagt, dass du die Gegebenheiten nicht ändern kannst, nur deine eigene Sicht darauf.«

»Aye. Und genau das rate ich dir nun auch. Ich verstehe natürlich deine Enttäuschung, dass Lord Sinclair nicht eine Ehe mit Cailan ...«

»Pah, von wegen«, unterbrach Flower ihre Freundin nun mehr wütend als traurig. »Cailan ist ein Schuft! Ich habe ihn heute Nachmittag im Wald getroffen, und er hat sich nicht einmal mehr an mich erinnert!«

»Du hast ihn im Wald getroffen?« Hailey zog die Augenbrauen nach oben.

»Aye«, murmelte Flower und machte eine wegwerfende Handbewegung, dann zog sie die Knie noch enger an ihre Brust und stützte ihr Kinn darauf. »Das Problem ist die Ehe selbst.« Sie blickte zu den Sternen hinauf. »Als Ehefrau könnte ich kaum mehr nach Portskerra.«

»Aber dafür hättest du einen Ehemann«, warf Hailey ein, und in ihre Augen trat wieder ein träumerischer Glanz. »Stell dir das vor. Ein Mann, der sich um dich sorgt. Der immer für dich da ist. Der dich, so Gott will, sogar liebt.«

Bei dieser Aussage lächelte Flower mitfühlend und drückte die Hand ihrer Freundin. Sie wusste, dass sich Hailey nichts sehnlicher als eine glückliche Ehe wünschte. Doch ihr Vater war dage-

gen, da er seine Tochter nicht als Haushaltshilfe verlieren wollte.
»Weißt du«, sagte sie leise, »ich würde mich lieber selbst lieben und dafür nach Portskerra gehen.«

Hailey schwieg einen Moment. Natürlich hätte sie ihr noch stundenlang die vermeintlichen Vorteile einer Ehe aufzählen können, doch so war Hailey nicht. »Dann musst du das deinen Eltern sagen.«

»Nein.« Entschieden schüttelte Flower den Kopf. »Mein Vater würde vor Scham im Boden versinken, wenn ich Lord Sinclair derart brüskieren und sein großzügiges Angebot ausschlagen würde. Es würde ihre Freundschaft gefährden und damit auch die Freundschaft zwischen unseren Clans.« Sie schlang die Arme um sich, und eine Welle der Hilflosigkeit überrollte sie. »Meine Eltern würden mich verstoßen, Hailey.«

Hailey nickte stumm und dachte eine Weile schweigend nach. »Ein alter Ehemann, der bald stirbt?«

»Das würde Lord Sinclair nicht tun.« Flower ließ die Schultern noch ein Stück tiefer sinken. »Er schätzt meinen Vater und wird mir keinen Mann aussuchen, durch den ich im nächsten Jahr zur Witwe werde.«

»Vielleicht ist das auch besser so«, warf Hailey ein. »Nicht dass du wie die alte Moira wirst. Immer betrunken und grummelig und mit Dreck im Gesicht.«

»Es würde aber sicher helfen. Niemand will eine Frau heiraten, die *so* ist.«

Hailey gab einen glucksenden Laut von sich. Im nächsten Augenblick zog sie die Augenbrauen zusammen und knetete ihre Hände. Das tat sie immer, wenn sie nachdachte. »Dann muss es ein Mann sein, der die Heilkunst schätzt.«

Flower nickte, war aber nicht überzeugt. »Nur dass es solche Männer kaum gibt. Und wenn es einen gäbe, müsste er auch noch damit einverstanden sein, dass wir eine Zeit lang getrennt leben. Ganz zu schweigen von der Sache mit den Kindern. Stell dir nur vor«, sie redete sich in Rage, »wenn ich in der Hochzeitsnacht schon schwanger werden würde. Gut, ich finde eine Amme weniger schlimm als meine Mutter. Aber ganz zurücklassen könnte ich mein Kind nicht. Und es mitzunehmen wäre auch schwierig. Ich kann ja mit einem Neugeborenen nicht den Schutz einer Burg gegen eine Bauernkate tauschen und ...«

»Das setzt voraus, dass es überhaupt ein Kind gibt«, unterbrach Hailey in ihrer ewigen Zuversicht Flowers Redefluss. »Natürlich weiß ich nicht viel darüber, aber ich habe gehört, dass ...« Sie hielt kurz inne und blickte sich hastig um, ihre Wangen färbten sich dabei rot. »Ich habe gehört, dass es Wege gibt, um das Kinderkriegen zu verhindern. Wynda hat beim Kochen mal erzählt, dass ein Mädchen aus dem Nachbardorf vor einiger Zeit eine Sticknadel genommen hat, um das Kind in sich ... nun ja.«

»Das ist furchtbar!«, rief Flower entsetzt. »Geht es dem Mädchen gut?«

Hailey zuckte mit den Schultern. »Ich weiß es nicht. Wynda hat sie lang nicht mehr gesehen, vermutlich ist sie fortgezogen.«

Oder gestorben, dachte Flower schaudernd, wagte es aber nicht, diese Vermutung auszusprechen. Dennoch: Greer war es bisher auch gelungen, kein Kind zu bekommen – und das trotz ihrer vielen Liebschaften. Aber könnte sie die Heilerin wirklich *danach* fragen? Obwohl sie und Greer in letzter Zeit fast so etwas wie Freundinnen geworden waren, hatte Flower von ihrer Mutter gelernt, dass man über die Dinge, die im ehelichen Gemach vonstattengingen, besser Schweigen bewahrte. Aus diesem Grund hatte sie nur eine vage Vorstellung davon, was sich überhaupt zwischen Mann und Frau ereignete. Dass diese Vorstellung größtenteils auf der Beobachtung von Hochlandrindern beruhte, machte es nicht besser.

Sie würde also Greer fragen müssen. Es war der einzige Weg.

KAPITEL 7

Am nächsten Nachmittag machte sich Flower auf den Weg nach Tongue, dem kleinen Dorf am Fuße des Hügels, auf dem Castle Varrich thronte. Rund fünf Dutzend Bauernkaten säumten die Straße, auf die sich oft mehrere Hühner verirrten. Kinder tollten herum und spielten mit Holzstecken William Wallace. Vor der baufälligen Kirche war die Frau des Fischers in ein Gespräch mit der alten Moira vertieft, und aus der Schmiede klang das Geräusch von einem Hammer auf Metall.

Flower grüßte freundlich jeden, dem sie begegnete, und entdeckte nahe der Schmiede auch ihre jüngste Schwester Skye, die mit ihren beiden Freundinnen, der Tochter des Schmieds und der Tochter des Schankwirts, eine holzgerahmte Wachstafel betrachtete. Darauf war, wie Flower beim Näherkommen feststellte, ein Muster für einen Schwertgriff eingeritzt.

»Vielleicht sind es zu viele Linien?« Skye stand mit dem Rücken zu ihr und beugte sich über die auf einem Tisch liegende Zeichnung. »Aber um sicherzugehen, muss ich Father Maxwell fragen.« Flower ahnte, dass die Augen ihrer Schwester bei dieser Überlegung leuchteten. Das taten sie immer, wenn die Zwölfjährige von ihren Bildern oder einem Ausflug zu dem kleinen Kloster am Fuß von Ben Loyal sprach, dem der kunstvernarrte Cousin ihres Vaters vorstand.

»Na, ihr drei«, begann sie, während sie ihrer jüngsten Schwester die Hände von hinten auf die schmalen Schultern legte. »Wieder einmal am Zeichnen?«

»Aye«, bestätigte Skye und kaute, den Blick weiter auf die Wachstafel gerichtet, an ihren Fingernägeln. Flower schmunzelte. Diese Geste erinnerte sie stets daran, welche Widersprüche Skye in sich vereinte. Einerseits war sie mit ihrer stoischen Ruhe und Klugheit ihrem Alter weit voraus. Andererseits hielt sie an kindlichen Ritualen fest, fast so, als könne sie sich nicht entscheiden, ob sie nun erwachsen werden wollte oder nicht.

»Wenn du mich fragst, sind es übrigens die Winkel«, überlegte Flower laut. »Ich empfinde sie als zu spitz. Hier.« Sie zeigte auf die untere Hälfte der Zeichnung. »Das wirkt zu ... nun, wie soll ich es sagen, zu kantig?«

»Zu kantig?«, wiederholte Skye, während sie sich zu ihr umdrehte. Ihre Mundwinkel zuckten verräterisch, und auch Nessa und Mhairi hatten Mühe, nicht zu kichern.

»Ach, was verstehe ich schon von Kunst?« Flower stimmte in das Lachen mit ein, das die Mädchen nun nicht länger zurückhalten konnten, ehe ihr etwas einfiel. »Wenn ihr wegen eurer Zeichnung mit Kerr zum Bergkloster geht, könntet ihr den Schäfer nach etwas Wolle für mich fragen?«, bat sie. »Ich brauche sie als Schwamm.«

Skye nickte, und Flower drückte ihr einen Kuss auf den nach Lavendel duftenden Haaransatz. Zwar sprach ihre jüngste Schwester weniger mit ihr, als ihr lieb war, doch es war stets Verlass auf sie.

Je näher Flower der reetgedeckten Kate von Greer kam, die am Rande von Tongue mit etwas Abstand zu den anderen Steinhäusern stand, desto mehr machte sich die unangenehme Anspannung von gestern in ihr breit. Ihre Hände wurden feucht, und ihr Herzschlag beschleunigte sich. Ob Greer ihr helfen konnte?

Als sie das Zuhause der Heilerin fast erreicht hatte, drang ein helles, weibliches Lachen an ihr Ohr, gefolgt von der tiefen Stimme eines Mannes. Es war kein Geheimnis, dass Greer den Freuden des Lebens mehr zugetan war, als es sich für eine junge Witwe ziemte. Aber hatte sie wirklich um diese Zeit Besuch von einem Liebhaber?

Etwas unschlüssig blieb Flower am Rand des Kräutergartens stehen, der die Kate umgab. Dort wuchs auch die Minze, die Greer, wie Flower wusste, abends in Wasser aufkochte, nur um das Gemisch in ihrer eigensinnigen Art am nächsten Morgen kalt zu trinken. Sie wartete einige Momente, doch von innen erklang kein weiteres Geräusch. Zudem stand die Tür zur Kate weit offen. Gewiss hatte Greer also nur Besuch von einem Dorfbewohner, der ihre Hilfe benötigte.

Als Flower wenige Augenblicke später über die Schwelle trat, bereute sie diese vorschnelle Annahme und verfluchte sich dafür, sich nicht vorher bemerkbar gemacht zu haben.

Die hübsche Dorfheilerin stand in der Mitte des Raumes, die Arme um den Nacken eines hochgewachsenen Mannes geschlungen, die Augen geschlossen, die Lippen leicht geöffnet. Der Mann war damit beschäftigt, mit seinem Mund die feine Mulde zwischen ihrem Schulterblatt und ihrem Hals zu erkunden. Seine Schultern waren breit, seine rechte Hand lag besitzergreifend auf Greers Taille. Auch wenn Flower sein Gesicht nicht sehen konnte, hätte es nicht erst sein verlangendes Knurren gebraucht, um zu wissen, wen sie da vor sich hatte.

Cailan Sinclair.

Einen Moment lang war sie unfähig, sich zu rühren. Ihr Herz pochte wild in ihrer Brust, und eine seltsame Mischung aus Faszination und Wut stritt in ihrem Inneren.

So sah es also aus, wenn sich Cailan einer Frau widmete. Ob er sie gestern am Bach ebenso leidenschaftlich mit seinem Mund verwöhnt hätte? Mit seinen Bartstoppeln über ihre Haut gestrichen wäre, sodass sich die feinen Härchen auf ihren Unterarmen aufgestellt hätten? Es hätte auch ein kurzer Kuss sein können. Eine einzige, federleichte Berührung, zu flüchtig, um mit Gewissheit sagen zu können, ob sie sich wirklich ereignet hatte. Vielleicht wäre seine Hand ebenfalls an ihrem Rücken hinabgewandert und wie bei Greer ...

Ihrer Freundin Greer! Das Kribbeln in Flowers Bauch wich einem Brennen. Unwillkürlich ballte sie die Hände zu Fäusten und presste die Lippen zusammen. Was zur Hölle fiel Cailan Sinclair ein, ihre Freundin Greer zu küssen? Wenn er sie gedrängt oder seine Stellung als Lord ausgenutzt hatte, um sich Zugang zu ihrem Bett zu verschaffen ... Oh, wenn er das getan haben sollte, konnte er etwas erleben!

»Ins Bett«, keuchte Greer in diesem Moment, während sie eine Hand in Cailans dunkelblondes Haar grub und sich noch enger an seinen harten Körper drückte. »Bring mich sofort zurück ins Bett!«

Das sah nicht nach Bedrängen aus, stellte Flower zerknirscht fest. Sie hätte erleichtert sein sollen, dass hier nichts gegen Greers Willen geschah, doch stattdessen wuchs der Knoten, der glühend in ihrer Bauchregion pulsierte.

Greer hatte viele Liebhaber, das wusste sie. Aber musste sie sich ausgerechnet Cailan aussuchen? Den Mann, den Flower seit Jahren ... unerträglich fand, zur Hölle, sie fand ihn unerträglich! Arrogant. Eingebildet. Ein unverbesserlicher Frauenheld.

Sie sollte die Heilerin warnen, mit der sie bei genauerem Überlegen noch nie über Cailan gesprochen hatte. Aber warnen vor was? Vor einem gebrochenen Herzen? Schlaflosen Nächten? Oder dem ...

»Vorsicht, der Hocker!«

Zu spät. Greer hatte Cailan rückwärts in Richtung des Bettes gedrängt, während dieser mit geübter Raffinesse seine Küsse von ihrem Schulterblatt zu ihrem Mund hatte wandern lassen. Keiner der beiden hatte den hölzernen Hocker gesehen. So stürzte das verschlungene Paar geräuschvoll zu Boden, und Flower schlug sich erschrocken die Hände vor den Mund.

»Teufel und Verdammnis!«, fluchte Cailan. Mit zusammengepressten Lippen fasste er sich an seine Schulter, mit der er hart auf dem staubigen Boden aufgeschlagen war, unmittelbar neben einem verloren wirkenden Tonkrug. Greer, die auf ihm gelandet war, rollte sich flink von ihm herunter. Ihr war nichts geschehen, und nach einem Blick auf Cailan, der sich nun auch aufsetzte, lachte sie herzhaft.

Flower, die sich über Cailans Gesichtsausdruck amüsierte, biss sich auf die Lippen, um nicht ebenfalls loszuprusten. Sie war kein schadenfroher Mensch, aber in diesem Fall hatte sie das Gefühl, dass Cailan das bekommen hatte, was er verdiente. Zumal er offensichtlich nicht ernsthaft verletzt war.

»Vergebt mir, wenn ich euch erschreckt habe«, entschuldigte sie sich. Ihre Schultern bebten, und es fehlte nicht mehr viel, bevor sie in Greers Lachen einstimmen würde.

Cailan warf ihr einen grimmigen Blick zu, ehe sich auch seine Mundwinkel hoben. In seinen Augen stand ein neckender Glanz, und sie konnte nicht verhindern, dass ihr bei diesem Anblick warm wurde. »Immerhin sind wir im Trockenen gelandet, Mylady. Stellt Euch nur vor, wir wären in einem Bach gewesen.«

Greer boxte ihn leicht gegen den Arm und schüttelte belustigt den Kopf. »Was setzt Ihr Flower nur für Bilder in den Kopf?«

Cailans Grinsen wurde eine Spur breiter, während er sich die Schulter rieb. »Nichts, was sie sich nicht vorstellen kann, da bin ich sicher.«

»Auch die Vorstellungskraft muss angeregt werden«, presste Flower hervor und spürte, wie sich ihre Wangen noch röter färbten. »Ich will meinen, dass Ihr das seit Eurer Ankunft gestern genug getan habt, Mylord.«

Ein Lachen löste sich aus Cailans Kehle. »Oh, ganz bestimmt.« Er zwinkerte ihr zu und neigte dann den Kopf in Greers Richtung. »Eine junge Lady kommt schließlich nicht jeden Tag in den Genuss, zwei Liebende zu beobachten.«

»Du hast uns zugesehen?«, stöhnte die Heilerin. Sie fuhr sich mit der Hand durch die blonden Haare, die heute etwas zerzaust waren. »Wie lange?«

»Nun ... Ich ...« Flowers Kehle wurde eng, und jetzt glühten ihre Wangen vollends. Ja, sie hatte die beiden beobachtet. Aber es war keine bewusste Entscheidung gewesen. Vielmehr hatte der Anblick von Cailan mit Greer sie derart gebannt, dass sie sich nicht hatte bewegen können.

»Ihr müsst Euch nicht rechtfertigen, Lady Flower. Ich kann das gut verstehen«, unterbrach Cailan ihre innere Schmach.

Flower grub ihre Finger in den Stoff ihres Kleides. Sie wollte nur noch weg.

Doch ihr Gegenüber grinste frech und deutete mit einer großspurigen Handbewegung auf sich selbst. »Mein Anblick ist unwiderstehlich. Da wird jedes Frauenherz schwach.«

»Ihr arroganter ...«

»Schuft«, ergänzte Greer ihre Bemerkung. In den Augen der Heilerin stand der Schalk, doch der sehnsüchtige Blick, mit dem sie kurz darauf Cailans Lippen streifte, strafte ihre Worte Lügen.

Flower warf Greer einen mitleidigen Blick zu. Wie konnte eine Frau nur so einem Mann verfallen? Jemand musste Cailan Sinclair die Meinung sagen. Ihn von seinem hohen Ross der Selbstverliebtheit herunterholen. Aber das würde bedeuten, dass sie noch mehr Zeit in seiner Gegenwart verbringen müsste. Nichts wollte sie weniger.

»Ich gehe jetzt«, erklärte sie knapp.

»Nicht doch«, bat Greer und kam mit einer flinken Bewegung auf die Füße, wobei sie beinahe den Tonkrug neben ihnen umgestoßen hätte. »Ich wollte Lord Cailan gerade darauf hinweisen, wie unhöflich es ist, eine Frau von ihrer Arbeit abzuhalten.«

Das sehe ich, dachte Flower, während Cailan ergeben seufzte. Etwas unwillig erhob er sich und gab Greer einen Klaps auf die Kehrseite. »Wie es aussieht, ziehst du seit Neuestem die Gesellschaft einer Dame vor, Herzchen«, sagte er und fügte in einem anzüglichen Flüsterton, von dem Flower wünschte, sie würde ihn nicht hören, hinzu: »Das sollte ich mir merken.«

Greer lachte und stemmte ihre Hände in die Hüften. »Ihr seid ein schlimmer Mann, Cailan Sinclair. Und jetzt raus mit Euch! Ich habe noch viel zu tun, bevor ich zu meiner Schwester reise.«

»Du verlässt Tongue?« Erstaunt lehnte sich Cailan an den schmalen Tisch, auf dem Greer normalerweise ihre Salben aufbewahrte. Flower meinte, Enttäuschung in seiner Stimme zu hören. Sie selbst war auf sonderbare Weise froh, die Freundin außerhalb von Cailans Reichweite zu wissen, auch wenn das wohl bedeutete, dass ihre eigenen Fragen bis zu Greers Rückkehr warten mussten.

»Nur für zwei Wochen. Meine Schwester erwartet in den nächsten Tagen ein Kind, und ich habe ihr versprochen, bei der Geburt zu helfen.«

»Ich hole dir ein Pferd von der Burg«, bot Flower an.

»Danke, Liebes, aber das ist nicht nötig.«

»Nimm ihr Angebot an«, sagte Cailan. »Die Straßen sind nicht sicher für eine Frau, die allein zu Fuß reist.«

Flower, überrascht über seine Sorge, musste ihm zustimmen. Doch Greer hob nur die Schultern und schmunzelte. »Ich reise nicht allein. Kerr begleitet mich.«

Flower konnte sehen, wie Cailan verstimmt die Augenbrauen zusammenzog. Er hatte wohl nicht erwartet, dass seine Liebhaberin ihn so schnell durch den Sohn des Schankwirts ersetzen würde. Vielleicht hatte sie sich das aber auch nur eingebildet. Keinen Moment später legte Cailan nämlich in gespieltem Schmerz die Hand auf die Brust und grinste. »Richte Kerr mein Beileid aus, Herzchen. Es ist für keinen Mann leicht, sich mit der Erinnerung an mich zu messen.« Ein letztes Zwinkern, dann stieß er sich von dem Tisch ab und verließ die Kate.

Während Greer nur amüsiert den Kopf schüttelte, war Flower erst mal sprachlos, dann wandte sie sich an ihre Freundin.

»Sind alle Männer so schrecklich überzeugt von sich selbst?«

»Nein«, seufzte Greer verträumt und legte Flower den Arm um die Schultern. »Nur die wirklich guten.«

Worin diese Männer *gut* sein sollten, ließ sie offen.

KAPITEL 8

Mit seinen langen Schritten konnte Cailan die Entfernung zwischen Greers Kate und dem Burghof schnell zurücklegen. Das hatte er gestern festgestellt, als er nach dem Abendessen zusammen mit Artair zur Dorftaverne geeilt war.

Nun aber fühlte er keine Hast. Vielmehr pfiff er nach der vergnüglichen Nacht mit Greer und dem noch vergnüglicheren Zusammentreffen mit Flower fröhlich vor sich hin.

Wann war die junge MacKay so schlagfertig geworden? Seit er sie gestern am Bach getroffen hatte, ging sie ihm nicht mehr aus dem Kopf. Gewiss, sie war hübsch mit ihren braunen langen Haaren und den goldgrünen Augen, aber es herrschte weiß Gott kein Mangel an hübschen Frauen in seinem Leben. Es musste also die Überraschung sein. Nie hätte er gedacht, dass das stille Mädchen sich innerhalb von fünf Jahren zu einer derart scharfsinnigen, unabhängigen Frau entwickeln würde.

Dennoch verwirrte sie ihn auch. Jede Frau sehnte sich nach einem Ehemann, wie sein Cousin Logan stets betonte – außer vielleicht Leaf in ihrem jugendlichen Leichtsinn. Flower dagegen war erwachsen. Es wurde Zeit, dass ein Mann für sie gefunden wurde, der sich um sie kümmerte und mit dem sie Kinder bekam. Und doch hatte Flower bei der Aussicht darauf nicht glücklich gewirkt. Artair hatte ihm gegenüber die Vermutung geäußert, dass sie nicht von den MacKay'schen Hochlandrindern wegziehen wollte, denen sie sehr zugetan war und deren Verletzungen sie sogar mit Kräutern behandelte. Ein aberwitziges Verhalten, wie Cailan fand.

Kräuter vermochten nichts auszurichten und waren in jedem Fall kein Grund, eine Ehe auszuschlagen.

Aber warum machte er sich darüber überhaupt Gedanken? Er sollte Flower lieber vergessen, da er ohnehin nicht die Dinge mit ihr tun durfte, die ihm im Kopf herumschwirrten. Obwohl er sie gewiss dazu verführen könnte ...

»Ich hätt's ja nicht für möglich gehalten, aber Ihr seid noch größer geworden, Mylord.« Mit einem freundlichen Lächeln kam der alte Fischer Dubh auf ihn zu.

Cailan zwang sich, trotz des strengen Geruchs des Mannes nicht zurückzuweichen. »Läuft der Fischfang gut?«

»Oh, aye«, bestätigte Dubh, während er sich am Kopf kratzte und dann mit der Hand über seinen dichten, weißen Rauschebart fuhr. »Ich hätt sogar genug für ein weiteres Dorf. Aber«, er zeigte auf sein Bein, das er seit jeher nachzog, »hinbringen kann ich die Fische ja nicht. Obwohl es mit der neuen Salbe von Lady Flower schon besser geworden ist. Und glaubt's oder nicht, Mylord, sie riecht auch nicht so übel wie das Zeug, das unsere Greer mir davor gegeben hat.«

»Ah«, machte Cailan.

»Aye, aye«, fuhr Dubh fort und strich erneut über seinen Bart. »Meine Lorna ist auch dankbar, dass Lady Flower nun nach mir sieht. Ist doch immer sehr besorgt, meine Lorna. Aber ein verlässliches Weib, das kann ich Euch sagen. Ich wüsst nicht, was ich ohne sie täte. Eben auch wegen meiner Enkelin.«

»Dann seid Ihr ein glücklicher Mann«, antwortete Cailan, der Dubh gut leiden konnte.

»Aye, aye«, wiederholte Dubh mit seiner tiefen Stimme, und ehe Cailan sichs versah, erzählte ihm der Fischer bereits die nächste Anekdote aus seinem Leben. Das ging so weiter, bis Cailan sich nach einer Weile verabschiedete. Nicht jedoch ohne ein letztes Lobeswort über die tüchtige Lorna zu hören und einen Gruß an ebenjene auszurichten.

Mit beschwingtem Schritt setzte er seinen Weg durch das Dorf fort. Er musste an die Worte seines Vaters denken, demzufolge ein Machthabender nur dann sicher war, wenn er von seinen Untergebenen anerkannt wurde. *Denk nur an James III.*, hörte er Lord Sinclair mit mahnender Stimme sagen, *den die eigenen Landsleute vor drei Jahren gefangen genommen haben, weil sie unzufrieden mit ihm waren.*

Cailan machte sich darüber keine Sorgen. Kein Bauer würde ihn je gefangen nehmen. Trotzdem hatte er von klein auf alle Dörfler, auch die in Tongue, respektvoll behandelt, weshalb sie ihm zwar mit Achtung, aber ohne Angst begegneten.

Obwohl ... ganz ohne Angst waren sie vielleicht nicht. Seit seinem vierzehnten Lebensjahr tändelte er freimütig mit den hübschen Mädchen aus Tongue. So war es nicht verwunderlich, dass eine Mutter bei seinem Anblick ihre Tochter nach drinnen in die steinerne Kate scheuchte.

Verdenken konnte es Cailan ihr nicht. Es gab genügend Lords, die einfache Bauerstöchter als Besitz ansahen, egal, ob auf ihrem eigenen oder einem fremden Land. Er selbst war nicht so – auch wenn Flower ihn gestern am Bach zugegebenermaßen in Versuchung geführt hatte.

Doch er hatte Prinzipien. Noch nie hatte er eine Frau kompromittiert oder ihr die Chancen auf eine Ehe genommen. In dieser Hinsicht war sein Ruf schlimmer als die Wirklichkeit. Er teilte das Lager ausschließlich mit verwitweten oder unglücklich verheirateten Frauen. So wie Greer. Oder Bonnie Munro, eine rothaarige Wildkatze, mit der er letzten Sommer eine Liebschaft gehabt hatte.

Bei dem Gedanken daran runzelte er die Stirn. Er war wohl unvorsichtiger gewesen als angenommen. Warum sonst wäre Leaf gestern Abend auf die Idee gekommen, ihn zu fragen, ob er tatsächlich aus Bonnies Fenster geklettert war? Er kratzte sich am Ohr. Wenn er Bonnie bei Logans Hochzeit traf, würde er besser aufpassen müssen. Er wollte in keinen Zwist mit ihrem Ehemann geraten. Er gab Bonnie, was sie wollte, Bonnie gab ihm, was er wollte. Nur so waren Liebschaften in Ordnung. Keine Konsequenzen. Keine Verpflichtungen. Keine enttäuschten Erwartungen.

Unwillkürlich lief ein Schauer über seinen Rücken, und das, obwohl die Augustsonne eine angenehme Wärme verströmte. Er griff nach seinem rechten Arm und schüttelte sich dann leicht, um das bedrückende Gefühl loszuwerden.

Es war Zeit für etwas Ablenkung. Ein Schwertkampf mit Artair vielleicht?

Aye, das wäre jetzt genau das Richtige. Dabei konnte er sich beweisen, dass er es nach all den Wochen des Bangens geschafft hatte. Dass sein Arm wie durch ein Wunder doch so zusammengewachsen war, um wieder ein Schwert führen zu können. Dass er seinen Clan nur bei jenem einen Beutezug der Gunns im Stich gelassen hatte und ihn mittlerweile wieder verteidigen konnte.

Genau so, wie es sich für einen zukünftigen Clanführer gehörte.

Cailan betrat den Burghof durch einen efeuumrankten Torbogen, der dem Eingang zur großen Halle gegenüberlag. Links befanden sich die Stallungen für die Pferde und Nutztiere. Rechts waren die Unterkünfte für die Krieger und Bediensteten sowie eine kleine Kapelle.

»Vorsicht, Mylord! Nich', dass die Viecher Euch auf die Füße trampeln«, warnte ein pausbackiger Bursche, als er zwei Pferde an ihm vorbeiführte. Sogleich machte Cailan einen Schritt zur Seite, nur um fast auf ein aufgebracht gackerndes Huhn zu treten.

Ein schallendes Lachen von Artair erklang. »Die Beinarbeit musst du wohl noch üben, was?«

Schmunzelnd näherte sich Cailan der Mitte des Burghofes. Gregors Findelsohn, dessen schwarze Kleidung in auffälligem Kontrast zu seinem hellen Haar stand, übte sich dort mit einigen Männern im Schwertkampf. »Zeig erst mal deine Beinarbeit, bevor du über meine urteilst.« Er nickte zu dem Sinclair-Krieger, der Artair gegenüberstand, und grinste. »Oder hat Sean dich schon besiegt?« Artair deutete eine Verbeugung an. »Schaue zu und lerne.« Damit wandte er sich wieder Sean zu, hob sein stumpfes Schwert und griff an. Es war ein schneller Kampf mit vielen Paraden und Ausfallschritten. Eisen krachte auf Eisen, und Cailan atmete betont langsam aus.

Wenn er nicht selbst kämpfte und mit seiner ganzen Aufmerksamkeit beim Gegner war, löste das laute, gewaltvolle Aufeinandertreffen von Schwertern bei ihm noch immer ein Ziehen im Bauch aus. Doch kämpfende Männer um sich zu haben, gehörte zu seinem Alltag, und im Vergleich zu früher ertrug er es schon viel besser.

Artair vollführte eine flinke Drehung und streckte Cailans Gefolgsmann mit dem Schwert zu Boden.

»Nicht schon wieder«, fluchte dieser, während sich Artair mit der Hand über das schweißnasse Gesicht strich und Sean danach auf die Beine half. Dieser grummelte etwas Unverständliches und wandte sich ab.

»Ein guter Angriff«, lobte Cailan. Mit gespielt vorwurfsvoller Miene fügte er hinzu: »Hat sich wohl gelohnt, dass du unseren Ausflug in die Taverne gestern bereits um Mitternacht beendet hast.«

»Aye«, lachte Artair, und kleine Fältchen bildeten sich um seine dunklen Augen. »Aber wenn wir ehrlich sind, habe ich dir damit einen Gefallen getan. So hattest du ... wie soll ich es sagen ... anschmiegsamere Gesellschaft?«

Cailan boxte seinem Gegenüber in den Bauch und grinste. »Sehr anschmiegsam, wenn du es genau wissen willst.«

»Oh, ich weiß es.« Artair hatte den Anstand, dabei etwas zu erröten.

»Du weißt es?« Er verschränkte die Arme vor der Brust. »Du hast also auch mit Greer ...«

»Würde dich das stören?«, neckte Artair, während er die Ärmel seines Leinenhemdes hochkrempelte. Dabei kamen kräftige Unterarme zum Vorschein, die zwar nicht ganz so muskulös waren wie Cailans, aber doch beachtlich.

»Nein«, brummte er und fühlte sich trotzdem etwas gekränkt. Ihm war nicht bewusst gewesen, wie sehr Greer von ihrer Freiheit als Witwe in den letzten Jahren Gebrauch gemacht hatte. Nicht, dass das verwerflich war. Dennoch mochte er die Vorstellung von ihr und Artair nicht sonderlich, obwohl er nicht mehr als freundschaftliche Gefühle für die lebenslustige Heilerin hegte.

»Ist aber schon lange her«, gestand Artair. Dann schlich sich ein Grinsen auf seine Lippen, und er legte den Kopf schief. »Aber Kerr, der Sohn des Schankwirts, erzählte mir ...«

»Nichts, das ich hören möchte. Anstatt über Greer zu reden, sollte er ihr lieber einen Antrag machen«, schob er in einem schroffen Tonfall hinterher. »Er ist doch unverheiratet?«

»Das bin ich auch«, stichelte Artair.

»Ja, aber du bist der Sohn von Gregor.«

»Nicht wirklich«, widersprach Artair grimmig.

Cailan machte eine wegwerfende Handbewegung. »Du weißt, was ich meine. Du lebst hier, Kerr dagegen gehört zur Dorfgemeinschaft, wie Greer. Sie ist eine reizende Frau und hätte es gewiss verdient, noch mal zu heiraten und eigene Kinder zu haben.«

»Oh, aber das will sie nicht.« Artair beugte sich näher zu Cailan. »Sie hat Kerrs Antrag schon dreimal abgelehnt. Das letzte Mal vergangene Woche.«

»Und er begleitet sie trotzdem zu ihrer Schwester?« Damit wäre der Sohn des Schwankwirts fast noch närrischer als Greer, die die Aussicht auf eine glückliche Ehe und den damit verbundenen Schutz abgelehnt hatte.

»Was soll er tun?«, entgegnete Artair leichthin. »Er ist eben in unsere hübsche Greer verliebt.«

»Gott bewahre, dass mir das je passiert«, stöhnte Cailan und musste unwillkürlich an ein Paar goldgrüne Augen denken. »Hörst du, Artair? Wenn ich mich je derart zum Narren machen sollte wegen einer Frau, dann verpasse mir eine ordentliche Tracht Prügel.«

Einen Moment sah ihn der Freund nachdenklich an, ehe er schmunzelte. »Ich kann dir auch jetzt eine ordentliche Tracht Prügel verpassen. Natürlich nur, wenn Euch danach ist, Mylord Sinclair.«

»Du kannst es gern versuchen«, knurrte Cailan. »Aber ich muss dich warnen.« Sein Blick wurde ernst, er wusste, wie gut er war. »Es wird darin enden, dass du einige blaue Flecken hast.«

»Da wäre ich mir nicht so sicher«, ertönte es keck hinter ihm.

Cailan drehte sich um. »Leaf«, bemerkte er überrascht. Wie hatte sich das Mädchen ihm nur derart unbemerkt nähern können? War sie etwa vom Wehrgang gesprungen? Und wieso trug sie eine Hose anstatt eines Kleides?

»Ich habe nämlich mit Artair geübt«, erklärte sie stolz. Ihre Hände hatte sie hinter dem Rücken verschränkt, ihre Haltung war aufrecht.

»Das ist natürlich Furcht einflößend«, sagte Cailan trocken und musterte das sommersprossige Mädchen mitsamt der Männerkleidung. Er mochte Leaf und ihre freche Art. Dennoch schwor er sich bei ihrem Anblick, dass – sollte er je eine Tochter haben – diese nicht zu viel Zeit mit ihr verbringen würde.

»Mach dich nur lustig.« Leaf zuckte die Achseln. »Ich bin im Vorteil, wenn man mich unterschätzt.«

»Außer natürlich, wenn du das deinem Gegner sagst«, tadelte Artair nachsichtig. »Hast du mir überhaupt zugehört, als ich dir letzte Woche die verschiedenen Arten der Täuschung erklärt habe?«

»Die meiste Zeit.« Leaf grinste ihn an, ehe sie ihren Blick zurück auf Cailan richtete. »Wir sollten uns unbedingt im Bogenschießen messen, solange du hier bist.«

»Lass mich raten«, erwiderte er mit hochgezogener Augenbraue. »Ich muss damit rechnen, gegen dich zu verlieren?«

»Man gewöhnt sich daran«, gab Leaf gelassen zurück. »Nicht wahr, Artair?«

Ihr Adoptivbruder lachte. »Du weißt genau, dass ich dich das letzte Mal habe gewinnen lassen, Wildfang.«

»Pah, von wegen.« Leaf verengte die rehbraunen Augen, und nicht zum ersten Mal stellte Cailan fest, dass aufkeimende Wut eine Gefühlsregung war, die dem Mädchen hervorragend stand. Auch wenn sie bei einer Lady natürlich nicht angebracht war und er den Mann, der sie eines Tages zur Frau bekam, daher nicht beneidete.

»Oh doch«, neckte Artair weiter. »Ansonsten wärst du niemals rechtzeitig zum Sticken mit Rhona gekommen. Und wir wissen beide, dass das nicht gut für dich geendet hätte.«

»Ich habe doch keine Angst vor meiner Mutter«, protestierte Leaf und stampfte auf. »Und dieses verfluchte Tischtuch, auf das du da anspielst, war übrigens das letzte, das ich in meinem Leben bestickt habe. Ich werde mein Stickzeug noch heute Abend verbrennen.«

»Bitte nicht«, stöhnte Artair. »Deine Mutter würde ...«

»... dich für immer auf deine Kammer verbannen«, warnte eine Stimme hinter Cailan. Sie gehörte Rhona, die mit Conall auf dem Arm näher kam und ihre Tochter mit einem strengen Blick strafte. »Lord Cailan, bitte verzeiht Leafs schändliches Benehmen. Ich verspreche, dass Euch Flower nicht derart belästigen wird, wenn Euer Vater sie in seiner großmütigen Art mit auf die Hochzeit von Logan MacLeod nimmt.«

»Ich belästige niemanden«, knurrte Leaf, ehe sie unruhig von einem Fuß auf den anderen trat. »Aber ich muss jetzt los. Graham hat meinen neuen Dolch bestimmt schon geschmiedet.«

»Du scherzt«, rief Rhona schrill. »Leaf MacKay, kannst du nicht ein Mal sein, wie man es von dir erwartet? Den Sohn des Schmieds um noch eine Waffe zu bitten! Muss ich dich etwa ...«

»… wieder bestrafen?« Leaf zuckte mit den Schultern. »Tue, was du nicht lassen kannst, aber ich habe einen Dolch in Auftrag gegeben, und ich werde ihn abholen.« Damit drehte sie sich um und stürmte aus dem Burghof.

»Mylord«, wandte sich Rhona einige Momente später an Cailan, nachdem sie die Fassung wiedererlangt hatte. »Leaf ist die Ausnahme. Meine anderen Töchter sind anständige, gute Mädchen, besonders meine Flower. Euer Vater wird im Handumdrehen einen Ehemann für sie finden, da bin ich sicher.«

»Ganz bestimmt«, pflichtete Cailan ihr bei, während er sich unvermittelt an Flowers verführerische, in das nasse Kleid gehüllte Gestalt erinnerte. Sie war wahrlich eine schöne Frau und würde ihren Ehemann gewiss sehr glücklich machen. Auch wenn er nach den letzten Begegnungen mit ihr glaubte, dass sie weit weniger still und fügsam war, als ihre Mutter vermutete.

»Was ist nun mit unserem Kampf?«, erkundigte sich Artair. »Hast du etwa Angst, dass ich dir wehtue?«

Vor nicht allzu langer Zeit hatte er tatsächlich Angst gehabt, sich wieder zu verletzen, doch gerade deshalb verteidigte er sich inzwischen besser als jeder andere Sinclair. »Lady MacKay, wenn Ihr entschuldigt.« Cailan deutete eine Verbeugung an. »Ich muss Euren Findelsohn etwas Demut lehren.«

»Nur zu«, ermunterte Rhona ihn. »Männer kämpfen, so ist die Welt schon immer gewesen.« Mit einem Blick zu Conall, der begeistert mit den Armen fuchtelte, fügte sie hinzu: »Genau wie du eines Tages.« Damit wandte sie sich ab und ging in Richtung des Rosengartens.

Dennoch ließen Cailan ihre Worte nicht los. »Teilst du die Einschätzung deiner Mutter?«, erkundigte er sich neugierig, nachdem er sich von Sean das Schwert geliehen hatte. »Ist Flowers Wesen tatsächlich so tadellos?«

»Flower ist unsere gute Seele«, erwiderte Artair ohne Zögern. »Sie ist immer für einen da und hat ein Herz aus Gold. Aber wenn du mich fragst: Es täte ihr gut, manchmal etwas mehr an sich selbst zu denken.«

»Hm«, machte Cailan und stellte fest, wie wenig er Flower eigentlich kannte. Doch bevor er weiter darüber nachdenken konnte, hob Artair sein abgestumpftes Schwert.

»Bereit?«

Cailans Kehle entfuhr ein raubtierhaftes Knurren. »Seit Jahren, MacKay.«

KAPITEL 9

Gegen Ende des gemeinsamen Abendessens in der großen Halle von Castle Varrich gestand sich Cailan ein, dass er aus dem Schwertkampf mit Artair nicht als Sieger hervorgegangen war. Gewiss, sein Jugendfreund hatte einiges einstecken müssen, darunter mehrere Hiebe auf den linken Arm, den er nicht ausreichend schützte. Aber dafür hatte Artair ihn geschickt zu Fall gebracht. Zwar hatte Cailan sich mit der rechten Hand, mit der er sein Schwert führte, weiter verteidigen können und war schlussendlich sogar wieder auf die Beine gekommen. Doch bei dem Sturz war er denkbar ungeschickt mit dem linken kleinen Finger aufgekommen, sodass dieser nun bereits stark angeschwollen war.

»Sie wird nicht standhalten.« Die besorgte Stimme seines Vaters lenkte Cailan für einen Moment von dem pulsierenden Schmerz in seiner Hand ab. Diese versteckte er unter dem Tisch, da er keine Lust auf Leafs Spott hatte. »Ehrlich, Gregor, du solltest die Burgmauer ausbessern. Falls Clan Ross doch Malik tötet und ...«

Gregor unterbrach ihn mit einer wegwerfenden Handbewegung. »Töten? Mit Verlaub, Ewan, aber mein Bruder und Torin Ross streiten sich im Grunde doch nur um einige Rinder. In ein paar Wochen werden sie genug davon haben, ihren gekränkten Stolz hinunterschlucken und sich wieder vertragen.«

Ewan verschränkte die Arme vor der Brust. »Heißt das, Malik hat seine Starrsinnigkeit abgelegt?« Er zog eine Augenbraue nach oben und lehnte sich etwas nach vorne. »Ich sage nur: David war sehr dankbar für die starken Mauern von Edinburgh Castle, als

Henry IV. ihn dort belagerte und seine Vertrauten sich anders als gedacht verhielten.«

»Ich weiß deine Sorge zu schätzen.« Gregor schlug seinem Freund auf den Rücken. »Aber Sicherheit schafft man durch Bündnisse und Diplomatie. Nicht durch starke Mauern, für die mir ohnehin die Männer fehlen, um sie zu verteidigen. Meinst du nicht auch, Cailan?«

»Ich … ähm …« Cailan schluckte und griff mit der unverletzten Hand nach seinem Krug, um sich Zeit zu verschaffen. Er konnte sowohl Gregors als auch Ewans Standpunkt nachvollziehen. Was würde ein guter Clanführer antworten?

»Natürlich sollten wir die Mauer ausbessern«, kam ihm Leaf zuvor. »Und sie erhöhen.« Ihre Stimme nahm eine dunklere Klangfarbe an. »Ist der Schaden erst da, kann man ihn nicht wiedergutmachen.«

Der Ausdruck in Gregors Augen wurde augenblicklich milder. Auch wenn Cailan nicht im Geringsten verstand, warum ihr Gastgeber seiner Tochter diese vorlaute Bemerkung durchgehen ließ, kommentierte er dies nicht. »Es kann gewiss nicht schaden, wertvolle Bündnisse und starke Mauern zu haben«, sagte er stattdessen.

»Hm.« Gregor sah ihn nachdenklich an, während Lord Sinclair seinem Sohn zunickte. Ein beinahe unmerkliches Zeichen von Anerkennung.

Dem Himmel sei Dank!

Nachdem Leaf Clan Ross – und ganz besonders Lennox Ross – noch derb verflucht hatte und Lord MacKay seine Tochter nun doch zurechtwies, begann Cailans Finger wieder stärker zu pochen. Er lehnte sich im Stuhl zurück und atmete langsam aus. Der Schmerz war zwar nicht annähernd vergleichbar mit dem, den er in jener Nacht gespürt hatte, und betraf zum Glück auch nicht seine Schwerthand. Dennoch war er unangenehm. Das Beste wäre wohl, wenn er nach dem Abendessen wieder zur Dorftaverne ginge und ordentlich dem Ale zuspräche. Vielleicht gab es sogar ein hübsches Mädchen, das gewillt war, ihn auf andere Gedanken zu bringen, nun, da Greer abgereist war.

Bei dieser Überlegung glitt Cailans Blick unwillkürlich zu Flower, die mit River über Schiffe sprach und ihn bisher, so gut es ging, gemieden hatte. Ihr Haar war heute im Nacken zu einem Knoten festgesteckt, ebenso wie das ihrer Schwester. Streng wirkte sie dadurch aber keinesfalls, und auch ihrer Schönheit tat die Frisur nichts ab. Im Gegenteil, der fehlende Vorhang aus dichtem dunklem Haar betonte sowohl ihr makelloses Gesicht als auch ihren schlanken Hals. Wie sich ihre Haut dort wohl anfühlte? Er schluckte und war froh, als das Mahl wenig später nach einem äußerst schmackhaften Honigkuchen endete.

Als Cailan sich erhob, suchte er den Blick von Artair. Gerade wollte er ihn fragen, ob er ihn zur Taverne begleiten würde, da zeigte Skye auf seinen geschwollenen Finger, den er kurz nicht versteckt hatte. *Verdammt.* Sie würde doch jetzt nicht anfangen zu kreischen?

Doch Skye blieb ruhig. Aus klugen grauen Augen blickte sie zu ihm empor, und er hatte beinahe das Gefühl, sie könne bis in sein Innerstes sehen. »Flower kann dir dabei helfen.«

Eine Antwort erwartete die jüngste MacKay-Tochter nicht, auch keinen Dank. Stattdessen nickte sie ihm nur zu und folgte ihrer Mutter, die die Halle bereits mit eiligen Schritten verließ. Vermutlich um nach Baby Conall zu sehen, der vor dem Abendessen zu Bett gebracht worden war.

Artair, der Skyes Bemerkung unglücklicherweise gehört hatte, legte die Stirn in Falten. »Das sieht wirklich nicht gut aus, Sinclair.«

»Was du nicht sagst.« Cailan betrachtete seinen Finger abschätzig und versuchte vorsichtig, ihn zu bewegen. Sogleich hielt er inne, weil ihn ein heftiger Schmerz durchzuckte.

»Da war ich wohl etwas zu hart mit dir«, meinte Artair grinsend, woraufhin Cailan nur brummte. Im nächsten Moment wurde er wieder ernst. »Skye hat recht. Zeige Flower die Verletzung. Du willst nicht, dass das so bleibt.«

Cailan wollte gerade protestieren, als auch sein Vater und Gregor von seinem geschwollenen Finger Kenntnis nahmen. Vermutlich sahen ihm beide an, dass er nicht vorhatte, viel Aufhebens um eine Verletzung zu machen, die nicht einmal blutete und bei der man nichts tun konnte, außer die Zähne zusammenzubeißen und abzuwarten. Bei seinem Arm hatte damals schließlich auch nicht das Gebräu der Hebamme von Castle Girnigoe, sondern nur die Zeit geholfen.

Gregor schien das jedoch anders zu sehen, und so rief er seine älteste Tochter zu sich, die am anderen Ende des Tisches noch immer in ihr Gespräch mit River vertieft gewesen war und von alldem nichts mitbekommen hatte. Ohne Widerworte kam Flower jetzt zu ihnen, obwohl ihre Miene verriet, dass sie darüber nicht erfreut war.

»Unser Gast hat sich eine Verletzung am Finger zugezogen«, erklärte Gregor. »Sei so gut und kümmere dich darum, Kind. Ich erinnere mich an eine Salbe, die du Jan zubereitet hast, als er in einer ähnlich unangenehmen Lage war.«

Flower, der Cailans säuerlicher Gesichtsausdruck nicht entgangen sein konnte, blickte erst mit gerunzelter Stirn auf seinen Finger, dann fragend in sein Gesicht. Es rührte ihn zu sehen, dass ihre Abneigung echter Sorge wich.

»Die Salbe würde die Schwellung mindern«, versprach sie. »Und den Schmerz lindern.«

Cailan war kurz davor, ihre Hilfe abzulehnen. Warum sollte er sich eine nutzlose Salbe auf den Finger schmieren lassen? Das würde nur kleben und verhindern, dass er schnellstmöglich zur Taverne kam. Er warf einen raschen Blick zu seinem Vater hinüber, der aufgrund der Erfahrungen mit der Hebamme zu Hause ebenfalls nichts von Kräutern hielt. Dennoch nickte Ewan leicht in

Gregors Richtung, und Cailan verstand. Er durfte ihren Gastgeber nicht brüskieren. Außerdem: War es die Sache vielleicht doch wert, wenn er so noch länger in Flowers Nähe bleiben konnte?

»Also gut, Mylady«, gab er seufzend nach. »Ich folge Euch.«

Sogleich räusperte sich Flower, und eine zarte Röte stieg in ihre Wangen. »Das wäre wohl kaum angebracht, Mylord. Ich lagere die Salben in meinem Zimmer.«

Bei dieser Bemerkung musste Cailan hart schlucken. Was würde er wohl tun, wenn er allein mit Flower in ihrem Zimmer wäre? Vor seinem inneren Auge sah er sie bereits vor sich, wie sie auf der Kante des Bettes saß. Mit einem einladenden Lächeln löste sie die Schnürungen des moosgrünen Kleides, in dem sie ihm schon gestern den Verstand vernebelt hatte. Die Haut ihrer zarten Schultern kam zum Vorschein und ...

»Was für eine wohlerzogene Tochter«, unterbrach sein Vater seine anrüchigen Gedanken. »Lady Flower, Ihr holt die Salbe und was Ihr sonst benötigt. Mein Sohn wird hier in der großen Halle auf Euch warten. Und wir«, fügte er an Gregor gewandt hinzu, »widmen uns endlich meinem Gastgeschenk.«

»So?«, erkundigte sich Flowers Vater mit hochgezogenen Augenbrauen.

»Nur Geduld.« Ewan schmunzelte und rieb sich die Hände – in Vorfreude auf viele Partien Schach, wie Cailan wusste. Gemeinsam machten sich die beiden Männer auf den Weg zur Holztreppe, über die man auf die Balustrade gelangte. Neben den Schlafgemächern der Familie lag dort auch jener Raum, der dem Empfang wichtiger Gäste vorbehalten war. Kurz bevor Ewan die Treppe erreichte, drehte er sich noch einmal um und warf Cailan einen warnenden Blick zu. *Tu nichts Dummes*, sagte dieser.

Wie auch, erwiderte Cailan stumm. *Du hast schließlich dafür gesorgt, dass ich am öffentlichsten Ort der gesamten Burg behandelt werde.*

Es dauerte unerwartet lang, bis Flower mit einem kleinen Tongefäß und einem Stück Leinentuch zurückkehrte. Artair hatte sich in einer Ecke der Halle zu Jan gesellt, der etwas mit ihm besprechen wollte. So war Cailan allein an der großen Tafel zurückgeblieben, zumal er Jan nicht gut kannte, und hatte es sich möglichst weit weg von dem viel zu warmen Feuer bequem gemacht.

Mit leicht geschürzten Lippen kam Flower auf ihn zu. Ihre Schritte waren eilig, und er lächelte amüsiert, weil sie, die sonst so anmutig war, beim Gehen leicht stampfte.

»Entschuldigt das Warten«, sprach sie, als sie ihn erreichte. Sie wirkte zerknirscht.

»Ist etwas geschehen?«, fragte er und wünschte sich ihre Fürsorge von vorhin zurück.

»So könnte man es sagen.« Entschieden schob sie die Ärmel ihres Kleides nach oben. Zum Vorschein kamen schmale Handgelenke, die er mühelos mit seinen großen Händen umfassen könnte.

»Ich höre«, stichelte Cailan, um nicht daran zu denken, wie sich Flowers zarte Haut anfühlen würde. »Wenn Ihr einen Lord warten lasst, verdient er zumindest eine Erklärung. Oder lag es am Ende daran, dass Ihr Euren Kräuterkorb nicht gefunden habt?«

Flower, die dabei gewesen war, den Deckel des Tongefäßes zu lösen, hielt in ihrer Bewegung inne. Im nächsten Moment sah er sich einem Paar verengter Augen gegenüber, die warnend blitzten. »Wart Ihr schon einmal bei einer Heilerin, Mylord?«

Er grinste. »Ich war schon einmal oder eher mehrmals ...« ... *in einer Heilerin.* Himmel, hatte er das wirklich sagen wollen? Fest biss er sich auf die Zunge. Ja, er neckte und spottete gern, aber vulgär war er nicht. Besonders nicht gegenüber der unverheirateten Tochter seines Gastgebers, die zudem eine gute Freundin besagter Heilerin war. Was löste Flower nur in ihm aus, dass er sie die ganze Zeit provozieren wollte?

Unschuldig, wie sie war, schien sie glücklicherweise nicht zu verstehen, wohin seine Gedanken gewandert waren. Er räusperte sich, fast etwas verlegen, während er noch immer unsicher war, was sie mit ihrer Frage bezweckte.

»Ich war schon mehrmals verletzt«, sagte er schließlich und versuchte angestrengt, nicht an die *eine* Verletzung zu denken. Er zuckte mit den Schultern. »Bisher ist am Ende alles von selbst geheilt. Außer als ich als Junge in einen Nagel getreten bin. Da hat der Schmied die Wunde ausgebrannt.«

Kurz starrte Flower ihn ungläubig – oder war es mitfühlend? – an, ehe sie die Fassung zurückgewann. »Nun, der Schmied war Euch wohlgesinnt, nehme ich an. Aber wenn Ihr mich weiter mit Eurer arroganten Art reizt, bin *ich* das nicht. Und das, Mylord, kann schmerzhaft werden.«

»Ihr droht mir?« In Cailans Nacken kribbelte aufkeimende Erregung. Niemand außer seinem Vater hatte es je gewagt, ihm zu drohen. Als Erbe der Sinclairs war er zu mächtig, als dass man ihn zum Feind haben wollte. Und nun verkündete diese Frau, dieses zarte Geschöpf mit den Gesichtszügen eines Engels, dass sie ihm Schmerzen zufügen wollte? Hatte sie keine Achtung vor ihm und seiner Stellung? Und warum gefiel ihm das so gut?

Flower, die seine Verblüffung bemerkt haben musste, hob verwegen die Mundwinkel. »Ich drohe nicht, Mylord. Ich warne Euch.«

Cailan, dem es tatsächlich die Sprache verschlagen hatte, schluckte schwer. Warum, zur Hölle, musste Greer ausgerechnet diese Woche zu ihrer Schwester reisen? Er bräuchte weiß Gott eine willige Gespielin, um das Feuer abzukühlen, das die schlagfertige MacKay in ihm entfachte.

Flower dagegen schien sein Schweigen als Sieg zu werten. Von einem Moment auf den anderen verschwand die Angriffslust aus ihren Augen. Zurück war die Sorge der Heilerin, und sie widmete sich nun ganz seiner Verletzung.

»Der Finger wirkt nicht gebrochen.« Er meinte, beinahe so etwas wie Erleichterung in ihrer Stimme zu hören. »Aber um sicher zu sein, muss ich ihn abtasten. Darf ich?«

Cailan, dessen Puls sich unwillkürlich beschleunigte, nickte. Mit der ihm eigenen Selbstsicherheit lehnte er sich nach vorn. »Ihr dürft mich immer anfassen, wenn es Euch danach verlangt, meine Liebe.«

»Das, Mylord, wird nie passieren.« Flowers Wangen röteten sich schon wieder auf verführerische Weise. »Aber mein Vater hat mir keine Wahl gelassen.«

»Und Ihr tut stets, was Euer Vater verlangt?«

Einen Moment lang schwieg die junge Frau. Ein tiefer Schmerz trat in ihre Augen, und sogleich bereute er seine Worte, auch wenn er nicht wusste, was er falsch gemacht hatte. Glücklicherweise atmete Flower kurz darauf aus und hob den Kopf. »Ich liebe meine Familie«, erklärte sie mit fester Stimme. »Ich würde alles tun, um sie glücklich zu machen.«

Cailan nickte knapp. Auch er liebte seine Familie sehr und würde stets in ihrem Sinne handeln. So, wie es sich für einen guten Sohn oder eine gute Tochter gehörte.

»Autsch.« Flower hatte begonnen, seinen Finger abzutasten. Er war sich sicher, dass sie es fester tat als notwendig.

»Da soll mir noch einer sagen, Frauen wären wehleidig«, spottete sie, während sie ihn weiter untersuchte, und ließ ihm keine Zeit für eine Erwiderung. »Euer Finger ist nicht gebrochen. Ich werde nun die Salbe auftragen und ihn verbinden.«

Cailan winkte ab. »Das kann ich selbst tun. Traut Ihr mir so wenig zu, Mylady?«

»Oh, ich traue Euch eine ganze Menge zu«, gestand Flower freimütig. Belustigt bemerkte er, wie sich dabei die Röte auf ihren Wangen verstärkte. »Aber ich kann es besser ...« Erschrocken riss sie die Augen auf. »Also ... Euren Finger verbinden, meine ich.«

Ein warmes Lachen entstieg Cailans Kehle. Was war Flower nur für ein bezauberndes Geschöpf? Noch nie hatte er jemanden getroffen, der Schlagfertigkeit und Mitgefühl in einer so einzigartigen Mischung verband. Der ihn durch seine pure Anwesenheit reizte und in dessen Gegenwart er sich dennoch so unbeschwert fühlte. Sein Blick senkte sich unwillkürlich auf ihre Lippen. Wie sie wohl schmecken würden?

»Ihr starrt.« Flowers Stimme hatte einen heiseren Klang.

Ich will so viel mehr als starren, dachte er, behielt diesen Gedanken aber für sich. Stattdessen räusperte er sich. »Geht jetzt«, sagte er schroffer als beabsichtigt. »Ich kann die Salbe allein auftragen.«

Kurz zögerte Flower, dann erhob sie sich. »Ihr müsst das zweimal am Tag machen. Meinetwegen könnt Ihr das Töpfchen behalten. Ich sammle morgen frische Kräuter für eine neue Salbe.«

Er nickte, und Flower wandte sich ab. Ehe sie jedoch davongehen konnte, kam ihm noch ein Gedanke.

»Lady Flower?«

Sie blieb stehen und drehte sich fragend um.

»Wenn Ihr zum Kräutersammeln Euren Weidenkorb brauchen solltet ...« Cailan kratzte sich mit der unverletzten Hand am Ohr. »Er ist beim Stallburschen.«

Flower sah derart überrascht aus, dass er lachen musste. Er zwinkerte ihr zu. »Ursprünglich hatte ich vor, ihn dem Dorfmädchen zu bringen, das ich am Bach getroffen habe.«

»Ihr wolltet sie wiedersehen?«

»Das und einiges anderes.« Seine Stimme klang rau. Er konnte nicht verhindern, dass sein Blick wieder zu Flowers Lippen wanderte und von dort aus tiefer, bis er den Ausschnitt ihres Kleides streifte. Dabei entging ihm nicht, dass die Ader an ihrem Hals heftig pulsierte.

»Mir scheint«, sprach sie schließlich mit fester Stimme, »dass das Mädchen am Bach nicht hart genug zugeschlagen hat.«

Cailan legte den Kopf schief und sah eindringlich in Flowers goldgrüne Augen. »Vielleicht hat mir ihre Schlagfertigkeit ja gut gefallen?«

»Dann sollte ich besser Leaf vor Euch warnen. Sie schlägt nämlich noch viel fester zu.«

Cailan hob abwehrend die Hände. »Ihr seid grausam, Mylady. Ihr wisst genau, dass Eure Schwester nichts von mir zu befürchten hat. Das Dorfmädchen dagegen ...«

»... gibt es nicht«, flüsterte Flower, und Cailan meinte, beinahe so etwas wie Bedauern darüber in ihrem Blick zu sehen. Sicher war er sich jedoch nicht, denn im nächsten Moment wandte sie sich ab und floh förmlich aus der großen Halle.

Kopfschüttelnd sah er ihr hinterher. Was ging nur in ihr vor?

KAPITEL 10

Am nächsten Morgen stand Flower im Licht der aufgehenden Morgensonne auf den Weiden von Ribigill. Die Gräser waren von zarten Tauperlen bedeckt, und der Duft der Wiesenblumen stieg in ihre Nase. Eine Möwe, die sich aus der nahen Meeresbucht hierher verirrt hatte, saß auf dem Dach der Wiesenhütte. Sie putzte eifrig ihr Gefieder und schien die Aussicht auf die zum Teil noch schlafenden Hochlandrinder zu genießen.

Der zottelige Murray graste bereits vergnügt und ließ sich auch nicht davon aus der Ruhe bringen, dass Flower die Rötungen unter seinem Fell mit Butter einrieb. Wie es schien, hatte sich das Tier inzwischen an dieses Ritual gewöhnt.

Scott dagegen begegnete ihr noch immer misstrauisch – vor allem, wenn sie keinen Apfel für ihn bei sich trug. Seine Wunde verheilte dank des Honigs, den sie täglich auftrug, jedoch gut. Mit etwas Glück würde sie einen der Knechte noch vor ihrer Abreise zu Clan MacLeod bitten können, ihn wieder auf die große Weide zu bringen.

In vier Tagen war jene Abreise geplant. Das waren vier Tage, um ihre Sichtweise auf die Ehe zu ändern. Oder vier Tage, um sich doch noch ihren Eltern zu erklären. Wann immer Flower einen freien Moment hatte, überlegte sie fieberhaft, ob es nicht einen bisher übersehenen Ausweg aus ihrem Dilemma gab.

Warum war es die Pflicht einer Frau, im Sinne ihrer Familie zu handeln? Warum ging es nur um das Wohl des eigenen Clans? Sie konnte doch auch die Welt an sich besser machen, indem sie Leid linderte, ganz unabhängig von ihrem Familienstand. Oder – aber das wagte sie nur in den kühnsten Momenten zu denken – ging es überhaupt nicht um Pflicht und Leid, sondern einzig um das eigene Glück?

Ein Stupsen an ihrer Hüfte riss sie aus ihren Gedanken. »Fiona.« Sie kraulte die schwangere Hochlandkuh zwischen den vor und zurück wackelnden Ohren. »Was wirst du nur tun, wenn ich zu den MacLeods reisen muss?«

Das Rind, das natürlich nichts verstand, muhte, während Flowers Herz erneut schwer wurde. Sie hatte stets gewusst, dass sie ihre Heimat eines Tages verlassen musste. Auch für Portskerra hätte sie die Weiden von Ribigill zurücklassen müssen. Aber danach wäre sie zurückgekommen, um hier die treuherzigen Tiere mit ihrem neuen Wissen besser behandeln zu können.

Ewan Sinclairs Angebot durchkreuzte diese Pläne. Gewiss, sie würde noch einmal nach Castle Varrich zurückkehren, bis die Vermählung stattfinden würde. Doch danach würde sie in die Ferne ziehen. Ehefrau und Mutter, so hieß das Urteil, das ihre Familie für sie gefällt hatte und von dem sie nun noch nicht wusste, ob sie es mit Greers Wissen abwenden konnte.

Unvermittelt kam Flower die Begegnung mit Cailan nach dem Abendessen in den Kopf. Noch nie hatte sie jemand so eingehend betrachtet. Sie hatte zwar keine Erfahrung mit Männern, aber als Cailan so auf ihre Lippen gestarrt hatte, hatte sie geglaubt, er würde sie küssen. Ihren Weidenkorb hatte er auch vom Bach mitgenommen. Weil er gehofft hatte, sie wiederzusehen. War sie für ihn also doch mehr gewesen als ein austauschbares hübsches Mädchen?

Was waren das nur für Gedanken? Flower zog die Augenbrauen zusammen. Sie mochte Cailan nicht. Zumindest nicht sehr. Na gut, vielleicht ein bisschen. Auch wenn sie es nicht gern zugab, nicht einmal vor sich selbst, gefiel es ihr insgeheim, wenn er sie neckte. Sie mochte seine abenteuerliche, lustige Art, und wie er mit ihren Schwestern umging. Aber das war auch schon alles, sah man einmal von seinem Aussehen ab.

Dass Cailan nichts von der Heilkunst hielt, war ihr gestern wieder eindrücklich bewiesen worden. Ja, es war ein Wunder, dass er sie nicht wieder Kräuterzwerg geschimpft hatte! Außerdem war er der Erbe eines einflussreichen Clans. Selbst wenn sie ihn etwas mehr mögen würde, käme eine Verbindung zwischen ihnen niemals zustande, denn Cailan würde nicht die Tochter eines Zweitgeborenen heiraten, mit dessen Clan die Sinclairs zudem bereits befreundet waren. Auch brauchte er Nachkommen, am besten sogar sehr viele davon.

Ein Schmetterling landete auf Murrays Nacken, und plötzlich wurde sich Flower bewusst, dass sie gerade darüber nachgedacht hatte, ob sie Cailan Sinclair *heiraten* könnte. Sie musste dringend mit Hailey reden. Am besten sofort! Doch ein Blick auf die Sonne, die ihr Licht auf das saftige Grün der Weiden warf, verriet ihr, dass es zuvor Zeit für den Sprachunterricht bei Jan war.

»… *et à la fin de mon après-midi, j'ai suivi un sanglier dans le* … Wald«, beendete Leaf die Beschreibung ihres gestrigen Nachmittages. Spöttisch deutete sie eine Verbeugung an, ehe sie ungeduldig von einem Bein aufs andere trat. »War das nicht *magnifique*? Darf ich jetzt gehen?«

»*Mon Dieu*«, murmelte Jan, der vor mehreren Jahren aus Flandern nach Castle Varrich gekommen war. Er war ein kluger, geduldiger Mann Mitte dreißig, der viel Freude am Lehren hatte und den normalerweise nichts aus der Fassung brachte. Auch nicht, wenn so mancher Burgbewohner tuschelte, dass er sich als Gregors rechte Hand zu sehr mit dem Unterrichten der MacKay'schen Töchter in Sprachen und – diese Erlaubnis hatte er Gregor abgerungen – einfacher Mathematik aufhielt.

Nur Leaf trieb den gutmütigen Jan regelmäßig an den Rand der

Verzweiflung, sodass eine steile Falte zwischen seinen dunklen Brauen entstand. Auch heute war er gefährlich nah davor, bemerkte Flower mitfühlend, als er in der Bibliothek von Castle Varrich auf und ab ging und sich über den kahlen Kopf strich. Dabei sollte sie ihm eigentlich grollen, da er Ewans Mithilfe bei der Suche nach einem Ehemann für sie sehr befürwortete, wie er vorhin erst betont hatte.

Noch einmal murmelte der stets penibel rasierte Mann etwas Unverständliches, dann blieb er stehen und umfasste die Rückenlehne seines Stuhls. Vermutlich hatte er sich ins Gedächtnis gerufen, dass man manche Beiträge von Leaf am besten überging.

»*Forêt* ist das französische Wort für Wald«, erklärte er, wobei er die gälischen Worte wie immer sehr weich aussprach. »*La forêt*, um genau zu sein. Der Wald ist weiblich.«

»Ich bin auch weiblich«, beschied Leaf keck. »Darf ich nun in den Wald?«

»Das Wort für Wildschwein«, fuhr Jan unbeirrt fort, »*un sanglier*, hast du richtig verwendet. Aber *j'ai suivi* stimmt nicht. Das würde bedeuten, dass du das Wildschwein verfolgt hast, während du gewiss sagen wolltest, dass du das Wildschwein ...«

»... verfolgt hast«, beendete Leaf den Satz. Ein stolzes Lächeln lag auf ihren Lippen, während sie ungeduldig mit den Fingerspitzen an die Seite ihres Oberschenkels trommelte.

Während Jan, River und Skye die drittgeborene MacKay noch bestürzt betrachteten, fand Flower als Erste ihre Sprache wieder. »Das ist kein Spaß, Leaf. Wildschweine töten Menschen.« Auch wenn das in den letzten Jahren zum Glück immer seltener vorgekommen war.

»Und Menschen töten Wildschweine«, erwiderte Leaf. »Nichts ist gefährlich, solange man derjenige ist, der zuerst handelt.«

Nun mischte sich auch River ein. Flower wusste, dass sie viel

Freude an Jans Unterricht hatte und es daher nicht mochte, wenn Leaf diesen aufhielt. »Du wolltest es also auch töten?«, fragte sie blinzelnd.

Leaf machte eine wegwerfende Handbewegung. »Ich lese Spuren. Ich verfolge. Aber ich töte nicht, wenn ich nicht muss. Es reicht mir vollkommen, zu wissen, dass ich es könnte.«

»Warum willst du das können?«, erkundigte sich nun Skye mit aufrichtiger Neugier.

»*Pourquois pas?*«, entgegnete Leaf eine Spur zu schnell und sah dabei zu Jan. »Das war doch richtig, nicht wahr?«

»*Oui*«, stöhnte dieser und ließ die Schultern sinken. Vielleicht, dachte Flower, überlegte er, ob er Gregor von Leafs neuestem Abenteuer in Kenntnis setzen musste.

River warf Leaf einen warnenden Blick zu. Dann nahm sie die holzgerahmte Wachstafel vor sich in die Hand und drehte den Kopf mitfühlend zu Jan. »Soll ich vielleicht als Nächste vorlesen?«

Jan nickte dankbar. Flower wusste, dass er River trotz ihrer grausigen Rechtschreibung, unter der sie stumm litt, sehr schätzte und gern ihre vielen Fragen zu Brügge beantwortete. Auch wenn sie einen neuen Einfall hatte, meist in Zusammenhang mit dem Seehandel, prüfte er diesen mit ihr, nicht selten auf gemeinsamen Spaziergängen mit Isla, der Fischersenkelin und besten Freundin von River.

»*Hier, j'ai réfléchi avec Artair à la possibilité de transformer le bateau que nous réparons en un voilier ...*«

Während Rivers Stimme ertönte, verdrehte Leaf die Augen. Sie nahm ihren Griffel, ritzte etwas in ihre Wachstafel und schob sie zu Skye. Diese hörte auf, den Rand ihrer eigenen Wachstafel mit Mustern zu verzieren, und las aufmerksam, was ihre ältere Schwester geschrieben hatte. Vermutlich eine nachträgliche Erklärung, warum jede Frau das Jagen lernen sollte.

Wider Willen musste Flower lächeln, ehe sie ihren Blick aus

dem Fenster und über die sanften Wellen in der Bucht schweifen ließ. Noch immer drangen Rivers melodiösen Worte an ihr Ohr, und trotz der Anwesenheit ihrer Schwestern und Jans kam sie nicht umhin, sich zu fragen, wie gut Cailan Sinclair eigentlich Französisch sprach.

KAPITEL 11

Obwohl Flower in den nächsten drei Tagen viele weitere Fragen über Cailan in den Sinn kamen, bekam sie keine Antworten darauf. Es schien, als ob er sie mied, aber vielleicht war auch sie es, die ihm aus dem Weg ging. Morgens blieb sie lang auf den Rinderweiden, erschien pünktlich zu ihrem Unterricht und flüchtete danach nach Tongue, da in Greers Abwesenheit sonst niemand nach den kranken Dorfbewohnern sah. Bei den Abendessen saß sie nicht in Cailans Nähe, auch wenn ihr Blick mehrmals zu ihm hinüberwanderte. Erfreut hatte sie festgestellt, dass die Schwellung an seinem Finger dank ihrer Salbe bereits zurückgegangen war. Cailan dagegen verbrachte seine Zeit, wenn man den Erzählungen beim Abendessen trauen durfte, mit langen Ausritten mit Artair, mit Schachspielen oder – wie heute, am Tag vor der Abreise zu Clan MacLeod – mit der Jagd.

Am späten Nachmittag besuchte Flower Hailey in der Burgküche.

»Hat sich Wynda schon hingelegt?« Flower lehnte an dem gemauerten Herd, auf dem ein Korb mit Äpfeln stand und einen süßlichen Geruch verströmte. Die Früchte sollten den Kern der Pasteten bilden, die Hailey zum Abschied der hohen Gäste auftischen wollte.

»Aye.« Hailey wendete den Teig, den sie gegenüber von Flower an einem hölzernen Tisch vor der Steinwand knetete. »Seit du ihr das verordnet hast, ruht sie sich täglich nach den Vorbereitungen fürs Abendessen aus.«

Flower nickte zufrieden. Mit der Zeit würde das den geschwollenen Füßen der Köchin helfen. Und Hailey schien die Stunden allein in der Küche zu genießen.

»Zimt oder nicht, Zimt oder nicht.« Hailey legte den Kopf schief und musterte die Gewürze, die auf einem Vorsprung in der Küchenmauer fein säuberlich aufgereiht waren. »Was meinst du, Flower? Oder ist das zu kostbar für meine Versuche?«

»Weil wir Besuch haben, geht es sicher in Ordnung.« Sie zwinkerte. »Und es wäre eine Abwechslung zum Honig.«

Hailey drehte sich um und zeigte in spielerischer Anklage auf Flower. »Du willst den ganzen Honig doch nur für deine Hochlandrinder haben.« Sie nickte in Richtung des Tisches nahe dem Ausgang zum Kräutergarten, auf dem neben verschiedenen Gemüsesorten, Käse und Eiern auch der Honig lagerte. »Ich sollte die Mehlsäcke wegziehen und ihn zwischen dem Wein im Gewölbekeller verstecken.«

Flower gluckste. »Da hat mich jemand durchschaut.«

Hailey stimmte in das Lachen ein, während sie vorsichtig Zimt auf dem Teig verteilte. »Aye, mir machst du nichts vor.«

Wehmütig trat Flower zu ihrer Freundin und lehnte ihren Kopf an deren weiche Schulter. »Ich bin dir so dankbar, dass du morgen mitreist.«

Hailey deutete einen Knicks an. »Wenn Lord Sinclair der Meinung ist, dass du für einen guten Auftritt eine Zofe brauchst, Mylady, bin ich gern zu Diensten.«

»Meine Retterin in der Not.« Auch wenn sie bei dieser Aussage schmunzelte, meinte Flower es ernst. Es wunderte sie, dass Lord Sinclair neben einer Zofe nicht auch auf männliche Begleitung aus ihrer Familie bestanden hatte. Zwar kam ihr Vater nicht infrage, da seine Anwesenheit auf der Hochzeit zu aufdringlich gewesen wäre – schließlich hätte er neben sich noch weitere Männer aus seinem Gefolge mitbringen müssen, um nicht schwach zu wirken –, doch Artair wäre gewiss mitgekommen. Obwohl er nicht ihr Bruder im eigentlichen Sinne war, konnte sie sich blind auf ihn verlassen. Lord Sinclair jedoch schien der Meinung zu sein, dass er zusammen mit seinen Männern selbst für ihre Sicherheit sorgen konnte und, da er sie im Auftrag ihres Vaters unter seinen Schutz genommen hatte, auch ihr Ruf bei einer Reise ohne weiteres MacKay-Geleit keinen Schaden nehmen würde.

»Wirklich«, bekräftigte Flower, der bei dem Gedanken an das Bevorstehende flau im Bauch wurde, »ich weiß nicht, ob ich das ohne dich könnte.«

»Einen viertägigen Ritt mit Cailan überstehen, meinst du?«, neckte Hailey und wendete wieder den Teig. »Ich für meinen Teil freue mich, ihn endlich einmal länger beobachten zu können.«

»Hailey.« Sie zwickte die Freundin in die Seite. »Habe ich dir nicht erzählt, wie arrogant und selbstverliebt er ist?«

»Sicher.« Flower hatte ihr bei den kurzen Zusammentreffen in den letzten Tagen von ihren Begegnungen mit Cailan berichtet. »Aber das heißt nicht, dass er nicht schön anzusehen ist, oder?«

»Du hörst dich fast wie Greer an«, knurrte Flower.

Als Antwort auf ihre finstere Miene legte Hailey die Stirn in Falten und mimte eine tiefe Stimme. »Ich meine natürlich, das wird scheußlich. Ich könnte mir nichts Schlimmeres vorstellen, als mein Auge durch seinen Anblick zu quälen.«

»Ich schon«, murmelte Flower geknickt, als ihre Gedanken wieder einmal zum eigentlichen Grund für ihre Reise abschweiften.

Der Suche nach einem Ehemann.

Hailey, die sofort wusste, woran sie dachte, hörte auf, den Teig in kleine Stücke zu zerteilen. Stattdessen blickte sie liebevoll zu ihr.

»Wir können durchbrennen, du und ich. Ich arbeite als Köchin, du als Heilerin. Nach Edinburgh vielleicht?«

»Das würdest du nicht tun«, sagte Flower lächelnd, gerührt, dass Hailey ihr – wenn auch im Spaß – so etwas anbot.

»Oh doch«, protestierte die Freundin. »Das Einzige, das mich hier hält, bist du und eine sichere Anstellung. Aber wenn du einmal weg bist ...«

»... kommst du mit«, versprach Flower, ohne zu zögern. »Dann kann ich im Gefängnis der Ehe immerhin Bärlauch-Pilze, Karotten mit wildem Thymian, Honigbrot und Zimtschnecken essen.« Kurz glaubte sie, dass Haileys Augen feucht wurden. Doch dann stemmte diese die Hände in die Hüften. »Es wird kein Gefängnis«, behauptete sie. »Wir finden dir einen Mann, der deine Liebe für Kräuter und deine Sehnsucht nach Portskerra versteht.«

»Das tun wir nicht«, widersprach Flower leise. Auch wenn es ein schöner Gedanke war. Doch besser, sie blickte der Wahrheit ins Auge, als dass sie sich einer naiven Vorstellung hingab.

»Na, na«, schalt Hailey. »Du weißt doch, was ich immer sage.«

»Man soll niemals nie sagen?«, erwiderte Flower mit einem widerwilligen Lächeln.

»So ist es!« Hailey strahlte und schloss sie in die Arme. Im nächsten Moment schob sie sie jedoch wieder von sich. »Nun wird es Zeit, dass du auf andere Gedanken kommst«, verkündete sie entschlossen. »Hier.« Sie drückte Flower das Wellholz in die Hand und verschränkte die Arme. »Nach all den Jahren unserer Freundschaft wird es Zeit, dass du endlich lernst, wie man Pasteten macht.«

Die gemeinsame Zeit mit Hailey in der Küche hatte Flower gutgetan. Als sie am frühen Abend wieder die große Halle betrat, um von dort aus zu ihrem Zimmer zu gelangen und sich für das Abendessen umzuziehen, war ihr Schritt sogar unbeschwert. Zumindest bis das Tor zum Burghof schwungvoll aufgestoßen wurde und Cailan Sinclair in die zuvor friedliche Atmosphäre gestürmt kam.

Er trug ein beigefarbenes Leinenhemd und eine dunkle Hose, die in ledernen Stiefeln steckte. Die Ärmel des Leinenhemdes waren hochgekrempelt, sodass Flower die starken Unterarme sehen konnte. Seine Hände hatte Cailan zu Fäusten geballt, und ein Blick in sein bleiches Gesicht verriet ihr, dass etwas überhaupt nicht in Ordnung war.

Ihrer Ahnung folgend, raffte sie die Röcke ihres Wollkleides und eilte auf ihn zu. Als Cailan sie entdeckte, entspannte er für einen Moment die Schultern, ehe er aufgebracht bat: »Kommt schnell! Mein Vater ist vom Pferd gestürzt. Seine Schulter ... Ich weiß nicht, was wir tun sollen.«

Mehr brauchte er nicht zu sagen. Der hilflose Ausdruck in seinen zinngrauen Augen bewies ihr, dass die Lage ernst war. Anstatt ihn darauf hinzuweisen, dass er doch etwas vom Heilen halten musste, wenn er um ihre Hilfe bat, nickte sie knapp. Dann raffte sie ihre Röcke ein zweites Mal und folgte ihm hastig in den Burghof.

Mit dem Rücken an die Steine der Kapelle gelehnt, saß Ewan Sinclair genau dort auf dem Boden, wo Bhaic einst angekettet gewesen war. Sein Gesicht war schmerzverzerrt, und er presste die rechte Hand auf die linke Schulter. Sein Atem ging schwer, und seine Augenlider flatterten. Neben ihm kniete Gregor, und etwas abseits standen jene Männer, die mit ihnen auf der Jagd gewesen waren.

Ohne auf ihr Kleid oder die Regeln von Anstand und Sitte zu achten, sank Flower an Ewans freier Seite auf den Boden. Jemand anderer wäre überfordert gewesen, sie nicht. Wenn ein Mensch oder ein Tier verletzt war, blendete sie alles andere aus. Sie vertraute auf ihr Wissen, ihr Können, ihr Gespür. So erkannte sie auch sofort, dass die Lage weniger brenzlich war, als sie befürchtet hatte. Ewans Leinenhemd zeigte keine roten Verfärbungen. Sie musste also keine Sorge haben, dass er ausblutete und auf diese Weise sein Leben verlor.

»Tief atmen.« Sie blickte dem Lord ernst ins Gesicht und hoffte, dass er sich auf ihre Behandlung einlassen würde. »Ich muss mir die Verletzung ansehen, um Euch helfen zu können.«

Zu ihrer Erleichterung nickte Ewan gequält und nahm die Hand von seiner Schulter. Unter dem weiten Stoff des Leinenhemdes konnte sie jedoch nicht genug erkennen, um ihre Vermutung zu bestätigen.

»Gebt mir Euren Dolch«, verlangte sie von Cailan, der neben ihr stand.

»Wenn Ihr ihm wehtut ...«, knurrte dieser, gab ihr aber die Waffe.

Flower warf ihm einen giftigen Blick zu, ehe sie sich wieder mit sanfter Miene an Ewan wandte. »Ich werde Euer Hemd aufschneiden, um mir Eure Schulter genauer ansehen zu können.«

Lord Sinclair nickte nur. Sein Blick war starr nach vorn gerichtet, und die Muskeln an seinem Kiefer traten deutlich hervor.

»Wie ich mir gedacht habe«, murmelte sie, nachdem sie den Arm freigelegt hatte.

»Was habt Ihr Euch gedacht?«, wollte Cailan ungeduldig wissen.

Flower sah ihn mit einer Mischung aus Wut und Verständnis an. »Die Schulter von Lord Sinclair ist nach unten gesunken. Wie damals bei dir, Vater.«

»Das ist nicht gut«, krächzte Gregor und rieb sich wie in Erinnerung an die schmerzhafte Erfahrung über das besagte Körperteil.

»Aber heilbar. Ich werde die Schulter wieder einrenken, Mylord. Das wird etwas wehtun.«

»Versucht es nur«, brummte Ewan zwischen zusammengebissenen Zähnen. »Gregor sagt, dass Ihr Ahnung vom Heilen habt, und bei diesen Schmerzen will ich ihm glauben.«

Flower schenkte ihrem Vater ein dankbares Lächeln, dann wandte sie sich wieder Ewan zu. »Ihr müsst Euch flach auf den Rücken legen und den linken Arm zur Seite ausstrecken.« Sie sah zu Cailan. »Wenn Ihr etwas für Euren Vater tun wollt, fragt in der Küche nach Wein und nach etwas, worauf er beißen kann.«

»Das geht auch so«, knurrte Ewan, doch sie schüttelte den Kopf.

»Vertraut mir, Mylord. Ihr werdet für beides dankbar sein.«

Ewan grummelte etwas Unverständliches vor sich hin, beschwerte sich aber nicht weiter, bis Cailan mit dem Wein und einem kleinen Stück Holz zurück war. Scheinbar hatte er seine Meinung geändert, denn er griff sogleich nach dem Krug und leerte ihn mit großen Schlucken. »Ich überlasse mich Eurer Gnade«, seufzte er in ihre Richtung, ehe er sich entsprechend ihrer vorherigen Anweisung auf den staubigen Boden des Burghofes legte und das Holzstück zwischen die Zähne klemmte.

»So ist es gut«, murmelte sie, während sie etwas zurückrutschte. Gedanklich kehrte sie dabei ganz zu jenem Moment zurück, als Greer vor zwei Jahren die Schulter ihres Vaters eingerenkt hatte. »Ich nehme nun Eure Hand«, erklärte sie, »stemme meinen Fuß gegen Euren Oberkörper und ziehe. Ist das in Ordnung?«

Lord Sinclair nickte. So griff sie nach seiner rauen Hand und brachte ihre Füße in Stellung. *Langsam und gleichmäßig*, rief sie sich in Erinnerung. Das war es, das bei ihrem Vater damals schließlich zum Erfolg geführt hatte, nach drei erfolglosen, ruckartigen Versuchen von Greer. *Langsam und gleichmäßig*. Einmal atmete sie noch ein und aus, dann zog sie. Erst geschah nichts. Sie verstärkte die Spannung im Arm, drückte mit dem Fuß gegen Lord Sinclairs Achsel. Sie würde es schaffen, sie wusste es. Und dann – endlich – stöhnte Ewan laut auf, gedämpft durch das Holzstück, als seine Schulter zurück an ihren Platz glitt.

Flower sank erleichtert in sich zusammen.

»War es das schon?«, hörte sie die besorgte Stimme ihres Vaters. Wie es schien, konnte er kaum glauben, dass das Einrenken schon beim ersten Versuch geglückt war.

»Aye.« Sie nickte, während Ewan das Holzstück aus dem Mund nahm und sich aufsetzte. Sie half ihm dabei.

»Danke«, krächzte er sichtbar erschöpft. »Scheinbar gibt es doch Frauen, die etwas vom Heilen verstehen.«

Flower lächelte. Sie brauchte die Anerkennung nicht, um zu

wissen, dass sie als Heilerin den Menschen etwas Gutes tat. Dennoch freute es sie, dass Lord Sinclair nun zu der gleichen Erkenntnis gekommen war. Je mehr Männer das taten, umso besser.

Rasch blickte sie zur Seite, wo Cailan mit ausdrucksloser Miene stand. Ob es ihm wohl ebenso erging? Ein warmes Kribbeln breitete sich in ihr aus, und sie schalt sich eine Närrin, weil ihr seine Meinung wichtig war.

»Ich brauche mehr Wein«, brummte Ewan nun, dessen Gesicht langsam wieder an Farbe gewann. Dennoch wusste sie, dass seine Schulter ihm noch immer Schmerzen verursachte, wenn auch deutlich weniger.

»Das und viel Ruhe«, stimmte sie zu. »Aber erst muss ich den Arm verbinden, damit die Schulter an Ort und Stelle bleibt. Sie darf mindestens zwei Wochen nicht bewegt werden.«

Ein verwirrter Ausdruck trat in die Augen von Ewan Sinclair. Und da erst verstand Flower, was sie gerade gesagt hatte.

Von einer fiebrigen Erregung ergriffen, hielt sie inne. War er das etwa? Ihr Ausweg? Das konnte doch nicht sein, dass genau hier ... Oder doch? Von einem Augenblick auf den anderen begann ihr Herz, schneller zu schlagen. Haileys Worte klangen in ihren Ohren: *Man soll niemals nie sagen.* Gewiss, sie hätte sich niemals gewünscht, dass sich Ewan verletzte. Aber nun, da es so war ...

Sie schüttelte den Kopf, halb in Unglauben über das Geschehene, halb darüber, dass sie dessen Bedeutung erst jetzt verstand. Doch sie war so bestrebt gewesen, Ewan zu helfen, dass sie nicht an sich selbst gedacht hatte. Mit Mühe schaffte sie es, ihre freudige Erleichterung zu verbergen. Sie räusperte sich und bemühte sich um einen ernsten Gesichtsausdruck. »Es tut mir leid, Mylord«, erklärte sie mit fester Stimme. »Aber Ihr könnt in diesem Zustand unmöglich zur Hochzeit von Logan MacLeod reiten.«

»Unsinn«, grummelte Ewan. Er wollte eine wegwerfende Handbewegung machen, hielt dann aber inne. Sein Gesicht verzog sich vor Schmerzen.

Flower witterte ihre Chance. »Die Entscheidung liegt natürlich bei Euch. Aber fragt doch einmal meinen Vater, wie es ihm ergangen ist, als er am nächsten Tag aufs Pferd gestiegen ist.«

Gregors Miene verfinsterte sich augenblicklich. »Aye, das war kein guter Entschluss«, gestand er zerknirscht.

Ewan Sinclair war anzusehen, wie verstimmt er über diese Aussage war. Trotzdem schien er seinem Freund zu glauben, denn er lehnte den Hinterkopf an die Mauer der Kapelle. Eine Weile schwieg er nachdenklich, ehe er sich entschuldigend an Gregor wandte.

»Ich werde deine Gastfreundschaft wohl noch etwas länger in Anspruch nehmen müssen.«

»Du bist immer herzlich willkommen«, versicherte dieser sogleich.

Flower wusste, dass das keine leeren Worte waren, und innerlich jubelte sie. Sie würde auf Castle Varrich bleiben – fernab von jeglichen Ehemännern. Sie hatte zumindest zwei weitere Wochen gewonnen. Oder gar Monate, falls Ewan nun sein Angebot zurückzog, da er nicht zu Clan MacLeod reisen konnte.

Während sie ihr Glück noch immer kaum fassen konnte, bedankte sich Ewan bei Gregor, ehe er sich seufzend an seinen Sohn wandte. »Cailan, du und die Männer werdet mich auf der Hochzeit vertreten müssen.« Mit einem Blick auf Flower fügte er ernst hinzu: »In allen Angelegenheiten.«

Unwillkürlich schnappte sie nach Luft. Hatte sie sich gerade verhört? Himmel, sie musste sich verhört haben. Oder hatte Ewan Sinclair gerade tatsächlich vorgeschlagen, dass Cailan ... Oh, sie wagte es nicht, den Gedanken zu Ende zu denken. Das würde bedeuten, dass ... Nein, sie musste ihn einfach falsch verstanden haben!

Hilfe suchend blickte sie zu Cailan. Auch er war leichenblass geworden. Er umklammerte seinen rechten Unterarm, als müsse er sich daran festhalten.

»Ich soll ...«, setzte er an, verstummte aber dann gleich wieder. Sein Blick traf ihren, und seine Miene wirkte, als habe er Schmerzen. Einen kurzen Moment schwieg er, dann versuchte er es erneut. »Ich soll für Lady Flower einen Ehemann finden?«

Flower, die fühlte, wie Hitze in ihr aufstieg, konnte Lord Sinclairs Antwort nicht abwarten. »Oh nein, Mylord, das könnte ich niemals verlangen«, stammelte sie mit zittriger Stimme. Schwarze Punkte tanzten vor ihren Augen. »Gewiss hat Lord Cailan auf der Hochzeit Besseres zu tun, und ich möchte niemandem zur Last fallen. Es war ein großzügiges Angebot von Euch, aber bitte fühlt Euch nicht verpflichtet, es aufrechtzuerhalten, nun da Ihr ...«

»Nichts da«, beschied Ewan knapp. »Cailan würde nichts lieber tun, als einer jungen Frau ihren größten Traum zu erfüllen. Außerdem«, er blickte mahnend zu Cailan, »schadet es nicht, wenn mein Sohn etwas Verantwortung übernimmt.«

»Vater«, zischte Cailan zwischen zusammengepressten Lippen. »Ich glaube nicht, dass ...«

»Ein Sinclair steht zu seinem Wort«, unterbrach Ewan seinen Sohn scharf und kam damit auch Gregor zuvor, der ebenfalls etwas hatte einwerfen wollen. »Das hast du doch nicht vergessen, oder?«

Cailans Kiefer spannte sich merklich an, und Flower glaubte, sich übergeben zu müssen. Ihr Körper zitterte, und die Welt um sie herum schien sich zu drehen. Cailan konnte das nicht entgangen sein, doch anstatt ihr zu Hilfe zu kommen, schluckte er nur schwer.

»Mylady.« Seine Stimme klang gepresst, und seine Lippen bildeten eine harte Linie. »Mein Vater hat natürlich recht. Ich würde nichts lieber tun, als für Euch einen Ehemann zu finden.«

KAPITEL 12

Es stimmte, dass Cailan nicht gern Entscheidungen traf. Aber *das* hätte er gewiss niemals entschieden. Wieder einmal schüttelte er den Kopf, während er über eine grüne Wiese ritt, die an beiden Seiten von hohen Bergen gesäumt wurde. Seit ihrer Abreise waren bereits drei Tage vergangen, doch sein Entsetzen darüber, dass er einen Ehemann für Flower suchen sollte, war keineswegs geringer geworden. Ganz im Gegenteil!

»Ach herrje«, erklang es hinter ihm.

Ein Blick über seine Schulter verriet, dass Hailey wieder einmal einen Steigbügel verloren hatte. Es war ein Wunder, dass sich die Magd überhaupt im Sattel hielt und trotz ihrer offensichtlichen Schwierigkeiten beim Reiten noch immer über die Landschaft schwärmte.

Cailans Laune dagegen befand sich auf dem Tiefpunkt. Sich mit Bonnie im Heimlichen in den Laken wälzen und sich mit Logan betrinken – das hatte er auf der bevorstehenden Hochzeit vorgehabt. Schließlich lag die letzte Begegnung viele Monate zurück! Damals hatten sie eine wilde Woche auf Castle Girnigoe verbracht. Logan hatte noch nicht ans Heiraten gedacht, obwohl er schon seit vielen Jahren dank dessen Vater verlobt war. Und auch jetzt konnte Cailan kaum glauben, dass sein Cousin seine heiß geliebte Freiheit aufgab. Hatte Avery ihn genötigt, das alte Versprechen endlich einzulösen? Ebenso wie sein eigener Vater ihn zwingen würde, wenn Lady MacDonald am Ende des Sommers zu Besuch kam und ihre Tochter Eleanor mitbrachte?

Mit verengten Augen wich Cailan einer Pfütze aus, in der sich der bewölkte Himmel spiegelte, und erinnerte sich seufzend daran, dass es ohnehin längst Zeit für die Ehe und vor allem für Erben war. Gewiss, er war noch jung. Doch zu viele Kinder starben wie seine Brüder vor dem Mannesalter, als dass man mit Nachkommen ewig warten könnte. Und auch ihm konnte jederzeit etwas zustoßen. Wie damals.

Cailans Herzschlag beschleunigte sich, die Erinnerung holte ihn ein, und plötzlich befand er sich wieder im Wald. Der Donner grollte über ihm, die Blitze erleuchteten den Himmel. Taran grub seine Hufe in den nassen Schlamm, der Regen peitschte ihnen erbarmungslos entgegen. Er ahnte die Gefahr. Und trotzdem ritt er weiter. Trotzdem kehrte er nicht um.

Cailan schlug sich selbst mit der Hand auf die Wange und schüttelte sich. Je aufgewühlter er war, desto leichter zog ihn die Vergangenheit zurück in ihren Schlund und erinnerte ihn daran, dass seine Nachlässigkeit, was das Heiraten betraf, genauso verantwortungslos war wie sein Verhalten damals. Aber es war eben verdammt schwer, herauszufinden, mit wem er sein Leben verbringen wollte. Konnte man das nicht verstehen?

Angestrengt rieb er sich mit der linken Hand über die Schläfe. Vielleicht war es doch gut, dass sein Vater ihm diese Entscheidung nun voller Ungeduld abgenommen hatte. So würde er nächsten Sommer seinen ersten Sohn vorzeigen können und endlich einen Schritt näher an dem pflichtbewussten Clanführer sein, der er werden wollte. Blieb nur zu hoffen, dass er sich mit dieser Eleanor verstand. Ob sie wohl wie Flower war? Oder doch eher schüchtern, zurückgezogen und einfältig?

Er stöhnte. Sollte er die Wahl einer Gattin bei so viel Unsicherheit nicht doch lieber selbst in die Hand nehmen? Ein bitterer Laut entstieg seiner Kehle. In den nächsten Tagen würde er dank seines Vaters immerhin genug Zeit zum ...

»Hailey, Vorsicht!«

Flowers spitzer Schrei riss ihn aus seinen Gedanken. Er wirbelte im Sattel herum, und sein Herz stolperte. Hailey hatte ihre Stute wieder einmal zu nah an das weiß-braune Pferd gelenkt, auf dem Flower saß. Dieses schien genug davon zu haben und schnappte nun mit den Zähnen nach Haileys Tier, das daraufhin erbost auf die Hinterbeine stieg.

»Hände an die Mähne!«, brüllte Cailan und war schlagartig zurück im Wald. Damals. Den Oberkörper weit nach vorn gelehnt, preschte er auf einen umgestürzten Baumstamm zu. Taran liebte Sprünge, dieses Hindernis war für ihn nur eine kleine Herausforderung. Cailan schnalzte mit der Zunge, ritt schneller, fast waren sie da, gleich kam der Absprung. Und da geschah es. Mit einem ohrenbetäubenden Knall sauste ein Blitz vom Himmel nieder und schlug unmittelbar neben ihnen ein. Der Baum zerbarst, Holzsplitter flogen in alle Richtungen. Sein Pferd stieg, er schrie, versuchte, in die Mähne zu fassen. Und griff ins Leere. Seine Arme ruderten durch die Luft, er verlor das Gleichgewicht, er fiel. Und dann war alles schwarz. So verdammt ruhig und schwarz.

Cailan zitterte, als ihn Haileys von einem Schrei begleiteter Aufprall wieder in die Gegenwart holte. Trotzdem gelang es ihm irgendwie, Taran zu wenden.

Wenige Augenblicke später war er bei der Küchenmagd und kniete sich neben sie. Auch Flower war hastig von ihrem Pferd abgesessen, während Sean, der sie ebenso wie die anderen fünf Clansmänner begleitete, Haileys Stute am Zügel fasste und beruhigte.

»Kannst du dich bewegen?« Flower tastete mit flinken Händen den Kopf ihrer Freundin ab. Ihr gefasster Blick beruhigte Cailan, und die Enge in seiner Brust schwand langsam. Noch immer war er überfordert, noch immer halb in der Schwärze gefangen, doch das war in Ordnung. Flower war da. Sie behielt einen kühlen Kopf und handelte. Sie wusste, was zu tun war. So wie auf Castle Varrich, als sie seinem Vater ohne zu zögern geholfen hatte.

»Keine Sorge, mir geht es bestens«, drang Haileys Stimme an sein Ohr.

Das hatte er damals nicht behaupten können. Nicht einmal, als er wieder zu sich gekommen war. Wo war Flower in dieser Nacht gewesen? Warum hatte sie ihm nicht helfen können, als er begraben unter Ästen lag, unfähig, sich zu befreien, und davon überzeugt, dass er sterben würde?

Flower half Hailey beim Aufsitzen. »Ist dir schlecht?«

»Nein, nein, es geht schon.« Hailey fasste sich an die Schläfe. »Mir ist höchstens ein bisschen schwindelig.« Sie nickte in seine Richtung. »Lord Sinclair sieht viel schlimmer aus«, wisperte sie, obwohl er sie natürlich deutlich hören konnte.

Sofort drehte Flower sich zu ihm um. »Alles in Ordnung?«

Cailan kämpfte den Würgereiz zurück und stützte sich mit den Händen auf dem nassen Boden ab. Er brauchte Luft, jetzt! »Einen Sturz darf man nicht unterschätzen.«

Flower zog die Augenbrauen zusammen und sah ihn forschend an, während Hailey bereits wieder plapperte: »Ganz gewiss nicht! Das war mein erster Sturz. Wynda wird Augen machen, wenn ich ihr davon erzähle. Sah es dramatisch aus?«

Flowers Mundwinkel hoben sich leicht, und sie strich ihrer Freundin über die Schulter, während sie ihr antwortete. Die Fürsorge, die dabei in ihrer Stimme mitschwang, berührte ihn, selbst in diesem Moment. Er hörte den beiden Frauen eine Weile zu und wartete, bis sich sein Herzschlag beruhigte.

Dann, als sich seine Anspannung größtenteils gelegt hatte, räusperte er sich. »Braucht Hailey ...« Gott, er konnte nicht glauben, dass er das vorschlug. »Braucht sie vielleicht eine Salbe oder so was? Sean könnte ins nächste Dorf zurückreiten und ...«

Der überraschte Ausdruck in Flowers Augen ließ ihn innehalten. Sie schwieg einen Moment, dann schüttelte sie langsam den Kopf. »Hailey hat keine äußeren Verletzungen. Und ein Sud gegen

Schwindel ist mir leider nicht bekannt.« Sie wirkte kurz sehr bedrückt. »Was sie jetzt braucht, ist Ruhe«, sagte sie schließlich entschieden.

Cailan nickte und war selbst über diese Forderung erleichtert. »Dann rasten wir. Dafür, dass Ihr lange Reisen nicht gewohnt seid, saßt Ihr heute ohnehin lang genug im Sattel.«

»Ach, doch nicht wegen mir«, wehrte Hailey ab. »Ich könnte noch Stunden weiterreiten.« Doch die blasse Gesichtsfarbe der Magd strafte ihre Aussage Lügen.

»Eine Pause tut uns allen gut«, entgegnete er und wollte aufstehen. Da griff Flower nach seinem Arm. Ihre goldgrünen Augen suchten seine, als sie mit ihm auf die Beine kam.

»Danke.«

Seine Kehle wurde eng. Es war schön, dass Flower ihn nun wieder ansah, wo sie doch in den letzten Tagen kaum mit ihm gesprochen hatte. Und trotzdem konnte er sich nicht zurückhalten.

»Um ehrlich zu sein, hätte ich erwartet, dass Ihr mir für etwas anderes dankt.« Je mehr die Erinnerungen an die Vergangenheit verschwanden, desto mehr ärgerte er sich wieder über die Lage, in der er sich wegen Flower befand. Vor allem, nachdem er soeben wieder einmal durchleben musste, was zu seiner Furcht vor Entscheidungen geführt hatte.

Flower, die das natürlich nicht wissen konnte, zog ihre Hand zurück. Ihr Lächeln verschwand und wich jener verschlossenen Miene, die er in den letzten Tagen allzu gut kennengelernt hatte.

»Euch kann nicht entgangen sein, dass ich noch viel weniger als Ihr von *diesem* Arrangement begeistert bin.«

Unvermittelt verspürte er einen Stich. Befürchtete sie etwa, dass er ihr nicht ebenso gut wie sein Vater einen Ehemann aussuchen konnte? Dass er am Ende einen alten Wüstling wählte, der keine Kinder zeugen konnte? Seine Stimme wurde hart. »Mein Vater hat mir klare Anweisungen gegeben.« Und das hatte er wirklich: Flower MacKays zukünftiger Gatte musste eine vorteilhafte Verbindung für den Clan sein, keine Schulden haben und Frauen nicht grob behandeln.»Das werde ich schon hinbekommen.«

Denn wenn nicht ... Cailan wollte gar nicht daran denken. Selbst eine schlechte Ehe einzugehen, war eine Sache. Aber eine falsche Entscheidung zu treffen, unter der jemand anderes ein Leben lang leiden musste ... Das wäre noch schlimmer, als seinen Vater in dieser Bewährungsprobe zu enttäuschen.

»Wir werden sehen.« Mit dieser nachdenklichen Bemerkung wollte sich Flower abwenden, vermutlich, um Hailey auf die Beine zu helfen. Doch nun war er es, der sie am Handgelenk festhielt. Hatte er gerade Verzweiflung in ihren Augen gesehen?

»Ich verspreche es.« Die Worte waren mehr für ihn als für sie. »Ich werde niemanden enttäuschen.«

»Woher diese Leidenschaft, Mylord?« Flower sah ihn mit blitzenden Augen an. »Wollt Ihr mich so dringend verheiratet sehen?«

Seine Mundwinkel zuckten. Da war es wieder, dieses Feuer, das Flower zu Hause hinter dem Schein der fügsamen Tochter versteckte und das er so mochte. Er lehnte sich leicht nach vorn und schaffte es trotz allem, verschmitzt zu zwinkern. »Meiner Erfahrung nach sind verheiratete Frauen die besten Liebhaberinnen.«

Flower keuchte, und kurz rechnete er damit, dass sie ihn wieder ohrfeigen würde. Dann aber entzog sie ihm mit einem wütenden Schnauben lediglich die Hand und drehte sich um.

Schade. Der Schmerz hätte ihn für eine Weile von seinen düsteren Gedanken abgelenkt.

»Sieh nur, wie groß die Burg ist!« Begeistert zeigte die wieder muntere Hailey zwei Tage später auf die steinerne Festung, die sich in der Ferne auf einer Halbinsel inmitten eines klaren Lochs erhob. »Meinst du, das ist unser Ziel?«

Flower kniff die Augen leicht zusammen. Anders als Castle Varrich lag die Burg in einem Tal. Von drei Seiten war sie von Wasser geschützt, und man konnte nur über eine schmale Landzunge zu den zwei Türmen gelangen, die das Burgtor säumten. Zusammen mit den heidekrautbewachsenen Hügeln, die den See umgaben, hätte sie den Anblick unter anderen Umständen als verträumt bezeichnet. Doch gefangen in ihrer inneren Düsterheit sagte sie nur: »Aye, das muss Ardvreck Castle sein.«

Als die kleine Reisegesellschaft wenig später in den Burghof ritt, erwartete sie bereits ein stämmiger Mann mit hellbraunem Haar und einem verschmitzten Lächeln. Flower fand, dass er einnehmend wirkte – und das, obwohl er offensichtlich große Stücke auf Cailan hielt, den er überschwänglich mit »Na endlich, Cousin!« begrüßte.

»Logan, mein Bester.« Cailan schwang sich von Taran, um ihren Gastgeber zu umarmen. Die anderen Männer saßen ebenfalls ab, während zwei Stallknechte ihr und Hailey zu Hilfe eilten. Zwar hätte sie diese nicht gebraucht – dank der unvermeidbaren Wettreiten mit Leaf war sie eine ausgezeichnete Reiterin –, dennoch bedankte sie sich bei den Bediensteten, die ihnen nun auch die Zügel der Pferde abnahmen, um diese wegzuführen.

»Das ist also deine bezaubernde Lady Niamh«, drang Cailans staunende Stimme an ihr Ohr, als eine junge Frau mit rabenschwarzem Haar zu dem Mann, der Logan MacLeod sein musste, trat.

Flower stand schräg hinter Cailan, konnte aber dennoch sehen, dass er recht hatte. Mit der kleinen Zahnlücke und den dichten Wimpern handelte es sich bei Logans Verlobter um eine wahre Schönheit. Die allerdings kaum älter als sechzehn Jahre alt sein konnte, wie ihre Gesichtszüge verrieten.

»Sehr erfreut«, grüßte das Mädchen mit überraschend rauchiger Stimme und knickste mit gesenktem Blick. Dass ihr Kleid hochgeschlossen war, freute Flower seltsamerweise.

»Das Vergnügen ist ganz auf meiner Seite«, raunte Cailan und küsste ihre Hand. Die Schwarzhaarige errötete leicht und schenkte ihm ein zaghaftes Lächeln, das bei Flower ungewollt einen Stich im Bauch auslöste.

»Finger weg von meiner Braut, Sinclair!« Logan grinste zwar, aber Flower konnte deutlich erkennen, dass in seinen Augen eine echte Warnung stand. Ob diese wohl berechtigt war? »Oh«, tönte er nun, bevor Cailan antworten konnte. Sein Blick war auf sie gefallen, und Flower hatte das Gefühl, dass er ihre Anwesenheit erst jetzt wahrnahm. »Bist du etwa auch verlobt?«, erkundigte er sich, die Augen in Erstaunen geweitet.

»Nein«, entfuhr es ihr und Cailan zeitgleich.

Logan lachte, vermutlich über den schneidenden Tonfall, während Cailan ihr mit verschlossener Miene bedeutete, neben ihn zu treten. Sie warf einen sehnsüchtigen Blick nach links und wünschte sich, den Stallknechten folgen und nach den Pferden sehen zu können. Doch das war nicht möglich, und so kam sie Cailans Bitte nach.

»Das ist Lady Flower«, stellte er sie vor. »Sie ist die älteste Tochter von Gregor MacKay.«

Logan stemmte die Arme in die Seiten und zog eine Augenbraue hoch. Ihm war deutlich anzusehen, dass er sich fragte, was sie hier tat, wenn sie nicht Cailans Verlobte war. Doch Cailan schwieg beharrlich, sodass er sich ihr zuwandte. »Willkommen auf Ardvreck Castle, Mylady.« Er legte den Kopf schief und musterte sie. Hätte nicht seine Verlobte neben ihm gestanden, hätte Flower geschworen, dass dabei etwas in seinen Augen aufflackerte, das auf mehr als reine Gastfreundschaft schließen ließ. Und das, obwohl sie nur ihr schlichtes dunkelgraues Reisekleid trug.

Kurz war sie versucht, die Lider zu senken. Doch sie wollte nicht schwach wirken, und so hob sie leicht das Kinn und hielt seinem Blick stand. Leaf wäre stolz auf sie.

Logans Mundwinkel zuckten. »Ich würde Euch ja ebenfalls mit einem Kuss auf die Hand begrüßen. Aber mein Cousin ist noch eifersüchtiger als ich, und ich würde ungern mit blauem Auge heiraten.«

»Du bist auf dem besten Weg dorthin«, brummte dieser, während Flowers Wangen warm wurden. Auch Niamh sah ihren Verlobten unsicher an, doch Logan lachte nur.

»Ich scherze bloß, Sinclair. Wir wissen beide, dass du in deinem Herzen dafür viel zu friedliebend bist, genau wie dein Vater. Wo ist er eigentlich? Hast du ihn gegen Lady Flower eingetauscht und bei den MacKays zurückgelassen?«

»So könnte man es sagen«, stimmte Cailan zu und kratzte sich am Ohr. Als Logan ihn prüfend betrachtete, scharrte er mit dem Fuß und fluchte. »Zur Hölle, Logan, du kannst echt nicht lockerlassen.«

»Ich würde sogar behaupten, dass ich ein großes Durchhaltevermögen besitze.« Er zwinkerte in Niamhs Richtung, die sofort die Augen niederschlug. »Also?«

Cailan seufzte, und Flower überlegte schon, ob sie Logan selbst aufklären sollte. Dann aber eröffnete Cailan zähneknirschend: »Mein Vater ist vom Pferd gestürzt und hat sich an der Schulter verletzt.« Niamh sog hörbar die Luft ein, sodass er beschwichtigend hinzufügte: »Er wird schon wieder, keine Sorge. Jedenfalls hatte er vor seinem Sturz Gregor MacKay versprochen, auf eurer Hochzeit nach einem Ehemann für Lady Flower Ausschau zu halten. Und nun ...« Er schluckte. »Nun ist das meine Aufgabe.«

Logan grinste belustigt. »Weil du so viel Erfahrung mit der Ehe hast?«

Cailan schüttelte grimmig den Kopf. »Weil ein Sinclair sein Wort hält.«

Wundervoll, dachte Flower bissig und sah Hilfe suchend zu Hailey hinüber. Diese vermochte jedoch auch nicht mehr, als ihr ein aufmunterndes Lächeln zu schenken.

»Es ist sehr ehrenhaft, wenn ein Lord zu seinem Wort steht«, warf Niamh ein.

»Und doch ungewöhnlich«, nahm Logan den Faden wieder auf und blickte nachdenklich zu Cailan. »Ich hätte eher vermutet, dass du seit Neuestem mit deiner Mätresse reist, anstatt für unverheiratete Frauen Ehemänner zu suchen.«

»Logan«, zischte Cailan warnend, während Flower unbewusst die Finger in den Stoff ihres Kleides grub.

»Nicht, dass Ihr wie eine Mätresse ausseht.« Wieder sah er sie eine Spur zu anzüglich an. »Ich hoffe, Ihr habt das nicht falsch verstanden, Lady Flower?«

Da sie ihrem Gegenüber keine böse Absicht unterstellen wollte, lächelte sie süßlich. »Ich nehme mir den Ruf von Lord Cailan gewiss nicht zu Herzen, Mylord.«

Einen Moment starrte Logan sie ungläubig an, dann brach er in ein lautes Lachen aus. Erst als Cailan ein Schnauben von sich gab, beruhigte er sich wieder. »Verzeiht«, bat er sie abermals. »Aber mir wurde soeben klar, dass die nächsten vier Tage noch besser werden, als ich angenommen habe.«

»Ich brauche jetzt etwas zu trinken«, knurrte Cailan.

Wieder grinste Logan und schlug ihm auf die Schulter. »Ich habe nichts anderes erwartet, Cousin.« An seine Verlobte gewandt fügte er hinzu: »Stellst du Lady Flower den anderen Damen vor? Ich bin mir sicher, dass sie sich vorzüglich mit ihnen verstehen wird.«

Niamh war sehr liebenswürdig. Das erkannte Flower bereits nach den ersten Worten, die sie miteinander wechselten. Erst hatte sie sie für schüchtern gehalten, aber außerhalb von Logans Gegenwart war sie überraschend aufgeschlossen. Sie hatte in den letzten Jahren viel Zeit bei ihrem Bruder Aidan und dessen Frau in Aberdeen verbracht, die wegen ihrer Verpflichtungen dort allerdings nicht zur Hochzeit kommen konnten. Davor hatte sie bei ihrem älteren Bruder Morgan, dem Clanführer der Sutherlands, auf Dunrobin Castle gelebt, der nun angesichts eines alten Versprechens darauf bestand, dass sie endlich Logan MacLeod heiratete.

»Obwohl es nicht leicht war, aus Aberdeen zu gehen«, schloss Niamh und wirkte dabei für einen Moment so niedergeschlagen, dass Flower trotz ihrer miserablen Stimmung ein »Das tut mir leid« einwarf und darauf verzichtete, River zuliebe mehr über den Handel zwischen Aberdeen und Flandern in Erfahrung zu bringen.

Niamh schenkte ihr ein dankbares Lächeln. »Es bringt ja doch nichts, in der Vergangenheit zu verweilen. Und Logan bemüht sich wirklich um mich.«

»Das freut mich«, erwiderte Flower und hörte in ihrem Kopf unvermittelt die Stimme von Hailey, die sich bereits auf den Weg zu den anderen Bediensteten gemacht hatte. *Siehst du! Die Ehe hat auch Vorteile! Einen liebenden Ehemann zum Beispiel.*

»Es ist schön, nun auch Logans Freunde kennenzulernen«, fuhr Niamh fort. Sie waren inzwischen unter einem überdachten Gang hindurch in einen weiteren, kleineren Hof gelangt, an dessen linker Seite der Wohnturm und rechts die Unterkünfte der Bediensteten lagen. In der Mitte stand ein großer Baum, der an die Esche im Rosengarten von Castle Varrich erinnerte. »Tatsächlich hat er mir schon viel von Cailan erzählt.«

»Ah«, machte Flower nur, da sie nicht über Cailan sprechen wollte.

Niamh entging das offenbar. »Er soll loyal und pflichtbewusst sein«, meinte sie, als sie durch ein hölzernes Tor in den Nutzgarten traten. »Und auch sehr traditionell.«

»Traditionell?«, erkundigte sich Flower, unsicher, ob Niamh das richtige Wort verwendet hatte. Cailans verschiedenen Liebesabenteuern nach zu urteilen, schien er ihr alles andere als traditionell. Obwohl ... Vielleicht war es Tradition, dass ein Mann genau das tat.

»Genau«, bestätigte Niamh und zuckte mit den knochigen Schultern. »Logan sagt, dass sein Vater Cailan deshalb besonders zugetan ist.«

Flower wusste nicht, was sie darauf erwidern sollte, und so schwiegen beide Frauen eine Weile. Sie hatten mittlerweile die Erdgewächse und Kräuter hinter sich gelassen und betraten durch eine Lücke in der hüfthohen Steinmauer einen Obstgarten. Entlang der Burgmauer streckten dort zahlreiche Apfelbäume ihre Äste gen Himmel. Im Schatten dieser lachten einige elegant gekleidete Gäste ausgelassen miteinander.

»Riecht Ihr das?« Niamh blieb stehen und atmete tief ein. »Lavendel.« Ihr Blick trübte sich wieder. »Dieser Geruch erinnert mich immer an eine sehr gute Freundin aus Aberdeen. Wenn ich die Augen schließe, glaube ich beinahe, sie wäre da.«

Überrascht sah Flower zu Boden, nur um hinter der niedrigen Mauer, die den Garten durchzog, ein Dutzend lila blühende Pflanzen zu entdecken. »Meine jüngste Schwester liebt Lavendel«, versuchte sie Niamh abzulenken. »Wir züchten ihn auch auf Castle Varrich, und Skye reibt sich beim Waschen damit die Haare ein.«

»Das haben wir auch oft gemacht.« Niamh rückte ihre mit Edelsteinen besetzte Haarspange zurecht, ehe sie nach Flowers Hand griff und mit ihr auf eine Gruppe aus drei Frauen zuging, die unter dem größten der Bäume auf einer Wolldecke saßen. In ihrer Mitte stand ein Silberteller mit Pflaumen und Apfelschnitzen, und dem hellen Lachen nach zu urteilen, amüsierten sie sich prächtig.

Eine Frau mit roten welligen Haaren entdeckte Niamh und Flower zuerst und winkte sie sogleich zu sich. Ihr honigfarbenes Kleid war mit Goldfäden bestickt, sodass Flower sich in ihrem dunkelgrauen Reisekleid unpassend vorkam – und das, obwohl es bereits viel förmlicher war als das einfache Wollkleid, das sie daheim trug.

»Lady Niamh, mein Schätzchen, wen habt Ihr denn da dabei?«, erkundigte sie sich mit gespitzten Lippen.

»Lady Flower MacKay«, stellte sich Flower selbst vor. Sie war es leid, dass andere das für sie taten.

»So ist es.« Der Reihe nach zeigte Niamh nun auf die Damen.

»Und das sind Lady Bonnie Munro, Lady Sorcha Drummond und meine Schwägerin Lady Caitriona Sutherland.«

»Setzt Euch zu uns«, lud Sorcha sie ein, während sie eine ihrer Locken um den Finger wickelte und etwas zur Seite rutschte. Flower schenkte ihr ein Lächeln und ließ sich, obwohl sie lieber ihre Ruhe gehabt oder sich zumindest etwas festlicher angezogen hätte, neben der Frau nieder.

Niamh machte Anstalten, es ihr gleichzutun. Sie hatte bereits ihre Röcke gerafft, da hielt Caitriona sie auf.

»Wolltest du heute Nachmittag nicht zur Näherin, um die letzten Maße für das Hochzeitskleid zu nehmen?«

»Oh nein«, entfuhr es Niamh. »Das hätte ich fast vergessen. Danke, Caiti. Lady Flower, entschuldigt, aber ich muss ...«

»Geht nur.« Flowers Lächeln war aufrichtig. »Wir werden in den nächsten Tagen genug Zeit haben, um uns zu unterhalten.«

»Ja, ganz sicher«, murmelte Niamh, in Gedanken wohl bereits ganz bei der vergessenen Verabredung. Im nächsten Moment hastete sie mit langen Schritten davon.

»Was ist sie nur für ein unschuldiges Ding«, säuselte Bonnie, sobald Niamh außer Hörweite war, und Flower meinte, einen Hauch von Überheblichkeit in ihrer Stimme zu hören.

»Das waren Zeiten«, stimmte Sorcha zu, während sie schmatzend ein Stück Apfel genoss.

»Ob sie wohl weiß, was sie in der Hochzeitsnacht erwartet?« Die langen Beine hatte Bonnie ausgestreckt und überschlagen, mit den Händen stützte sie sich auf der Decke ab. Beinahe so, als ob sie die von ihrem Kleid sehr freigiebig zur Schau gestellten Brüste absichtlich gen Himmel recken wollte.

»Ich wusste es damals nicht«, gestand Sorcha freimütig. »Es war eine *große* Überraschung.«

Bonnie und Sorcha kicherten. Flower ahnte den Grund, war sich jedoch nicht ganz sicher. Am liebsten hätte sie das Thema gewechselt. Doch Hailey war der Meinung, dass sie die Zeit leichter ertragen würde, wenn sie sich gut mit den Hochzeitsgästen verstand. Also rieb sie nur etwas unschlüssig mit den Fingern über ihre Handfläche, lächelte ebenfalls und schwieg.

»Und Ihr, Flower?«, erkundigte sich Bonnie nun mit leicht schräg gelegtem Kopf. »Wusstet Ihr davor Bescheid? Und mit wem seid Ihr überhaupt verheiratet? Ich kenne zwar Eure Cousine Fia, aber von Euch habe ich noch nie etwas gehört.«

Flower unterdrückte das aufkeimende Gefühl, dass Bonnie ihr durch diese Bemerkung absichtlich sagen wollte, dass sie unwichtig sei. Und was war die Hochzeitsnacht überhaupt für ein Gesprächsthema für das erste Kennenlernen? Begann man nicht normalerweise mit etwas Unverbindlicherem, wie dem Wetter oder der Anreise? Bonnie jedenfalls schien das anders zu sehen. »Ich bin unverheiratet«, sah sie sich genötigt zu erklären.

»Ah«, lachte Bonnie. Sie schob ihre Beine unter den Körper, richtete sich auf und klatschte in die Hände. »Noch so ein unwissendes Geschöpf!« Sie sah in die Runde. »Ist das nicht ... niedlich?«

Während Sorcha eifrig nickte, räusperte sich Caitriona. Ihr hellbraunes Haar war zu einem langen Zopf geflochten, und mit ihrem ovalen Gesicht und der Unterlippe, die ein wenig voller war als die Oberlippe, erinnerte sie Flower an River.

Allerdings zierte Caitrionas Nase kein Muttermal, und sie wirkte aufgrund ihrer blassen Haut etwas kränklich. Doch das blitzende Grau ihrer Augen und ihre feste Stimme vertrieben diesen Gedanken, als sie nun einwarf: »Wart Ihr damals auch *niedlich,* Bonnie? Bevor Ihr geheiratet habt?«

Bonnie verengte kurz die Augen, ehe sie ihre rote Mähne kokett über die Schulter warf. »Oh, Caitriona, Ihr seid erfrischend.« Sie beugte sich mit verschwörerischer Miene vor. »Aber nein, ich war nicht niedlich. Genau genommen wusste ich vor meiner Hochzeitsnacht schon sehr genau, was mich erwartet. Aus eigener Erfahrung versteht sich.« An Flower gewandt gurrte sie: »Aber das werdet Ihr bestimmt auch noch herausfinden. Eines Tages.«

»Aye«, beschied Flower schroff und grub die Hände in ihr Kleid. Sie konnte Bonnie nicht leiden.

»Wie alt seid Ihr, Flower?« Dass Sorcha bei dieser Frage zeitgleich ein Apfelstück in ihrem beim Sprechen geöffneten Mund zerkaute, schien die Frau nicht zu stören.

»Gewiss schon achtzehn Sommer«, stellte Bonnie übertrieben mitfühlend fest. Sie tätschelte Flowers Arm. »*Eines Tages* sollte wohl besser bald sein, bevor Ihr als alte Jungfer endet. Dieses Schicksal droht nun ja der lieben Fia, nachdem mein Bruder sie nicht mehr heiraten will.«

Flowers Geduld schmolz rasant. Sie hatte keine Lust, auf dieser Hochzeit zu sein. Sie war müde von der Reise, fand keinen Gefallen an kindischen Sticheleien, und nun beleidigte Bonnie, die also eine geborene Ross sein musste, auch noch ihre Familie? Nachdem ihr Clan ihrem Onkel Malik ein Dutzend Rinder gestohlen hatte? Nur mit Mühe verlieh Flower ihrer Stimme einen ruhigen Klang. »Also erziehen die Ross ihre Töchter lieber zu ehrlosen Ehefrauen, ja?«

Caitriona lachte leise und spielte mit dem silbernen Herzanhänger an ihrer Halskette, während Bonnie für einen Moment sprachlos war. Im nächsten Augenblick fing sie sich wieder. »Mutig, dass gerade eine MacKay das sagt«, höhnte sie. Während Flower sich wunderte, was diese Bemerkung zu bedeuten hatte, sprach die andere Frau bereits weiter. »Aber es stimmt schon. Dass wir unerfahren in die Ehe gehen sollen, halte ich für Unfug. Keine Frau sollte auf Spaß verzichten – und erst recht nicht, wenn er ihr derart leicht in den Schoß fällt wie mir.«

Dem stimmte Flower zwar zu, sagte das aber nicht. Bonnie musste schließlich nicht wissen, wie wenig sie von der Ehe und den damit verbundenen Geboten hielt. Stattdessen griff sie ebenfalls nach einem Apfelschnitz, bevor keine mehr davon übrig waren. Dabei fing sie den Blick von Caitriona auf, die leicht die Augen verdrehte. Zumindest hatte sie eine Verbündete gefunden.

Bonnie, die vermutlich glaubte, den Schlagabtausch zu ihren Gunsten entschieden zu haben, musste das entgangen sein.

»Spaß«, erklärte sie mit selbstgefälligem Grinsen, »werde ich übrigens auch in den nächsten Tagen haben.« Mit einem Zwinkern fügte sie hinzu: »Die Frage ist nur, mit wem.«

»Nicht mit Lord Munro, so viel steht fest«, schmatzte Sorcha. »Manchmal tut er mir leid«, fügte sie dann etwas ernster hinzu, während sie wieder eine ihrer Locken um den Finger wickelte. »Weiß er wirklich gar nicht, was vor sich geht? Dabei sieht er doch nicht einmal schlecht für sein Alter aus.«

Bonnie rümpfte die Nase, und für einen Moment glaubte Flower, etwas Verletzliches in ihren Augen zu sehen. »Hamish ist zu beschäftigt mit dem Zeichnen seiner Pferde, um zu wissen, wie viel ich vom Reiten verstehe.«

»Bonnie«, gluckste Sorcha so laut, dass sich zwei Männer, die sich in einiger Entfernung unter einem anderen Apfelbaum unterhielten, verwundert zu ihnen umdrehten.

»Was?« Sie grinste, nun wieder frech, ehe sie sich an Flower wandte. »Oder bestürzt Euch meine Ausdrucksweise, Schätzchen?«

»Bestürzung setzt voraus, dass man mit etwas nicht gerechnet hat«, entgegnete Flower mit schmalen Augen. »Daher: Nein, ich bin nicht bestürzt.«

Ein Husten von Caitriona war die Antwort, das vermutlich eher ein unterdrücktes Lachen war. Bonnie warf ihr einen giftigen Blick zu und griff nach einer Pflaume.

»Früchte«, behauptete sie, »eignen sich übrigens hervorragend zur Verführung.« Wie um das zu beweisen, steckte sie sich die Pflaume in den Mund und spuckte selbst den Kern überraschend sinnlich aus. »Cailan – und ja, wir sprechen uns mit dem Vornamen an, wenn wir zu zweit sind – mag das besonders.«

»Cailan Sinclair?«, echote Flower erstickt. Im nächsten Moment biss sie sich auf die Zunge. Warum hatte sie sich überhaupt nach ihm erkundigt? Und dazu auch noch bei Bonnie, die – wenn man ihr Glauben schenken durfte – offensichtlich eine der unzähligen Liebschaften von Cailan war?

»Aye, Cailan Sinclair«, bestätigte Bonnie mit einem süffisanten Lächeln.

»Lass uns nur hoffen, dass der gute Lord Sinclair dieses Mal nicht wieder aus deinem Fenster flüchten muss, weil Lord Munro kommt.« Sorcha kicherte. »Oh, ich kann immer noch nicht glauben, dass du ihm nicht einmal genug Zeit gelassen hast, um sich wieder anzuziehen.«

Bonnie stimmte in das Gekicher ein, während Caitriona gelangweilt in die Ferne blickte. Flower dagegen wurde entsetzlich bleich, verstand sie doch erst in diesem Moment, wen genau sie vor sich hatte: Das war *die* berüchtigte Lady Munro, über die Leaf Cailan beim ersten Abendessen in Castle Varrich ausgefragt hatte. Und sie war nicht nur eine geborene Ross, sondern hieß auch noch Bonnie mit Vornamen! Bonnie – genauso, wie Cailan sie genannt hatte, als er sie am Bach nicht erkannt hatte. Das war einfach unglaublich!

»Nun seid Ihr doch bestürzt«, bemerkte Bonnie belustigt in ihre Richtung. »Dabei könnte ich Euch noch ganz andere Geschichten über Cailan erzählen.«

»Ich verzichte«, sagte Flower. Es war höchste Zeit, an einen anderen Ort zu gehen. Sie wollte gewiss nicht noch mehr Bilder von Bonnie und Cailan in ihrem Kopf haben!

»Ist er denn schon angekommen?« Sorcha schob sich nun das letzte Stück Apfel in den Mund. »Ich habe ihn noch gar nicht gesehen.«

»Ist er«, bejahte Flower, während sie sich erhob. »Wir sind zusammen angereist.«

»Dann kennt Ihr ihn gut?« Bonnie wirkte plötzlich zerknirscht, und zum ersten Mal erschienen auf ihrer Stirn Falten.

»Nicht gut genug, um von seiner Vorliebe für Früchte zu wissen.« Ihre Stimme war süßlich. »Vielleicht sollte ich ihn bei nächster Gelegenheit danach fragen?«

Bonnie verengte die Augen. »Mir wäre lieber, Ihr tätet das nicht.«

Flower nickte. »Das habe ich mir gedacht. Und nun entschuldigt mich. Ich bin müde von der Reise und brauche etwas Ruhe.«

»Das geht mir ähnlich.« Auch Caitriona kam auf die Beine.

»Aber Ihr seid doch schon gestern angereist«, warf Sorcha verständnislos ein.

»Ach, Sorcha«, tadelte Bonnie. »Du weißt doch, dass Lady Sutherland von kränklicher Natur ist. Wie ich höre, verbringt sie teilweise ganze Wochen im Bett.«

»Das sollte doch Euer Traum sein, nicht wahr, Lady Munro?« Caitrionas Stimme klang ruhig, sodass Flower nicht sicher war, ob sie sich nun von der Bemerkung angegriffen fühlte oder nicht.

»Nun, nicht wenn ich dort allein bin.«

»Oh, macht Euch darum keine Sorgen.« Caitriona lächelte, wobei sie einen Mundwinkel etwas weiter nach außen zog. »Mein Morgan lässt mich selten allein. Obwohl er Pferde mag.«

Flower konnte sich das Grinsen nicht verkneifen, als bei Caitrionas Anspielung ein säuerlicher Gesichtsausdruck auf Bonnies Gesicht trat. Sie verzichtete auf eine weitere Bemerkung, ließ zu, dass Caitriona sich bei ihr einhakte, und schritt mit ihr aus dem Garten.

KAPITEL 13

Beim Licht der ersten Sonnenstrahlen erwachte Flower unter einem warmen Fell. Sie gähnte herzhaft und musste zweimal blinzeln, ehe sie sich erinnerte, dass sie sich in der ihr zugewiesenen Kammer auf Ardvreck Castle befand. Dorthin hatte sie sich gestern nach der Unterhaltung mit Bonnie und den anderen Damen zurückgezogen. Eigentlich hatte sie ebenso wie Caitriona nur ein kurzes Nickerchen machen wollen, doch wie es schien, hatte sie den gesamten Abend verschlafen.

Ob man sie beim Abendessen vermisst hatte? Ihr Blick fiel auf den kleinen Holztisch, auf dem eine einsame Kerze aus Bienenwachs stand. Cailan war vermutlich zu betrunken gewesen, um ihr Fehlen zu bemerken. Und Bonnie hatte sich mit Sicherheit gefreut, sie *nicht* zu sehen. Aber was war mit Hailey? Flower musste sie unbedingt finden und ihr sagen, dass alles in Ordnung war.

Dieses Unterfangen war schneller erledigt als erwartet. Kaum dass sie sich aufgerichtet hatte, entdeckte sie die Freundin, die in ihren Umhang gewickelt auf dem Boden der Kammer lag. Sie hatte sich wie eine Katze zusammengerollt und ihre Lippen im Schlaf geöffnet. Ihr Kopf ruhte auf dem Beutel mit den Kleidern, die Flower für ihren Aufenthalt auf Ardvreck Castle mitgebracht hatte.

»Oh, Hailey«, flüsterte sie und scherte sich dabei keinen Deut um ihre nun bestimmt zerknitterten Gewänder. »Du hättest doch zu mir ins Bett kommen können.«

»Hm«, brummte Hailey verschlafen, ehe sie wieder ruhig weiteratmete.

Ein warmes Gefühl der Zuneigung durchströmte Flower. Ohne darüber nachzudenken, nahm sie ihr Fell und bettete es sanft über die Schlafende. Kurz überlegte sie, sich selbst noch einmal hinzulegen. Doch vermutlich würde sie nur grübeln, wie es ihren Hochlandrindern erging, nun, da sie am frühen Morgen nicht nach ihnen sehen konnte. Oder – und das war beinahe ebenso schlimm – es könnten sich Bilder von Cailan und Bonnie in ihr Bewusstsein drängen. Da war es allemal besser, wenn sie aufstand und etwas tierische Gesellschaft suchte.

Der Pferdestall von Ardvreck Castle war größer als der auf Castle Varrich. An die dreißig Tiere fanden darin links und rechts vom Stallgang in den mit Stroh ausgelegten Boxen Platz. Wie es schien, hatten die Stallknechte ihre morgendliche Arbeit bereits verrichtet oder waren noch zu betrunken vom gestrigen Fest, um das zu tun. Sehen konnte Flower jedenfalls niemanden, sie war mit den Pferden allein.

Sie war beinahe in der Mitte des Stallgangs angelangt, als sie die Stute entdeckte, auf der sie auf der Reise hierher geritten war. Zwar gehörte sie nicht ihr – abgesehen von Leaf, die Ausritte liebte, besaß keine ihrer Schwestern ein eigenes Pferd –, dennoch hatte Flower in den vergangenen Tagen eine Bindung zu der Stute entwickelt, die nun erwartungsvoll den Kopf über die brusthohe Stalltür streckte und mit den weiß-braunen Ohren wackelte.

»Na, du.« Vorsichtig streichelte Flower über die Mähne des Pferdes und genoss es, auch einmal Zeit mit einem gesunden Tier zu verbringen. Daheim galt ihre Aufmerksamkeit schließlich meist jenen Tieren, die krank waren oder sehr schreckhaft. »Ich kenne nicht einmal deinen Namen«, murmelte sie, während sie die Stute am Hals tätschelte. Diesen hatte Tevin, der Stallbursche, ihr nicht verraten. Vielleicht auch, weil sie mit einer ungewöhnlich finsteren Miene von Castle Varrich aufgebrochen war. »Aber wir nennen dich auf jeden Fall nicht Bonnie, so viel steht fest.«

Die Stute wieherte und rieb ihren Kopf an Flowers Oberkörper. »Hey, du«, tadelte sie, ließ das Tier aber gewähren. »Du suchst einen Apfel, was?« Sie trat einen Schritt zurück und zeigte der Stute ihre leeren Hände. Diese wieherte noch einmal. Als Flower trotzdem keine Leckerei herbeizauberte, wandte sich das Tier ab. Nachsichtig lächelte Flower. Ihr Blick schweifte durch den Stall und suchte nach dem Pferd, auf dem Hailey geritten war. Nachdem das Tier in den letzten Tagen die oft willkürlich mit Zügel und Bein übermittelten Befehle ihrer Freundin so tapfer ausgeführt hatte, verdiente es auch eine Streicheleinheit. Sie hatte etwa die Hälfte der Boxen abgesucht, da entdeckte sie Cailans Hengst Taran. Dieser beobachtete sie neugierig und wieherte sogar, als Flower ihn genauer musterte.

»Du kannst ja nichts dafür, dass du ihm gehörst«, seufzte sie, ehe sie nach kurzem Zögern zu ihm ging. Das rotbraune Tier streckte sogleich den Hals weiter nach vorn, sodass sie es ausgiebig streicheln konnte.

Wie wäre wohl ihre erste Begegnung mit Cailan verlaufen, wenn Taran sie nicht in den Bach gestoßen hätte? Hätte sie dieselbe Anziehung verspürt, die sie empfunden hatte, als er ohne Leinenhemd über ihr gestanden und seine Hände nach ihr ausgestreckt hatte?

Unwillkürlich fuhr sie sich mit ihrer Zunge über die Lippen. Vielleicht hätte sie sich doch von Cailan küssen lassen sollen. Niemand hätte es gesehen, ihr Ruf hätte keinen Schaden genommen. Es waren nur er und sie gewesen.

Doch sie hatte Prinzipien. Anders als Bonnie, die scheinbar jedem Mann unanständige Freiheiten gewährte. Cailan sollte sie küssen, weil er sie, Flower, wollte. Weil er sich zu ihr als Mensch hingezogen fühlte.

Aber war das nicht sogar so gewesen? Vielleicht nicht am Bach, aber später, als sie seinen Finger verbunden hatte? Sie hätte schwören können, dass er seine Lippen auf ihre hatte legen wollen. Und auf ihrer Reise hatte er sogar über eine Liebschaft mit ihr gescherzt. Nicht, dass sie sich darauf einlassen würde, aber ... Sie seufzte. Was wusste sie schon von Männern? Es war ebenso wahrscheinlich, dass sie das alles falsch verstanden hatte.

Seltsam frustriert schüttelte sie den Kopf. Cailan und sie würden sich nie küssen. Die Gelegenheit dazu war verstrichen. Wenn er nach der letzten Nacht wieder bei klarem Kopf war, würde er für sie nach einem Ehemann Ausschau halten. Sie würde jemand anderen heiraten und ...

»Wenn ich Ihr wäret, würde ich das nicht tun«, unterbrach eine freundliche Stimme ihre Gedanken.

»Bitte?« Verwundert drehte Flower den Kopf und blickte in das sommersprossige Gesicht eines Mannes. Er hatte kupferfarbenes, lockiges Haar, und sein schiefes Lächeln war auf Anhieb einnehmend.

Mit einem Nicken wies der Fremde auf Taran. »Sein Besitzer reagiert nahezu unbeherrscht, wenn man sein Pferd ohne seine Erlaubnis berührt.«

»Das kann ich mir gut vorstellen«, gestand Flower und zog ihre Hand zurück. Dabei musterte sie den Mann aufmerksam, der, wie seine fleckenfreien Stiefel aus Leder und seine saubere Haut verrieten, kein Bediensteter sein konnte.

»Ah«, machte der Fremde, und das Lächeln wich einem Ausdruck von Missbilligung. »Dann seid Ihr also ebenfalls mit Cailan ... vertraut?«

»Zu meinem Leidwesen«, entfuhr es ihr, ehe sie sich erschrocken die Hand vor den Mund schlug. »Das hätte ich nicht sagen sollen, entschuldigt, Lord ...«

»Finley.«

Als Flower die Augenbraue hob, da es üblich war, auch seinen Clan zu nennen, seufzte dieser. »Lord Finley MacLeod, wenn Ihr es genau wissen wollt. Der zweitgeborene Sohn von Avery MacLeod, dem Clanführer, und damit Bruder des Bräutigams. Aber bitte ...« Er lächelte offen. »Nennt mich einfach Finley.«

Flower schmunzelte. »Ihr seid der erste Lord, der darauf besteht, dass ich ihn derart vertraut anspreche. Tun das normalerweise nicht nur enge Freunde?«

»Ihr könnt mich gern als Freund betrachten«, gab Finley lässig zurück, während er sich gegen eine Box lehnte und dem Pferd darin über den Kopf strich. »Lady ...?«

»Flower MacKay.«

»Ein ungewöhnlicher Name«, bemerkte Finley. »Das ist erfrischend.«

Flower lächelte. Sie wusste, dass ihre Mutter ihr und ihren Schwestern unübliche Namen gegeben hatte. Doch – und das hatte Rhona stets betont – wie könnte ein Mädchen schöner heißen als die Natur, die sie früher so oft zu ihren Gedichten inspiriert hatte?

Kurz überlegte sie, Finley davon zu berichten. Sie fühlte sich seltsam wohl in seiner Gegenwart, vielleicht auch, weil er nicht auf die förmliche Anrede bestand. Dann aber entschied sie sich dagegen, weil es ihr zu eigen erschien. »Ihr mögt also Ungewöhnliches?«

Finley lächelte wehmütig. »Wenn Ihr wüsstet, wie recht Ihr damit habt.« Sie spürte, dass er noch mehr dazu sagen wollte, es sich jedoch ebenfalls anders überlegte. Stattdessen trat Schalk in seine Augen. »Ihr müsst Euch übrigens nicht entschuldigen für Eure Bemerkung über Cailan Sinclair. Ich kann ihn nicht ausstehen.«

»Ach ja? Dabei müsste er doch auch Euer Cousin sein, wenn Ihr der Bruder von Logan MacLeod seid.«

»Sagen wir es so: Ich habe einmal zu oft im Wettreiten gegen ihn gewonnen, als dass wir hätten Freunde werden können.«

Flower lachte amüsiert auf. Nur zu gut konnte sie sich vorstellen, wie Cailan sich grämte, wenn er einmal nicht das bekam, was er begehrte.

»Ich würde ein Goldstück für Eure Gedanken geben«, sagte Finley, der sie aufmerksam beobachtete. »Vielleicht auf einem

Ausritt? Selbstverständlich nicht zu zweit«, warf er ein. »Das würde Euer Ehemann gewiss nicht erlauben, und ich möchte Euch nicht in Schwierigkeiten bringen.«

Flower legte den Kopf schief. »Was lässt Euch denken, dass ich verheiratet bin?«

»Nun.« Finley kratzte sich am Kinn. »Keine unverheiratete Frau würde sich am frühen Morgen allein in den Pferdeställen herumtreiben. Nicht bei so vielen noch immer betrunkenen Männern auf der Burg.«

Flower blinzelte. »Ihr traut einer Frau nicht viel zu, Finley. Nur weil ich schwach aussehe, heißt es nicht, dass ich mich nicht wehren kann.«

»Vergebt mir, Flower. Ich wollte Euch nicht beleidigen.« Er blickte nachdenklich zu ihr und schien nicht einmal bemerkt zu haben, dass er sie ebenfalls nur mit dem Vornamen angesprochen hatte. »Ich muss gestehen, dass ich schon oft darüber nachgedacht habe, wie sich der Schein vom Sein unterscheidet. Wie das, was naheliegend ist, nicht der Wahrheit entspricht. Wenn es sie überhaupt gibt, die eine Wahrheit.«

Einen Moment war Flower etwas verdutzt. Sie hatte vieles erwartet, aber gewiss nicht das, noch dazu von einem Lord. Was nicht hieß, dass es ihr nicht gefiel. Im Gegenteil, Finley hatte recht. »Ihr scheint ein gebildeter Mann zu sein, Finley.«

»Nicht annähernd gebildet genug«, gab dieser zurück. Er ballte die linke Hand zur Faust. »Und doch zu gebildet für den Geschmack meines Vaters. Ihm wäre es lieber, ich hätte mehr Freude am Schwertschwingen, wie mein älterer Bruder.« Er zuckte mit den Schultern, doch sie konnte sehen, dass ihn diese Tatsache sehr grämte.

»Nur Mut«, bekräftigte sie ihn. »Wenn man ein Mann ist, gibt es viele Möglichkeiten in dieser Welt. Ihr müsst sie nur wahrnehmen.«

»Gegen den Willen meines Vaters?« Finley rieb sich den Hals

und sah sie dabei eindringlich an, beinahe so, als wäre ihre Meinung tatsächlich für ihn wichtig. »Würdet Ihr das denn tun, Flower?«

Sie lachte bitter. »Dafür mag ich meinen Vater zu sehr.«

»Und wenn Ihr ihn nicht ausstehen könntet?«, bohrte Finley, wobei er sein Gewicht etwas nach vorne verlagerte.

»Nun, dann wäre ich nicht auf diesem Fest.«

»Aha«, machte Finley und überkreuzte die Beine. »Ihr seid also auch eine Gefangene.«

Flower konnte nicht verhindern, dass sie trotz des Wahrheitsgehaltes seiner Aussage lächeln musste. Noch nie hatte jemand ihre Lage derart unverblümt auf den Punkt gebracht.

Finley erwiderte ihr Lächeln, ehe er fragte: »Verratet Ihr mir, was Ihr tätet, wenn Ihr nicht gefangen wärt?«

Ihre Mundwinkel zuckten. »Ihr stellt erstaunlich viele Fragen dafür, dass wir uns gerade eben erst begegnet sind.«

»Fragen zu stellen ist die Grundfeste der Philosophie«, behauptete Finley, und in seine Augen trat ein begeisterter Glanz. »Oder wie mein Onkel mir einmal gesagt hat: Man muss Dinge hinterfragen, wenn man sie verstehen oder ändern will.«

»Und Ihr wollt mich verstehen?« Flower merkte, dass ihre Stimme weicher klang. Versuchte sie etwa, Finley zu gefallen?

»Aye«, gab dieser freimütig zu und strich sich eine kupferfarbene Locke aus der Stirn.

Sie lachte. »Wenn mein Ehemann das hört ...«

»Ihr habt keinen Ehemann«, gab Finley grinsend zurück. »Das weiß ich spätestens seit Eurer Bemerkung über Euren Vater, der Euch zu diesem Aufenthalt gezwungen hat.«

»Ihr denkt schnell«, sagte Flower anerkennend. »Wenn Ihr es also wirklich wissen wollt: Mein Herz schlägt für Tiere. Ich will lernen, sie zu heilen.«

»Faszinierend.« Finley nickte. »Auch wenn ich selbst nicht viel davon verstehe.«

»Es verhält sich ähnlich wie das, was Ihr mir vorhin über die Philosophie gesagt habt«, erklärte sie bereitwillig. »Man muss Fragen stellen und offen sein, von anderen zu lernen.«

»Gibt es denn Heilkundige, von denen Ihr gerne lernen würdet? Mein großes Vorbild ist ja Thomas von Aquin. Auch wenn er schon lang verstorben ist.«

»Mir sagt der Name nichts«, gestand Flower.

Finley machte eine wegwerfende Handbewegung. »Grämt Euch nicht, nur wenige kennen ihn hier in den Highlands. Ich selbst habe auch nur von ihm gehört, weil mein Onkel mir einmal von ihm erzählt hat. Er hat in Paris studiert, wisst Ihr? Also, mein Onkel, aber auch Thomas von Aquin.«

»Ah«, machte sie, aber Finley sprach schon begeistert weiter: »Thomas von Aquin war übrigens einer der Ersten, der Verstand und Glaube versöhnen und sozusagen eine Brücke zwischen Aristoteles und dem Christentum schlagen wollte. Und sein Gottesbeweis gemäß den fünf Weg...« Finley brach ab und zuckte entschuldigend mit den Schultern. »Ich rede wieder einmal zu viel, verzeiht. Dabei wollte ich doch eigentlich mehr über Euch erfahren.«

Flower lächelte. Auch wenn sie Thomas von Aquin und sein Gottesbeweis herzlich wenig kümmerten, mochte sie die Art, wie Finleys Augen beim Reden über ihn geleuchtet hatten. »Bei mir ist es eine Heilerin in einem Dorf namens Portskerra.« Sie seufzte. »Aber was nützt es, sich den Kopf über Dinge zu zerbrechen, die nie geschehen werden?«

»Aye«, stimmte Finley zu, und auch er wirkte für einen Moment traurig, bevor sich sein Gesicht wieder aufhellte. Er stieß sich von der Box ab und lächelte charmant. »Wie steht es nun mit unserem Ausritt?«

Flower wollte Ja sagen. Sie genoss die Gesellschaft des klugen Lords und spürte, dass von ihm keinerlei Gefahr ausging. »Habt Ihr mich nicht vorhin gewarnt, mich nicht allein mit einem Mann im Stall aufzuhalten?«, erinnerte sie ihn schelmisch. »Und nun wollt Ihr mich sogar in den Wald entführen?«

Finley lachte. »Zusammen mit anderen, wie ich schon sagte. Ich will nicht, dass mir Euer werter Vater unangenehm wird.«

»Oh, vor ihm braucht Ihr Euch auch nicht zu fürchten«, versicherte sie.

»Nicht?« Finley runzelte überrascht die Stirn. »Ich hätte angenommen, dass es ihm missfällt, wenn seine unverheiratete Tochter mit einem unverheirateten Lord im Wald verschwindet. Ganz unabhängig davon, dass ich nur ehrenhafte Absichten habe.«

»Ihr braucht Euch vor meinem Vater nicht zu fürchten, weil er nicht auf Ardvreck Castle ist.«

»Vor wem dann?«, erkundigte sich Finley, der gespürt haben musste, dass es ein Aber gab.

»Vor Cailan Sinclair«, gestand Flower zerknirscht. »Durch eine unglückselige Verkettung an Umständen bin ich mit ihm auf diesem Fest.«

»Das müsst Ihr mir erklären«, bat Finley sichtlich verwirrt.

»Sagen wir so viel«, seufzte sie. »Es war einiges an Alkohol und eine ausgekugelte Schulter im Spiel. Mit dem Ergebnis, dass nun Cailan Sinclair für mich auf dieser Hochzeit nach einem Ehemann sucht.«

»Oh, das tut mir leid.« Finleys Stimme hatte einen mitfühlenden Ton angenommen. Dann aber hellte sich sein Gesicht wieder auf. »Unter diesen Umständen braucht Ihr die Ablenkung eines Ausritts erst recht!«

»Ihr seid hartnäckig«, sagte Flower schmunzelnd.

»Vielmehr schrecklich gelangweilt«, gestand Finley achselzuckend. »Ich finde also eine Begleitung, und wir treffen uns morgen zur Mittagsstunde hier?«

»Aye.« Sie lächelte und fragte sich zum ersten Mal, ob der charmante Rotschopf wohl die Rettung war, nach der sie so verzweifelt suchte.

KAPITEL 14

Am Nachmittag ließ sich Cailan von Logan zum Bogenschießen überreden. Es war Tradition bei Clan MacLeod, dass Hochzeiten ausgiebig gefeiert wurden, und dazu gehörten auch sportliche Wettkämpfe zwischen den Anwesenden. Nach dem rauschenden Fest am letzten Abend und der langen Nacht, in der er dank Bonnie nahezu nicht geschlafen hatte, wäre er jedoch lieber im Garten geblieben. Die Apfelbäume darin konnte er von hier aus sogar sehen, da der Kampfplatz auf der einen Seite erst im unteren Teil von den Unterkünften der Bediensteten begrenzt wurde. Dort standen auf Holzgestellen auch jene drei runden Scheiben aus Stroh, auf die sie ihre Pfeile schossen.

»Der Sieg entscheidet sich wohl zwischen dir und Cailan.« Lord Morgan Sutherland, ein hochgewachsener Schotte mit schwarzen Haaren und einem Bart, neigte finster den Kopf in Logans Richtung. Sein Begleiter Hewie, der nicht nur der Verwalter von Dunrobin Castle, sondern auch Morgans bester Freund zu sein schien, stellte derweil seinen Bogen ab. Obwohl beide Männer gute Schützen waren, hatten sie in den letzten Runden die Strohscheibe, die sie sich zu viert teilten, weniger oft als Logan und Cailan getroffen.

Logan schlug Morgan auf die Schulter. »Gräm dich nicht, Sutherland. Dafür, dass dein Clan lieber handelt als kämpft, hast du dich gut angestellt.«

Morgans Lippen wurden schmal, ehe er sich mit Hewie verabschiedete. Cailan dagegen blieb, wie einige Männer an den anderen Strohscheiben auch. Er musste schließlich noch gegen seinen Cousin gewinnen.

»Ist nicht einmal so übel, dein zukünftiger Schwager«, bemerkte er, während er seinen nächsten Pfeil in die Sehne des Bogens legte.

»Eigentlich kann ich es kaum erwarten, bis er wieder zurück bei seinem Schiff ist«, gab Logan zu. »Er beobachtet mich wie ein Adler, sobald ich in die Nähe meiner Braut komme.«

Cailan grinste, verzichtete aber auf eine Bemerkung, da er nun den Bogen spannte. Er prüfte noch einmal, dass er seinen Ellbogen gerade hielt, kniff die Augen zusammen und sah zum Ziel. Im nächsten Augenblick ließ er die Sehne los, und der Pfeil flog sirrend in die Mitte der Strohscheibe.

Logan stöhnte. »Wann bist du so verdammt gut im Bogenschießen geworden?«

Cailan zwinkerte. »Das war ich schon immer.«

»Warst du nicht«, widersprach sein Cousin, als er selbst nach einem Pfeil griff. Cailan kratzte sich am Ohr, denn Logan hatte recht. Er war nie ein schlechter Bogenschütze oder Schwertkämpfer gewesen, aber wirklich gut war er erst nach jener Nacht vor vier Jahren geworden. Als er so verzweifelt darum gerungen hatte, nicht mehr schwach zu sein. Doch das musste sein Cousin nicht erfahren.

In einer anderen Sache allerdings würde er die Meinung von Logan gern hören. So war er beinahe dankbar, dass dessen Pfeil ebenfalls die Mitte der Scheibe fand und sie noch ein wenig länger auf dem Kampfplatz verweilen konnten. Auch wenn er nicht wusste, wie er das Gespräch beginnen sollte.

Sie schossen noch zwei weitere Pfeile, ehe er vollkommen ohne Zusammenhang herausplatzte: »Logan, ich muss dich etwas fragen.«

»Klingt wichtig«, sagte dieser und trat näher. Cailan atmete noch einmal ein und aus, dann offenbarte er ihm mit leicht gesenkter Stimme seine Gedanken.

»Das meinst du nicht ernst«, keuchte Logan entsetzt, nachdem er geendet hatte, und ließ den Pfeil fallen, den er in der Hand hielt. »Cailan, der Mann ist schon alt! Und Flower ist was? Achtzehn?«

Cailan starrte seinen Freund missmutig an. Die verfluchte Entscheidung hatte leichter werden sollen, wenn er sie gemeinsam mit ihm traf. Doch wie es schien, war Logan nicht im Mindesten von dem Vorschlag überzeugt, den Bonnie am frühen Morgen an ihn herangetragen hatte.

»Das habe ich Bonnie auch gesagt«, gestand er zähneknirschend. »Aber dafür ist Hamishs jüngerer Bruder sehr wohlhabend. Und er hat erst letztes Jahr einen Bastard gezeugt.«

Logan schüttelte den Kopf. »Hast du Blaine Munro einmal zu Gesicht bekommen?«

»Nun«, er scharrte mit dem Fuß im Staub, »das letzte Mal ist schon eine Weile her.«

»Wohl kaum«, höhnte Logan und deutete mit einer Kopfbewegung über seine Schulter. »Er ist dort drüben, neben Finley und meinem Vater.«

Mit zusammengezogenen Augenbrauen blickte Cailan in die Richtung, in die sein Cousin gewiesen hatte. Dort stand ein Mann, der beinahe so breit wie hoch war und der mit seinem verfilzten Bart und der mittlerweile schiefen Nase nicht annähernd so aussah wie der stets gepflegte Hamish.

»Oh«, stieß er hervor und konnte sein Entsetzen darüber nicht verbergen, wie sehr sich Blaine Munro seit ihrer letzten Begegnung verändert hatte. Unsicher kratzte er sich am Kopf. »Das Aussehen eines Mannes ist eine Sache, nicht? Bonnie jedenfalls meinte, dass Flower eine Frau sei, die mehr Wert auf das Innere eines Menschen lege.«

»Zur Hölle, Cailan, Bonnie ist eine miese Ratte!« Für einen Moment wirkte Logan, als wollte er ihn an den Schultern packen und kräftig schütteln. »Wenn überhaupt ein Munro infrage käme, dann

Duncan, aber wo der sich in der Welt rumtreibt, weiß keiner so genau. Nimm lieber einen Mann aus einem anderen Clan.«
»Oder vielleicht bist du doch eifersüchtig?«
»Bonnie ist die Frau von Hamish, meinem Cousin«, erinnerte Logan ihn. »Und du kannst von Glück reden, dass ich ihn und sein einschläferndes Gerede über Malerei nicht leiden kann, denn sonst würde ich dir nun die Hölle heißmachen.«

Dem musste Cailan zustimmen. Er selbst war mit Hamish zwar nicht verwandt, war dieser doch Logans Cousin väterlicherseits, während mit ihm die Verwandtschaft durch Logans Mutter bestand. Dennoch lag es ihm fern, den Freund zu brüskieren. Auch wenn er sich nicht verkneifen konnte, mit einem Grinsen zu sagen: »Du kannst mir erzählen, was du willst, ich weiß ganz genau, dass du eifersüchtig bist.«

Logan warf ihm einen derart grimmigen Blick zu, dass Cailan lachen musste. Auch wenn ihre Rufe sich ähnelten, war Logan der berüchtigtere und vor allem rücksichtslosere Frauenheld von ihnen. Es stand außer Frage, dass auch er gerne ein Schäferstündchen mit Bonnie verbracht hätte. Doch, wie Bonnie Cailan letzten Herbst offenbart hatte, war Logan bei diesem Versuch schnarchend eingeschlafen, nachdem er dem Alkohol zu sehr zugesprochen hatte, sodass er seinen Reiz für sie verloren hatte.

»Ich sage es dir ehrlich, Sinclair«, kam Logan zum Kern ihrer Unterhaltung zurück. »Blaine ist nicht für seinen guten Charakter bekannt. Im Gegenteil, er trinkt mehr als er sollte.«

»Glaubst du?« Cailan runzelte die Stirn. »Das hätte Bonnie doch wissen müssen.«

Logan schnaubte, als er den Pfeil aufhob, der ihm zuvor zu Boden gefallen war. »Verdammt, Cailan, was hat diese Frau gestern Nacht mit dir angestellt?«

Er konnte ein Grinsen nicht unterdrücken, besonders da Logan ihm in der Vergangenheit auch die eine oder andere Frau vor der

Nase weggeschnappt hatte. »Möchtest du die kurze oder die lange Fassung?«

Sein Cousin winkte ab. »Eins verspreche ich dir«, brummte er. »Bonnie kann deine süße Flower nicht leiden.«

»Sie ist nicht *meine* Flower«, erwiderte er scharf und nahm Logan den Pfeil aus der Hand. »Aber es ist meine verfluchte Aufgabe, ihr einen Ehemann zu finden. Also erweise dich als nützlich und mache Vorschläge, wenn du Bonnies Einfall nicht magst.«

Logan hob verwegen die Mundwinkel. »Ich könnte ihr gewiss einiges beibringen ...«

»Logan«, zischte Cailan und funkelte seinen Cousin böse an. Ihm war nicht entgangen, wie dieser Flower bei ihrer ersten Begegnung auf dem Burghof gemustert hatte, und zweifelte nicht daran, dass Logan seine Worte ernst meinte. Doch – das rief er sich ins Gedächtnis, während er den Pfeil in den Bogen legte, um kein Aufsehen zu erregen – eine Liebschaft zwischen Logan und Flower war ebenso wenig eine Möglichkeit wie eine Ehe. Zum Glück. Eher würde er Flower selbst heiraten, bevor er sie Logan für alle Ewigkeit überließ.

»Also gut«, seufzte sein Cousin, nachdem Cailans Pfeil erneut sein Ziel gefunden hatte. »Was ist mit meinem Bruder Finley?« Er nickte erneut über die Schulter.

Cailan verschränkte die Arme, während er den schlanken Mann mit den kupferfarbenen Haaren betrachtete. Dieser wurde gerade von seinem Vater wüst für einen Schuss gerügt, der nur noch knapp auf der Strohscheibe gelandet war. »Das hat Avery gestern Nacht auch schon vorgeschlagen«, gestand Cailan.

»Und was hast du meinem Vater geantwortet?«

»Was wohl?«, gab er eine Spur zu barsch zurück. »Dass ich darüber nachdenke.«

»Mutig.« Grinsend griff Logan nach einem neuen Pfeil.

Cailan zuckte mit den Schultern. »Du weißt doch, dass er mir nie lang böse sein kann.« Eine Tatsache, für die er mehr als dankbar war. Denn er hatte gestern weder den Burgherrn verärgern noch sich von diesem in eine vorschnelle Entscheidung drängen lassen wollen.

»Wieso hast du nicht einfach zugestimmt?«, wollte Logan nun wissen. »Du weißt, dass ich nicht viel von meinem Bruder halte, aber besser als Blaine ist er allemal. Und um ehrlich zu sein: Schlecht wäre ein Bündnis mit den MacKays für uns nicht, auch wenn es andere gute Möglichkeiten gibt.«

»Hm«, brummte Cailan und warf einen weiteren Blick zu Finley. Dieser hatte sich erneut einen Pfeil genommen, vermutlich, um den verpatzten Schuss wieder wettzumachen. »Meinst du wirklich, dass eine Ehe mit Finley das Richtige ist? Flower stammt aus einer großen Familie und will gewiss Kinder. Und Finley, nun, wie du weißt ...«

Logan sah ihn einen Moment lang verdutzt an, ehe Verständnis in seine Augen trat. »Habe ich dir nie erzählt, dass wir uns geirrt haben? Finley sagt, der Pfeil habe in seinem Oberschenkel gesteckt, nicht in seinen Weichteilen.«

Cailans Augen weiteten sich überrascht. Er selbst war nicht dabei gewesen, als der Schmied den Pfeil entfernt hatte. Aber wenn er tatsächlich im Oberschenkel gesteckt hatte, dann war es verdammt weit oben gewesen. Er seufzte. »Denkst du denn, Flower fände Gefallen an deinem Bruder?« Wenn der Rotschopf doch Kinder zeugen konnte, war das eine andere Sache. Auch wenn er den Gedanken an Finley mit Flower ganz und gar nicht leiden konnte.

»Woher soll ich das wissen?« Logan zuckte mit den Schultern. »Du bist doch derjenige, der die letzten Tage mit ihr verbracht hat.« Er grinste verschlagen. »Solltest nicht du sie mittlerweile *sehr genau* kennen?«

»Was willst du damit sagen?« Cailans Tonfall war warnend.

Logan neigte den Kopf zur Seite. »Ich meine nur, dass ihr fünf Tage lang ohne ihre Familie in den Highlands unterwegs wart. Wenn ich mit der Kleinen geritten wäre ...«

»Vorsicht«, fiel Cailan ihm ins Wort. Er fühlte sich unvermittelt an eine ähnliche Unterhaltung erinnert, die er am gestrigen Abend mit Avery gehabt hatte, bevor dieser eine Ehe mit Finley in den Raum gestellt hatte. »Oder willst du mir auch unterstellen, dass ich keinen Anstand habe?«

»Nein.« Logan zeigte seine leicht schief stehenden Zähne. »Aber selbst der eisernste Mann wird manches Mal schwach. Ich jedenfalls hätte nicht widerstehen können.« Sein Grinsen wurde breiter. »Genauso wenig wie bei meiner süßen Niamh.«

Cailan verschlug es für einen Moment die Sprache. »Hast du nicht gesagt, dass ihr Bruder dich wie ein Adler beobachtet?«, fragte er dann.

Logan nickte. »Das tut er, aber nicht, wenn seine Frau im selben Raum ist. Dann hat er nur Augen für sie. Außerdem weißt du doch: Man soll gut prüfen, bevor man sich ewig bindet.«

Cailan lachte. Logan besaß wirklich kein Gewissen. Wie das wohl bei Finley war? Wieder wanderte sein Blick zu ihm hinüber, und er sah überrascht, wie dieser den Bogen auf den Boden schmetterte und davonging, obwohl sein Vater ihn für den zweiten misslungenen Schuss lautstark beschimpfte.

»Wenn du dir so unsicher bist, was den richtigen Ehemann für Flower angeht, warum fragst du sie nicht, was sie an einem Mann mag?« Als er nicht sofort antwortete, schob Logan nach: »Oder soll ich das für dich übernehmen?«

»Bloß nicht.« Er sah seinen Cousin warnend an. »Nach allem, was du mir gerade erzählt hast, will ich dich nicht allein in Flowers Nähe sehen. Verstanden?«

Logan lachte. »Nur weil du es bist, Cailan. Und jetzt schieß doch endlich einmal daneben. Mir steht wirklich der Sinn nach einem Sieg.«

Cailan gefiel der Gedanke nicht, Flower danach zu fragen, was sie an Männern mochte. Dennoch schuldete er seinem Vater, dass er die ihm übertragene Aufgabe gut erfüllte. Und das erwies sich als schwieriger als gedacht, da Blaine und Finley nicht unterschiedlicher sein konnten. Der eine reich, dafür alt und unansehnlich. Der andere jung und gut aussehend, aber dafür im Kampf nicht zu gebrauchen und mit nahezu keinem Besitz. Auch wenn Finley, wie Cailan noch immer nur zähneknirschend eingestand, ein hervorragender Reiter war.

Gedanklich die Vor- und Nachteile beider Männer abwägend, rang er sich am frühen Abend dazu durch, nach Flower zu suchen. Besser, er brachte die leidige Sache schnell hinter sich, damit er danach weiter das Fest genießen konnte. Auch wenn eine innere Stimme leise anmerkte, dass das dennoch nicht leicht werden würde. In letzter Zeit musste er besorgniserregend oft an die scharfsinnige MacKay und ihre goldgrünen Augen denken. Selbst gestern Nacht hatte sie sich immer wieder in seine Gedanken geschlichen, als er versucht hatte, sich in Bonnies Armen zu verlieren.

Nach kurzem Suchen entdeckte er Flower auf der hüfthohen Mauer, die den Nutzgarten mit den Erdgewächsen und Kräutern von dem verbleibenden Garten trennte. Sie saß leicht zur Seite gewandt, das Gesicht gegen die Sonne. Ihre Hände umfassten die von Caitriona Sutherland, während sie auf sie einredete.

Beim Näherkommen bemerkte Cailan etwas irritiert, dass Flower noch immer ihr Reisekleid trug. Und auch ihr Haar fiel ihr bar jeden Schmucks in sanften Wellen über den Rücken. Das tat ihrer Schönheit jedoch keinen Abbruch, im Gegenteil. Gerade durch ihre Natürlichkeit und den Verzicht auf Prunk fand er sie sehr anziehend, vielleicht auch, weil sie so ein wenig wie das Mädchen aussah, dem er am Bach begegnet war.

»… kannst nichts verlieren«, hörte er sie sagen. »Caitriona, wenn du anhaltende Schmerzen hast, solltest du mir wirklich …«

»Danke, Flower, aber ich will nicht.«

»Myladys.« Cailan nickte knapp, als er die beiden Frauen erreichte.

»Mylord«, erwiderte Caitriona den Gruß. Sie hob dabei die

Mundwinkel zu einem kurzen Lächeln und schien seltsam erleichtert über sein Erscheinen. Dabei hatte er bisher nicht das Gefühl gehabt, dass sie ihn sonderlich gut leiden konnte.

Bei Flower war er sich dagegen sicher, dass sie sich nicht freute, ihn zu sehen. Sie starrte ihn in offener Abneigung an und brachte nicht mehr als ein Nicken zustande. *Wunderbar,* dachte er. Das waren die besten Voraussetzungen für ein offenes Gespräch.

Er räusperte sich. »Ich habe etwas mit Lady Flower zu besprechen. Wenn Ihr mich auf einen Spaziergang begleiten würdet?«

»Ich unterhalte mich gerade.« In Flowers Stimme schwang eine sonderbare Anspannung mit. Beinahe so, als würde sie sich vor etwas fürchten. Aber doch nicht etwa vor ihm?

»Geht nur«, kam ihm Caitriona überraschend zu Hilfe und erhob sich. »Morgan wartet gewiss schon auf mich.«

»Caitriona.« Flower sprang ebenfalls von dem Mäuerchen und griff abermals nach dem Arm der blassen Frau. »Überlege es dir noch einmal, ja? Du kannst jederzeit zu mir kommen.«

Caitriona schenkte ihr ein warmes Lächeln. »Ich weiß.«

Kaum dass Morgans Gattin außer Hörweite war, bot Cailan Flower seinen Arm dar, um sie durch den Garten zu geleiten. »Darf ich auch jederzeit zu Euch kommen?«

Flower warf ihm einen bösen Blick zu und ignorierte den Arm. »Es war äußerst unhöflich, mich aus meinem Gespräch zu reißen.« Sie ging mit etwas Abstand zu ihm einige Schritte in den Garten hinein. Dort saßen heute kaum Gäste, vermutlich wegen des kurzen Regenschauers am Mittag.

»So unhöflich, wie nicht zum Abendessen zu erscheinen?« Er zog eine Augenbraue in die Höhe.

Flowers Augen weiteten sich. »Das habt Ihr bemerkt?«

»Natürlich.« Er wunderte sich, warum sie darüber so überrascht war. »Solange wir hier sind, steht Ihr unter meinem Schutz.«

»Ah«, tönte Flower bissig. »Deshalb habt Ihr mich also auch gesucht, als Euch mein Verschwinden aufgefallen ist.«

Cailan verlangsamte seine Schritte. War Flower wirklich nur beleidigt darüber, weil er ihr Gespräch mit Lady Sutherland unterbrochen hatte?

»Lady Niamh sagte mir, dass Ihr in Eurer Kammer seid. Es schien mir angebracht, Euch dort nicht aufzusuchen.« Belustigt merkte er, wie Flower trotz ihrer finsteren Miene leicht errötete. »Wenn Ihr natürlich darauf besteht, werde ich nächstes Mal ...« Er ließ den Satz unbeendet, weil er sich plötzlich albern vorkam, und blieb stehen.

»Tatsächlich bin ich nicht gekommen, um mit Euch zu streiten.«

Flower hielt ebenfalls an und verschränkte die Arme vor der Brust. In ihren goldgrünen Augen funkelte Misstrauen.

Er drehte die Handflächen nach oben. »Ist es so schwer zu glauben, dass ich ein normales Gespräch mit Euch führen will?«

Flower legte den Kopf schief. »Ich bin mir nie ganz sicher, was Ihr wollt. Bisher hatte ich den Eindruck, dass es Euch schlichtweg Freude macht, mich zu ärgern.«

Er musste den Impuls unterdrücken, ihr eine Strähne hinter die Ohren zu streichen. Er war sich auch nicht sicher, was er wollte. Und es war gefährlich, darüber nachzudenken, wenn sie ihn so offen ansah. Sehr gefährlich sogar.

»Ich ...« Er räusperte sich und blickte über ihre Schulter. »Gott, Mädchen, lasst uns wenigstens weitergehen. Die anderen denken sonst, wir streiten.«

»Ich dachte, wir führen ein normales Gespräch«, gab Flower frech zurück. Trotzdem warf auch sie einen besorgten Blick auf die beiden älteren Frauen, die sich inzwischen auf ihren vorherigen Platz auf der Mauer gesetzt hatten, und folgte ihm.

Eine Weile schwieg Cailan und atmete den süßlichen Geruch des Gartens ein. Dann, den Blick auf einen Apfelbaum am äußersten Winkel der Grünfläche gerichtet, presste er hervor: »Ich würde gern erfahren, was Euch gefällt. An Männern.«

»Wie bitte?«, keuchte Flower. Ein Blick zur Seite verriet ihm, dass sie wieder errötete.

Er knetete seine Hände und fühlte sich ungewohnt verlegen. »Ich habe gefragt, was Ihr an einem Mann mögt«, wiederholte er dann mit einer Stimme, die viel weniger beiläufig klang, als er es sich gewünscht hätte.

»Oh«, hauchte Flower und legte die Stirn in Falten. »Es geht nicht um Männer, sondern um Ehemänner«, folgerte sie seltsam niedergeschlagen.

»Macht das einen Unterschied?«, fragte er verwirrt.

»Würdet Ihr etwa Greer oder Bonnie zur Ehefrau nehmen?«, gab sie ohne Zögern zurück.

»Nein.« Er lachte, doch dann stutzte er. »Wie kommt Ihr überhaupt auf Bonnie?«, erkundigte er sich mit besorgtem Gesichtsausdruck.

Flower spitzte die Lippen. »Erzählungen aus erster Hand.«

Er stöhnte und fuhr sich durch die Haare. Bonnie und er mussten wirklich vorsichtig sein, wenn er kein böses Blut mit Lord Munro heraufbeschwören wollte. Und er war das auch gewesen. Was natürlich trotzdem nichts nützte, wenn Bonnie freimütig von ihren gemeinsamen Stunden berichtete. Er musste unbedingt noch einmal mit ihr reden. Obwohl – und er wusste, dass das falsch war – Flower sehr reizend aussah, wenn sie aufgrund seiner Liebesabenteuer leicht verärgert wirkte. Oder war es am Ende gar Eifersucht?

Aufmerksam betrachtete er sie von der Seite. Dabei fiel ihm zum ersten Mal auf, dass sie ein mondförmiges Muttermal unter dem Ohr hatte. Sich selbst tadelnd, schüttelte er den Kopf. Er musste sich auf sein eigentliches Anliegen besinnen.

»Also, Mylady«, sagte er bemüht lässig. »Verratet Ihr mir nun, wie Euer Ehemann sein sollte? Abgesehen von den offensichtlichen Dingen, versteht sich.«

»Den offensichtlichen Dingen?«

»Dass er aus einem einflussreichen Clan stammt, Euch beschützen kann, Kinder will. Ihr wisst schon. Das, wonach sich jede Frau sehnt.«

Flowers Augen verengten sich, und ihre Stimme bekam einen wütenden Unterton. »Wer genau sagt, dass jede Frau das will?« Er zuckte mit den Schultern. »Das weiß man eben.« Flowers Kiefermuskeln spannten sich an. »Wenn Ihr das doch so genau wisst, warum fragt Ihr mich überhaupt?« Sie beschleunigte ihre Schritte und stampfte leicht beim Gehen, als sie mit ihm um die Burgmauer bog. Auf dieser Seite erstreckte sich der Garten weiter bis zu einem großen Tor, durch das man unweit der Kapelle auf den Burghof gelangte.

»Nun macht es mir doch nicht so schwer«, stöhnte Cailan verstimmt. »Glaubt Ihr, mir macht das Spaß?«

»Nun gut.« Flower blieb im Schatten der Burgmauer stehen. Die schmalen Hände hatte sie in die Hüfte gestemmt, und sie reckte ihr Kinn. »Ich wünsche mir Aufgeschlossenheit. Entgegenkommen. Verständnis.«

»Ihr wünscht Euch einen Schwächling?« Zu seinem Verdruss musste er unvermittelt an Finley denken. »Ich hatte eher erwartet, dass Ihr Dinge aufzählt wie: *Er soll nicht alt sein* oder *Er soll groß sein* oder *Er soll dunkelblonde Haare haben.*«

»Ihr beschreibt Euch selbst.« Flower zog eine Augenbraue in die Höhe. »Versucht Ihr am Ende herauszufinden, ob Ihr mir gefallt?«

»Gefalle ich Euch denn?«, neckte er und trat etwas näher an sie heran. Dabei strömte ihr betörender Duft, der ihn an eine Mischung aus Rosen und Zimt erinnerte, in seine Nase.

»Als Ehemann?«, wisperte Flower leise. Die Ader an ihrem Hals pulsierte sichtbar. Hatte sie auch bemerkt, dass sie allein in diesem Teil des Gartens waren? Zwar hörten sie noch leise die Stimmen der beiden älteren Frauen. Doch sehen konnte sie niemand.

»Nein.« Er beugte sich hinunter zu ihrem Ohr. »Als Liebhaber«, raunte er.

»Das ist eine vollkommen unangebrachte Frage«, stammelte Flower.

Er legte einen Finger unter ihr Kinn. Ihre Haut fühlte sich genauso weich an, wie er es sich vorgestellt hatte.

»Aye. Und trotzdem glaube ich kaum, dass ihr noch nie darüber nachgedacht habt.«

»Habt Ihr denn darüber nachgedacht?«, piepste Flower erstickt, während sie seinem Blick tapfer standhielt.

Er lächelte. »Was wäre, wenn ich Euch verrate, dass ich mich genau in diesem Moment frage, wie Eure Lippen schmecken?« Er kam mit seinem Gesicht ein Stück näher, sodass er sehen konnte, wie sich die feinen Härchen auf ihrer Haut aufrichteten.

»Dann sollte ich«, Flower schluckte sichtlich, »besser gehen.«

Er deutete ein Nicken an, doch Flower bewegte sich kein Stück. Stattdessen starrte sie ihn mit hochroten Wangen und glitzernden Augen unverwandt an. Ihre Lippen waren leicht geöffnet, und sie blinzelte mehrmals, während sich ihre Brust atemlos hob und senkte. Sie war wunderschön, und er ahnte, dass sie ihn nicht ohrfeigen würde, wenn er sie jetzt küsste.

Er beugte sich noch weiter nach vorne, wartete, ob sie die Willenskraft fand, ihn zurückzustoßen. Doch sie wich nicht zurück, hielt ihn nicht auf. Also umfasste er ihre Taille und zog sie an sich. Er spürte ihren süßlichen Atem auf seiner Haut, nur noch wenige Zoll trennten ihn von ihren Lippen ... und dann ertönte ein grelles Lachen.

»Bonnie«, fluchte er und trat sofort einige Schritte zurück. Keinen Lidschlag zu spät, da die rothaarige Frau bereits im nächsten Augenblick in Begleitung von Sorcha um die Ecke bog.

»Lord Cailan«, zwitscherte sie erfreut und klimperte aufreizend mit den Wimpern. »Euch habe ich schon wieder viel zu lange nicht gesehen. Und«, ihre Stimme wurde eine Spur schroffer, »Lady Flower, welche Überraschung.«

»Lady Munro, Lady Drummond.« Er nickte knapp, und Flower schwieg. Wo noch vor wenigen Momenten Verlangen gestanden hatte, gab es jetzt nur noch Schrecken. Er konnte es ihr nicht verdenken und musste selbst ein Zittern unterdrücken, als ihm aufging, dass er beinahe die ihm übertragene Aufgabe wegen eines Kusses gefährdet hätte.

Erinnerungen stiegen in ihm auf. Eine Hütte am Waldrand, eine offene Tür, der einladende Geruch von frischem Brot und …

Bonnies Hand auf seinem Arm riss ihn in die Gegenwart zurück. Vermutlich, überlegte Cailan, sollte er der Frau, die nun unangebracht nah neben ihm stand, dankbar sein, denn gewissermaßen hatte sie ihn gerettet. Und doch wollte sich die Dankbarkeit nicht einstellen. Denn über allem schwebte das Bedauern. Über den Kuss, den es nun nie geben würde.

»Geht es Euch gut, Lady Flower?«, säuselte Bonnie nun und trat mit schwingender Hüfte einen Schritt auf diese zu.

Flower strich sich über ihr Kleid und nickte.

»Nein, wirklich, Liebes. Ihr seht furchtbar aus.« Keinerlei Mitgefühl lag in Bonnies Stimme. »Ich hoffe doch, es gab keine Neuigkeiten, die Euch missfallen haben?«

Cailan atmete erleichtert aus. Wie es schien, hegte Bonnie nicht einmal den Verdacht, es könne etwas Unanständiges zwischen ihnen vorgefallen sein. Stattdessen vermutete sie offenbar, dass er ihrem Ratschlag gefolgt und Flower soeben mitgeteilt hatte, mit wem sie vermählt wurde.

»Danke, mir geht es bestens«, erwiderte Flower. Ihre Stimme war fest, doch Cailan entging nicht, dass ihre Unterlippe noch immer zitterte.

»Vermutlich ist es die Hitze«, warf Lady Drummond ein, während sie mit ihrem Finger an einer ihrer Locken spielte.

»Aye«, gurrte Bonnie und suchte gleichzeitig seinen Blick. »Nicht jeder kann damit umgehen, wenn es heiß wird.«

»Ich glaube, mir wird doch schlecht«, presste Flower erstickt hervor. Mit einer fahrigen Bewegung griff sie in die Röcke ihres Kleides und wandte sich ab.

»Lady Flower«, rief Cailan und wollte ihr nachgehen. Doch da hatte sich Bonnie schon bei ihm eingehakt. »Lasst sie gehen, Mylord«, sagte sie mit einem selbstgefälligen Lächeln. »Wenn einem unwohl ist, sollte man sich ausruhen.«

KAPITEL 15

Ob die MacLeods es wohl als Beleidigung auffassen würden, wenn sie auch am zweiten Abend nicht zum Festmahl erschien? Mit zusammengezogenen Augenbrauen zog Flower das moosgrüne Kleid aus ihrem Beutel und ließ sich auf die Bettkante sinken. Sie hatte nicht die geringste Lust, es anzuziehen. Vor allem nicht, wenn sie Cailan darin beim Essen begegnen musste.

Entschieden knüllte sie den Stoff zusammen und schleuderte das Knäuel vor den Kamin. Ihre Finger zitterten leicht, saß ihr der Unglauben über das, was sich beinahe zwischen Cailan und ihr ereignet hatte, doch noch immer in den Gliedern.

Cailan hatte sie küssen wollen. Diesmal hatte er gewusst, wer sie war, und er hatte sie küssen wollen. Ein Prickeln lief über ihre Haut, sie zog die Knie an die Brust und schloss die Augen.

Noch nie hatte sie Cailan so sehr gewollt wie vorhin. Ihn und das schelmische Funkeln in seinen Augen. Die in leichtem Spott gehobenen Mundwinkel, die starken Hände, die sich so warm auf ihrer Taille angefühlt hatten. Sein Geruch nach Sandelholz und diese raue, männliche Aura, die ihn umgab. Ihn, den schamlosen Verführer, den arroganten Frauenheld, in dessen Gegenwart ihr Widerstand zu schmelzen schien.

Sie stöhnte und vergrub das Gesicht in ihren Händen. Was war nur mit ihr los? Sie war doch keine dieser Frauen, die nicht verstand, dass Cailan nur ein Spiel mit ihr spielte? Die Wut in ihrem Bauch wuchs, und sie löste mit fahrigen Bewegungen die Zöpfe, die sie bereits kunstvoll geflochten hatte. Es ging Cailan doch nicht um Charakter! Es ging ihm um Spaß, das Abenteuer, die Jagd. Vor zwei Wochen Greer, diese Woche die unausstehliche Bonnie und in zwei Wochen die nächste schöne Frau. Sie wollte gar nicht wissen, wie viele Damen Cailan zu seiner Liste an Eroberungen zählen konnte. Und doch schmerzte es sie seltsamerweise, dass sie nicht dazugehörte.

Oder hätte sie das vielleicht? Wie weit wäre er wohl gegangen, wenn Bonnie nicht aufgetaucht wäre?

Flower gab sich einen kräftigen Klaps auf die Wangen. Sie benahm sich wie ein liebeskrankes Kind. Leaf würde sich in Grund und Boden schämen, wenn sie sie so sehen könnte. Damit musste jetzt Schluss sein! Sie trug Verantwortung, vertrat sie doch gewissermaßen ihren Clan auf diesem Fest. Sie durfte die MacKays nicht in Verruf bringen, nur weil es ihr unangenehm war, Cailan wiederzusehen.

Entschieden erhob sie sich, bückte sich nach ihrem Kleid und schlüpfte hinein. Cailan war nicht der einzige Mann auf dem Fest. Finley MacLeod würde auch dort sein, und sie wollte mehr über ihn erfahren. Denn – und auch das hatte sie Cailan für einen Moment vergessen lassen – sie war noch immer hier, weil sie heiraten musste. Und Finley mit seinem einnehmenden Lächeln und der klugen Art hatte einen guten Eindruck bei ihr hinterlassen. So gut sogar, dass sie Hailey vorhin von ihm hatte erzählen wollen, doch die Freundin war in ein Gespräch mit der Köchin vertieft gewesen, und auch jetzt befand sie sich in der Küche.

Flower seufzte. Eine Umarmung hätte gewiss geholfen, um die Gedanken an Cailan zu verdrängen, die sich schon wieder in ihren Kopf schlichen. *Finley, nicht Cailan,* ermahnte sie sich. Sie schüttelte sich kurz, ehe sie ihre Haare ein zweites Mal flocht und danach die Bienenwachskerze ausblies.

Heute Abend würde sie eine prächtige Erscheinung abgeben, die nichts von dem Sturm in ihrem Inneren verriet und selbst Bonnie in den Schatten stellte.

Als sie die große Halle betrat, fühlte sich Flower von der Vielzahl an Menschen erschlagen. Die meisten hatten sich noch nicht an die u-förmige Tafel gesetzt, sondern unterhielten sich lautstark im Stehen. Ihre Stimmen hallten von der hohen Decke und den Wänden, die mit Fackeln, Geweihen und prächtigen Wandteppichen verziert waren.

Etwas unsicher blickte sie durch den mit Binsenmatten ausgelegten Raum, ehe sie Niamh entdeckte. Diese stand neben dem Kamin, in dem ein gemütliches Feuer knisterte, und unterhielt sich angeregt mit Caitriona und einem Mann mit dunklem Bart, der wohl ihr Ehemann Morgan Sutherland sein musste. Niamhs Bruder. Cailan war auf den ersten Blick dort nicht zu sehen, und so bahnte sich Flower ihren Weg zu den dreien.

»… hat tatsächlich schon sein erstes Wort geschrieben«, verkündete Caitriona zögernd, während ein schwer zu deutender Ausdruck in Lord Sutherlands Augen trat und er seinen Arm von der Schulter seiner Ehefrau nahm.

»Gewiss schafft der Junge schon einen ganzen Satz, bis ihr nach Dunrobin Castle zurückkehrt.« Niamh sah mit gerunzelter Stirn zu ihrem Bruder. »Euer Leith war doch schon immer ein eifriger Lerner. Ah, Lady Flower!«

»Guten Abend«, grüßte sie und bereute ihr Kommen bereits, da sie beinahe noch weniger Lust auf ein Gespräch über Kinder als auf eine Begegnung mit Cailan Sinclair hatte. Sie entschloss, dass Angriff in diesem Fall die beste Verteidigung war, und wechselte geschickt das Thema.

»Lord Sutherland«, setzte sie an. »Eure Gattin hat mir von Eurem Schiff erzählt. Und dass Ihr schon in Brügge wart. Ihr müsst wissen, meine Schwester River schwärmt für diesen Ort. Hat es Euch dort gefallen?«

Morgan nickte und berichtete etwas kühl, aber doch mit einer angenehm tiefen Stimme von seiner ersten Reise von Aberdeen nach Flandern im Jungenalter. Flower war froh darüber, auch wenn sie bei Niamhs wehmütigem Gesichtsausdruck sogleich Reue über ihre Frage empfand. Die junge Frau musste sich in Aberdeen wirklich wohlgefühlt haben.

Gerade erzählte Morgan nach Caitrionas Aufforderung von einer unangenehmen Begegnung mit Seeräubern, als Flower aus dem Augenwinkel sah, wie Cailan sich näherte. Sie tat, als ob sie ihn nicht bemerke, spürte aber gleichzeitig, wie ihr Herz verräterisch schneller schlug. Er war in Begleitung von Logan, und es brauchte einen kurzen Moment, bis sie begriff, dass beide Männer auf sie zukamen.

Ruhig atmen. Sie straffte die Schultern und versuchte, Morgans Ausführungen weiter zu lauschen. Diese kamen jedoch unglücklicherweise zum Ende, als Cailan und Logan sich zu der Runde gesellten.

Kurz traf ihr Blick den von Cailan. Sie wusste nicht, was genau sie erwartet hatte, doch ganz sicher nicht die abweisende Härte, die darin stand. Sie hatte sich ihre Begegnung vorhin doch wohl nicht eingebildet? Ihre Wangen glühten allein bei dem Gedanken daran.

»Es ist warm hier, nicht wahr?«, befand Logan. Flower hatte das Gefühl, dass er dabei gerne gezwinkert oder sogar angeboten hätte, mit ihr an die frische Luft zu gehen, wären Morgan und Niamh nicht zugegen.

»Oh, keine Sorge«, winkte sie ab. »Auch wenn manche es nicht glauben, kann ich sehr gut mit Hitze umgehen.«

Sie biss sich auf die Lippe. Hatte sie das gerade tatsächlich gesagt? *Ja,* folgerte sie, als Cailan kaum merklich einen Mundwinkel hob.

Logan grinste. »Ich für meinen Teil hätte das nie angezweifelt, Mylady. Und nun, lasst uns Platz nehmen. Ich habe großen Hunger.«

Das Abendessen zog sich. Genau genommen war Flower sich sicher, dass sie noch nie ein derart langes Festessen erlebt hatte. Es gab vier Gänge: eine Erbsensuppe zur Vorspeise, gefolgt von Wachteln im Teigmantel, mit frischen Kräutern und Lavendel angerichtetes Wildbret als Hauptgang und süßlich duftende Bratäpfel als Nachspeise. Dennoch verspürte sie kaum Appetit. Nicht weil das Essen nicht köstlich gewesen wäre, sondern weil sie keine andere Wahl gehabt hatte, als sich neben Cailan zu setzen.

Cailan, der an diesem Abend ein blau gefärbtes Wams mit prächtigem Silbergürtel trug und ihr nicht mehr Aufmerksamkeit als nötig schenkte. Stattdessen sprach er meist mit Logan über Erlebnisse aus ihrer gemeinsamen Jugend. Wenn er dann einmal das Wort an sie richtete, war es etwas Unverbindliches, wie die Frage, ob ihr das Essen mundete. Genau wie früher auf Castle Varrich, wo sie nicht mehr für ihn gewesen war als ein unscheinbares Mädchen.

Sie kochte vor Wut. Hatte Cailan vergessen, dass er sie vorhin beinahe geküsst hätte? Nur mit Mühe gelang es ihr, eine unbewegte Miene zu wahren, und sie blickte während des Essens immer wieder zu Finley hinüber, um sich abzulenken. Dieser saß neben Hewie, den Caitriona ihr am Nachmittag kurz vorgestellt hatte, an einer Ecke der u-förmigen Tafel. Seine kupferfarbenen Haare fielen ihm leicht in die Stirn, und anders als sein Bruder Logan trug er keinen einzigen Silberring am Finger. Er schien das Gespräch mit Hewie zu genießen und warf auch Flower stets ein freundliches Lächeln zu, wenn sich ihre Blicke kreuzten.

Als auch die letzten Gäste endlich ihren Bratapfel verspeist hatten, hoffte Flower, dass sich die Gesellschaft bald auflösen würde. Doch natürlich war das nicht der Fall. Stattdessen wurden die seitlichen Tische näher an die Wände geschoben, und ein bärtiges Mitglied aus Clan MacLeod begann, auf seinem Dudelsack zu spielen. Es dauerte nicht lang, bis die Ersten ausgelassen zu den fröhlichen Klängen tanzten, unter ihnen auch Logan und Niamh sowie Morgan und Caitriona.

Eigentlich tanzte Flower ebenfalls gern. Daheim auf Castle Varrich gab es oft Musik. Artair war ein begnadeter Flötenspieler, und nicht selten wogen sie und ihre Schwestern sich gemeinsam mit den anderen Burgbewohnern zu seinen Melodien durch die große Halle. Doch hier auf Ardvreck Castle wäre es wohl unangebracht, sich allein in die Schar der Tanzenden zu stürzen. Ganz unabhängig davon, dass ihr heute nicht der Sinn danach stand.

»Ihr wirkt verstimmt«, drang Cailans trockene Stimme an ihr Ohr. Da Logan ihn verlassen hatte, blieb ihm wohl nichts anderes übrig, als das Wort an sie zu richten.

Flower setzte eine gleichgültige Miene auf und erwiderte kühl: »Dazu habe ich keinen Grund.« Sie erhob sich. »Ich bin müde und werde mich nun zurückziehen. Viel Spaß heute Abend.«

»Nicht so eilig.« Cailan stand ebenfalls auf. »Wie soll ich einen Mann von Euren Vorzügen überzeugen, wenn Ihr immerzu abwesend seid?«

Sie starrte ihn feindselig an. »Euch wird schon etwas einfallen.«

Er zögerte. »Tanzt mit mir«, sagte er dann. »Es gibt keinen besseren Weg, als Euch zur Schau zu stellen.«

»Ich bin kein Rind, das zum Verkauf steht«, zischte sie, während sich jeder Muskel in ihrem Körper anspannte.

»Das habt Ihr scharfsinnig beobachtet.« Cailan grinste. Er reichte ihr den Arm, den sie hier vor allen nicht abweisen durfte. Kurz war Flower dennoch versucht, es zu tun. Dann aber, als ihr das Bild ihrer Mutter in den Kopf kam, legte sie leise schnaubend ihre Hand auf seinen Arm und ließ sich von ihm in die Mitte der großen Halle führen.

Gerade wollte sich Cailan mit ihr in den Kreis der Tanzenden einreihen, als sie aus dem Augenwinkel Finley entdeckte. Dieser hatte sich ebenfalls von seinem Platz erhoben und war dem Anschein nach dabei, die Halle zu verlassen. Das brachte sie auf einen Gedanken.

»Entschuldigt, Mylord, aber anstatt mit Euch sollte ich wohl eher mit Männern tanzen, die für eine Ehe infrage kommen.« Damit zog sie ihre Hand von seinem Arm und ließ ihn sprachlos zurück, um Finley hinterherzueilen. Dieser blieb überrascht stehen, als er sie mit zielstrebigen Schritten auf sich zukommen sah.

»Ich fürchte, ich muss Euch um diesen Tanz bitten«, gestand sie ein wenig außer Atem, als sie ihn erreicht hatte. »Und wenn Ihr mir einen Gefallen tun wollt: Wirkt darüber bitte entzückt.«

»Wer sagt, dass ich nicht wirklich entzückt bin?«, erwiderte Finley schmunzelnd, wobei sich ein Grübchen in seiner Wange bildete. Flower musste ebenfalls lächeln, ehe sie an seiner Seite zurück auf die Tanzfläche schritt. Dort hatte sich Bonnie mittlerweile neben Cailan unter die Tanzenden gemischt.

Daheim auf Castle Varrich sah Rhona es am liebsten, wenn ihre Töchter gesittet in einer Linie tanzten. Hier jedoch wirbelten die Feiernden in einem gemeinsamen großen Kreis umher. Sie klatschten in die Hände, stoben zeitweise auseinander, um sich zu zweit am Ellbogen im Takt der Musik zu drehen, ehe sie wieder zusammenkamen. Es war ein wilder, ausgelassener Tanz, und Flower konnte nicht anders, als zu lachen, während sie an Finleys Seite zu den Klängen des Dudelsacks durch die große Halle fegte.

»Das hat Spaß gemacht«, verkündete sie, als sie mit ihm für eine kurze Pause an den Rand der Tanzfläche zurückkehrte. Ihr Atem ging schnell, und ihre Wangen waren gerötet.

»Und wie.« Finley reichte ihr lächelnd einen Krug Ale, den sie dankend entgegennahm. Durstig trank sie einige tiefe Schlucke.

»Mein Cousin starrt mich gerade nicht unbedingt freundlich an«, bemerkte Finley belustigt. Flower folgte seinem Blick, und tatsächlich, obgleich Cailan noch immer am Tanzen war, sah er grimmig in ihre Richtung.

»Soll er doch«, erwiderte sie und fühlte sich in Finleys ungezwungener Gesellschaft sehr wohl. »Wenn er das bei jedem Mann tut, mit dem ich tanze, findet er vielleicht keinen Ehemann für mich.«

»Ihr wollt also nicht heiraten«, stellte Finley fest, ehe er selbst einen Schluck Ale nahm. »Das kann ich gut verstehen. Es ist gewiss keine angenehme Vorstellung, in den Besitz eines Mannes überzugehen. Obwohl ich mich frage, ob wahrer Besitz ohne Einwilligung überhaupt möglich ist.«

»Darum geht es nicht einmal«, winkte Flower ab. Sie strich sich eine Strähne hinter das Ohr, die sich beim Tanzen gelöst hatte. »Obwohl es sich recht fürchterlich anhört, so wie Ihr es sagt.«

»Worum dann?« Finleys Augen blickten aufmerksam, und sie konnte deutlich erkennen, dass er ehrlich gespannt auf ihre Antwort war.

Sie seufzte, während sie sich gegen die Tischkante lehnte. »Ich stelle es mir sehr schwer vor, als verheiratete Frau mehr über das Heilen von Tieren zu lernen. Die ganzen Pflichten, die Kinder – ich weiß wirklich nicht, wie sich das vereinbaren lassen soll.«

»Ich verstehe. Vielleicht ist mein Onkel deshalb ein Leben lang allein geblieben.«

»Der Onkel, der in Paris studiert hat?« Flowers Blick wanderte suchend durch die große Halle, fand aber nur Bonnie am Arm von Cailan. »Ich habe ihn noch nicht kennengelernt.«

»Oh, das werdet Ihr auch nicht. Er ist nicht hier. Mein Vater spricht nicht mehr mit ihm.« Verwundert zog sie eine Augenbraue in die Höhe, sodass Finley erklärte: »Mein Vater denkt, dass mein Onkel unseren Clan durch sein Studium verraten hat. Ian war danach zwar noch einmal hier. Doch es hat nichts geholfen, mein Vater hat ihn davongejagt, nachdem Ian verkündet hat, dass er auch in Zukunft kein Schwert schwingen will.« Er schob die Hände unter die Achseln. »Seitdem bleibt mein Onkel in Glasgow bei seinen Studenten.«

»Er lehrt dort?«

»Aye.« Finley fuhr sich durch die Locken. »Er hat angeboten, mich mitzunehmen, das letzte Mal, als er auf Ardvreck Castle war.«

»Nach Glasgow?« Flowers Stimme klang plötzlich zittrig, wusste sie doch, dass Eiric aus Portskerra eine Schwester hatte, die dort lebte und ebenfalls Tierheilerin war. Finley nickte etwas irritiert, während ihr Puls sich zunehmend beschleunigte. Freudige Erregung breitete sich in jeder Faser ihres Körpers aus, und ihre Gedanken überschlugen sich. Glasgow. Finley hatte einen Onkel in Glasgow. War das zu glauben? Sie schüttelte den Kopf, ehe sie Finley ein strahlendes Lächeln schenkte. Dieser runzelte die Stirn, immerhin hatte er ihr gerade von einem Zerwürfnis innerhalb seiner Familie berichtet.

»Entschuldigt mein seltsames Verhalten«, bat sie, konnte aber nicht verhindern, ihn weiter anzustrahlen. »Mir kam gerade nur ein Gedanke.«

Er lächelte verständnisvoll. »Das kenne ich. Manchmal überkommt es einen aus dem Nichts.«

»Aye«, stimmte sie zu, dann wollte sie wissen: »Wieso habt Ihr ihn nicht begleitet? Damals, nach Glasgow?«

»Das hätte ich gerne.« Finleys Gesichtszüge verhärteten sich. Er machte eine Kopfbewegung in die Richtung, in der sich sein Vater gerade mit Hewie unterhielt. »Aber *er* hätte es nicht gut aufgenommen.«

Flower blickte zu dem Mann mit der gedrungenen Statur und den ausgeprägten Tränensäcken hinüber. Sie erinnerte sich daran, was Finley ihr heute Morgen über Avery MacLeod erzählt hatte, und ihre Hochstimmung schwand etwas. Dennoch setzte sie hoffnungsvoll an: »Vielleicht hat er inzwischen seine Meinung geändert?«

»Nein.« Finley schüttelte den Kopf und rieb sich über die Schulter. »Ich hatte erst heute Mittag eine Auseinandersetzung mit ihm.«

Flower sah den Schmerz, der dabei über sein sommersprossiges Gesicht huschte, und verspürte den Wunsch, ihn zu trösten. »Eine gute Freundin von mir pflegt zu sagen, dass man niemals nie sagen soll. Ich wünsche Euch jedenfalls, dass Ihr eines Tages nach Glasgow geht.« *Und mir,* fügte sie stumm hinzu.

»Diese Zuversicht ist bewundernswert.« Finley lächelte wehmütig. »Aber mir erscheint es als sehr viel wahrscheinlicher, dass ich hierbleibe und die Frau heirate, die mein Vater für mich aussucht.«

»Ihr klingt so, als haltet Ihr ebenfalls nicht viel von der Ehe?« Ihre Zuversicht schrumpfte weiter.

»Das kommt auf die Ehefrau an«, sagte er und lächelte. »Haltet mich für einfältig, aber ich träume von einer echten Partnerschaft. Nicht nur von einer guten Partie.«

»Das muss sich nicht ausschließen.«

»Dieser Gedanke kam mir heute auch«, gestand Finley mit einem warmen Lächeln.

Flowers Herz setzte einen Schlag aus, als sie tief in seine braunen Augen sah. Sie kannte ihn noch nicht einmal einen Tag, und doch wusste sie in genau diesem Moment, dass er ihr Ausweg war. Er war charmant und hatte Verständnis für ihre Träume. Er hatte einen Onkel in Glasgow, und dank der angrenzenden Ländereien der MacKays und MacLeods wäre eine Ehe mit ihm ein Bündnis, über das sich ihre Eltern freuen würden. Er war der Mann, den Hailey ihr versprochen hatte.

»Flower.« Finleys Stimme wurde ernst.

»Aye?«, hauchte sie, und ihr wurde warm. Wollte er etwa …? Nein, er musste doch gewiss erst mit seinem Vater sprechen? Oder hatte er verstanden, welche Chance sie gegenseitig füreinander waren, und wollte schon jetzt …

»Cailan kommt auf uns zu, und er sieht nicht gerade glücklich aus.«

»Bitte nicht!« Das konnte nicht wahr sein! Warum ausgerechnet jetzt? Hatte der verfluchte Sinclair es sich in den Kopf gesetzt, ihr jede Möglichkeit auf Glück zu rauben?

Finley bot ihr seinen Arm an. »Ein weiterer Tanz scheint mir ein guter Weg, meinem Cousin zu entgehen. Kann ich Euch dafür gewinnen?«

Flower warf einen Blick zu Cailan, der sich mit sturmumwobener Miene näherte, und verfluchte ihn abermals. Dann schenkte sie Finley ein strahlendes Lächeln und legte die Hand auf seinen Arm. »Nichts würde ich lieber tun.«

KAPITEL 16

Als Flower am nächsten Morgen aufwachte, lag Hailey mit ihr im Bett. Genau genommen hatte die Freundin bereits dort gelegen, als sie weit nach Mitternacht mit schmerzenden Füßen in ihre Kammer gekommen war. Nicht etwa, weil sie den ganzen Abend in Finleys Gesellschaft verbracht hatte. Nur ein weiteres Lied lang hatte sie noch neben dem sommersprossigen Lord tanzen können, ehe Cailan sie fortgezerrt und scharf darauf hingewiesen hatte, dass Finley nicht als einziger Mann für eine Ehe infrage käme. Das hatte Flower ihm einerseits übel genommen, aber es hatte sie auch erfreut. Schließlich bedeutete es, dass selbst Cailan Finley als Gatte für sie in Betracht zog!

»Du lächelst.« Haileys verschlafene Stimme drang vom Kopfende des Bettes an ihr Ohr.

»Und du bist schon wach?«, erwiderte sie überrascht und richtete sich am Fußende auf die Ellbogen auf.

Die Freundin gähnte herzhaft. »Die Gewohnheit lässt nicht von mir ab.« Mit einem Blick aus dem Fenster fügte sie hinzu: »Aber sei unbesorgt, ich kann gleich wieder einschlafen.«

»Und weiter von Walnüssen träumen?«

»Woher weißt du das?« Hailey wirkte ernsthaft erschrocken. »Habe ich wieder …?«

»Aye.« Flower nickte. Sie fand diese Angewohnheit von Hailey charmant, bedeutete es doch, dass diese selbst im Schlaf ehrlich sagte, was ihr durch den Kopf ging.

»Walnüsse«, ereiferte diese sich nun auch prompt, »sind aber auch eine sehr spannende Angelegenheit! Die Köchin hat sie gestern zerstampft und in die Bratäpfel gestopft. Aber ich habe mich gefragt, was passieren würde, wenn man die Walnüsse zusammen mit Honig in eine Teigtasche packt? Glaubst du, das würde schmecken?«

Flower schmunzelte. Schon wieder Honig. Und allein weil die Augen der Freundin derart strahlten, wollte sie bejahen. Doch zwischen ihnen gab es immer nur die Wahrheit. »Ich glaube, dass das zu trocken wäre. Vielleicht könntest du Butter hinzufügen?«

»Oh, unbedingt! Und vielleicht noch eine Spur Lavendel?« In Haileys Augen trat ein andächtiger Glanz. »Seit die Braut ihre Vorliebe für Lavendel geäußert hat, probiert die Köchin die unterschiedlichsten Gerichte damit aus. Ich habe ihr auch Lavendelwein vorgeschlagen, aber das konnte sie leider nicht überzeugen.«

Flower lachte. »Ich dachte, du hilfst mir dabei, einen erträglichen Ehemann zu finden. Aber mir scheint, unser Aufenthalt dreht sich in Wahrheit ums Kochen.«

Sogleich senkte Hailey den Kopf. »Oh, entschuldige, du hast recht. Ich habe mich viel zu sehr von meinen eigenen Gedanken leiten lassen.« Etwas zuversichtlicher fügte sie hinzu: »Aber der Vorteil ist, dass ich mich in der Küche für dich umhören konnte. Zumindest kann ich Lord Blaine Munro jetzt mit Sicherheit ausschließen.«

»Ausschließen kann ich auch so einige, nachdem Cailan mir gestern Abend wirklich alle Männer vorgestellt hat, Lord Munro vornan.« Sie schüttelte sich kurz, konnte sie doch noch immer nicht glauben, dass Cailan den widerwärtigen Mann überhaupt in Erwägung gezogen hatte. »Er hat doch tatsächlich gesagt, dass er bereits sieben Bastarde gezeugt hat und eine Frau sucht, die sich zusätzlich zu eigenen Kindern um diese kümmert.«

Entsetzt schlug sich Hailey die Hand vor den Mund. »Das ist ja noch grausiger, als ich befürchtet habe.« Einen Moment studierte die Freundin sie aufmerksam. »Und doch lächelst du«, bemerkte sie. »Das heißt, es gibt jemanden, den du nicht allzu schlimm fandest.«

»Lord Sutherlands Freund Hewie war angenehm und hat viel nach meinem Leben auf Castle Varrich gefragt, obwohl er als Mann von einfacher Herkunft natürlich nicht infrage kommt.« Ihre Mundwinkel hoben sich, und sie verriet in einem verschwörerischen Ton: »Und dann war da noch Finley MacLeod, Logans jüngerer Bruder. Das ist der Lord mit den kupferfarbenen, leicht gelockten Haaren und den vielen Sommersprossen.«

»Ach wirklich?« Hailey sah kurz zur Seite, sodass sich Flower besorgt erkundigte: »Hast du etwa etwas Schlechtes über ihn gehört?«

»Nein«, sagte Hailey und knetete ihre Hände. »Er kam gestern in die Burgküche, um nach Karotten für die Pferde zu fragen, und hat sich eine ganze Weile mit uns Bediensteten unterhalten. Alle haben ihn beim Vornamen genannt, und er wollte sogar mehr über Kräuter erfahren.« Sie legte den Kopf schief. »Ich dachte mir schon, dass er kein Bediensteter sein kann, aber ich wusste nicht, dass er der Sohn von Lord MacLeod ist.«

»Verstehe«, seufzte Flower erleichtert. »Und er hat sich tatsächlich für Kräuter begeistert? Das ist wundervoll, Hailey!«

»Aye.«

»Du wirkst ganz bedrückt«, stellte Flower fest. »Raus mit der Sprache, was ist es?«

Kurz druckste Hailey herum. »Beim Abendessen haben die anderen Bediensteten über Avery MacLeod gesprochen. Es heißt, dass er gewalttätig sei. Auch gegenüber seinen eigenen Söhnen.«

»Armer Finley«, befand Flower mitfühlend. »Er hat mir erzählt, dass er unter seinem Vater leidet. Aber er selbst ist anders. Und Hailey, stell dir das vor, er würde sogar gerne nach Glasgow zum Studieren gehen!«

Die Freundin legte die Stirn in Falten. »Tut mir leid, Flower, aber ich verstehe nicht.«

»Also habe ich dir doch nicht oft genug von Portskerra erzählt«, tadelte sie und richtete sich vollends im Bett auf.

»Oh, das ganz gewiss«, wehrte Hailey ab, doch Flower erklärte bereits nachsichtig: »Eiric aus Portskerra hat eine Schwester, die in Glasgow lebt. Und sie ist ebenfalls Tierheilerin, genau wie ihre Großmutter es auch war!«

»Oh, Flower, das ist wundervoll!«, rief Hailey aus, ehe ihre Begeisterung schwand und sie die Stirn erneut runzelte. »Und Finleys Vater würde das unterstützen, wenn ihr nach Glasgow geht?«

»Das«, seufzte sie, »ist die einzige Schwierigkeit. Finley ist die Meinung seines Vaters sehr wichtig. Was gut ist, weil es dabei hilft, ihn von einer Ehe mit mir zu überzeugen. Aber eben auch schlecht, weil er sich wegen ihm nicht zu gehen traut.«

»Oh.« Die Magd kratzte sich am Hals. »Du weißt selbst, wie schwer es ist, sich von seiner Familie zu lösen.«

»Aye.« Doch im Verlauf des gestrigen Abends war Flower etwas klar geworden. »Der entscheidende Unterschied ist aber, dass Finley seinen Vater nicht ausstehen kann. Er verzichtet nicht auf ein Studium, weil er ihn nicht verletzen möchte, sondern nur, weil er seinen eigenen Wert von ihm abhängig macht.« Sie griff nach Haileys Händen. »Das lässt sich ändern. Ich werde ihn darin bestärken, dass er und seine Wünsche gut sind, ganz egal, was sein Vater denkt.«

»Da bist du dir sicher?«

»Wo bleibt deine Zuversicht?«, neckte Flower. »Natürlich bin ich mir nicht sicher. Aber ich muss daran glauben.«

»Und liebst du ihn auch?«

Einen Moment dachte Flower über die Frage nach, und zu ihrem Entsetzen kam ihr das Bild von Cailan in den Kopf. »Ich mag ihn«, erwiderte sie mit zusammengezogenen Augenbrauen. »Das muss genügen.«

Da Hailey längst in die Küche gegangen war und Flower nicht mehr still sitzen konnte, begab sie sich bereits eine Stunde vor dem geplanten Ausritt mit Finley zum Pferdestall. Während sie über den Burghof schritt und die angenehm frische Luft einatmete, bereute sie, dass sie ihrer Freundin nicht von ihrem Beinahekuss mit Cailan erzählt hatte. Vielleicht wäre es leichter, dieses ärgerliche Ereignis zu vergessen, wenn sie es nicht für sich behielt. Oder wenn sie sich eingestand, dass es am Ende doch nicht so ärgerlich gewesen war ...

Sie schüttelte den Kopf. Sie musste wirklich aufhören, an Cailan zu denken. Gestern hatte sie verstanden, dass das Rad der Fortuna dabei war, sich zu drehen. Und sie würde alles tun, um es in die richtige Richtung zu lenken.

Beim Betreten des Pferdestalls merkte Flower erfreut, dass heute nur wenige Tiere zugegen waren. Entweder gab es auf dem Festland eine Koppel, oder einige andere Gäste nutzten den Morgen für einen Ausritt. Ihr war beides recht, solange die Tiere ihren Auslauf bekamen.

Kallan, wie sie ihre Stute für die Dauer der Reise nennen würde, stand in ihrer Box und streckte wie gestern den Kopf neugierig nach vorne. Mit einem Lächeln trat Flower zu ihr, streichelte sie zwischen den braun-weißen Ohren und dachte dabei wehmütig an ihre Rinder zu Hause. Wie ging es wohl Scott, Murray und Fiona? Hatte sich ihr Zustand verschlechtert, seit sie abgereist war?

Da schnaubte die Stute fordernd, und Flower schnalzte tadelnd mit der Zunge. »So viel Ungeduld. Aber keine Sorge, heute habe ich etwas für dich dabei.« Sie gab dem Tier den Apfel, den sie zuvor aus dem Garten geholt hatte und der sogleich knackend verschwand.

»Flower, seid Ihr das?«, erklang keinen Augenblick später eine hoffnungsvolle Stimme hinter ihr. Überrascht drehte sie sich um und entdeckte Finley, der sich neben einem schwarzen Hengst inmitten einer Pferdebox aufrichtete. Sie musste ihn aufgrund seiner zuvor gebückten Haltung beim Hereinkommen übersehen haben.

»Finley«, begrüßte sie ihn fröhlich. »Ich hatte nicht erwartet, dass Ihr schon hier seid.« Dann, als sie seine bleiche Gesichtsfarbe und die Augenringe bemerkte, fügte sie besorgt hinzu: »Ist alles in Ordnung?«

»Bei mir schon, aber bei meinem Pferd nicht. Ich wollte gestern Nacht noch ausreiten, aber bereits auf dem kurzen Weg aus der Burg hat es den vorderen rechten Huf nachgezogen. Ich bin natürlich sofort umgekehrt, aber konnte in der Dunkelheit nichts erkennen.« Niedergeschlagen rieb er sich über die Wange. »Und auch jetzt finde ich keinen Nagel oder Holzsplitter im Huf.«

Sofort eilte Flower zu ihm. »Darf ich selbst einmal nachsehen?«

»Sicher.« Ohne Zögern trat Finley aus der Box heraus, damit sie genug Platz hatte.

»Wie heißt er?«, erkundigte sie sich, während sie dem tänzelnden Rappen beruhigend über den Hals strich.

»Scott.«

»Scott.« Sie lächelte. »So habe ich eines der Hochlandrinder bei uns genannt.« Ohne eine Antwort abzuwarten, fuhr sie langsam Scotts Vorderflanke hinab. Um den Schmerz zu lindern, hatte das Pferd den Huf bereits angewinkelt.

»Psst«, murmelte Flower, als das Tier unruhig wieherte, während sie die Hand beharrlich weiter nach unten führte. An der Fessel, spürte sie, pulsierte es stärker als üblich. Auch der Huf selbst fühlte sich wärmer an. Vorsichtig hob sie ihn an und legte ihn auf ihren Oberschenkel, damit das Pferd ihn nicht zurückziehen konnte. »So ist es gut.« Aufmerksam betrachtete Flower den Huf. Doch tatsächlich, dort war weder ein Nagel noch irgendetwas anderes zu sehen. Der Auslöser für den Schmerz des Pferdes musste also innerlich sitzen.

Behutsam tastete sie den Huf von unten beginnend ab. An jeder Stelle übte sie den gleichen Druck aus, in dem Versuch, den Ursprungsort des Schmerzes genauer zu bestimmen. Erst regte sich Scott nicht, doch als sie eine Stelle auf dem Hufstrahl berührte, zog er sein Bein ruckartig zurück.

»Autsch.« Flower richtete sich auf und tätschelte den Hals des Hengstes. Sie hatte den Schmerzherd gefunden.

»Und?« Finlay trat unruhig von einem Fuß auf den anderen. Es rührte sie, welch ernsthafte Sorgen er sich um sein Pferd machte.

»Ich kann es nicht mit Sicherheit sagen«, gestand sie. »Aber ich vermute, dass Scott ein Geschwür im Huf hat und deshalb lahmt.«

»Und was bedeutet das?«, erkundigte sich Finley, scheinbar unsicher, ob das nun gute oder schlechte Nachrichten waren.

»Das bedeutet, dass wir jetzt drei Dinge brauchen: Euren Dolch, Wein und Schafwolle.«

»In Ordnung.« Finley nickte, während sie entschied: »Ihr kümmert Euch um den Wein, ich hole die Schafwolle. Wir treffen uns gleich wieder.«

Wenig später hatte Flower die Schafwolle, die sie zusammen mit anderen wichtigen Heilmitteln auf die lange Reise mitgenommen hatte, aus ihrer Kammer geholt. Finley war bereits wieder im Stall und verfütterte einen Apfel an Scott.

»Mit Essen kann man ihn immer bestechen«, erklärte er mit einem schiefen Lächeln, das jedoch nicht über seine Sorge hinwegtäuschen konnte.

»Seinen Namensvetter auf Castle Varrich auch«, sagte Flower schmunzelnd. »Seid so gut und reinigt den Dolch mit dem Wein«, bat sie dann.

Er tat wie ihm geheißen, zögerte aber kurz, ehe er ihr die Waffe reichte. »Was habt Ihr vor?«

»Ich werde einen kleinen Schnitt setzen, damit der Eiter ablaufen kann. Anschließend verschließe ich die Wunde mit der Wolle, damit sie sich nicht entzündet.«

»Habt Ihr das schon einmal gemacht?«, hakte Finley mit gefurchter Stirn nach.

»Nein«, seufzte sie mit nicht weniger Unbehagen. »Aber wenn wir dem Tier nicht helfen, leidet es. Würdet Ihr Scotts Bein halten, damit er es nicht wegziehen kann?«

Finley trat zu ihr in die Box und kam ihrer Bitte nach. »Ich bin bereit.«

Flower schenkte ihm ein Lächeln, von dem sie nicht wusste, ob es ihm oder ihr Mut machen sollte. »Wir schaffen das schon.«

Im nächsten Moment fixierte sie jene Stelle auf dem Hufstrahl, an der Scott vorhin bei ihrer Berührung empfindlich reagiert hatte. Vorsichtig brachte sie den Dolch in Stellung. Ihre Hand zitterte leicht, und sie musste einmal tief ein- und ausatmen, um sich zu sammeln. Dann sandte sie ein kurzes Stoßgebet gen Himmel und setzte flink den Schnitt.

Scott wieherte klagend auf und versuchte, ihr sein Bein zu entziehen. Doch Finley hielt dagegen. Sogleich warf Flower den Dolch auf den Boden und zog die beiden Seiten der Wunde auseinander. Wie vermutet, strömte Eiter heraus.

»Es gelingt«, jubelte sie, und ihre Lippen verzogen sich zu einem strahlenden Lächeln. Am liebsten hätte sie die Arme in die Luft gerissen und wäre Finley um den Hals gefallen. Schließlich gab es keinen berauschenderen Moment als jenen, wenn eine Behandlung erfolgreich war. Wenn sie ein Tier von seinem Leid befreien konnte.

Auch Finley atmete hörbar auf, obwohl er noch immer damit zu kämpfen hatte, Scotts Bein festzuhalten. Sobald der Strom aus der Wunde versiegt war, holte Flower die Schafwolle aus der Tasche ihres Kleides. Sie teilte sie und tupfte mit dem ersten Batzen die Wunde ab. Dann nahm sie das zweite Stück und drückte es in den Schnitt.

»Das war's?« Finley hielt Scotts Bein zwar eisern fest, hatte aber zunehmende Schwierigkeiten dabei, weil sein Pferd nach seiner Schulter schnappte.

»Das war's«, bestätigte sie, woraufhin Finley Scott sofort losließ und zurücktrat.

Er tätschelte den Hengst am Hals. »Gut gemacht, alter Junge.« Als dieser beleidigt den Kopf abwandte, blickte Finley zu ihr. Seine Augen leuchteten. »Ihr seid wirklich eine besondere Frau. Wie Ihr Scott geholfen habt, das war einfach unglaublich!«

»Dankt mir, wenn das Geschwür nicht wiederkehrt«, sagte sie ernst, jedoch nicht, ohne sich über das freimütige Lob zu freuen. »Ich kenne keine Salbe, die gegen die Bildung von Geschwüren hilft.«

Finley neigte den Kopf leicht zur Seite. »Der Krug ist entweder halb leer oder halb voll. Und ich für meinen Teil bin dankbar, dass wir Scott zumindest für den Moment den Schmerz genommen haben. Auch wenn das sicher bedeutet, dass unser Ausritt heute nicht stattfinden kann.«

»Nicht unbedingt«, warf Flower ein, denn sie war entschlossen, diesen Mann besser kennenzulernen. »Ihr lebt doch hier, könnt Ihr nicht ein anderes Pferd nehmen?«

Finley zögerte. »Das sieht mein Vater nicht gern, um es vorsichtig zu sagen.«

»Und Haileys Pferd?«

»Hailey, die Köchin?«

»Ihr habt Euch ihren Namen gemerkt?«, staunte Flower verblüfft.

»Gewiss.« Finley nickte. »Wir sind alle Menschen von Würde, egal, ob Lady oder Bedienstete. Obwohl mir noch nicht klar ist, woher diese Würde stammt. Weil Gott sich entschlossen hat, den Menschen als würdig zu erachten oder weil er ihn nach seinem Ebenbild geformt hat.«

Flower schmunzelte, halb amüsiert von Finleys Ausführungen, halb beeindruckt. Der junge Lord schien sich wirklich über alles Gedanken zu machen, das ihn auf dieser Welt umgab.

»Nehmt Ihr also das Pferd von Hailey oder nicht?«, erkundigte sie sich. »Und wen habt Ihr als Begleitung gefunden?«

»Das«, stöhnte Finley, »ist das Zweite.«

Flower zog die Augenbrauen nach oben, während er sich durch die Haare fuhr und mit einem gequälten Lächeln erklärte: »Ich habe Lord und Lady Sutherland gefragt, ob sie uns Gesellschaft leisten wollen. Doch der Lady ging es nicht gut, und Morgan wollte bei ihr bleiben. Tja, und das hat mein Bruder Logan gehört. Ich weiß auch nicht, warum, aber er war daraufhin wie besessen davon, dass wir Cailan als Begleitung mitnehmen.«

»Oh, bitte nicht.« Flower legte sich die Hand auf die Brust, in der ihr Herz plötzlich ungewollt schnell schlug. Sie hatte sich ganz bestimmt nicht vorgestellt, mit Cailan und Finley *gleichzeitig* auszureiten!

»Aber keine Sorge.« Er machte eine beschwichtigende Geste. »Nachdem Lady Munro erfahren hat, dass Cailan auf einen Ausritt geht, hat sie sich ebenfalls eingeladen. So können wir uns trotzdem in Ruhe unterhalten.«

Ihre Augen weiteten sich, und sie griff fahrig nach der Stalltür. »Das ... war doch in Ordnung?«

»Sicher«, krächzte sie nach einem Moment des Schweigens und zwang sich zu einem Lächeln. Was konnte schließlich bei einem gemeinsamen Ausflug mit Cailan, Finley und Bonnie schon schiefgehen?

KAPITEL 17

Cailans Stimmung befand sich auf ihrem Tiefpunkt, als er sich später als vereinbart zum Pferdestall begab. Er hatte in der Nacht kaum geschlafen, da Bonnie unentwegt seine Aufmerksamkeit eingefordert hatte. Nicht, dass er sich darüber beschweren wollte. Doch seit er Flower beinahe im Garten geküsst hätte, ließ die Erinnerung an sie ihm keine Ruhe mehr. Und als er sie gestern mit all den Männern bekannt machen musste, die für eine Ehe infrage kamen, war ihm wirklich übel gewesen.

Am schlimmsten aber hatte er ihren Anblick in den Armen von Finley MacLeod empfunden. Wie sie gelacht und den Kopf in den Nacken geworfen hatte, als sie sich mit ihm im Kreis gedreht hatte. Und was für bewundernde Blicke sie ihm erst zugeworfen hatte, als sie sich danach am Rand der Tanzfläche unterhalten hatten.

Cailan zog die Augenbrauen zusammen und knirschte mit den Zähnen. Er musste dabei sehr grimmig aussehen, denn selbst die beiden Mägde, die ihm in den vergangenen Tagen aufreizende Blicke zugeworfen hatten, wichen ihm rasch aus, als er des Weges kam.

Finley MacLeod war keine schlechte Partie, das hatte er spätestens nach dem Gespräch mit Flower erkannt. Vielleicht hatte er es auch davor gewusst und lediglich verdrängt, denn er konnte den Rotschopf nicht ausstehen. Seine ewigen Fragen, seine Aura der geistigen Überlegenheit und vor allem die Tatsache, dass er trotz seines miserablen Umgangs mit Waffen in ihrer Jugend jedes Mal zuverlässig im Wettreiten gewonnen hatte. Und nun sollte Finley auch noch Flower bekommen?

Wütend trat Cailan einen Stein zur Seite, der in seinem Weg lag, und strich sich über den rechten Arm. Mit seinem Einverständnis würde Finley der Mann sein, der mit Flower eine Familie gründete. Der abends neben ihr einschlief und morgens neben ihr aufwachte. Der in den Genuss ihres lebhaften Charakters kam und an ihrer Seite alt wurde. Zur Hölle, konnte das wirklich richtig sein? Und warum waren Ehen überhaupt so verdammt endgültig?

Er beschleunigte seine Schritte und wäre dabei beinahe mit dem Mann zusammengestoßen, der gestern Abend den Dudelsack gespielt hatte. Er brummte eine knappe Entschuldigung, ehe er weiterging und sah, dass Flower, Finley und Bonnie vor dem Stall mit ihren Pferden auf ihn warteten. Auch Taran war bereits gesattelt und wurde von einem Stallknecht gehalten.

Verdammter Logan! Ohne die geringsten Schuldgefühle hatte sein Cousin ihn zu diesem Ausritt verdonnert. Vielleicht, weil er ihm helfen wollte. Aber viel wahrscheinlicher, weil ihm, wie auch Avery, eine Ehe zwischen Finley und Flower zunehmend nützlich erschien. Was für ein eigennütziger Hund Logan doch war. Und doch wäre ihm seine Gesellschaft um einiges lieber gewesen als Finleys. Denn wenn der Rotschopf Flower auch nur eine Spur zu begehrlich ansah, konnte er nicht versprechen, dass er ihm nicht aus Versehen einen Zahn ausschlug.

Er knurrte eine Begrüßung, als er am Stall angekommen war.

»Lord Cailan, gut seht Ihr heute aus«, säuselte Bonnie und blinzelte ihm verwegen zu. Einige Haarsträhnen waren am oberen Kopf geflochten, der Rest ihrer roten Mähne strömte ihr glatt über die Schultern. Sie sah schön aus, und doch hatte er nur Augen für Flower, die ihre dunklen Haare zu einem einfachen Zopf geflochten hatte. So wie damals, als er ihr am Bach begegnet war.

Anders als bei jener Begegnung grüßte Flower ihn heute mit einem Nicken, eine Hand am Zügel ihres Pferdes, die andere im Stoff ihres Kleides. Sie wirkte angespannt und ihre Miene seltsam verschlossen.

Finleys Haltung war dagegen lässig. Dennoch machte er keinen Hehl daraus, dass er Cailan ebenfalls nicht leiden konnte. So fragte er angesichts seiner Verspätung spitz: »Gut geschlafen, Cousin?«

»Etwas kurz«, gab er zurück. Bonnie grinste verschlagen, sagte aber nichts, während Flower die Rothaarige für einen Moment mit unterschwelliger Wut ansah. War sie etwa eifersüchtig?

Cailan schmunzelte und stellte fest, dass sich seine Stimmung hob. Er mochte es, Flower so zu sehen, weil es ein Zeichen war, dass er ihr nicht gleichgültig war. Und das war ihm aus einem Grund, über den er nicht zu lange nachdenken wollte, in den letzten Tagen sehr wichtig geworden.

Mit dem Lächeln des geübten Verführers wandte er sich an Bonnie. »Lady Munro, darf ich Euch beim Aufsitzen behilflich sein?«

»Gerne.« Bonnie klimperte mit den Wimpern. »Auch wenn Ihr meine Beweglichkeit gewiss nicht anzweifeln wollt, Mylord?«

Cailan ließ seinen Blick betont provokant über sie wandern. »Dazu habt Ihr mir bisher keinen Grund gegeben, Mylady.«

»Lady Flower«, hörte er daraufhin Finleys belustigte Stimme. »Darf ich Euch ebenfalls beim Aufsitzen helfen?«

»Nein, danke«, sagte Flower schroff, ehe sie seinem Cousin ein entschuldigendes Lächeln zuwarf und etwas milder hinzufügte: »Ich kann das selbst.«

Die erste Hälfte des Ausritts verlief nicht im Geringsten so, wie Cailan es sich vorgestellt hatte. Sie waren von der Halbinsel herunter auf das Festland geritten und folgten dort eine Weile dem Ufer von Loch Assynt. Es war ein warmer Tag, und das Licht der Sonne brachte das klare Wasser zum Glitzern. Der erdige Geruch von Heidekraut lag in der Luft, und sie sahen sogar einige Fische aus dem kühlen Nass springen. Nur, und das störte ihn gewaltig, ritten Finley und Flower die gesamte Zeit vier Pferdelängen vor ihm. Auf diese Weise konnte er nicht mit Flower sprechen, musste aber mitansehen, wie sie fröhlich über Finleys Bemerkungen lachte.

Selbst jetzt, als sie das Ufer des Sees verließen, um über die grünen Wiesen der umliegenden Hügel zu reiten, besserte sich die Lage nicht. Noch immer fand er sich neben Bonnie, die Schwierigkeiten hatte, bei dem schnellen Trab, den Finley und Flower vorgaben, mitzuhalten. Oder absichtlich langsamer ritt, um mit ihm allein zu sein.

»… weshalb Sorcha noch vor Ende des Jahres mindestens zehn Pfund zunehmen wird.« Bonnie schüttelte den Kopf und lachte hell. »Ich denke ja, dass sie eines Tages platzen wird, wenn sie so weiterisst.«

»Hm«, brummte er nur, da ihm das Geläster missfiel. Schon letztes Mal hatte er bemerkt, dass die Zeit mit Bonnie im Bett angenehm war, er aber sonst nichts mit ihr anfangen konnte. Ganz anders als Flower mit Finley.

Verstimmt betrachtete er, wie sie erneut den Kopf in den Nacken legte und herzhaft lachte. Ihr brauner Zopf schwang dabei anmutig im Takt der Bewegungen ihrer Stute hin und her. Er konnte den Blick nicht abwenden.

»… zumindest geraten, dass sie doch nicht gleich nach dem Aufwachen etwas essen soll. Zumal«, Bonnie warf ihre Haare dramatisch nach hinten, »man die Zeit am Morgen so viel besser nutzen kann, nicht wahr, Mylord?«

»Kann schon sein«, befand er, war jedoch nicht in der Laune für Bonnies Spielchen. Besonders nicht, da Flower ihren Begleiter schon wieder bewundernd ansah!

Genug war genug. Er konnte nicht anders, als mit der Zunge zu schnalzen und seine Fersen gegen den Bauch von Taran zu drücken. Bonnies protestierenden Laut überhörte er geflissentlich, als sein Hengst erfreut angaloppierte. In schnellem Rhythmus grub er seine Hufe in das wadenhohe Gras, um wenige Augenblicke später zu Finley und Flower aufzuschließen.

»Ihr scheint euch ja prächtig zu verstehen«, knurrte er, während er Taran wieder in den Trab durchparierte.

»Oh, aye.« In Flowers Augen lag offensichtliche Zuneigung, als sie seinen Cousin anblickte.»Finley und ich haben einiges gemeinsam.«

»Finley?«, zischte er. »Ich wusste nicht, dass ihr bereits beim Vornamen angekommen seid.«

»Seit unserer ersten Begegnung«, sagte Flower mit einem süßlichen Lächeln. »Und seit gerade sprechen wir uns auch mit Du an.«

»Großartig«, blaffte Cailan, ehe er schroff fragte: »Wo ist überhaupt dein Pferd, Cousin? Du sitzt doch auf der Stute von Flowers Begleiterin.« Wenn Finley sie so vertraulich ansprach, würde er es auch tun. Er kannte sie schließlich länger.

»Aye«, bestätigte Finley und schenkte Flower ein schiefes Lächeln. »Flower war so freundlich, mir das Pferd von Hailey zu überlassen. Mein eigener Hengst ist verletzt.« Mit nicht zu überhörender Bewunderung in der Stimme fügte er hinzu:»Aber nicht mehr lange. Flower hat ihn behandelt.«

»Wirklich, dank mir lieber nicht zu früh, Finley«, warf sie besorgt ein. »Noch wissen wir nicht, ob sich der Huf nicht doch entzündet.«

Cailan spürte Zorn in sich aufsteigen. »Darf ich das so verstehen«, herrschte er Flower an, »dass du dich allein mit meinem Cousin im Stall rumgetrieben hast?«

»Ich habe mich nicht mit Finley *rumgetrieben,* sondern bin ihm und Scott zufällig begegnet«, belehrte sie ihn mit gespitzten Lippen.

»Und wer bitte ist Scott?«, donnerte Cailan. Es war schlimm genug, dass sie Zeit allein mit einem Mann verbracht hatte. Und nun sollte ein zweiter mit dabei gewesen sein?

»Mein Pferd«, eröffnete Finley nach einer kurzen Pause mit zuckenden Mundwinkeln.

Cailan schnaubte und sah zu Flower, die ebenfalls belustigt wirkte. Dabei wurde er das Bild nicht los, wie sie sich gemeinsam mit Finley im Stroh wälzte. »Himmel, Mädchen, kümmerst du dich gar nicht um deinen Ruf?«

»Weil ich einem verletzten Pferd geholfen habe? Oder was genau wollt Ihr damit sagen?« Die Angriffslust in ihren Augen war nicht zu übersehen, und sie ballte die Hände um ihre Zügel zu Fäusten.

»Das erkläre ich dir gerne«, polterte er. »Unter vier Augen.«

»Ihr meint also *allein* mit Euch? Einem Mann?« Flowers Stimme klang giftig, und doch spielte ein triumphierendes Lächeln um ihre Lippen.

Finley lachte. »Ein Punkt für Flower, Cousin.«

»Danke«, sagte diese in seine Richtung. »Es tut gut zu wissen, dass immerhin ein Mann hier der Logik mächtig ist.«

»Die Logik«, griff Finley auf, »ist übrigens ein wichtiger Bestandteil der Philosophie.«

»Wirklich?«, erkundigte sich Flower interessiert.

Cailan dagegen hatte nicht die geringste Lust, sich Finleys ewige Ausführungen anzuhören. Daher frotzelte er mit boshaftem Lächeln: »Erzähl uns doch lieber von deinen Bogenschießkünsten. War gestern ein besonders schlechter Tag, oder triffst du auch sonst nie die Mitte der Strohscheibe?« Finleys Lippen wurden schmal, doch Cailan war noch nicht fertig. »Gräm dich nicht, Cousin. Logan hat dafür immer getroffen, was deinen Vater sehr erleichtert hat.«

»Aye«, stimmte Finley tonlos zu. »Wir alle sind sehr stolz auf meinen kämpferischen Bruder.«

Flower, die Finleys bittere Miene zu betrüben schien, schenkte diesem ein aufmunterndes Lächeln. »Ein Mann zeichnet sich durch mehr als den bloßen Umgang mit Waffen aus. Weit mehr, wenn man mich fragt.«

»Lass mich raten«, schnaubte Cailan spöttisch. »Aufgeschlossenheit? Entgegenkommen? Verständnis?«

Flower funkelte ihn böse an. »Zum Beispiel.«

»Oh, ist das nicht spannend!«, mischte sich nun Bonnie ein, die sie soeben erreichte. Scheinbar war sie also doch in der Lage, schneller zu reiten. »Ja, wirklich, Lady Flower, Ihr müsst uns unbedingt mehr über Eure Vorstellung von Männlichkeit erzählen!«, zwitscherte sie mit einem hinterlistigen Lächeln. »Ich hoffe schließlich sehr, dass ihr Lord Blaine Munro gerecht wird.«

»Lord Munro?« Flower wirkte für einen Moment sehr verunsichert.

»Oh, hat es Euch Lord Cailan etwa noch nicht gesagt? Er …«

»Es gibt nichts zu sagen«, schnitt ihr Cailan das Wort ab. Ihm war mittlerweile klar geworden, dass Blaine nicht zum Ehemann taugte, und er schämte sich dafür, dass er das nicht sofort erkannt hatte. Um jeden Preis wollte er nun verhindern, dass Flower erfuhr, dass er den grapschenden Trunkenbold überhaupt in Erwägung gezogen hatte.

»Ach«, seufzte Bonnie mit hämisch funkelnden Augen und schien dabei überhaupt nicht reuevoll. »Da habe ich wohl etwas gesagt, das ich nicht hätte verraten sollen. Dabei halte ich es für einen großartigen Vorschlag!«

Cailan sah, wie sich Flowers Gesicht bei dieser Aussage zu einer Maske aus ungläubigem Schmerz verzog. Die Farbe wich aus ihren Wangen, und für einen Moment schien sie leicht zu schwanken.

»Flower«, setzte er an, da er die Pein in ihren Augen nicht länger ertragen konnte. Er würde wohl doch zugeben müssen, dass er auf Bonnie hereingefallen war. Doch ehe er die Chance dazu hatte, blinzelte Flower mehrmals und brachte ihr Pferd zum Stehen. Auch er und die anderen hielten nun an.

»Ihr wollt wissen, was mir an Männern gefällt, Lady Munro?« Sie lächelte grimmig. »Wenn sie gut im Umgang mit Pferden sind. Ja, wenn Ihr mich fragt, offenbart sich Männlichkeit am besten beim Wettreiten.«

»Beim Wettreiten?«, fragte Cailan vorsichtig. Er hatte so ein Gefühl, dass Finley Flower von seinen früheren Niederlagen erzählt hatte. Konnte es gar sein, dass sie am Ende deshalb vorhin so gelacht hatten?

»Aye.« Nun wandte sich Flower an Finley. »Wenn ich genau darüber nachdenke: Wäre es nicht wundervoll, wenn du und Lord Cailan ein Wettreiten veranstalten würdet? Den Hügel hinab bis zu dem großen Baum?«

»Ihr meint den Pfl...«, setzte Bonnie an.

»Pflaumenbaum, ganz richtig.« Flower lächelte durchtrieben. »Das dürfte Euch doch gefallen. Wenn ich mich richtig erinnere, habt Ihr ein ganz besonderes Verhältnis zu dieser Frucht.«

Cailan warf Bonnie einen fragenden Blick zu, woraufhin diese tatsächlich etwas errötete.

»Nun, Mylord, was sagt Ihr?« Flower sah ihn mit blitzenden Augen an, und spätestens in diesem Moment wusste er, dass es eine List war. Flower war wütend und verletzt. Und sie wollte ihn bloßstellen.

»Ich weiß nicht«, brummte er. Es war lange her, seit er das letzte Mal gegen Finley angetreten war. Mehr als sieben Jahre. Seitdem hatte er viel Zeit im Sattel verbracht. War mit Taran gestürzt, war schließlich wieder aufgestiegen. Hatte das Reiten ebenso eisern geübt wie das Kämpfen. Doch was, wenn Finley noch immer besser war?

Mit einem mulmigen Gefühl blickte er nach vorn und betrachtete die von Flower vorgeschlagene Strecke. Erst ging es steil bergab, dann wurde das Gelände flacher und dann... Sein Herz stolperte. Das konnte doch nicht wahr sein! Musste denn ausgerechnet hier ein umgestürzter Baumstamm liegen? Ein Hindernis, über das Taran springen musste, wenn er gewinnen wollte?

Cailan wurde warm, sein Bauch krampfte, und er fürchtete, dass ihn seine düsteren Erinnerungen jeden Moment wieder einholen würden. »Ich muss ablehnen«, erklärte er mit kratziger Stimme. »Es wäre nicht gerecht, da Finley auf einem fremden Pferd reitet.«

»Oh, sei unbesorgt«, warf dieser ein und sah mitfühlend von Flowers wutverzerrtem Gesicht zu ihm. »Ich verstehe mich hervorragend mit der Stute und nehme gerne die Herausforderung an. Oder hast du Angst, Cousin?«

Teufel und Verdammnis, das konnte er nicht auf sich sitzen lassen! Selbst wenn Taran seit dem Sturz im Wald nie wieder über ein Hindernis gesprungen war, musste er diesem Angriff auf seine Männlichkeit etwas entgegensetzen. Er schluckte und umklammerte die Zügel etwas fester. »Na schön«, presste er hervor und sandte ein Stoßgebet gen Himmel. »Wenn du unbedingt verlieren willst.«

»Ich zähle auf drei«, erklärte Flower, »und dann geht es los. Eins, zwei, ...«

»Wartet«, rief Bonnie mit ihrer hellen Stimme. »Welchen Preis erhält der Gewinner?«

Er stöhnte. Musste es Bonnie noch schlimmer machen?

»Der Gewinner«, bestimmte Flower vergnügt, »hat beim Verlierer einen Gefallen gut.«

»Meinetwegen«, knurrte Cailan, während sich der erste Schwindel anbahnte. Sollte er das Rennen doch besser sein lassen? Doch da zählte Flower schon bis drei, und so blieb ihm nichts übrig, als Taran anzutreiben und neben Finley in Richtung des Pflaumenbaums zu galoppieren.

Sein Herz hämmerte wild und sein Atem ging schnell. Er versuchte, in der Gegenwart zu bleiben, und sah zu Finley hinüber, der bereits jetzt einige Fuß vor ihm lag. *Ruhig bleiben,* ermahnte er sich, doch es gelang ihm nicht. Der Wald rief nach ihm, und von einem Moment auf den anderen ritt er allein durch die Nacht. Neben ihm war keine Wiese, dort waren Bäume, im Sturm wankende Bäume, knackende Äste. Der Wind peitschte, der Donner grollte, doch er wollte weiter. Wollte sein Ziel erreichen, bevor er mit seinem Vater im Morgengrauen aufbrechen musste. Zu den Gunns, den verdammten Gunns, die ihre Grenze überschritten und das erste Dorf bereits geplündert hatten. Keine Überlebenden. Wie konnte man so grausam sein?

Tarans Hufe flogen über den Boden, und Cailan zitterte, denn da war keine Sonne, da waren nur Kälte und Regen. Niemand wusste, dass er hier war, denn sie hätten es ihm verboten. Sie dachten, er schliefe in seiner Kammer, und deshalb musste er sich umso mehr beeilen, musste schnell zurück sein.

Er schnalzte mit der Zunge, beugte sich weiter über Tarans Hals. Vor ihnen jetzt ein Hindernis, ein umgestürzter Baum. Er drückte seine Schenkel eng an Tarans Bauch, ihre Geschwindigkeit nahm zu. Erdklumpen spritzten hoch, sie näherten sich rasant dem Stamm, noch vier Pferdelängen, noch drei, noch zwei ...

»Nicht«, schrie er, als Taran die vorderen Hufe fest in den Boden grub und von einem Moment auf den anderen stehen blieb. Cailan taumelte, helles Licht fuhr neben ihm zu Boden, kein Feuer, es brannte nicht bei Regen, dafür das berstende Holz, alles drehte sich, er fiel, fiel so entsetzlich lang, die Dunkelheit ... und doch, was war das unter seinen Händen? Tarans Mähne?

Cailan keuchte, und eine Träne rann über seine Wange, als er wieder zu sich kam und erkannte, dass er nicht gestürzt war. Dass er noch immer auf Taran saß, der friedlich graste, während er sich an dessen Hals klammerte wie ein Ertrinkender. Und das vor Bonnie, Finley und Flower.

Langsam richtete er sich wieder im Sattel auf und hob den Kopf. Weit vor ihm beim Pflaumenbaum winkte sein Cousin ihm frech zu. Spätestens da schwor er sich, dass dieser verdammte MacLeod Flower niemals heiraten würde. Und wenn er der letzte Mann auf Erden wäre.

»Schwierigkeiten, Mylord?« Mit einem zufriedenen Lächeln kam Flower den Hügel heruntergetrabt und parierte ihr Pferd neben seinem durch. Er selbst konnte inzwischen wieder ruhig atmen, auch wenn ihm noch immer entsetzlich warm war.

»Artair hat mir einmal gesagt, dass du die gute Seele der Familie bist«, zischte er. »Aber ich fürchte, er hat mich schamlos angelogen.«

»Und Ihr habt mir gesagt, dass Ihr einen geeigneten Ehemann für mich finden würdet. Und doch höre ich von Eurer Liebschaft, dass Ihr mich an Lord Blaine Munro verschachern wollt. Obwohl Euch nicht entgangen sein kann, wie gut ich mich mit Finley verstehe.«

»Ein Mann wie Lord Munro, der deine Launen zu zügeln vermag, wäre gewiss kein Fehler«, knurrte Cailan, obwohl er es nicht meinte. Doch er konnte nicht anders, Flower hatte zielsicher seinen wunden Punkt getroffen, und die Erinnerung an damals hatte ihn aufs Heftigste erschöpft.

»Ihr seid widerwärtig!«, spie Flower, doch in ihren Augen glänzte es verräterisch. »Widerwärtig, arrogant und selbstsüchtig. Und nicht halb der Mann, der Finley ist.«

Nicht halb der Mann, der Finley ist? Seine Erschöpfung schlug in Zorn um. Dass er nicht lachte! Wer war dieses Mädchen, dass sie es wagte, ihm solche Dinge an den Kopf zu werfen? Er versuchte alles, um ihr einen guten Ehemann zu finden, und ihr fiel nichts Besseres ein, als ihn bloßzustellen und zu beleidigen? Als ihn zu zwingen, seinen schlimmsten Albtraum erneut zu durchleben? Aus dem Augenwinkel sah er, wie Finley langsam wieder zu ihnen ritt, das Grinsen des Gewinners auf den Lippen. Oh, wie sehr er diesen Ausdruck verachtete!

»Hat dein ach so bewundernswerter Finley dir auch erzählt, dass er keine Kinder zeugen kann?«, platzte er einer plötzlichen Eingebung folgend heraus. »Hat er das?«

»Bitte was?«, hauchte Flower mit geweiteten Augen.

»Ich war dabei, als Finley vor drei Jahren einen verirrten Pfeil von Hamish zwischen die Beine bekommen hat. Es würde mich wundern, wenn sich dort unten überhaupt noch etwas bei ihm regt.« Flower schlug entsetzt die Hand vor den Mund. »Das wusstest du nicht, was? Blaine Munro dagegen ...« Er gab ein höhnisches Lachen von sich. »Er hat dir sicher selbst von seinen sieben Bastarden erzählt.«

Einen Moment lang starrte Flower ihn fassungslos an, dann wendete sie ihr Pferd. »Fahrt zur Hölle, Mylord!«, fauchte sie, ehe sie mit wehendem Zopf an einer selbstgefällig grinsenden Bonnie vorbei in Richtung von Ardvreck Castle galoppierte.

KAPITEL 18

Sie musste Cailan umstimmen. Entschiedenen Schrittes ging Flower Richtung Kapelle, in der an diesem Morgen die Hochzeit von Lord Logan MacLeod und Lady Niamh Sutherland stattfinden würde. Egal, was es kostete, er musste seine Meinung ändern. Das hatte sie gestern begriffen, nachdem sie sich den gesamten Abend in Haileys Armen ausgeweint hatte.

Am vergangenen Morgen noch hatte es ausgesehen, als ob sich alles zum Guten wenden würde. Finley hatte sich beeindruckt von ihren Heilkünsten gezeigt, und beim Ausritt hatte sie mit ihm sogar darüber gesprochen, wie wichtig es war, sich selbst zu lieben. Er hatte ihr mehr über Glasgow und seinen Traum vom Studieren erzählt, und dann hatte sie dank Cailan herausgefunden, dass er keine Kinder zeugen konnte! Auch wenn sie das Finley natürlich niemals gewünscht hätte ... Er war ihre einzigartige Chance auf Freiheit, die sie sich nicht rauben lassen würde.

Was hatte sie überhaupt getan, dass Cailan ihr ein Leben im Unglück wünschte? Oder dachte er am Ende tatsächlich, dass sie Finley wegen seiner körperlichen Einschränkung nicht heiraten würde? Cailan war gestern so wütend gewesen. Dabei war es doch nur ein verfluchtes Wettreiten gewesen, ein kleiner Akt wohlverdienter Rache.

Angestrengt kniff Flower die Augen zusammen und suchte die Menschenmenge ab, die sich vor dem mit Blüten geschmückten Eingang der Kapelle versammelt hatte. Doch Cailan war nirgends zu sehen. Tändelte er vielleicht mit Bonnie im Garten? Gerade wandte sich Flower nach rechts, um dort nach ihm Ausschau zu halten, als Finley mit besorgtem Gesichtsausdruck auf sie zukam.

»Geht es dir gut, Flower?«, erkundigte er sich. »Du bist gestern so plötzlich verschwunden. Und auch nicht zum Abendessen erschienen. Ich war in Sorge.«

»Es geht mir gut. Danke«, hauchte sie und sehnte sich nach einer tröstenden Umarmung. Das wäre jedoch inmitten der Hochzeitsgäste vollkommen unangebracht, sodass sie Finley nur kurz am Arm streifte. »Es war wegen Lord Munro.« Sie schluckte. »Ich kann einfach nicht glauben, dass Cailan mich mit ihm vermählen will.«

Auch Finley wirkte darüber sehr verstimmt. »Noch bist du nicht verlobt, oder?«

»Nicht, dass ich wüsste. Aber das kann sich jeden Augenblick ändern.«

Finley trat einen Schritt näher an sie heran. »Ich könnte dich küssen.« Sein Blick wurde ernst. »Hier, vor allen. Danach würde Blaine dich gewiss nicht mehr heiraten.«

Ihr Herz schlug bei dem Gedanken höher, und sie neigte leicht den Kopf. »Vor der Hochzeit deines Bruders? Würde das deinen Vater nicht sehr verärgern?«

Finley nickte, und in seiner Miene stand Entschlossenheit. »Vermutlich. Aber für dich würde ich es tun.«

»Um im Anschluss selbst um meine Hand anzuhalten?« Sie hielt den Atem an, und ihr wurde warm. »Ansonsten nehme ich mir jede Aussicht auf einen Ehemann.«

»Und das wäre schlimm?«, fragte Finley und musterte sie prüfend. »Ich dachte, es wäre genau das, was du willst.«

Einen Moment schwieg Flower. Aye, davon hatte sie vor ihrer Ankunft auf Ardvreck Castle geträumt. Doch dann hatte sie Finley kennengelernt. Finley, bei dem sich Ehe und Träume nicht gegenseitig ausschlossen. Den sie heiraten konnte, um ihre Familie glücklich zu machen, ohne sich selbst zu verlieren. Zumal ihre Familie nichts von Finleys Unfruchtbarkeit wusste.

»Was wäre, wenn ich meine Meinung geändert hätte?«, flüsterte sie und sah in seine braunen Augen. Dabei schlug ihr das Herz bis zum Hals, und sie sandte ein Stoßgebet gen Himmel, dass er es tun würde. Dass er sie fragen würde, ob sie ihn heiraten wollte, bevor Cailan sie Blaine Munro anbot.

Doch genau in dem Moment, als Finley den Mund öffnete, kam Logan MacLeod mit seiner wunderschönen Braut in den Burghof geschritten. Begeisterte Rufe nahmen sie in Empfang, und alle drängten Richtung Kapelle.

»Wir sprechen später«, versprach Finley, ehe er kurz ihre Hand drückte und zu seiner Familie verschwand.

Als die Nacht bereits dämmerte, war Flower zum ersten Mal in ihrem Leben betrunken. Und es war ein herrliches Gefühl! Die Welt um sie herum schwankte leicht, und die Schwere, die den ganzen Tag auf ihrem Herzen gelastet hatte, löste sich.

»Wenn ich das früher gewusst hätte«, gluckste sie und trank einen weiteren Schluck Ale.

»Lass das!« Cailan, der seit Beginn des Festes neben ihr saß, nahm ihr den Krug aus der Hand. »Sonst hast du morgen Kopfschmerzen.«

Mit trotzig nach vorn gerecktem Kinn holte sie sich das Trinkgefäß zurück. In den vergangenen Stunden hatte sie weder ungestört mit Finley noch mit Cailan sprechen können. Dass sie dennoch neben Letzterem sitzen musste, ertrug sie nur mit ausreichend Ale. »Bei Blaine stört es dich doch auch nicht, dass er schon den achten Krug leert. Warum dann bei mir?«

Cailan seufzte. »Flower, es ist so, dass ...« Lord Morgan Sutherlands schneidend kühle Stimme und sein ruckartiges Aufstehen ließen ihn verstummen.

»Fasst der Bräutigam gerade wirklich meiner Schwester an die Brust? Vor aller Augen?«

»Hölle und Verdammnis, Logan«, keuchte Cailan und starrte

ebenso ungläubig auf die Tanzfläche. Im nächsten Moment erhob er sich und eilte Morgan hinterher, vermutlich, um dessen eisigen Zorn zu beschwichtigen.

»Besser, sie ziehen sich bald in ihr Schlafgemach zurück«, wisperte Caitriona besorgt neben ihr. Flower nickte und war keineswegs überrascht, als das wenig später auch geschah.

Nachdem die Gäste das Paar freudig – oder in Morgans Fall wohl eher grimmig – in das Hochzeitsgemach begleitet hatten, fand sich Flower auf ihrem Platz in der großen Halle wieder und wippte mit glühenden Wangen und einem weiteren Krug Ale zu den Klängen des Dudelsacks. Cailan war verschwunden, und auch Bonnie fehlte, sodass sie nicht viel Fantasie brauchte, um sich den Grund dafür vorzustellen. Doch solange Blaine noch hier und damit außerhalb von Cailans Reichweite war, kümmerte es sie nicht. Cailans Verhalten hatte sie sehr verletzt. Und je weniger sie an ihn denken musste, desto mehr Raum blieb in ihren Gedanken für ihren wahren Partner. Finley.

Die Frage war nur: Wo war er? Hätte er sie nicht längst aufsuchen sollen?

»Dort drüben. Er unterhält sich mit Hamish.«

»Was?«, stotterte Flower verwirrt, ehe sie sich kichernd die Hand vor den Mund schlug. »Oh, ich habe gar nicht gemerkt, dass ich das laut gesagt habe!«

Caitriona warf ihr einen belustigten Blick zu. »Sollen wir zu Lord Finley hinübergehen?«

»Aye.« Flower erhob sich leicht schwankend. »Das wäre wundervoll.«

Der Weg zu Finley war beschwerlicher, als sie es sich vorgestellt hatte. Die meisten der Anwesenden waren betrunken und stolperten wild durch die große Halle. Es wurde geklatscht, gesungen und getanzt, während die Fackeln und Kerzen den Raum in warmes Licht tauchten. Krüge lagen auf dem Boden, und selbst Avery MacLeod, der an seinem Platz saß und die Feiernden beobachtete, wirkte zufrieden. Flower musste achtgeben, mit niemandem zusammenzustoßen, und nahm dankbar wahr, wie Caitriona sich irgendwann bei ihr einhakte.

»Wie sehe ich aus?« Kurz bevor sie ihr Ziel erreichten, sah sie ihre Begleiterin ernst an.

»Zauberhaft«, versicherte diese ihr lächelnd. »Jeder Mann, der in diesem Kleid die Augen von dir lassen kann, muss blind sein.«

»Danke«, sagte sie und war froh, dass die andere Frau sie in ihrem moosgrünen Kleid hübsch fand. Hoffentlich tat es Finley auch.

»Finley.« Flower strahlte. Er hatte soeben sein Gespräch mit Hamish beendet, den Caitriona nun auf die Tanzfläche führte.

»Endlich.« Finley lächelte, und wieder erschien das Grübchen, das sie so sehr mochte. »Ich habe mich schon gefragt, ob du mich nicht doch vergessen hast.«

»Dich doch nicht«, widersprach Flower und lachte. »Ich warte schon den ganzen Abend darauf, dass du mit mir tanzt.«

»Ist das ein Befehl?«, neckte Finley.

»Aye«, prustete sie, ehe sie nach seiner Hand griff und ihn in die Mitte des Raumes zog. »Ich habe nachgedacht«, platzte sie schließlich heraus, während sie eingehakt in seinen Ellbogen zu den Klängen der Musik herumwirbelte.

»Über was?«, fragte Finley und wurde etwas langsamer.

»Über uns.« Ihre vom Alkohol geröteten Wangen wurden noch wärmer. Als er schwieg, blieb sie schwankend stehend und sah ihm tief in die Augen. »Ich würde dich gerne heiraten.« Sie schlug sich die Hand vor den Mund. »Oh, ich weiß, das sollte ich nicht sagen. Aber ich fürchte, wenn ich warte, bis du mich fragst, hat Blaine ...«

Finley zog sie zur Seite, weil Sorcha am Arm von Hewie in ihre Richtung gestolpert kam. »Lord Munro hat nicht die Absicht, dich zur Frau zu nehmen«, erklärte er, nachdem er sie ein wenig abseits von der Tanzfläche geführt hatte.

»Hat er nicht?«, stammelte sie verwirrt und trat einen Schritt zurück.

»Nein.« Mit zusammengezogenen Augenbrauen rettete Finley den Alekrug, den sie beinahe zu Boden gestoßen hätte. »Ich habe vorhin mit ihm gesprochen. Du warst ihm viel zu scharfzüngig. Einmal davon abgesehen, dass Cailan ihn nicht dazu ermuntert hat.«

»Unglaublich«, sagte Flower leise. »Dann hat er mich also angelogen.« Sie schüttelte den Kopf, sodass sich die Welt um sie herum noch etwas mehr drehte.

»Das hat er«, stellte Finley fest und verschränkte die Arme vor der Brust. »Du siehst also, dass du mich nicht heiraten musst, um einer Ehe mit Blaine zu entgehen.«

»Ich kann immer noch nicht glauben, dass meine Ängste völlig umsonst waren.« Sie gluckste, und ein Stein fiel ihr vom Herzen. »Oh, Finley, du glaubst nicht, wie sehr mich das erleichtert! Wusstest du, dass er sieben Bastarde in die Welt gesetzt hat?«

Während Finley nickte, griff sie nach dem Alekrug, um einen – oder vielleicht auch mehrere – große Schlucke daraus zu trinken. Finley hinderte sie daran und nahm ihr, sanfter als Cailan, aber doch bestimmt, den Krug aus den Händen.

»Finley.« Sie suchte seinen Blick. »Wenn du nichts dagegen hast, würde ich dich trotzdem gerne heiraten. Finley und Flower, das passt auch so schön!«

»Du fragst mich das doch nicht etwa wegen meinem Vornamen?« Albern wackelte er mit den Augenbrauen.

»Nur ein kleines bisschen«, neckte sie und sah ihn erwartungsvoll an.

Finley, wieder ernst, legte den Kopf schief. »Bist du dir sicher? Ich möchte nicht der Mann sein, der dafür verantwortlich ist, dass du deine Freiheit verlierst.«

Sie strahlte ihn an. War es nicht wundervoll, wie sehr er sich um ihr Wohlergehen sorgte? »Mit dir werde ich frei sein«, flüsterte sie.

»Außerdem«, ihre Stimme bekam einen überzeugenden Klang, »bringe ich zehn Hochlandrinder mit in die Ehe. Das müsste deinem Vater doch gefallen, oder?«

»Aye«, sagte Finley. »Ich habe vorhin mit ihm über dich gesprochen.«

»Hast du?« Ihre Augen weiteten sich in Unglauben. Wieso hatte er das nicht schon früher gesagt? Weil Lord MacLeod am Ende gegen die Ehe war?

Ihre Handflächen wurden feucht. Doch Finley zerstreute ihre Sorgen. »Wie sich herausgestellt hat, arbeitet mein Vater bereits die ganze Woche auf eine Verbindung zwischen uns hin.« Er verzog seine Lippen zu einem schiefen Lächeln und kratzte sich dann am Kinn. »Auch wenn ich nicht fassen kann, dass er mich nicht in diese Überlegung eingeweiht hat.«

Das war tatsächlich sehr unfreundlich von Avery. Dennoch beschleunigte sich ihr Herzschlag, und sie fragte nunmehr zum dritten Mal: »Ist das also ein Ja? Heiratest du mich?«

»Aye.« Finley nahm ihre Hand. »Ich heirate dich.«

»Oh, Finley, das ist wundervoll!« Nur mit Mühe konnte sie sich davon abhalten, ihm um den Hals zu fallen. Ihm, durch den sie weder ihre Familie verletzen noch ihre Träume würde opfern müssen.

»Eines müssen wir aber noch besprechen«, sagte er. »Wer von uns beiden berichtet Cailan von deinem reizenden Antrag?«

KAPITEL 19

»Keine Gefühle, keine Verpflichtungen. Das war die Abmachung.« Angestrengt blies Cailan die Backen auf und ließ sich auf die niedrige Mauer im Garten sinken. Konnte Bonnie ihn nicht einfach in Ruhe lassen?

»Was ist denn mit dir los?« Die rothaarige Frau sank vor ihm auf die Knie und strich mit ihren Händen seinen Oberschenkel hinauf. »Hast du zu viel getrunken?«

»Nein«, entgegnete er wahrheitsgemäß und sog die kühle Luft der sternklaren Nacht ein, ehe er ihre Hände festhielt. »Und jetzt geh bitte.«

Bonnie schob die Unterlippe vor und rührte sich nicht. »Es ist wegen ihr, oder? Du glaubst doch kaum, dass du mit so einem prüden Ding mehr Spaß hast als mit mir?«

Er umfasste ihre Unterarme und zwang sie zum Aufstehen. Natürlich war es wegen Flower. Alles war wegen Flower. Gott, er trug ihr nicht einmal mehr die Sache mit dem Wettreiten nach, nachdem er gestern Nacht erkannt hatte, dass er sie tief verletzt hatte. Und heute beim Festessen ... Er hatte sich so zusammennehmen müssen, ihr nicht an Ort und Stelle seine wahren Gefühle zu gestehen. Die gleichzeitig so wirr waren, dass er sie nicht benennen konnte. Doch das würde er Bonnie natürlich nicht verraten, deshalb brummte er nur: »Das geht dich nichts an.«

Ein grelles Lachen erklang. »Wie niedlich! Lord Cailan ist verliebt.« Bonnie stemmte die Hände in die Hüften, ihr Tonfall wurde schneidend. »Hast du deshalb nicht mit Blaine gesprochen?«

»Blaine trinkt zu viel, wie du sehr wohl weißt.« *Anders als Finley.* Gott, warum nur war Duncan Munro nicht anwesend? Und Hewie von einfacher Herkunft? Ihnen beiden hätte er Flower so viel lieber überlassen als seinem vermaledeiten Cousin. Und doch war dieser die beste Partie für sie. Die Entscheidung, die ein guter Clanführer treffen würde. Weil Pflicht schwerer wog als eigene Belange und gekränkter Stolz kein guter Grund für Rache war. Zumal Flower seine Rache nicht verdiente.

Die Anspannung in Cailans Innerem wuchs, und er wandte sich von Bonnie ab. Sogleich klammerte sich diese mit ihren langen Nägeln an seinen Arm. »Verdammt, Bonnie!« Er befreite sich aus ihrem Griff. »Du hast einen Ehemann. Kannst du nicht zur Abwechslung mal mit ihm ins Bett steigen?«

Sie schnaubte und warf die Haare in den Nacken. »So ist das also, ja?«

Er stöhnte. Er wollte ihr nicht wehtun, aber er brauchte seine Ruhe. »Aye, so ist das. Zwischen uns ist es aus.«

Ein erschrecktes Keuchen war die Antwort, und für einen Moment schien es Bonnie die Sprache verschlagen zu haben. Er hatte nicht erwartet, dass seine Worte sie derart trafen, und das tat ihm trotz ihres intriganten Verhaltens der letzten Tage leid. Doch bevor er das Gesagte abmildern konnte, zischte sie eine wüste Beleidigung und verschwand mit wehenden Röcken.

Cailan rieb sich über die Stirn und ging tiefer in den Garten. Musste heute auch wirklich alles schiefgehen? Warum nur konnte er Flower nicht vergessen und endlich das tun, was nach allen Maßstäben richtig war? Was sein Vater von ihm erwarten würde?

»Hier bist du also«, hörte er plötzlich eine Stimme hinter sich. Gefolgt von einem Kichern. »Und ich dachte schon, ich müsste am Ende noch in Bonnies Gemach klettern.«

»Flower?« Verwirrt wandte er sich um. Stand es mittlerweile so schlecht um ihn, dass er sich ihre Gegenwart schon einbildete?

»Dieselbe. Oder der kleine Kräuterzwerg. So hast du mich früher immer genannt«, plapperte sie, während sie etwas ungelenk im silbrigen Licht des Mondes näher kam und ihn endlich mit der vertrauten Anrede ansprach.

»Das hast du dir gemerkt?« Er schmunzelte unvermittelt bei der Erinnerung.

»Ich habe mir alles gemerkt, was dich betrifft«, gestand sie, bevor sie sich rasch auf die Lippe biss. »Aber du hast mich vergessen.«

»Wie bitte?« Sein Brustkorb fühlte sich auf einmal eng an. In den letzten Tagen hatte er beinahe nichts anderes getan, als an sie zu denken und sich nach ihr zu sehnen. Und zwar nicht nur nach Zeit mit ihr in seinem Bett, sondern auch nach Zeit, in der sie gemeinsam sprachen, ausritten, lachten. Wie konnte sie da behaupten, dass er sie vergessen hatte?

»Am Bach. Ich habe dich sofort erkannt. Du dagegen hast mich vergessen.«

»Flower«, murmelte er und trat einen Schritt auf sie zu. »Ich habe dich nicht vergessen, du hast dich nur sehr verändert. Du bist jetzt eine Frau. Ich wusste schon vor fünf Jahren, dass du eines Tages gefährlich für mich wirst. Du und deine aufgeweckte Art, die mir doch nicht zu sehr gefallen darf. Vielleicht habe ich dich genau deshalb nicht erkannt. Weil einfach alles mit dir so viel leichter wäre, wenn du nicht die Tochter von Gregor MacKay wärst.«

Flower sog scharf die Luft ein. »Das meinst du doch nicht ernst.«

»Jedes Wort«, raunte er und kam noch näher. »Ich kenne niemanden, der so fürsorglich und gleichzeitig so schlagfertig ist wie du. Der genau weiß, was zu tun ist, wenn die Lage ernst ist. Und dabei noch diesen träumerischen Glanz in den goldgrünen Augen hat, in die ich auch nicht zu lang blicken darf, weil ich sonst etwas tue, das ...«

»Du lügst.« Flower zeigte anklagend mit einem Finger auf ihn.

»Und spielst wieder mit mir, genau wie mit allen anderen Frauen dieser Welt. Dabei weiß ich genau, dass du mich nicht ausstehen kannst. Du wolltest mich mit diesem ekelhaften Wüstling verheiraten. Ich bin dir egal!«

»Du bist mir böse«, seufzte er. »Und ich schulde dir eine Entschuldigung. Das mit Lord Munro war nicht ernst gemeint. Ich würde dir niemals einen Mann aussuchen, der trinkt. Genau genommen«, er zögerte, »fällt es mir sehr schwer, dir überhaupt einen Mann auszusuchen.«

»Sag so was nicht«, bat Flower, und in ihre Augen trat ein flehender Ausdruck.

»Aber ich meine es.« Cailan hob seine Hand und war selbst erschüttert von der Tragweite seiner Worte. Da war er, der eine Grund, aus dem er Flower nicht mit jemand anderem vermählen konnte. Den er sich bisher gesträubt hatte zu benennen.

Sein Herz.

Mit leicht zitternden Fingern strich er ihr eine Strähne hinter das Ohr. »Flower, meine süße Flower.« Er atmete tief ein. Wohin sollte das überhaupt führen? Doch die Worte mussten ausgesprochen werden: »Gott, ich fürchte, ich ...«

»Ich habe mich mit Finley verlobt«, platzte sie heraus, ehe er seinen Satz beenden konnte.

»Was?« Er starrte sie fassungslos an. Hatte er sich verhört, oder hatte sie gerade tatsächlich gesagt, dass sie sich mit Finley verlobt hatte? Mit Finley, seinem verdammten Schwächling von Cousin? Nein, das konnte nicht wahr sein!

Flower machte einen Schritt zurück und verschränkte die Arme. Dabei trat sie auf einen Ast, der knackend zerbrach. »Ich hatte Sorge, dass du mir einen schlechten Mann aufdrängst, und habe mein Schicksal selbst in die Hand genommen.«

Cailan schnaubte, während ihre Worte wie eine Axt in sein Herz schnitten und seine inneren Dämonen gnadenlos befeuerten. »Du dachtest also, ich sei unfähig, eine gute Entscheidung zu treffen.«

»Aye«, bestätigte sie und reckte das Kinn nach vorne. »Außerdem habe ich mich in Finley verliebt.«

»Verliebt?« Er zog spöttisch die Augenbrauen nach oben, obwohl ihn diese Aussage schwerer traf als ein herabstürzender Felsbrocken. Es war eine Sache, sich mit Finley zu verloben, um Blaine Munro nicht heiraten zu müssen. Aber von Liebe zu sprechen? Wie zur Hölle konnte sich Flower in drei Tagen in einen Mann verlieben? »Du hast keine Ahnung, was Liebe ist«, knurrte er mit unterdrückter Wut. »Du weißt doch nicht einmal, wie man küsst.«

»Ich weiß, dass ich mich in Finleys Gegenwart wohlfühle«, sagte sie leise. »Er versteht mich.«

Cailan lachte grimmig, während ein gefährliches Funkeln in seine Augen trat. »Sag mir, Flower, lässt Finley dein Herz bis zum Hals schlagen, wenn er dich ansieht? Geht dein Atem schneller, wenn du ihm nahekommst? Fühlst du dich unvollständig, wenn du nicht bei ihm bist? Kannst du es kaum erwarten, seine Lippen endlich – *endlich* – auf deinen zu spüren?« Er trat noch einen Schritt nach vorn und schloss den letzten Abstand zwischen ihnen. »Ist er es, von dem du nachts träumst, nach dem du dich in jedem wachen Augenblick sehnst?«

»Ich ... ich weiß nicht«, stotterte Flower, und ihre Unterlippe bebte.

»Nein, Flower, du liebst Finley nicht.« Cailan hob seinen Daumen an ihre Wange und strich sanft darüber. »Du kannst ihn gar nicht lieben«, seine Stimme wurde rau, »weil du tief in deinem Inneren mich willst.«

»Du bist furchtbar arrogant«, flüsterte sie.

Er kam mit seinem Mund ihrem immer näher. Nur noch wenige Zoll trennten sie. »Sag, dass du mich nicht willst, und ich höre auf.«

»Ich ...« Die Ader an ihrem Hals pulsierte.

»Sag es«, verlangte er.

Doch Flower schwieg. Und so tat er, was er schon am Bach hatte tun wollen. Er umrahmte ihr Gesicht mit beiden Händen und legte seinen Mund auf ihren. Sie schmeckte süß, so unglaublich süß. Langsam strich er mit seinen Lippen über ihre, knabberte an ihnen, liebkoste sie. Er stöhnte, als Flower den Kuss erwiderte, erst vorsichtig, dann immer leidenschaftlicher. Seine Hände wanderten zu ihrer schmalen Taille. Er umfasste sie, zog sie näher an sich, während er mit seiner Zunge ihre Lippen umschmeichelte.

»Du raubst mir den Verstand«, keuchte er, ehe er Flowers Lippen in einem weiteren Kuss gefangen nahm. Sein Atem ging schnell, und ein Schauer der Erregung durchzuckte ihn, als sie die Arme um seinen Nacken schlang und sich fest an ihn drückte. Er küsste sie, immer und immer wieder, erkundete ihren Mund, der nach süßem Ale schmeckte, sog ihren sinnlichen Atem ein, der sich zusammen mit seinem zwischen den stürmischen Liebkosungen ihrer Münder zu einem vermischte. Er wollte sie, wollte sie so sehr, hatte sie schon immer gewollt.

Seine Hand wanderte tiefer, an ihrem Rücken entlang, während Flower in seinen Armen dahinschmolz. Sie stöhnte süß, und er glaubte, den Verstand zu verlieren. Sein Kuss wurde wilder, feuriger, fordernder, und das Herz schlug ihm bis zum Hals. Er war ein Ertrinkender und Flower seine Rettung. Sie war so unglaublich weich, so süß, so ...

»Was zum Teufel, Sinclair!«, erreichte ein erzürnter Ausruf den Rand seines Bewusstseins. Einen Augenblick lang überlegte er, ob er sich die donnernde Stimme eingebildet hatte, ehe er entsetzt erkannte, dass sie Logans Vater gehörte.

Schlagartig löste er sich von Flower und starrte erst sie, dann Avery MacLeod und – Gott bewahre – dessen drei Begleiter Blaine, Hamish und eine sehr zufrieden grinsende Bonnie an. Verdammt, hatte sie das geplant, um seinen und Flowers Ruf zu zerstören?

»Ich ... ich kann das erklären«, stotterte er. In seinem Kopf überschlugen sich die Gedanken ... und plötzlich lag er wieder auf dem Waldboden.

Es war sein eigener Vater, der über ihm stand und zusammen mit zwei anderen Männern endlich die schweren Äste von ihm nahm, von denen er sich in den letzten Stunden nicht hatte befreien können. Erst war Ewan erleichtert, begutachtete ihn, schloss ihn in die Arme. Und dann kamen sie, der Kinnhaken, die Wut, die Enttäuschung. Der Vorwurf, die Wahrheit, die schreckliche Wahrheit, dass sie nun ihn im Morgengrauen hatten suchen müssen, anstatt den von den Gunns bedrohten Dörflern zu Hilfe zu eilen. Weil er der Erbe des Clans war, die Zukunft, dem es jedoch wichtiger gewesen war, zu einer Liebschaft zu reiten, als seine Schutzbefohlenen zu beschützen. Sechzehn Männer, sechs Frauen, zwei Kinder, eins davon noch nicht einmal drei. Und das alles nur, weil er sein Begehren über seine Pflicht gestellt hatte.

»Ich warte«, durchschlug Averys Stimme die Grenzen der Zeit und holte Cailan zurück in den Garten von Ardvreck Castle. Zurück in einen Moment, der beherrscht wurde von Schrecken. Und Versagen. Weil er den schlimmsten Fehler seines Lebens ein zweites Mal begangen hatte.

»Es ist so, dass …«, setzte er an, ehe seine Stimme brach und die Verzweiflung, die Scham, die Wut ihn wie eine Welle überrollten. Eine Welle, die ihm die Luft zum Atmen raubte und ihn unter sich begrub.

»Ich weiß ganz genau, wie es ist«, fauchte Lord MacLeod. »Du hast dich entschieden, Lady Flower selbst zu ehelichen. Und konntest nicht widerstehen, deiner zukünftigen Braut einen Kuss zu stehlen.«

»Nein«, flüsterte Flower und schlug eine Hand vor den Mund. Auch Bonnie sog hörbar die Luft ein, während Cailans Herz einen Schlag aussetzte.

»Nein?«, donnerte Avery. »Dann wollt Ihr also sagen, Lady Flower, dass Ihr ohne die Absicht zu heiraten mit Cailan …«

»Natürlich heiraten wir«, fuhr Cailan dazwischen. Er wusste nicht, woher er die Kraft nahm, mit fester Stimme zu sprechen.

Doch er hatte Logans Vater noch nie derart zornig erlebt und musste Flower beschützen. Selbst wenn er sich dadurch noch weiter verlor. Alles in ihm verkrampfte sich, ihm war schwindelig, doch seine Worte waren klar, unmissverständlich. »Wir haben uns gerade verlobt.«

»Ein Verlobungskuss?«, geiferte Bonnie. »Habt Ihr nicht behauptet, Ihr wäret noch nicht bereit für die Ehe?«

Cailan dachte an Eleanor, verdrängte den Gedanken, dachte an seinen Vater, der furchtbar wütend sein würde. *Ein Sinclair hält sein Wort. Ein Sinclair hält sein verfluchtes Wort.*

Eleanor hatte er noch nichts versprochen, sein Vater auch nicht, die Ehe war nur eine Überlegung, ein noch nicht umgesetztes Vorhaben. Doch Flower und Gregor MacKay hatten sie etwas versprochen, und das musste er halten. Ewan würde nichts anderes erlauben, und auch sein eigenes Gewissen, seine Ehre und sein Anstand ließen ihm keine andere Wahl.

»Da müsst Ihr mich falsch verstanden haben, Lady Munro«, sagte er hart und übertönte damit Flowers erneut hervorgestoßenes »Nein«. Etwas verdutzt blickte er zu ihr, während Bonnie zischte: »Wenn Ihr mich fragt, sah das etwas zu leidenschaftlich für einen Verlobungskuss aus. Aber das überrascht wohl keinen. Lord MacLeod und ich waren ja schon die ganze Zeit misstrauisch, was Lady Flowers Tugend angeht. Nicht wahr?«

Avery sagte dazu nichts, sondern fixierte ihn nur mit eisiger Miene, sodass sich Cailan genötigt fühlte, zu bekräftigen: »Es war nicht mehr als ein Verlobungskuss für eine glückliche, kinderreiche Ehe.«

»Das mit dem *kinderreich* wartet aber bis zur Hochzeit, Sinclair«, herrschte Logans Vater ihn an. »Haben wir uns da verstanden?«

»Selbstverständlich«, beschied Cailan, während er mit klopfendem Herzen den erzürnten Mann musterte, der soeben seine Verbindung mit Clan MacKay zu Staub zerfallen sah. Ob Avery ihm das je vergeben würde?

Ihm wurde übel, er hörte wieder die Vorwürfe seines eigenen Vaters und blickte zu Flower. Sie zitterte am ganzen Körper, und in ihren Augen standen Tränen. *Wie konntest du nur,* schien ihr verzweifelter Blick zu schreien.

Im nächsten Moment drehte sie sich um und stürmte ohne ein weiteres Wort aus dem Garten.

KAPITEL 20

Das konnte nicht wahr sein! Das durfte nicht wahr sein! Bei Gott, was hatte sie nur getan? Am ganzen Körper zitternd und mit Tränen in den Augen rannte Flower Richtung Pferdestall.

Alles war vortrefflich gewesen. Finley hatte zugestimmt, sie zu heiraten. Und was hatte sie gemacht? Sie hatte keine Stunde später Cailan geküsst. Und das Furchtbarste war: Es hatte sich gut angefühlt.

Oh, was war sie nur für ein widerwärtiges Wesen! Sie ballte die Hände zu Fäusten. Wegen eines einzigen Kusses von Cailan Sinclair hatte sie ein Leben voller Freiheit an der Seite von Finley gegen die ewige Gefangenschaft als Mutter von Cailans Kindern eingetauscht. *Ein Verlobungskuss für eine glückliche, kinderreiche Ehe.* Das war es also gewesen, auf was sie sich eingelassen hatte.

Sie musste weg von hier. Sofort. Wohin, das wusste sie nicht. Portskerra vielleicht. Aber das konnte sie ihrer Familie nicht antun.

Außer Atem stolperte sie in den Pferdestall und suchte mit fahrigen Bewegungen das Zaumzeug ihrer Stute. Was würde ihr Vater zu der Ehe mit Cailan sagen? Und Ewan Sinclair? Gewiss würde der Lord sie mit seinen eisblauen Augen durchbohren, wenn er erfuhr, was sich im Garten von Ardvreck Castle ereignet hatte. Und was war mit Finley? Obwohl sie dadurch die Pferde aus ihrer Nachtruhe hochscheuchte, rannte sie zu ihrer Stute und öffnete schluchzend die Box. Würde Finley je wieder mit ihr sprechen?

Oder würde er glauben, dass sie ihn die ganze Zeit angelogen hatte, und sie verachten?

Mit zitternden Händen stülpte sie Kallan das Zaumzeug über den Kopf. Auf einen Sattel verzichtete sie, denn sie konnte dank Leaf auch ohne diesen reiten. Was zählte, war, dass sie schnell fortkam.

Gerade wollte sie die Stute aus der Box führen, da kamen zwei weitere Gestalten in den Pferdestall gestürmt.

»Finley«, keuchte sie. »Und Hailey!«

»Oh, Flower«, rief ihre Freundin aus und nahm sie in den Arm, nachdem Flower mit zitternden Knien aus der Pferdebox getreten war. »Es tut mir so leid, was geschehen ist.«

»Ihr ... ihr wisst es«, stammelte Flower. Sie blickte betreten zu Boden, während ihr erneut die Tränen aus den Augen strömten.

»Ich bringe ihn um!«, wetterte Finley, der mit wutverzerrtem Gesicht neben ihnen zum Stehen kam.

»Vergib mir, Finley«, schluchzte sie und suchte unter Aufbringung all ihrer Kraft seinen Blick. »Ich ... oh, ich weiß gar nicht, wie das geschehen konnte!«

»Ich schon«, knurrte er. »Cailan ist ein gewissenloser Schuft und hat es ausgenutzt, dass du angetrunken warst.« Zornig stampfte er auf. »Ich hätte niemals zulassen dürfen, dass du mit ihm redest. Wie konnte ich nur so einfältig sein?«

»Es tut mir leid«, wiederholte Flower, während sie sich an Haileys warmen Körper schmiegte. Es tat so gut, von der Freundin gehalten zu werden, wo doch alles andere um sie herum tosend zusammenbrach.

»Immerhin hat er sich bereit erklärt, dich zu heiraten«, versuchte Hailey, sie zu beruhigen. »Andernfalls ...«

»... hätte ich sie geheiratet!« Finleys Stimme vibrierte derartig heftig, dass das Pferd in der Box neben ihm erschreckt wieherte. »Du weißt doch, Flower, dass ich dir die Ehe nicht wegen eines lächerlichen Kusses mit Cailan verweigert hätte?«

Sie nickte schwach und atmete tief den beruhigenden Geruch des Pferdestalls ein. »Es ging nur alles so schnell, und da hat Cailan allen schon erzählt, dass ...«

»Ich fordere ihn zum Kampf. So dreist stiehlt man mir nicht die Braut.«

Flower fühlte sich entsetzlich, weil sie noch immer ihren eigenen Anteil an dem Kuss verschwieg. Flehend schüttelte sie den Kopf. »Bitte nicht.«

»Warum nicht?« Finley sah sie verständnislos an.

Bilder, wie Cailan ihn mit seinem Schwert zu Boden streckte, schossen ihr durch den Kopf. Sie sah sein sommersprossiges Gesicht, von Blut überströmt. Er hatte keine Chance gegen Cailan, das wusste sie. Und sie wollte verdammt sein, wenn er aufgrund ihrer Dummheit auch noch verletzt wurde.

»Weil ... weil Gewalt nicht der richtige Weg ist«, schniefte sie schließlich. »Das hat Thomas von Aquin doch bestimmt gesagt, oder?«

Er lächelte wehmütig. »Nicht ganz. Gewalt ist in den Augen von Thomas von Aquin durchaus vertretbar, wenn sie gerechtfertigt ist. Obwohl ich nicht sicher bin, ob ich hier zustimme.« Seine Miene verfinsterte sich wieder. »Aber ich bin verdammt geneigt, für meinen Cousin eine Ausnahme zu machen.«

»Oh, Finley!« Sie fuhr sich mit dem Ärmel ihres Kleides über die Nase, während Hailey ihr noch immer beruhigend über den Rücken strich. »Es tut mir so leid. Glaubst du mir das?«

Er nickte, dann raufte er sich die lockigen Haare. »Er schuldet mir einen Gefallen, richtig?« Seine Stimme wurde hoffnungsvoller, als er das Pferd bestimmt zur Seite schob, das an dem Ärmel seines Leinenhemdes knabberte. »Das haben wir beim Wettreiten ausgemacht. Ich werde von ihm fordern, dass er seine Eheabsichten vor allen zurücknimmt. Und anerkennt, dass wir beide zuerst verlobt waren.«

»Nein«, hauchte Flower. »Was glaubst du, würde passieren,

wenn du Cailan Sinclair derart brüskierst? Wir können jetzt schon von Glück reden, wenn eure Clans nicht in Streit geraten. Noch kann dein Vater sein Gesicht wahren, weil niemand von unserer Verlobung wusste. Aber wenn das erst einmal bekannt wird ... Oh, Finley, ich könnte es nicht ertragen, wenn die MacLeods und die Sinclairs wegen mir eine Fehde beginnen würden.«

»Aber ich kann doch nicht einfach nichts tun?«, stöhnte Finley überfordert. »Flower, das kannst du nicht von mir verlangen! Ich werde mir etwas anderes überlegen, ich verspreche es.«

»Du kannst mir vergeben«, bat sie leise. Denn anders als Finley war sie nicht naiv genug zu glauben, dass sie jetzt noch eine gemeinsame Zukunft hatten. Cailan war ein verfluchter Sinclair, und er würde sein Wort halten, so wie damals sein Vater. Finley und Flower gab es nicht mehr.

»Es gibt nichts zu vergeben«, sagte Finley. Dennoch lag in seinen Augen ein schmerzhafter Ausdruck, von dem sie wusste, dass sie ihn nie vergessen würde.

Einen Moment war Schweigen, dann richtete Finley das Wort an Hailey: »Bringst du Flower in ihre Kammer? Ich nehme ihrer Stute das Zaumzeug ab.«

»Natürlich«, murmelte Hailey. »Etwas Schlaf hat noch immer geholfen, hm?«

Flower glaubte zwar nicht, dass das stimmte, löste sich aber dennoch von der Freundin.

»Danke«, hauchte sie, ehe sie zu Finley ging und ihn einmal fest drückte. »Du bist besser zu mir, als ich es verdient habe.«

Als Cailan sich am nächsten Morgen neben Flower, Hailey und seinen Clansmännern im Hof auf seinen Hengst schwang, war ihm noch immer schwindelig. Trotz des erfrischend kühlen Nieselregens, der auf seine Haut fiel.

Nach den Ereignissen des gestrigen Abends hatte er sich hemmungslos betrunken, bevor er Avery heute in aller Frühe um Vergebung gebeten hatte. Dieser hatte ihn die meiste Zeit mit schmalen Augen über den hängenden Tränensäcken gemustert, aber letztendlich die Entschuldigung mit einem Brummen akzeptiert. Der Laird der MacLeods mochte ihn und gab glücklicherweise Finley den größeren Teil der Schuld, weil dieser nicht gut genug auf seine Verlobte aufgepasst hatte.

Cailan presste die Lippen zusammen und ließ seinen Blick suchend über den Burghof gleiten. Es war eine angenehme Vorstellung, die Verantwortung am Ende auf Finley abwälzen zu können. Doch sein eigener Vater würde das nicht so sehen, und auch er wusste, dass er sich eigentlich bei seinem Cousin entschuldigen sollte. Es war keine feine Sache, einem Mann die Verlobte zu stehlen.

Doch Finley war dankenswerterweise nicht im Burghof, ebenso wenig wie Bonnie. Dafür waren Logan und Niamh gekommen, um sich von ihnen zu verabschieden.

Mit einem ungläubigen Kopfschütteln trat Logan neben ihn und fasste Taran am Zügel. »Kaum zu glauben, dass du jetzt doch vor mir in den Genuss von Lady Flowers Vorzügen kommst.«

Cailan fiel ein Stein vom Herzen, als sein Cousin ihm dadurch bedeutete, dass er ihm sein Verhalten nicht allzu übel nahm. Er hob die Mundwinkel, auch wenn sich der Rest seines Körpers noch immer schwer wie ein Fels anfühlte. »Du meinst sicher: Jetzt komme ich von uns beiden als Einziger in den Genuss ihrer Vorzüge.«

Logan grinste breit. »Ach, Sinclair. Du sagst doch selbst immer, dass Ehefrauen die besten Liebschaften darstellen.« Damit klopfte er ihm zum Abschied auf den Schenkel, ehe er zu Flower ging und ihr mit einem anzüglichen Zwinkern einen viel zu langen Handkuss gab. Cailan wandte den Kopf ab. Dieses Mal würde er es Logan durchgehen lassen.

Als sie wenig später durch das von zwei Türmen gesäumte Burgtor von Ardvreck Castle ritten, verstärkte sich der Regen. Cailan war froh darüber. Das kalte Nass half ihm, einen klaren Kopf zu bekommen. Während Loch Assynt und die Burg hinter ihm immer kleiner wurden, konnte er noch immer kaum glauben, wie unfassbar unverantwortlich er sich verhalten hatte. Und dass das Ergebnis davon dieses Mal nicht zwei Dutzend Tote waren, sondern eine Ehe mit Flower.

Er schüttelte den Kopf. Wie konnte das sein? Er hatte seinen Fehler wiederholt, die Pflicht vergessen, war dem Begehren gefolgt, und nun das. Er bekam die Frau, in die er sich verliebt hatte. Und das sogar ohne in einen Streit mit den MacLeods zu geraten. Wo war der lauernde Wolf, der nur darauf wartete, zuzubeißen? Wo der unsichtbare Fallstrick um seinen Hals, der sich langsam zuzog?

Er blickte schräg nach hinten zu Flower, die, umgeben von seinen Clansmännern, neben einer schweigsamen Hailey den Hügel hinaufritt. Ihr Plaid hatte sie eng um ihren Körper und über ihren Kopf gezogen, um sich vor dem Regen zu schützen.

Abermals schüttelte Cailan den Kopf. Flower mehrte weder den Einfluss noch den Reichtum der Sinclairs, ganz anders als Eleanor es getan hätte. Trotzdem war die Verlobung mit ihr keine falsche Entscheidung gewesen, denn er hatte keine andere Wahl mehr gehabt. Oder doch?

Er musste wieder an die Standpauke seines Vaters denken, die ihn auf Castle Varrich erwartete. Würde das seine Strafe sein? Die Wut, der Zorn, die Enttäuschung. Hätte er noch einen anderen Sohn, würde Ewan ihn gewiss enterben. Doch das konnte er nicht.

Cailan schluckte, überwältigt von widerstreitenden Gefühlen. Er sollte sich schämen, weil er seiner Verantwortung als Clanführer zuwidergehandelt hatte. Und das tat er auch, er schämte sich zutiefst. Und trotzdem war da diese zarte Empfindung der Erleichterung, dass seine eigene Unfähigkeit ihn nun unwiderruflich an Flower binden würde. Dass sie die Frau sein würde, die abends mit ihm am Kamin saß und sich tagsüber ihren gemeinsamen Kindern widmete. Ob dabei wohl etwas von ihrer Schlagfertigkeit auf ihren Nachwuchs abfärben würde?

Seine Mundwinkel hoben sich leicht. Das würde auch seinem Vater gefallen, der ihm hoffentlich spätestens dann verzieh, wenn Flower im nächsten Sommer ihren ersten Sohn gebar und damit die Stabilität des Clans sicherte.

Er warf einen weiteren Blick zurück. Das Plaid seiner Verlobten war ihr von den Haaren gerutscht, und so sah er nun erstmals den feindseligen Ausdruck in ihren Augen, der ihm zuvor verborgen geblieben war. Er seufzte. Das war die zweite Sorge, die er erfolgreich verdrängte. Doch dem leidenschaftlichen Kuss nach, den sie ihm gestern gegeben hatte, würde sie hoffentlich nicht allzu lange über die geplatzte Verlobung mit Finley schmollen. Zumal er selbst die bessere Partie darstellte.

Am dritten Tag ihrer Heimreise war Cailans Zuversicht nahezu vollkommen verschwunden. Zum wiederholten Mal warf er Flower über die Schulter einen Blick zu, doch auch heute konnte er in ihrem fahlen Gesicht keine Zuneigung erkennen. Mit einem flauen Gefühl im Bauch zügelte er sein Pferd, holte seinen Trinkschlauch hervor und reichte ihn seiner Verlobten.

»Hier. Etwas Ale hat noch jeden zum Lächeln gebracht.«

Ein abweisender Ausdruck trat in ihre von dunklen Ringen gesäumten Augen. »Ich habe für mein Lebtag genug von Ale.«

»Bist du sicher? Du wirkst sehr angespannt.«

Flower lachte freudlos. »Woher das wohl kommen mag?«

Cailan legte die Stirn in Falten, sein Bauch zog sich zusammen. »Bist du etwa immer noch beleidigt wegen Finley? Du wolltest ihn doch ohnehin nur heiraten, um einer Ehe mit Blaine Munro zu entgehen.«

Flower spitzte die Lippen. »Finley hat mit Lord Munro gesprochen. Ich wusste, dass er kein Interesse an mir hat.«

Seine Augen weiteten sich. Flower hatte sich also freiwillig mit

Finley verlobt? Obwohl sie glaubte, dass er keine Kinder zeugen konnte? Für dieses Opfer musste eine Frau einen Mann schon sehr mögen ...

»Weißt du eigentlich, dass dein Sohn dank mir ein Clanführer sein wird? Ein Mann, der in die Geschichte eingeht?«

»Ach, doch so gefühlvoll, Mylord?«

Cailan blinzelte und rieb sich unvermittelt über den rechten Arm, während er einen Raben beobachtete, der am Wegrand abhob und davonflog. Was, wenn er sich geirrt hatte? Wenn Flower seine Empfindungen doch nicht erwiderte? Dann bekam er genau das, was er immer hatte vermeiden wollen: ein gebrochenes Herz und eine Ehe ohne Zuneigung – zusätzlich zur Enttäuschung seines Vaters. War das Schicksal dieses Mal einfach nur grausam und zögerte die Strafe für sein Versagen hinaus?

»Hat es Euch die Sprache verschlagen? Oder überlegt Ihr gerade, was Gefühle sind, wo Ihr doch nur Verlangen kennt?«

Zur Hölle, sein Vater hatte recht. Er musste wirklich aufhören, alles immer anzuzweifeln. Und heute würde er damit beginnen. Heute würde er, Cailan Sinclair, entscheiden, sich nicht von Finley bedroht zu fühlen. Flower war seine Verlobte, und sie hatte Gefühle für ihn, auch wenn sie diese gerade verleugnete. Am besten gab er ihr also einen Grund, sich wieder daran zu erinnern, welche unvermeidbare Anziehung zwischen ihnen bestand und warum sie – die fürsorgliche, selbstbewusste Frau – und er – der loyale, bald wieder mutige Mann – zueinandergehörten.

Seine Lippen verzogen sich zu einem entschlossenen Ausdruck, und er lenkte sein Pferd näher zu ihrem. Mit einer flinken Bewegung legte er einen Arm um ihre Taille.

»Was wird das?« Flowers Stimme klang schrill, ihre Augen weiteten sich.

Er lächelte verwegen. »Ich entführe dich auf mein Pferd.«

»Das wagt Ihr nicht.« Sie stemmte ihre Hände gegen ihn, doch er ließ nicht locker. Bis Sean, der die Vorhut bildete, mit gefurchter

Stirn auf ihn zugeritten kam und er Flower mit einem schelmischen »Wir holen das nach« zurückließ, um ihm entgegenzureiten.

»Wir befinden uns in einer unguten Lage, Mylord. Der Gasthof ...«

Sein Gefolgsmann musste den Satz nicht beenden. Cailan war nun ebenfalls um die Biegung der Straße geritten, sodass er selbst die verkohlten Balken dessen sah, was einmal ein Gasthaus und ihr Ziel für diesen Abend gewesen war.

»Gott hilf«, keuchte er, und seine Brust wurde eng. Er starrte auf das Holz, das schwarze, verkohlte Holz, roch den Rauch, obwohl er keinen sah. Und dann sah er ihn doch aufsteigen, nicht aus dem Gasthof, sondern aus der Kirche in einem kleinen Dorf. Ihr Dach brannte lichterloh, da waren Schreie, fürchterliche Schreie. Der Rauch vernebelte die Sicht, warum rannten die Menschen nicht ins Freie? Warum rannten sie nicht? Er wollte die Tür eintreten, das davor hingenagelte Holz wegreißen. Doch es ging nicht, denn er war nicht wirklich dort. Er war nicht dabei gewesen und kannte diese Geschichte nur aus Erzählungen. Weil er zu Hause im Bett auf Castle Girnigoe gelegen hatte, um sich nach seinem Sturz zu schonen. Während sein Vater versuchte, den Schaden zu beheben, den nicht die Gunns ... oder doch die Gunns, aber vor allem er verursacht hatte.

»Ich kann keinen Rauch sehen«, riss Seans belegte Stimme ihn aus der Vergangenheit. »Das Feuer muss sich bereits vor Stunden, wenn nicht vor Tagen ereignet haben. Soll ich trotzdem hinreiten und nachsehen, ob jemand unsere Hilfe braucht?«

Cailan schluckte. Das hatte er auch getan. Obwohl es Wochen gedauert hatte, bis er wieder in den Sattel hatte steigen können, war er auch in das Dorf geritten. Und hatte gesehen, was kein Mensch sehen sollte. Er griff sich an die Kehle, ihm wurde übel. Er wollte weg, einfach nur noch weg.

»Mylord? Habt Ihr etwa Sorge, dass der Brand kein Unglück war und da vorn Angreifer auf uns warten?«

»Nein«, brachte er heiser hervor. Denn selbst wenn das Feuer Absicht gewesen war, wären die Schuldigen längst verschwunden.

»Also soll ich nachsehen?«

Mit viel Mühe brachte er ein knappes Nicken zustande, woraufhin Sean augenblicklich angaloppierte. Er schloss die Augen. Der bullige Mann würde keine Überlebenden finden. Doch er konnte nicht eher weiterreiten, bis er es nicht auch von ihm gehört hatte.

»Oh nein, oh nein, was ist denn da geschehen?«, drang Haileys schrille Stimme an sein Ohr, die nun zusammen mit Flower zu ihm aufschloss. »Flower, sieh doch nur!«

Flower, deren Blick auf ihren Händen geruht hatte, hob den Kopf. Cailan sah, wie Entsetzen in ihre Augen trat. Sofort schnalzte sie mit ihrer Zunge und beugte sich vor, um ihr Pferd zum Galopp anzutreiben.

»Denk nicht einmal daran!«, donnerte er und versperrte ihr mit Taran den Weg. Seine Hände zitterten, seine Gedanken bohrten spitze Speere der Erinnerung in sein wild schlagendes Herz, und trotzdem musste er Flower aufhalten. Sie beschützen. Niemals würde er zulassen, dass auch ihre Träume zu einer Hölle aus Knochen und Asche wurden.

»Ihr könnt mir das nicht verbieten«, fauchte Flower mit vorgerecktem Kinn und einer Entschlossenheit, die ihn zu einem anderen Zeitpunkt beeindruckt hätte. Gleichzeitig schickte sie sich an, mit ihrem Pferd in den Graben neben der Straße zu reiten, um so an ihm vorbeizugelangen.

Sogleich wendete er Taran und packte sie am Arm. »Du tust, was ich dir sage. Hast du mich verstanden?«

»Wenn dort Menschen sind, die meine Hilfe brauchen ...«, protestierte sie wütend und wollte seine Hand abschütteln.

Doch sie hatte keine Chance, er hielt sie weiter fest. Sie würde nicht zum Gasthof reiten, und wenn er sie zu Boden reißen müsste. Mit eisiger Stimme und einem schmerzenden Knoten im Bauch zischte er: »Wenn dort Menschen sind, die Hilfe brauchen, wird

Sean uns Bescheid sagen. Glaub mir, der Anblick dort ist nichts für dich.«

»Ich kann sehr gut selbst entscheiden, was gut für mich ist«, fauchte Flower und warf ihren Oberkörper mit Schwung zurück. »Und jetzt lasst meinen Arm los, damit ich den Verletzten helfen kann.«

»Du bleibst hier!« Warum nur konnte sie nicht einfach tun, was er sagte? Besaß sie keinen Selbsterhaltungstrieb?

»Autsch, Ihr tut mir weh«, zischte sie durch zusammengepresste Lippen.

»Das müsste ich nicht, wenn du wüsstest, was gut für dich ist«, gab er zornig zurück, während er seinen Griff etwas lockerte. »Wir warten, bis Sean zurückkommt.«

KAPITEL 21

Der Morgen dämmerte bereits, als Cailan von einem leisen Knacken geweckt wurde.

Nachdem Sean gestern niemanden im Gasthof gefunden hatte – weder lebendig noch tot –, hatten sie ihr Lager widerwillig auf einer Lichtung im nahen Wald aufgeschlagen. Es war eine große Erleichterung gewesen, dass der Wirt mit seiner Familie den Flammen entkommen war. Trotzdem hatte sich Cailans Anspannung nicht sofort gelegt, weshalb er weniger zum Schutz vor wilden Tieren oder Wegelagerern als aus dem Bedürfnis nach Ruhe die Nachtwache übernommen hatte. Mit dem Rücken an einen moosbewachsenen Baum gelehnt, hatte er schließlich begriffen, dass das Geschehene geschehen war und er nach vorn blicken musste. Und mit diesem Wissen war er, wie es schien, dann doch irgendwann eingenickt.

Als ihm das bewusst wurde, riss er die Augen auf und zählte die Gestalten in der Mitte der Lichtung. Auf der linken Seite neben dem nun hinuntergebrannten Feuer konnte er seine sechs Männer ausmachen. Daneben, mit gebührendem Abstand, schlief Hailey, die sich unter ihrem Umhang zu einem kleinen Knäuel zusammengerollt hatte. Doch wo zur Hölle war Flower?

Beunruhigt sprang er auf und suchte mit seinen Augen den dichten Waldrand ab. Sie war nirgends zu sehen. War sie etwa weggelaufen? Wegen ihres Streites? Sein Atem beschleunigte sich, und ihm wurde heiß.

»Verdammt«, fluchte er, ehe er links von sich ein weiteres

Knacken hörte. »Flower?« Sofort hastete er in die Richtung, aus der der Laut ertönt war. Er erhielt keine Antwort, vernahm aber weitere Geräusche. Schritte vielleicht? Oder doch ein Wolf, der sich anpirschte? »Flower?«, zischte er, dieses Mal lauter. »Bist du das?«

Keine Antwort. Mittlerweile war er sich sicher, dass es sich bei dem Geräusch um Schritte handelte, eilige Schritte. Es musste Flower sein, die durch den Wald hastete. Etwas anderes durfte er sich nicht erlauben zu denken. Denn wenn es nicht sie war, war jemand anderes im Wald. Und so früh am Morgen hatte niemand mit ehrlichen Absichten dort etwas verloren.

Er zückte den Dolch, den er in seinem Stiefel trug. Sicher war sicher. »Flower«, raunte er eindringlich, während er einen tief hängenden Ast beiseiteschob. »Wenn du das bist, dann bleib verdammt noch mal stehen.«

»Ganz sicher nicht«, ertönte endlich eine bissige Antwort, wieder raschelte es. »Und jetzt hört auf, mir zu folgen!«

Cailan fiel ein Stein vom Herzen, und er atmete hörbar aus. Es war tatsächlich Flower! Sie war noch immer in seiner Nähe, und das scheinbar unverletzt. Der Wald würde nicht Ort eines erneuten Unglücks werden.

Nun, da er ihre Stimme gehört hatte, war es leichter, sie zwischen den eng stehenden Bäumen auszumachen. Hastig wich er einem mit Morgentau benetzten Spinnennetz aus und schlug sich durch mehrere Sträucher. Deren spitze Äste verfingen sich in seiner Kleidung, und so musste er sich erst davon befreien, bevor er Flower erreichte. Sofort steckte er seinen Dolch weg, umfasste fest ihre Schultern und schüttelte sie.

»Bist du von Sinnen? Du kannst doch nicht einfach allein in den Wald gehen.«

»Leaf tut das ständig«, gab Flower kühl zurück. Ihre Schultern hatte sie gestrafft, ihr Kinn war kampfeslustig erhoben.

»In einem Wald, der ihr vertraut ist«, herrschte er sie an und musste dem Drang widerstehen, sie erneut heftig zu rütteln. »Bei Tag.«

»Und Nacht«, erwiderte Flower spitz, während sie ihm reuelos in die Augen sah. »Meine Schwester hat keine bevorzugte Tageszeit, was das angeht.«

»Dann kann sie froh sein, dass ich sie dabei nicht erwischt habe.« Er ließ sie los und raufte sich die Haare. Hatte sie auch nur den Hauch einer Ahnung, welche Sorgen er sich um sie gemacht hatte?

Scheinbar nicht, denn sie fauchte angriffslustig: »Weil sonst was? Ihr Leaf eine Ansage gemacht hättet? Ich kann Euch versichern, dass das meiner Schwester bemerkenswert egal wäre.«

»Und wäre dir das auch egal?« Sein Puls beruhigte sich langsam wieder. »Schließlich bin ich dein Verlobter.«

»Zu diesem Umstand«, gab Flower hitzig zurück, »habe ich nie Ja gesagt.«

»Aber du hast auch nicht Nein gesagt«, erwiderte er und streckte die Hand aus, um ihre Wange zu berühren.

Sie wich seiner Berührung aus. »Ich habe sehr wohl Nein gesagt. Aber Ihr habt mich gekonnt überhört.«

Das, musste er zähneknirschend eingestehen, stimmte. Flower hatte Nein gesagt, zweimal sogar. Und er hatte dieses Nein übergangen. War sie ihm deswegen böse? Dabei hatte sie zu diesem Zeitpunkt doch keine andere Möglichkeit mehr gehabt, als sich mit ihm zu verloben.

»Nun.« Er schluckte die Zweifel hinunter. »Zumindest zu dem Kuss, der zu unserer Verlobung geführt hat, hast du nicht Nein gesagt. Und Flower«, seine Stimme hatte nun einen neckenden Tonfall, »meinst du nicht, dass es unter den gegebenen Umständen angebracht ist, dass du mich auch duzt?«

»Gerne«, schleuderte sie ihm wütend entgegen. »*Du* bist ein herzloser Schuft! Das ist alles nur ein Spiel für *dich*! Es ist *dir* egal, dass ich Finley heiraten wollte! Ich bin *dir* egal! Zufrieden?«

Cailan schmunzelte über so viel Hohn, auch wenn ihn die Bemerkung über den verfluchten Finley traf. »Hätte ich dir die Ehe angeboten, wenn du mir gleichgültig wärst?« Er zog eine Augenbraue in die Höhe. »Dir kann nicht entgangen sein, dass eine Verbindung mit mir mehr ist, als du dir hättest erhoffen können.«

»Es wundert mich sehr«, giftete sie, »dass du bisher nicht an deiner Arroganz erstickt bist.« Damit wandte sie sich ab, schlug die Äste eines Strauchs zur Seite und wollte tiefer in den Wald hasten.

»Flower.« Seine Stimme klang rau, als er nach vorne schnellte und sie sanft am Oberarm festhielt. Sie atmete sogleich scharf ein. Würde sie seinen Arm wieder wegschlagen? Doch Flower unterließ einen Befreiungsversuch und drehte sich stattdessen zu ihm um.

»Was ist?«, zischte sie.

»Freust du dich denn gar nicht, mich zu heiraten?«

»Ich ...« Ihre Stimme brach, und sie grub die Hände in den Stoff ihres Kleides. »Was soll die Frage? Es ist nicht so, als ob du mir eine Wahl gelassen hättest.«

»Du hättest also abgelehnt?« Er bemühte sich um einen lässigen Tonfall, obwohl ihm das Herz bis zum Hals schlug.

»Aye.« Flower nickte nach einem langen Moment des Schweigens. »Ich hätte abgelehnt.«

»Das meinst du nicht ernst. Sag mir bitte, dass du das nicht ernst meinst.«

»Nun zählt also, was ich sage?« Sie zog spöttisch eine Braue hoch. »Dabei hat es dich gestern, als ich zu dem Gasthof reiten wollte, nicht geschert.«

»Du wusstest nicht, was gut für dich ist.« Er suchte in ihrem Gesicht nach Verständnis, fand aber keines.

Stattdessen bebte ihre Unterlippe, als sie schnaubte: »Aber du wusstest es, ja? Soll unsere Ehe so werden? Du entscheidest, was gut für mich ist, und ich tue es?«

»Flower.« Er griff nach ihrer Hand. Er war gestern sehr hart zu ihr gewesen und hätte sie ruhiger zurückhalten sollen, doch das hatte er nicht gekonnt. Er schloss kurz die Augen und öffnete sie wieder. »Es war das Beste für dich.«

Sie entzog ihm ihre Hand und funkelte ihn böse an. »Woher willst du wissen, was das Beste für mich ist? Woher nimmst du dieses Recht?«

Weil ich zwischen sechzehn verkohlten Männern, sechs Frauen und zwei Kindern gekniet bin, anders als du. Doch das konnte er ihr nicht sagen. Das konnte er niemandem sagen, wenn er vermeiden wollte, dass sein Gegenüber ihn verachtete. Sich beschämt von ihm abwandte und ihn für den Tod dieser vierundzwanzig Menschen sowie seine jetzigen Ängste verurteilte.

»Weil ich dein zukünftiger Ehemann bin«, antwortete er stattdessen gereizt. »Das gibt mir jedes Recht, über dich zu bestimmen, vor allem, wenn du etwas Gefährliches tust.« Er fuhr sich durch die Haare, versuchte, etwas milder zu klingen. »In deinen Bereichen hast du natürlich freie Hand. Aber ich will nicht, dass dir etwas zustößt.«

»In meinen Bereichen?« Flowers Stimme senkte sich zu einem gefährlichen Flüstern. »Welche sollen das sein?«

»Du weißt schon.« Er zuckte mit den Schultern. »Der Haushalt, die Kinder«, seine Mundwinkel hoben sich, vielleicht würde etwas Humor die Lage entspannen, »wenn du mich verwöhnst.«

»Wenn ich dich verwöhne?« Flowers Augen blitzten wütend, und sie ballte die Hände zu Fäusten. »Das werden wir noch sehen. Noch bin ich nicht deine Ehefrau und ...«

»Das, meine Liebe, ist verdammt schade«, unterbrach er sie. Zwar reizte ihn Flower ungemein, doch gleichzeitig mochte er, wie standhaft sie ihre Meinung vertrat. Mit einem verschmitzten Lächeln trat er näher auf sie zu, sodass sie nach einem ausweichenden Schritt mit dem Rücken an einen Baum stieß.

»Was wird das?« Ihr Blick wanderte zu einem Punkt hinter seiner Schulter, als würde sie abwägen, ob sie ihm irgendwie entkommen könnte.

»Vertraust du mir?« Er stützte seine Arme links und rechts von ihr an die Rinde des Baumes.

»Nein«, schnaubte Flower. Sie war noch immer zornig, das konnte er an ihren zusammengepressten Lippen sehen. Doch da lag auch noch etwas anderes in ihren Augen. Unsicherheit?

»Und doch schreist du nicht«, bemerkte er und nahm die Arme wieder herunter.

»Würde das denn helfen?« Ihre Brust hob und senkte sich merklich schneller.

Sein Blick wurde ernst. »Ich würde nie etwas tun, was du nicht willst.«

»Wie mich daran hindern, nach Verletzten zu sehen?«

Seine Mundwinkel zuckten kurz. Sie schaffte es wirklich, ihm jedes Wort im Mund umzudrehen. »Was ich meine«, erklärte er, während er ihr tief in die Augen sah, »ist, dass ich niemals meine körperliche Überlegenheit ausnutzen oder etwas tun würde, zu dem du nicht bereit bist. Das habe ich noch nie getan, bei keiner Frau.« Er hob eine Hand und strich sanft mit dem Daumen über ihre Unterlippe. »Auch wenn es mir sehr schwerfällt, dich jetzt nicht zu küssen.«

Flower schwieg, und so beugte er sich langsam zu ihr hinunter. Er spürte, wie sie innerlich mit sich rang, ihre Wut mit ihrem Verlangen stritt. Fast schon hatte er ihre Lippen erreicht, da legte sie ihre Hände auf seine Brust und drückte ihn ein Stück von sich.

»Du kannst mir nicht eine Ehe aufzwingen und dann denken, dass ein Kuss mich das vergessen lässt.«

»Ein Kuss allein vielleicht nicht, aber ...« Er strich langsam mit einem Finger von dem mondförmigen Muttermal an ihrem Ohr zu ihrem Schlüsselbein. Wie sehr sehnte er sich danach, sie zu berühren. Er wollte bei Flower ankommen, sich ihr nah fühlen, das überbrücken, was er mit Worten nicht sagen konnte.

Flower erzitterte, blieb aber standhaft. »Ich möchte, dass du mich jetzt allein lässt.«

»Das hatten wir doch schon«, seufzte er, trat aber einen Schritt zurück. »Ob Ehefrau oder nicht, du läufst nicht allein durch den Wald.«

»Und wo genau«, presste sie zwischen zusammengebissenen Zähnen hervor, »soll ich mich dann erleichtern?«

»Deshalb bist du also ...« Er räusperte sich und war für einen Moment verlegen. Er war so fest davon überzeugt gewesen, dass Flower von ihm hatte weglaufen wollen, dass ihm diese Möglichkeit nicht in den Sinn gekommen war.

»Du weißt wohl doch nicht immer, was für mich am besten ist«, spottete sie.

»Ich zähle langsam bis zwanzig«, brummte er. »Dann komme ich dich suchen.«

»Ich zittere vor Furcht.«

»Oh, du wirst zittern.« Er grinste frech. »Aber nicht vor Furcht, das verspreche ich.«

KAPITEL 22

Flower hatte einen Fehler gemacht. Einen grundlegenden, unverzeihbaren Fehler. Sie hatte Finleys ernst gemeintes Angebot, um sie zu kämpfen, abgelehnt. Wie hatte sie nur so einfältig sein können?

Mit zusammengezogenen Augenbrauen hielt sie die Zügel von Kallan und Haileys Stute, während die Pferde gierig aus dem klaren Wasser eines von hohen Grasbüscheln umgebenen Sees tranken. Ihre Freundin selbst nutzte die kurze Rast, um sich hinter einem nahen Busch zu erleichtern, bevor sie am Nachmittag Castle Varrich erreichen würden.

Du weißt doch, Flower, dass ich dir die Ehe nicht wegen eines lächerlichen Kusses mit Cailan verweigert hätte? Das hatte Finley zu ihr gesagt. Er hatte Cailan zum Kampf herausfordern wollen. Und sie hatte ihn an diesem Vorhaben gehindert. Weil sie nicht wollte, dass es wegen ihr zu einem Streit zwischen den MacLeods und den Sinclairs kam. Und weil sie Sorge hatte, dass sie dieser Streit in einem schlechten Licht erscheinen ließ, ihre Eltern enttäuschte und trotz ihres Entschlusses, zu heiraten, die Freundschaft zwischen den Sinclairs und MacKays gefährdete.

Aber was, wenn es nie zu diesem Streit gekommen wäre? Sie presste die Lippen zusammen, während sie Kallan davon abhielt, tiefer in den See zu waten. Aye, Cailan wäre in seiner Ehre angekratzt gewesen. Aber vielleicht hätte er dieses eine Mal gerne sein Wort gebrochen, um eine vorteilhaftere Ehe eingehen zu können. Und sein Vater erst. Sie war in den letzten Tagen zu der Überzeugung gelangt, dass Ewan Sinclair, der Stratege durch und durch war, diese Heirat nicht gutheißen würde. Vor ihrer Reise hatte sie gedacht, dass Ewan brüskiert sein könnte, wenn es ihm nicht gelang, sein Versprechen zu halten und ihr einen geeigneten Ehemann zu finden. Aber nun? Würde sich das Verhältnis zwischen ihren Clans nicht eher verschlechtern, wenn Ewan gezwungen war, sie in seine Familie aufzunehmen? Und wäre es daher nicht in seinem Sinn, diese Verlobung zu lösen?

Das hätte sie Finley sagen sollen. Sie hätte ihn bitten sollen, ihnen hinterherzureiten und auf Castle Varrich erneut, oder genau genommen zum ersten Mal, um ihre Hand anzuhalten. Aber dann war da ja noch die Sache mit Finleys Vater. Würde Lord MacLeod eine Braut billigen, die so offen einen anderen geküsst hatte? Vermutlich nicht. Außer natürlich, er fände es bemerkenswert, wenn sein Sohn seine kämpferische Seite zeigte und die gestohlene Braut zurückeroberte ...

Flower seufzte und fasste die Zügel noch etwas kürzer, um gegen ihr badewilliges Pferd anzukommen. Diese Überlegungen brachten alles nichts. Finley hatte sich am nächsten Morgen nicht einmal von ihr verabschiedet. Und sie konnte es ihm nicht verdenken. Sie hatte ihn hintergangen, und er hatte jedes Recht, böse zu sein. Auch wenn es schmerzte – die verlorene Freundschaft, die verlorene Zukunft.

Den Haushalt führen, die Kinder erziehen, mich verwöhnen. So stellte sich Cailan ihr gemeinsames Leben also vor. Flower warf einen Blick nach rechts, wo Cailan mit Sean in ein Gespräch vertieft war. Da war es nicht mehr verwunderlich, dass Niamh ihn als traditionell bezeichnet hatte. Traditionell und fürchterlich engstirnig. Glaubte er wirklich, dass sie *das* glücklich machte? Sie schüttelte den Kopf. Darum ging es ihm doch auch nicht. Es lag gar nicht in seiner Absicht, sie glücklich zu machen. Er bestimmte, was geschah, und sie sollte gehorchen. Niemals würde er sie zu Eiric gehen lassen, um ihre eigenen Träume zu verwirklichen. Sie würde gefangen sein, wie Finley es genannt hatte. Gefangen als Ehefrau und Mutter.

Doch das, so hatte sie spätestens nach dem Zwischenfall im Wald entschieden, würde sie nicht zulassen. Zwar war die Chance vertan, Finley zu heiraten. Aber sie würde lieber allein bleiben, wie sie es jahrelang vorgehabt hatte, als sich aufzugeben. Vor allem, wenn Ewan Sinclair ihr und Gregor sogar dankbar dafür wäre. Nur, würde ihr Vater das auch so sehen? Und was war erst mit ihrer Mutter?

Haileys Stute zog nun auch am Zügel, sodass Flower sich mit ihrer ganzen Kraft gegen die beiden Pferde stemmen musste, während sie über diese Frage nachdachte.

Sie atmete tief durch und sah, dass sich Hailey wieder näherte. Es half alles nichts. Sie musste es tun. Sie hätte es, um genau zu sein, schon längst tun sollen. Entweder verletzte sie ihre Eltern, oder sie verletzte sich selbst. Und zu Letzterem war sie nicht länger bereit. Da war es auch ganz egal, dass ein Teil von ihr viel zu gern an den Kuss mit Cailan zurückdachte. Denn was war schon ein Kuss gegen ein Leben in Freiheit?

Nichts, entschloss sie, und zog die Pferde endgültig vom Ufer des Sees weg. Oder zumindest würde das eines Tages so sein.

»Und du bist dir ganz sicher, dass du das wirklich tun willst?«, wisperte Hailey, als sie wenige Stunden später am knorrigen Glücksbaum vorbei in Richtung Tongue ritten. »Ich denke immer noch, dass du erst mit Cailan darüber reden solltest.«

Flower schüttelte den Kopf. Sie saß kerzengerade im Sattel, und ihre Lippen waren zusammengepresst. Vor ihnen kamen die ersten Katen in Sicht. »Ich bin mir sicher, Hailey.«

Diese nickte in bedingungsloser Unterstützung, wenn auch nicht überzeugt. »In Ordnung.« Etwas fröhlicher fügte sie hinzu: »Und du weißt, wenn sie Nein sagen, können wir immer noch durchbrennen.«

Flowers Mundwinkel hoben sich kurz, ehe sie wieder ernst wurde. »Sie werden nicht Nein sagen. Ich darf sie nicht Nein sagen lassen.«

»Sollen wir die Worte noch einmal üben?«

Doch Flower wehrte ab. Gemeinsam hatten sie sich in den letzten Tagen genau überlegt, was sie ihrem Vater sagen würde. *Ich habe es versucht. Ich habe es wirklich versucht. Aber ich kann nicht. Ich kann mich nicht aufgeben, nur um euch nicht zu verletzen. Verzeih mir! Ich bin sicher, Lord Sinclair wird es tun. Ich bin ohnehin keine gute Partie für seinen Sohn.* Nun mussten ihr die Zeilen nur noch im entscheidenden Moment über die Lippen kommen.

»Lady Flower, Lady Flower!« Lorna, die Frau des Fischers, winkte eifrig, als sie Tongue erreichten, und auch ihre Enkelin Isla, die beste Freundin ihrer Schwester River, begrüßte sie mit einem frechen Grinsen. »Wenn ich nur auch mal so vermisst werden würde ...«

Flower erwiderte den Gruß, wenn auch etwas knapper als üblich, und konnte sich auch für die anderen Dorfbewohner heute nur wenige Worte und ein etwas gezwungenes Lächeln abringen. Cailan, der einige Pferdelängen vor ihr ritt, beließ es gar beim Nicken. War er immer so unfreundlich zu den Dörflern?

»Seltsam, dass meine Schwestern nirgends zu sehen sind«, murmelte sie mit einem unguten Gefühl in Haileys Richtung. »Meinst du, sie warten im Burghof mit den anderen auf unsere Ankunft?«

»Wir kommen viel zu früh zurück. Niemand erwartet uns. Ganz bestimmt helfen deine Schwestern gerade deiner Mutter beim Sticken.«

Flower nickte und klammerte sich an diese Hoffnung. Schließlich musste sie allein mit ihrem Vater sprechen, bevor Cailan allen ihre Verlobung verkünden konnte.

Als sie wenig später den Hügel hinauf zu Castle Varrich ritten, räusperte sich Hailey. »Ähm, Flower, ich glaube ... also, ich glaube, ich habe mich doch geirrt.«

Flower kniff die Augen zusammen und stöhnte leise, als sie die drei Gestalten auf der Grünfläche vor der Burgmauer entdeckte. Sie waren zwar noch weit weg, doch es handelte sich bei ihnen zweifelsohne um ihre Schwestern. River trug zu ihrer Überraschung sogar ihren kleinen Bruder Conall auf dem Arm.

»Nur, was tun sie da?«, plapperte Hailey verwundert weiter, als sie beobachteten, wie sich erst Leaf und dann Skye auf das weiche Gras fallen ließen. »Ist das ein neues Spiel? Wenn ja, sieht es schmerzhaft aus.«

Flower atmete erleichtert auf und musste sogar kurz lachen. »Nein, das ist kein Spiel, und meine Schwestern warten auch nicht auf uns. Leaf zeigt Skye lediglich, wie man richtig landet. So, dass man sich nicht verletzt, wenn man im Kampf stürzt.«

»Dass Skye das mitmacht!« Die Küchenmagd schüttelte den Kopf, wobei sie mittlerweile ihr Gleichgewicht recht gut auf dem Pferderücken halten konnte. »Wahrscheinlich hatte sie keine Wahl.«

Flower widersprach: »Skye kann sich wehren. Aber ich denke, sie hat Freude daran, etwas mit Leaf zu unternehmen, egal, was es ist.«

Hailey verscheuchte mit wedelnder Handbewegung eine Biene. »Aye, aber dass Skye auch eine Hose anstatt eines Kleides trägt, ist neu. Nicht, dass es mich stört«, beeilte sie sich, hinzuzufügen. »Aber deine Mutter ...«

Flower legte ihre Stirn in Falten. »Meine Mutter muss krank und in ihrer Kammer sein. Sonst wäre Conall niemals bei River, und Leaf wäre mit Skye an eine abgelegenere Stelle gegangen.«

»Oh«, hauchte Hailey. »Aber gewiss kann es nichts Schlimmes sein, sonst würden deine Schwestern sicher nicht so vergnügt spielen.«

Flower nickte, und in diesem Moment entdeckten ihre Schwestern nun auch den sich nähernden Reitertrupp. River straffte die Schultern, und Leaf und Skye stellten ihre Übungen ein, die bei beiden, wie Flower kurz darauf feststellen konnte, einige Dreckflecken auf Hüfthöhe und an den Ellbogen zurückgelassen hatten.

»Nanu, wir hatten euch noch gar nicht erwartet.« River betrachtete sie unsicher, während Conall glucksend an einem ihrer kunstvoll geflochtenen Zöpfe zog. »Ihr müsst unmittelbar nach der Hochzeit aufgebrochen sein.«

»So ist es«, beschied Cailan knapp und wirkte dabei sehr angespannt. Ahnte er etwas von ihrem Entschluss? Oder fürchtete er lediglich, seinem Vater nun von den Geschehnissen auf Ardvreck Castle berichten zu müssen?

River senkte ihren Blick zu Conall, der munter in ihrem Arm strampelte. »Ja, da freut sich wer, hm?«

Flowers Bauch zog sich zusammen. Sie wusste, dass River Kinder sehr gernhatte. Dennoch stimmte sie das Bild ihrer Schwester mit dem Säugling auf dem Arm traurig. Nicht wegen Conall, der heute dankenswerterweise einmal nicht schrie. Sondern weil River sich um ihren Bruder kümmern musste, statt am Wasser sein zu können, um dort mit Artair das alte Ruderboot wieder seetauglich zu machen, oder in der Bibliothek bei Jan, um mit ihm die richtige Schreibweise von Worten zu üben und seinen Erzählungen von Flandern zu lauschen. Und weil ihre Mutter ...

»Geht es Mutter schlecht?« Falls ja, durfte sie keine Zeit verschwenden.

Doch wie von Hailey vermutet, schüttelte River den Kopf. »Sie hatte in den letzten Tagen wieder starke Kopfschmerzen, aber langsam wird es besser. Wir haben ihr trotz ihres Protests deine kalten Wickel gemacht.«

»Aye«, mischte sich Leaf ein. »Ich gebe ihr noch einen Tag, bis sie wieder versucht, mich zum Nähen zu verdonnern.«

Flower schmunzelte. »Als ob ihr das je gelingen würde.«

Ein freches Grinsen von Leaf war die Antwort, während sich

River an Cailan gewandt erkundigte: »Wie war eure Reise? Und die Hochzeit? Habt ihr etwas Aufregendes erlebt?«

Cailan warf Flower einen vielsagenden Blick zu. Seine Miene war dabei verschlossen, sein Gesicht ungewöhnlich bleich. »Aye, wir hatten einiges an Aufregung.«

Ihr Herz stolperte, während sie unvermittelt an seine Lippen auf ihren denken musste. Mit Mühe verdrängte sie den Gedanken, ehe sie River antwortete: »Aufregend war es in der Tat. Ich habe jemanden getroffen, der bereits einmal in Brügge war. Und natürlich alle Einzelheiten für dich erfragt.«

»Wirklich?« Rivers blaue Augen wurden groß, und sie streckte ihr die Hand entgegen, während sie Conall, der nun Gefallen an Rivers Perlenarmband fand, auf der Hüfte zurechtrückte. »Am besten steigst du sofort von deinem Pferd und erzählst mir alles!«

Doch Flower machte eine abwehrende Handbewegung. »Später. Lass mich erst ankommen, ja? Es war ein langer Tag.« Und er würde nicht unbedingt einfacher werden. Auch wenn es gewiss half, dass zumindest ihre Mutter im Moment nicht ihr Vorhaben durchkreuzen konnte.

»Du siehst wirklich blass aus«, bemerkte Skye mit ruhiger Stimme, während River sich sichtlich Mühe gab, ihre Enttäuschung zu verbergen. »Wirst du auch krank?«

»Keine Sorge, meiner Gesundheit geht es bestens.«

»Aber?« Leaf trat einen Schritt näher und musterte sie derart aufmerksam, dass Flower sich zwang, ihre leicht zitternden Hände stillzuhalten.

»Kein Aber.«

»Lügnerin.« Leaf zeigte anklagend mit dem Zeigefinger auf sie. »Es gibt ein Aber. Und ich ahne auch welches.« In ihrer unbändigen Art griff die drittgeborene MacKay Cailans Pferd am Zügel und funkelte ihn böse an. »Du hast meiner Schwester einen alten Trunkenbold als Ehemann ausgesucht, nicht wahr, Sinclair? Das wird ein Nachspiel haben! Niemand tut meiner Schwester etwas Schlechtes!«

Flower konnte sehen, wie sich Cailans Kiefermuskeln anspannten. Musste er bei dieser Beschreibung auch an Blaine Munro denken?

»Ich kann dich beruhigen«, brummte er. »Der Mann ist weder alt noch ein Trunkenbold. Und bevor du fragst: Hässlich ist er auch nicht.«

»Ist es etwa der Mann, der in Brügge war?«, meldete sich River zu Wort. In ihren zusammengekniffenen Augen lag ein Hauch von Neid, der Flower an frühere Zeiten erinnerte.

»Sicher nicht«, kam Leaf jeglichen Antworten zuvor und stemmte die Hände in die Hüften. »So, wie Flower schaut, muss es jemand Furchtbares sein.«

»Furchtbar würde ich ihn nicht nennen.« Cailans Miene wurde noch ernster. »Aber mit dem Nachspiel hast du vermutlich recht. Und jetzt sei so gut und sag meinem Vater, dass wir angekommen sind.«

Leaf schnaubte. »Sehe ich aus wie ein Laufbursche?«

Cailan warf einen nachdrücklichen Blick auf Leafs schmutzige Kleidung, doch bevor er etwas erwidern konnte, bot River mit belegter Stimme an: »Lord Sinclair spielt mit unserem Vater Schach. Ich kann den beiden Bescheid geben.«

»Nicht nötig«, wehrte Flower ab. Das war ihre Gelegenheit, um die zwei Männer allein anzutreffen. »Ich gehe zu ihnen.«

»Aye«, murmelte Cailan und wirkte dabei, als ob er sich innerlich für einen Kampf wappnete. »Wenn die beiden schon allein sind, können wir ihnen auch jetzt alles erzählen.«

»Wir? *Alles* erzählen?« Flower sog scharf die Luft ein und spürte, wie ihre Hände feucht wurden. Es war eine Sache, Ewan und Gregor mitzuteilen, dass sie Cailan nicht heiraten würde. Eine andere, wenn er dabei anwesend war. Aber wie zum Teufel sollte sie es schaffen, wenn Cailan davor auch noch schilderte, wie es überhaupt zu der Verlobung gekommen war? Sie würde vor Pein vergehen! »Hast du denn keinen Hunger?« Ihre Stimme klang erstickt. »Wir sollten besser bis nach dem Abendessen warten.«

Einen Moment lang sah Cailan sie aufmerksam an, ehe seine harte Miene einem fürsorglichen Ausdruck wich und er kurz aufmunternd lächelte. »Nur Mut. Wir wissen beide, dass ich am Ende der Böse bin.«

KAPITEL 23

»Und da Lord MacLeod Zeuge dieses Kusses wurde, habe ich mich entschieden, Flower selbst zu heiraten.«

»Sag mir, dass das ein Scherz ist.« Ewan Sinclair schlug mit der Faust auf den runden Tisch – das Kernstück des mit Wandteppichen behangenen Raumes, der dem Besuch wichtiger Gäste vorbehalten war – und erhob sich. Dabei zog er eine leichte Grimasse, die Flower verriet, dass seine Schulter noch immer nicht ganz verheilt war.

»Ist es nicht«, erklärte Cailan tonlos. Seine Gesichtsfarbe war mittlerweile grau, und er wirkte, als sei er in Gedanken ganz weit weg. Flower kannte diesen Ausdruck, hatte ihn schon mehrmals bei ihm gesehen. Aber warum nur musste er jetzt an etwas anderes denken? Und wieso hatte er überhaupt den Kuss erwähnt? Weil sein Vater es ohnehin herausgefunden hätte?

Sie unterdrückte ein Zittern, während Ewan die Pergamentrolle zu Boden fegte, auf der die Siege der vergangenen Schachpartien vermerkt waren. Durch den Luftzug erlosch die Bienenwachskerze, die die beiden Männer der Gemütlichkeit wegen zuvor angezündet haben mussten. »Du verdammter Narr, wie konntest du das tun? Sie stand unter deinem Schutz, verflucht, wir haben unser Wort gegeben! Hast du denn nichts gelernt damals? Waren vierundzwanzig Leben nicht genug, damit du verstehst, was es heißt, Verantwortung zu übernehmen?«

»Ich ...« Cailans Stimme brach, und er umklammerte seinen rechten Arm. Was hatten diese Worte zu bedeuten? Von welchen

Leben sprach Ewan? Im nächsten Augenblick vergaß Flower diese Fragen jedoch wieder, als Cailan tief Luft holte und sich mit steinerner Miene und gläsernen Augen an ihren Vater wandte. »Es tut mir leid, Lord MacKay. Könnt Ihr mir vergeben?«

Nein, kannst du nicht, Vater, kannst du nicht. Jage ihn zum Teufel, bitte! Sag ihm, dass er mich nicht heiraten darf!

Doch Gregor kam nicht zu Wort, da Ewan seinen Sohn aus eisblauen Augen anfunkelte. »Wie kannst du es wagen, ihn einfach um Vergebung zu bitten? Denkst du, damit ist es getan? Komm mit. Sofort!«

Cailan fluchte etwas Unverständliches, während er seinem Vater zur Tür folgte. »Wir sprechen nachher«, sagte Ewan an Gregor gewandt. »Und keine Sorge, bis zur Hochzeit sieht mein Sohn wieder passabel aus, versprochen.«

Hinter den beiden fiel die Tür ins Schloss, und Flower spürte Mitleid für Cailan in sich aufsteigen. Doch er war stark, er würde sich schon wehren können. Genau wie sie es jetzt tun musste, nachdem sie bisher geschwiegen hatte. Ihre Wangen glühten, sie sandte ein Stoßgebet gen Himmel. Ewans Wut war noch größer gewesen, als sie angenommen hatte. Das musste sie für ihre Zwecke nutzen. So schluckte sie einmal schwer, bevor sie es endlich wagte, ihrem eigenen Vater in die Augen zu sehen.

Anders als Ewan Sinclair blickte Gregor sie ruhig an. Einige lange Momente sagte er nichts, ehe seine Augen auf einmal verdächtig schimmerten. Himmel, sie hatte mit allem gerechnet, aber nicht damit! Noch nie hatte sie ihren Vater weinen sehen. Das brachte sie vollkommen aus der Fassung. Wie sehr sie ihn enttäuscht haben musste! Was war sie nur für ein schrecklicher Mensch! Ihr Vater hatte von ihr erwartet, dass sie sich sittsam verhielt, und nun hatte sie seinen Freund aufs Schlimmste verärgert. Zwar hatte sie gehofft, dass Ewan erzürnt sein würde. Doch dass sie nun ihren Vater zum Weinen gebracht hatte, war mehr, als sie ertragen konnte.

»Es tut mir leid«, hauchte sie. »Ich ... ich wünschte, ich hätte nicht ...«

»Sag nichts«, bat Gregor. Er erhob sich langsam und ging auf sie zu.

Das war ihre Chance. Sie durfte nicht erst abwarten, bis ihr Vater ihr vorwarf, wie furchtbar sie sich verhalten hatte und wie sehr er sich für sie schämte. Sie musste ihn gleich jetzt ein zweites Mal verletzen, nachdem sie zuvor in Cailans Anwesenheit trotz ihrer guten Vorsätze geschwiegen hatte. Sie musste die Worte aussprechen, die sie so fleißig geübt hatte. Sich endlich befreien von den Fesseln, die die Liebe für ihre Eltern ihr anlegte.

»Ich habe es versucht«, begann sie leise und sah ihn an. »Ich habe es wirklich versucht. Aber ich ...« Sie wollte weitersprechen, doch ihre Stimme brach. Tränen rannen ihre Wangen hinab. »Aber ich ...«

»Flower«, unterbrach sie ihr Vater ruhig und ließ sich zu ihrer Überraschung vor ihrem Stuhl auf die Knie sinken. »Mein liebes Mädchen.«

»Oh, Vater«, weinte sie. »Ich habe es wirklich versucht. Aber ich ...«

»Psst«, unterbrach Gregor sie wieder und wischte ihr mit dem Ärmel seines Leinenhemds behutsam die Tränen von den Wangen. »Es ist in Ordnung.«

»Was?«

»Noch nie«, erklärte er sanft und nahm ihre schmalen Hände in seine, »hat mich eines meiner Kinder glücklicher gemacht.«

»Das meinst du nicht ernst.« Die Luft um sie herum wurde zu Harz. Sie verklebte ihr Inneres und machte das Atmen unmöglich.

»Doch.« Gregor blinzelte mit immer noch feuchten Augen und drückte ihre Hände. »Ich träume seit Jahren von einer Verbindung mit Clan Sinclair, die auf mehr als nur Freundschaft gründet. Aber ich wagte nie zu hoffen, dass Ewans einziger Sohn und du euch verloben würdet. Oh, Flower, du ahnst gar nicht, wie stolz ich auf dich bin.«

»Oh, Gott«, schluchzte sie heiser und konnte durch den dichten Vorhang an Tränen ihren Vater nur noch verschwommen sehen.

»Das ist ... das ist ...« Furchtbar? Schrecklich? Oh nein, keines dieser Wörter traf annähernd das Gefühl, das sie empfand, als sie verstand, wie sehr sie ihren Vater tatsächlich verletzen würde, wenn sie Cailan nicht heiratete.

»Das ist das Beste, das unserem Clan je passiert ist. Ich danke dir, Flower.«

»Aber was ist mit Ewan?«, japste sie, als sie endlich ihre Sprache wiederfand. »Er war so furchtbar wütend.«

»Ewan«, schmunzelte Gregor, »wird seinem Sohn eine gehörige Standpauke über Sitte und Anstand halten. Ein unschuldiges Mädchen zu küssen, für das man einen Ehemann finden soll ... Das lässt er Cailan nicht ungestraft durchgehen.«

»Er wird mich hassen«, wisperte Flower, nicht mehr Herrin über ihre Gefühle. Die Tränen strömten ihr hemmungslos über die Wangen, und ihr ganzer Körper wurde von Schluchzern geschüttelt.

»Ewan? Aber nein, mein Kind. Ich glaube, er freut sich insgeheim, dass Cailan heiratet. Er hat in den letzten Tagen ein paar Andeutungen gemacht, dass er besorgt sei, seinen Sohn nie dazu zu bekommen.«

»Vater ...«, setzte sie erneut an. Noch immer zitterte sie, und die Welt um sie herum drehte sich.

»Ja?« Er strich ihr beruhigend über die Schultern.

»Ich ... ich ...« Sie atmete resigniert aus. Es half alles nichts. »Ich frage mich nur, ob Mutter ebenso glücklich sein wird?«

»Oh, ganz gewiss!« Gregor zog sie an sich und schloss sie fest in die Arme. »Vermutlich wird Rhona nach dieser guten Nachricht sogar sofort wieder gesund. Ich kann es gar nicht erwarten, sie endlich wieder lächeln zu sehen.«

KAPITEL 24

Für gewöhnlich dämmerte der Morgen bereits, wenn sich Flower auf die Weiden von Ribigill begab. Heute hatte sie aber trotz Haileys tröstender Worte am vorherigen Abend so unruhig geschlafen, dass die Sterne noch am nachtschwarzen Firmament glitzerten, als sie zu ihren geliebten Hochlandrindern aufbrach.

War Fionas Kalb schon geboren? Wie ging es ihr und den anderen Tieren? Waren weitere Rinder in ihrer Abwesenheit erkrankt? Und wenn ja, würde sie ihnen helfen können?

Sie beschleunigte ihre Schritte auf dem ausgetretenen Pfad und umfasste die in ein Tuch eingeschlagene Butter fester, die sie zuvor aus der Küche entwendet hatte. Sie hätte gestern schon auf die Weiden gehen sollen. Doch sie hatte nicht gekonnt. Nach dem Freudenausbruch ihrer Mutter und den Glückwünschen von Artair, River und Skye war sie zu erschöpft gewesen. Erst recht, als sich Cailan und ein wieder ruhiger Ewan auch noch zum Abendessen gesellt hatten, um die Hochzeit zu planen.

Der Schrei eines Uhus durchbrach die Stille, als sie den umzäunten Weidenteil neben der verlassenen Holzhütte erreichte. Noch konnte sie kaum etwas erkennen, doch schon bald würde das Schwarz ein wenig grauer werden, die zarten Tautropfen auf den kniehohen Gräsern verschwinden und die Wiesenblumen ihre Blüten für den neuen Tag öffnen. Die ersten Hochlandrinder würden am Waldrand erwachen und ihre langhaarigen Körper träge erheben, um mit neuer Kraft die ersten Grasbüschel zwischen ihren Zähnen zu zermalmen.

Ein Gefühl der Ruhe erfasste sie bei dieser Vorstellung, und zum ersten Mal seit vielen Stunden wich der Schmerz über ihr eigenes Versagen. Sie genoss diesen Zustand noch einige Atemzüge länger, ehe sie die Augen zusammenkniff und in der Dunkelheit nach Fiona suchte. Kurz fürchtete sie schon, dass die Kuh nicht mehr auf diesem Weidenstück war. Dann aber, als eine Wolke am Nachthimmel den Mond für einen Moment freigab, entdeckte sie das zottelige Tier. Es hatte die Vorderbeine unter dem trächtigen Körper ausgestreckt und schlief an Murray geschmiegt.

»Ich bin also nicht zu spät gekommen«, flüsterte sie dankbar und wäre am liebsten über den Zaun gestiegen, um durch das dichte Fell der beiden Rinder zu streichen. Doch das hätte die Tiere geweckt, und das wollte sie nicht.

Flower betrachtete das schlafende Tier. Ob Fiona wohl etwas darüber empfand, dass sie Mutter wurde? Oder ahnte sie am Ende nichts von ihrem Schicksal?

Tief atmete sie die kalte Morgenluft ein und merkte, wie ihre trüben Gedanken zurückkamen. Im Grunde genommen war es gleichgültig: Fiona hatte keine andere Wahl, als Mutter zu werden. Ebenso wenig wie sie selbst, wenn sie nach der Hochzeit mit Cailans Kind schwanger wurde und an Castle Girnigoe gefesselt sein würde.

Nein, sie straffte die Schultern, so durfte sie nicht denken. Zwar würde sie nach den gestrigen Geschehnissen Cailan in drei Wochen auf Castle Varrich heiraten – angesichts der Umstände ihrer Verlobung würde es eine kleine Hochzeit werden, lediglich Ewans Ehefrau sollte noch anreisen, alle anderen waren schon da –, doch ganz gewiss würde sie danach nicht Portskerra gegen die Kinderstube eintauschen. Ganz egal, wie stark ihre Gefühle für Cailan und seine unbeschwerte, spöttische Art waren. Die Tiere brauchten sie, und sie musste dafür sorgen, dass Cailan das ebenso verstand, wie Finley es verstanden hätte. Männer ließen ihre Frauen doch auch oft allein auf der Burg, wenn sie in den Krieg zogen.

Warum also sollte nicht auch sie eine Weile nach Portskerra gehen können?

Flower presste die Lippen entschlossen aufeinander. Ab jetzt würde sie mehr wie Leaf sein und für sich einstehen. Und sie musste endlich mit Greer sprechen. Denn wenn es erst einmal ein hilfloses Wesen gab, das sie brauchte, konnte sie nicht mehr für mehrere Monate zu Eiric. Ganz zu schweigen davon, dass eine Schwangerschaft beschwerlich sein konnte und nicht jede Frau sie überlebte.

Kurz nach Sonnenaufgang erreichte Flower das Dorf Tongue. Obwohl es noch früh am Morgen war, drangen bereits die ersten Hammerschläge aus der Schmiede. Der Schankwirt stand vor seiner Taverne, und deren letzter Gast, die alte Moira, kam mit verkleckertem Kleid ins Freie getorkelt.

»Abend, Mylady«, grunzte sie und wischte sich über ihre dreckverschmierte Wange.

»Morgen, Moira«, erwiderte sie mitfühlend, ehe sie dem Schankwirt zurief: »Sieh zu, dass deine Tante gut nach Hause kommt, ja?«

Der Schankwirt nickte, und so setzte sie beruhigt ihren Weg zu Greers Kate fort. Ihren Vorwand für den frühen Besuch trug sie in der Hand: frisch gesammelten Baldrian, den sie auf dem Rückweg von der Weide gepflückt hatte. Als sie durch den herb duftenden Kräutergarten vor Greers Kate schritt, ereilten sie dennoch Zweifel. Zu lebhaft hatte sie ihre letzte Begegnung mit der Heilerin in Erinnerung. Ob wohl auch heute ein Mann bei ihr zu Gast war? Cailan vielleicht?

Nein. Sie schüttelte den Kopf. Das würde Greer nicht tun. Zwar hatte die lebenslustige Frau ihre Zusammenkünfte mit Cailan offensichtlich sehr genossen – eine Tatsache, die ihr immer weniger gefiel –, dennoch war Flower überzeugt, dass sie nicht mehr mit ihm anbandeln würde, jetzt, da er ihr Verlobter war. Sofern Greer das überhaupt wusste ...

Und Cailan? Würde er Greer weiterhin aufsuchen? Flower beobachtete eine Schnecke, die sich langsam ihren Weg durch das Kräuterbeet bahnte, und musste sich eingestehen, dass sie keine Ahnung hatte. Ihr Vater und ihre Mutter waren sich treu. Doch das schien keine Selbstverständlichkeit zu sein. Sie hatte von Hailey gehört, dass manche Männer im Dorf ihre Frauen betrogen. Und Bonnie war das beste Beispiel dafür, dass das bei den Lords und Ladys nicht anders sein musste.

Gehörte Cailan zu ihnen? Grimmig presste sie die Lippen aufeinander, als ihr klar wurde, wie naiv es war, auf das Gegenteil zu hoffen. Ihr Verlobter war ein berüchtigter Lebemann, natürlich würde er nicht aufhören, er selbst zu sein. Und doch hatte sie in seiner Gegenwart das Gefühl, dass er nur Augen für sie hatte. Gab es also doch eine Chance, dass er mit ihr zur Ruhe kam? Und konnte sie damit leben, falls er es nicht tat?

Flower fand auf diese vielen Fragen keine Antwort und beschloss, für den Moment nicht weiter darüber nachzudenken. Stattdessen nahm sie ihren Mut zusammen und klopfte vorsichtig an die hölzerne Tür der Kate. »Greer? Bist du wach?«

»Nein«, brummte es verschlafen aus dem Inneren, und beinahe glaubte sie, dass Greer einfach liegen bleiben würde. Dann aber öffnete sich die Tür, und die müde Heilerin kam zum Vorschein. Ihr blondes Haar war zerzaust, und ihre rechte Wange war vom Schlafen gerötet. Mit einem verstimmten Gesichtsausdruck fragte sie: »Was gibt es?«

»Ich habe Baldrian«, erklärte Flower, während sich ein Ziehen in ihrem Bauch einstellte.

»Für Lorna? Gib ihn mir.« Greer streckte gähnend die Hand aus. Wollte sie sie nicht hineinbitten?

Verlegen räusperte sich Flower. »Ich hätte Lust auf einen Schluck von deinem Minzwasser.«

»Nanu.« Die Heilerin rieb sich über die Augen. »Ich dachte, du magst den Geschmack von Minze nicht.«

»Heute ist mir danach«, log sie. »Darf ich reinkommen? Oder ist jemand …«

»Nicht mehr.« Ihr Gegenüber schüttelte den Kopf und trat etwas widerwillig zur Seite.

In Greers Kate war es wie immer unaufgeräumt. Auf dem Boden lag ein zerknülltes Kleid, und auch die ledernen Stiefel waren im Raum verteilt. Dankenswerterweise war der Krug, in dem die Minze im Wasser einweichte, schnell am Fuß des Bettes entdeckt. Nur ein Trinkgefäß konnte Flower bei bestem Willen nicht finden, weder auf dem Tisch mit den losen Kräutern und Salben noch irgendwo neben der Feuerstelle.

»Hast du einen Becher?«, erkundigte sie sich und strich sich unsicher mit den Händen über ihr Kleid.

Greer antwortete nicht. Stattdessen legte sie den Kopf schief und musterte sie aufmerksam. »Raus mit der Sprache! Erst hat Cailan gestern so fürchterlich herumgedruckst, und nun willst du in aller Früh mein Minzwasser trinken. Irgendetwas geht vor sich.«

»Cailan war hier?« Flower spürte einen brennenden Stich in ihrer Brust. Aber sie hatte es doch geahnt. Wie konnte sie da noch überrascht sein?

»Aye«, sagte Greer und nickte. »Und er hatte ein ziemlich geschwollenes Auge.«

Sie sog scharf die Luft ein. »Wie das?« Sie hatte Cailan gestern doch beim Essen gesehen, sein Auge war unversehrt gewesen.

Greers Mundwinkel zuckten. »Von deiner Schwester, kannst du dir das vorstellen? Leaf hat ihm aufgelauert, als er mit Artair auf dem Weg zur Dorftaverne war.«

Flowers Augen weiteten sich. Als ihre Schwester gestern versprochen hatte, Cailan eine Lehre zu erteilen, hatte sie mit Disteln in seinen Stiefeln oder Salz in seinem Ale gerechnet. Nicht aber damit, dass sie ihn tatsächlich schlug. Kurz wusste sie nicht, ob sie entsetzt oder dankbar sein sollte. Doch dann entschied sie sich für

Dankbarkeit. Vermutlich hätte sie selbst Cailan längst ein blaues Auge verpassen sollen. Allerspätestens jetzt, nachdem der treulose Schuft die Nacht mit Greer verbracht hatte.

»Warum Leaf ihm böse war, hat er allerdings nicht verraten«, nahm die Heilerin das Gespräch wieder auf. »Genau genommen war er ziemlich verstimmt, selbst nachdem ich ihm eine Salbe gemischt habe.« Sie schürzte die Lippen. »Es war nichts aus ihm herauszubekommen.«

»Er ist wegen einer Salbe gekommen?« Flower zog eine Braue nach oben. Das musste doch ein schlechter Vorwand gewesen sein?

»Kaum zu glauben«, stimmte Greer zu. »Jedenfalls ist er danach sofort wieder abgezogen. Zum Glück«, fügte sie mit einem träumerischen Lächeln hinzu. »Kerr hätte es gar nicht gefallen, ihn bei mir anzutreffen.«

Unvermittelt spürte Flower eine Welle der Erleichterung, die ihren Körper durchströmte, und die Anspannung fiel von ihr ab. Hatte sie das richtig verstanden? Cailan hatte nicht Greers Nähe, sondern lediglich ihr Wissen gesucht? Das wäre wundervoll! Auch wenn sie sich nicht sicher war, wie gut Greers Salbe helfen würde ...

»Kerr«, fuhr diese selig lächelnd fort, »hat mir übrigens auf unserer Reise einen Antrag gemacht. Den vierten.«

»Und du hast ihn selbstverständlich abgelehnt«, mutmaßte Flower schmunzelnd.

»Natürlich«, grinste Greer. »Aber langsam beginne ich mich zu fragen, ob ich nicht doch eines Tages Ja sagen sollte.«

»Bist du etwa verliebt?«

Greer starrte sie an. »Sei nicht albern.« Mit einem Schulterzucken fügte sie etwas milder hinzu: »Ich bin Kerr höchstens sehr zugetan.«

Flower atmete auf, wobei ihre Schultern etwas nach unten sanken. »Du ahnst gar nicht, wie sehr mich das freut.«

»Warum?« In Greers Blick stand jener Argwohn, von dem Flower nie wusste, ob sie ihn mochte oder nicht.

»Nun ...« Sie rieb mit ihrem Zeigefinger über ihren Daumen. Wenn die Gedanken der anderen Frau im Moment Kerr galten, würde sie ihr sicher nicht allzu böse wegen der Verlobung mit Cailan sein. Dennoch wusste man bei der Heilerin nie genau, wurde sie doch sehr von ihren Launen gesteuert.

Flower seufzte. Greer würde es früher oder später ohnehin erfahren, da konnte sie es ihr auch selbst sagen. Sie strich noch einmal die Falten ihres braunen Wollkleides glatt.

»Ich freue mich, weil ich dich glücklich sehen will. Und«, sie schluckte, »Cailan sich mit mir verlobt hat.«

»Er hat was?«, platzte Greer heraus. Mit offenem Mund ließ sie sich auf den Hocker sinken.

Flowers Wangen wurden warm. »Es ist eine lange Geschichte.«

Einige Atemzüge lang war Greer sprachlos, ehe sie den Kopf schüttelte und laut lachte. »Wer hätte das gedacht? Nein, das ist aber wirklich komisch. Dass ich das nicht habe kommen sehen.«

Flower war unsicher, was sie darauf antworten sollte. Daher wartete sie, bis Greer sich wieder beruhigt hatte. Vorsichtig erkundigte sie sich: »Du bist mir doch nicht böse?«

»Ein bisschen schon«, gestand Greer frech. »Aber nicht mehr als jede andere Frau. Oh, Flower, wenn du wüsstest, was auf dich zukommt! Es gibt wenige Männer wie Cailan, die ... Nun, ich schätze, das wirst du selbst herausfinden.«

Flowers Muskeln spannten sich an. Sie hatte nicht vergessen, dass Greer das Lager mit Cailan geteilt hatte. Und sie verstand auch, dass sie ihr dafür nicht gram sein durfte, hatte die andere Frau doch nichts von ihren damaligen Gefühlen für Cailan gewusst. Dennoch mochte sie es ganz und gar nicht, dass diese derart träumerisch von ihrer gemeinsamen Zeit mit ihm sprach. Am liebsten hätte sie das Thema gewechselt. Sie wurde das Bild nicht los, wie Cailan leidenschaftliche Küsse auf dem Hals der Heilerin verteilte. Doch sie kannte niemand anderen, mit dem sie so offen über das sprechen konnte, was sie dringend erfahren musste.

»Tatsächlich«, sie räusperte sich und ignorierte den wachsenden Knoten der Eifersucht in ihrem Bauch, »habe ich eine Frage.«

»Alles, was du wissen willst.« Greer zwinkerte anzüglich. Ihre Müdigkeit war verschwunden.

»Ich frage mich«, sie holte einmal tief Luft, »ob du nie Sorge hast, dass durch deine Liebschaften … nun, ungewollte Folgen entstehen?«

Greer lachte und fuhr sich durch die Haare. »Du willst wissen, warum ich nicht schwanger werde, obwohl ich jeden Monat mit einem anderen Mann das Lager teile?«

Flower nickte, und ihre Wangen wurden bei diesen treffenden Worten noch ein wenig wärmer. Greer zog sie jedoch nicht damit auf.

»Meiner Erfahrung nach ist es am besten, wenn sich mein Liebhaber im entscheidenden Moment richtig verhält«, erklärte sie bereitwillig.

»Ach ja?«, krächzte sie heiser. Was sollte das nun bedeuten?

»Ja. Er muss meinen Körper frühzeitig verlassen. Das sage ich allen von Anfang an. Und wenn einer nicht dazu bereit ist, kommt er nicht in mein Bett.«

»Also kommt es auf die Mithilfe des Mannes an?«, fragte Flower, bemüht, die bittere Enttäuschung aus ihrer Stimme zurückzuhalten.

»Ganz richtig.« Greer lehnte sich auf dem Hocker etwas nach vorn. »Das ist der beste Weg. Natürlich kann man zusätzlich auf die Mondphasen achten.« Als Flower verwirrt dreinschaute, schmunzelte sie. »Ich habe meine monatliche Blutung bei Neumond. Je näher wir also dem Vollmond sind, desto gefährlicher ist es für mich. Aber um ehrlich zu sein, finde ich dieses Wissen nicht sonderlich hilfreich.« Sie zwinkerte. »Wer will schließlich nur bei Neumond Spaß haben?«

»Was ist mit Kräutern?«, fragte Flower hoffnungsvoll. Es gab Kräuter gegen Unruhe, Bauchschmerzen, Atembeschwerden – warum nicht also auch gegen eine ungewollte Schwangerschaft?

Doch Greer schüttelte entschieden den Kopf, und ihr Blick wurde ernst. »Nicht zu empfehlen, Flower. Vertraue mir, nicht zu diesem Zweck.«

»Und da bist du dir ganz sicher?«, vergewisserte sie sich. Ein Kraut war schließlich, worauf sie gehofft hatte. Könnte es nicht sein, dass Greer gar nicht alle Kräuter kannte?

Doch die Heilerin verschränkte die Arme vor der Brust. »Was ein Kind tötet, kann auch den Leib töten, in dem es wächst. Das habe ich bei meiner kleinen Schwester gesehen.«

»Oh, entschuldige«, hauchte Flower mitfühlend. »Ich wusste nicht, dass du noch eine zweite Schwester hattest.«

»Es ist in Ordnung. Wir hatten kein enges Verhältnis, und es ist schon lange her.«

»Es tut mir trotzdem leid«, murmelte sie, während sich in ihr eine Verzweiflung ausbreitete, die nicht nur auf das tragische Schicksal von Greers Schwester zurückzuführen war. Sie hatte darauf vertraut, dass die Heilerin wusste, wie sie aus eigener Kraft verhindern konnte, ein Kind zu empfangen. Dass sie ein Kraut kannte, das Frauen zuverlässig vor Schwangerschaften bewahrte, ohne dabei den eigenen Körper in Gefahr zu bringen. Denn was nützte es schon, wenn sie bei dem Versuch, der Mutterschaft zu entgehen, starb?

»Und abgesehen von Kräutern?«, versuchte es Flower ein letztes Mal. »Gibt es da wirklich keine anderen Wege?«

Greer verzog das Gesicht. »Natürlich. Du kannst Zaubersprüche aufsagen oder den Zahn eines Achtjährigen bei dir tragen. Und die Dämpfe von Eselmist sollen auch helfen. Aber bei meiner Schwester hat nichts davon genützt.«

Sie seufzte niedergeschlagen. »Also hängt wirklich alles von der Mithilfe des Mannes ab? Ich selbst kann nichts tun?«

Greer nickte, während Flower von einem dunklen Schleier an Melancholie eingehüllt wurde. Cailan zu überreden, sie nach Portskerra gehen zu lassen, würde schon eine Herausforderung werden. Aber ihn auch noch dazu zu bewegen, durch das eigene Zutun zu verhindern, dass sie seinen Sohn empfing? Obwohl sie genau wusste, dass ein Nachkomme das war, was jeder Clanerbe brauchte? Das grenzte nun wirklich an Unmöglichkeit!

»Nun schau doch nicht so traurig.« Greer erhob sich von ihrem Hocker und umfasste ihre Schultern. »Ich kann dir versichern, dass du mit Cailan als Ehemann ohnehin keinen weiteren Liebhaber bauchst, dessen Kinder du vermeiden musst. Dafür ist der Mann einfach viel zu ...«

»Schon gut«, winkte sie ab, da sie gewiss nichts Weiteres über Greers Erfahrungen mit Cailan hören wollte. »Ich danke dir für deine Erklärungen.«

»Immer gern«, erwiderte diese und grinste. »Du weißt ja, mich kannst du auch die unanständigen Sachen fragen. Wenn du also noch etwas wissen möchtest? Cailan zum Beispiel liebt es, wenn ...«

»Nein, danke«, beschied Flower eilig. Sie befreite sich aus Greers Griff und hastete zur Tür. »Ich muss zurück zur Burg.«

KAPITEL 25

»Blumen. Ich denke, überall sollten Blumen sein.«
River legte den Hammer zur Seite, mit dem sie gerade einen Nagel in die Sitzbank des fast wieder seetauglichen Bootes getrieben hatte. Ihre Augen funkelten, selbst im etwas dämmrigen Licht der Kalksteinhöhle, in der Cailan ihr und Artair Gesellschaft leistete. Er verschränkte die Arme. Er war gekommen, um ihnen mit ihrem Boot zu helfen, und nicht, um über seine Hochzeit zu sprechen.

»Blumen im Burghof.« River machte eine Bewegung mit den Händen, die sowohl die von der hohen Höhlendecke hängenden Zapfen als auch den mit feinen Steinen und Muscheln übersäten Boden umfasste. »Blumen in der großen Halle. Blumen im Hochzeitsgemach. Weiße Wiesenblumen, rosa Wildrosen, gelbe ...«

River sprach weiter, doch die Falte auf Cailans Stirn vertiefte sich nur. Seit sein Vater ihn auf dem Burghof in Grund und Boden gebrüllt hatte, dachte er trotz seiner Sehnsucht nach Flowers Nähe und ihrer aufgeweckten Art nicht unbedingt gern an die bevorstehende Hochzeit. Es war schlimm gewesen. Zwar hatte Ewan ihm nur wenige wohlverdiente Hiebe in den Bauch versetzt, doch seine Worte, die bitteren Vorwürfe und die beim Namen genannte Enttäuschung waren schmerzhafter gewesen, als jeder Schlag es hätte sein können. Nur die Aussicht, bald Enkel zu haben, wenn nun auch nicht von Eleanor MacDonald, hatte ihn letztendlich beruhigt.

»Keine einzelnen Blumen.« River stieg aus dem Rumpf des Bootes und kam näher zu ihm. »Lieber ganze Blumenbänder.«

Er räusperte sich. »Ist das nicht ein bisschen viel? Flower ist doch eher zweckmäßig veranlagt, würde ihr das überhaupt gefallen?«

River umfasste einen ihrer Zöpfe und hielt kurz inne. »Kann man denn nicht zupacken können und trotzdem empfindsam sein?«

Sein Blick glitt von ihr zu dem Boot. Kurz musste er schmunzeln, ehe seine Miene wieder ernst wurde. »Du kennst Flower besser als ich. Ich will, dass es ihr gefällt.«

»Das wird es, denke ich.« River legte die Stirn in Falten und drehte an ihrem Perlenarmband. »Aber vielleicht solltest du sie trotzdem besser fragen?«

Artair, der gerade mit einem Tuch das Innere des Bootes auswischte, gab einen belustigten Laut von sich. Sofort wandte River den Kopf, ihre Stimme klang verletzlich. »Lachst du mich etwa aus? Jan fand den Vorschlag mit den Blumen hervorragend, als ich ihm gestern davon erzählt habe.«

Artair richtete sich auf und hob beschwichtigend die Hände. »Nimm's mir nicht übel, River. Aber Flower hat mit Cailan in den letzten Tagen was – zehn Sätze? – gewechselt. Sie wird sicher nicht mit ihm *darüber* reden wollen.« Der blonde Mann wandte sich ihm zu und bedachte ihn mit einem bedeutungsvollen Blick. »Aber vielleicht über etwas anderes.«

Cailan ließ sich auf einen der rauen Höhlenfelsen sinken. Er wusste genau, dass Flower ihn mied. Wann immer er das Wort an sie richtete, war sie kurz angebunden und entschuldigte sich mit einer Ausrede, um verschwinden zu können. Mal brauchte Lorna dringend neuen Baldrian, ein anderes Mal wartete ihre Mutter auf sie. Himmel, sie hatte nicht einmal etwas zu seiner immer noch leicht sichtbaren Verletzung am Auge gesagt! Hatte Gregor ihr vielleicht auch die Hölle heißgemacht, sodass sie jetzt die Scham für ihr Verhalten plagte? Oder gab es einen anderen Grund, warum sie ihm auswich? Und wenn ja, war die Hochzeit dann trotz seiner Empfindungen für Flower überhaupt noch das Richtige? Würde sie glücklich sein?

Er strich sich mit den Fingern über die Augenlider. Die Hochzeit abzusagen, war nicht mehr möglich. Ein Bote war zu seiner Mutter unterwegs, und diese würde nach dessen Ankunft die einwöchige Reise von Castle Girnigoe hierher antreten. Oder auch nicht. Er seufzte. Seit Jahren verließ seine Mutter in ihrer ewigen Melancholie kaum mehr das Innere der Burg. Und nun sollte sie mehrere Tage auf dem Pferderücken verbringen? Egal, sein Vater hatte darauf bestanden, es zu versuchen. Und nachdem er ihn schon mit Müh und Not von der Einladung für die MacLeods abgebracht hatte, damit niemand hier von Finleys vorheriger Verlobung mit Flower erfuhr und auch dieser selbst weit weg war, würde er gerne auf seine Mutter warten. Auch wenn er das Hinauszögern der Hochzeit und vor allem das damit verbundene ewige Grübeln nicht im Geringsten leiden konnte.

»Ernsthaft, Cailan.« Artair stand auf und lehnte sich an den noch unbeleinten Segelmast, auf den River bestanden hatte. »Sprich mit Flower. Über das, was wirklich zwischen euch steht.« Er verschränkte die Arme und sah ihn warnend an. »Denn wenn ich befürchten müsste, dass du ihr ein schlechter Ehemann sein wirst, werde ich noch unangenehmer als Leaf.«

»Das wird er bestimmt nicht, Artair«, kam River ihm zu Hilfe. »Flower träumt seit Jahren von Cailan, die beiden werden noch glücklicher sein als meine Eltern.«

»Sie träumt seit Jahren von mir?« Cailans Herzschlag beschleunigte sich. Das hatte er gar nicht gewusst!

»Oh!« Verlegen sah River zur Seite und rieb sich mit der Hand über das Muttermal auf ihrem rechten Nasenflügel. »So habe ich das nicht gemeint, also ... vielleicht doch, aber ... reichst du mir noch einen Nagel? Sonst können wir das Boot nie zu Wasser lassen.«

Ein warmes Gefühl breitete sich in ihm aus, während er der

leicht errötenden jungen Frau den Nagel reichte. So war das also. Flower war schon seit Jahren in ihn verliebt! Hätte er das nur früher gewusst ... Er grinste. »Wenn das Boot fertig ist, sollte ich eine Fahrt mit Flower darin machen.« Hinaus in den Sonnenuntergang, nur er und sie und genug Zeit, um jegliche Spannungen zwischen ihnen zu zerstreuen.

Doch sogleich schüttelte Artair den Kopf. »Flower wird übel auf dem Wasser. Besuche sie lieber morgens auf den Weiden.«

»Eine Versöhnung bei Sonnenaufgang.« River seufzte beinahe so, als sei sie eifersüchtig. Dann schüttelte sie sich leicht und bemühte sich um ein Lächeln. »Dabei könntet ihr auch gleich gemeinsam die Wiesenblumen aussuchen.«

Cailan lachte. »River MacKay, mir scheint, du solltest diejenige sein, die heiratet.«

River seufzte abermals, während sie den Hammer wieder aufhob und ihr Blick das Meer am Ende der Höhle streifte. »Aye. Eines Tages werde ich das.«

Die letzten Sterne standen noch blass am rosafarbenen Himmel, als Cailan sich am nächsten Morgen zu den Weiden von Ribigill begab. Unter dem Arm trug er einen Stoffbeutel mit einem frischen Laib Brot, einem großen Stück Käse, zwei Äpfeln und zwei Pasteten. Hailey hatte all das vorhin für ihn mit beinahe genauso sehnsüchtigen Augen wie River zusammengesucht, ihm dabei jedoch nicht verraten, warum Flower in den letzten Tagen so zurückgezogen gewesen war. Wie es schien, musste er das selbst herausfinden.

Entschlossen presste er die Lippen zusammen und richtete seinen Blick nach vorn. Dort, am Horizont hinter dem Hügel, konnte er den schneebedeckten Gipfel von Ben Hope im ersten Morgenlicht funkeln sehen. Wenn das kein gutes Zeichen war.

Auf der Weide angekommen, entdeckte er Flower sofort. Sie kniete auf der umzäunten Grasfläche neben einer Hütte und tastete mit angespannter Miene den Bauch eines mit den Ohren wackelnden Hochlandrindes ab. Ihre Haare hatte sie zu einem einfachen Zopf geflochten, der ihr über die Schulter in den Ausschnitt ihres braunen Wollkleides fiel. Dass sie dieses schmutzig machte, indem sie auf dem Boden kniete, schien sie nicht zu stören.

Er schmunzelte, als er ihr Profil mit der elegant geschwungenen Nase und den vollen Lippen betrachtete. Jene vollen Lippen nahm sie nun zwischen die Zähne, während sie ihre Hand noch ein Stück tiefer unter den Bauch des Hochlandrindes gleiten ließ. Sie musste hoch konzentriert sein, denn sie hatte ihn immer noch nicht bemerkt. Was dem Tier wohl fehlte?

»Guten Morgen«, grüßte er und trat mit beschwingtem Schritt an den Zaun.

Flower zuckte derart heftig zusammen, dass selbst das zottelige Rind vor ihr sich erschreckte und muhend einen Satz nach vorn tat.

»Psst, alles gut«, beruhigte Flower das Tier, ehe sie sich aufrichtete und zu ihm umwandte. Ihre Augenbrauen waren zusammengezogen, die Hände hatte sie in die Hüfte gestemmt. »Mylord«, sagte sie steif. »Hat man Euch nicht beigebracht, dass man andere nicht erschrecken soll?«

»Doch.« Er grinste, während er seine Beine über den Zaun schwang und sich darauf niederließ. »Aber wäre das Leben nicht schrecklich langweilig, wenn man immer nur tut, was einem beigebracht wird?«

Flowers Augen verengten sich. »Wollt Ihr etwas Bestimmtes von mir, oder kann ich hier weitermachen?«

Er betrachtete seine Verlobte aufmerksam. »Mir hat es besser gefallen, als du nicht so förmlich mit mir gesprochen hast. Warum nennst du mich nicht wieder Cailan?«

Flower zögerte einen kurzen Moment. »Cailan klingt sehr vertraut«, sagte sie schließlich und klang dabei zu seiner Freude sogar eine Spur versöhnlicher als zuvor.

»Ich würde meinen, dass wir miteinander vertraut sind.« Er lächelte und wusste, er sollte es wirklich bei diesem Lächeln belassen, um damit den Raum für ein offenes Gespräch zu schaffen. Doch er konnte einfach nicht widerstehen. »Zumindest erinnere ich mich an mehrere Momente, in denen wir uns sehr nah waren. Du nicht auch?«

Sogleich sah er, wie sich Flowers Körper wieder anspannte. Ihre Wangen röteten sich leicht. »Ich habe hier zu tun«, erklärte sie barsch. »Wenn du mich also entschuldigst ...«

Also doch ein Du. Seine Mundwinkel hoben sich weiter, und beinahe hätte er sie darauf hingewiesen. Doch dann schalt er sich einen Narren, weil er sie schon wieder gereizt hatte. Er schluckte die Bemerkung hinunter und nickte in Richtung der Hochlandkuh, die wieder näher gekommen war und Flower mit ihrer Schnauze in die Hüfte stupste. »Was tust du denn da mit dem Rind?«

»Nach was sah es denn aus?« Flowers Stimme klang abweisend, doch als sie dem Tier über die langen Stirnhaare strich, wurden ihre Gesichtszüge weicher.

»Hat es etwas Falsches gefressen?« Schließlich hatte sie den Bauch des Rindes abgetastet.

»Du kannst es wirklich nicht lassen, oder?« Flower schüttelte den Kopf und wandte sich ab, um sich wieder vor die Hochlandkuh zu knien. Ihr Mund war dabei zu einer harten Linie zusammengepresst, ein Ausdruck, den er in den letzten Tagen viel besser kennengelernt hatte, als ihm lieb war.

»Was denn?«, entfuhr es ihm. Er rutschte vom Zaun und näherte sich mit langsamen Schritten, um Flowers struppige Freundin nicht ein zweites Mal zu erschrecken. »Ich finde, das war eine sehr naheliegende Vermutung.«

Flower stieß einen abwertenden Laut aus. »Fiona müsste schon einen ganzen Baum gefressen haben, um so aufgebläht zu sein.« Als er schwieg und selbst die Hand ausstreckte, um das Tier zu streicheln, seufzte sie gedehnt. »Sie ist trächtig. Das Kalb kann jeden Tag kommen, und ich versuche, zu ertasten, ob alles in Ordnung ist.«

»Oh«, raunte er und trat wieder einen Schritt zurück. Nun, da Flower es ihm verraten hatte, erkannte er deutlich, wie rund der Bauch der Kuh tatsächlich war. »Und?«, fragte er, als Flower nichts Weiteres sagte. »Ist alles in Ordnung?«

»Das weiß ich nicht genau«, gab sie knapp zurück. Sie rutschte ein Stück näher an die Hochlandkuh, um ihr noch weiter unten am Bauch durch das dichte Fell zu streichen. Schweigend sah ihr Cailan dabei zu. Nach einer Weile runzelte Flower die Stirn. »Tiere sind anders als Menschen. Ich kann nicht fühlen, ob das Kalb richtig liegt oder ob es sich gedreht hat.«

»Das wäre nicht gut, schätze ich?«

»Natürlich nicht.« Ihre Augen funkelten. »Was ist das überhaupt für eine Frage?«

»Ich verstehe nicht viel von Geburten«, gab er ehrlich zurück.

»Das überrascht mich nicht«, murmelte Flower und wandte sich wieder dem Tier zu. Dieses rieb vertrauensvoll den Kopf an ihren Rücken.

Cailan dagegen verschränkte die Arme vor der Brust. Er war es nicht gewohnt, dass man ihn abschätzig behandelte, erst recht nicht ohne guten Grund. »Ich bin ein Mann«, bemerkte er. »Ich habe andere Aufgaben.«

»Das ist doch keine Entschuldigung.« Flower kam wieder auf die Beine und sah ihn streng an. »Ein Mann zu sein rechtfertigt nicht, ahnungslos zu sein. Und so einiges andere auch nicht.«

»Ah.« Cailan zog die Augenbrauen in die Höhe. Er hatte so ein Gefühl, dass Flower sich nun in Rage reden würde und er endlich erfuhr, warum sie ihm grollte. Doch sie starrte ihn nur mit harter Miene an, bis die Kuh ihr erneut in die Hüfte stupste und sie sich zu dieser umdrehte.

Da er es satthatte, den Kampf um ihre Aufmerksamkeit beständig zu verlieren, berührte er seine Verlobte sanft an der Schulter. »Du bist mir böse. Und ich würde gerne wissen, warum.«

Flower wirbelte ungläubig zu ihm herum. »Das weißt du doch schon.« Mit einem spöttischen Blitzen in den Augen fügte sie hinzu: »Oder ist dein Gedächtnis so schlecht wie dein Wissen über Geburten?«

Cailan unterdrückte ein Grinsen. Das war die Flower, die er mochte. »Ich hoffe nicht. Also?«

»Also was?«

»Also, verrate mir, warum du mir grollst. Bitte.«

»Na schön.« Sie seufzte. »Du hast entschieden, dass wir heiraten. Du hast entschieden, dass wir sofort mit unseren Vätern sprechen. Kam dir je der Gedanke, dass ich eigene Entscheidungen treffen möchte?« Sie reckte das Kinn etwas weiter nach vorn. »Sogar bereits getroffen hatte, nämlich die, dass ich Finley heiraten werde. Und du hast dich einfach nicht darum geschert!«

»Oh«, knurrte er. »Es ist also wegen ihm.«

Flower ließ resigniert die Schultern sinken. »Es geht nicht um Finley. Nicht nur zumindest. Es geht darum, dass du dich über meinen Willen hinweggesetzt hast.« Sie machte eine ausschweifende Handbewegung. »Und nicht nur da. Sondern ständig. Auch als ich allein in den Wald gehen wollte.« Ihr Blick wurde härter. »Oder als ich bei dem niedergebrannten Gasthof nach den Verletzten sehen wollte.«

Er schluckte, seine Brust wurde eng. Er roch verkohlte Balken, sah ausgelöschte Leben. Er griff nach seinem rechten Arm. Überall Trümmer, Zerstörung.

»Hörst du mir überhaupt zu?« Flowers schneidende Stimme drang scharf in sein Bewusstsein.

Er schüttelte sich kurz. »Bitte was?«

Seine Verlobte überkreuzte die Arme vor der Brust. »Dein Blick, du warst schon wieder ganz woanders. Ist dir nicht wichtig, was ich sage?«

Cailans Augen weiteten sich. »Doch natürlich, aber ...« Sein Herz schlug schneller, er kratzte sich an der Stirn.

»Aber was?« Flower wippte ungeduldig vor und zurück. »Nun sag es schon, ich habe nicht den ganzen Tag Zeit.«

Er blies die Backen auf. Konnte er es wagen? Konnte er sie in sein dunkelstes Geheimnis einweihen, ohne dass sie schlecht von ihm denken würde? Sogleich verwarf er den Gedanken. Wozu denn? Das ging sie doch gar nichts an. »Hast du nun Liebeskummer wegen dieses verdammten MacLeods oder nicht?«, verlangte er stattdessen zu wissen.

»Das tut nichts zur Sache.« Flower wirkte auf einmal erschöpft. »Mir geht es einzig und allein darum, dass du meine Wünsche achtest.«

»Aufgeschlossenheit. Entgegenkommen. Verständnis«, versuchte er es.

»So ist es«, sagte sie nickend und sah ihn erwartungsvoll aus ihren goldgrünen Augen an.

»Komm mal her.« Er zog sie sanft in seine Arme. Flower wehrte sich nicht dagegen, erwiderte die Umarmung aber auch nicht. »Es tut mir leid«, murmelte er an ihren blumig duftenden Haaransatz und strich mit seinen Händen über ihren Rücken. »Und das sage ich nicht oft.«

Flower löste sich von ihm und blickte ihm forschend ins Gesicht. »Heißt das, du wirst es fortan anders machen?«

Er seufzte. »Aye. Wenn es das ist, was du willst, werde ich mir Mühe geben. Unter einer Bedingung.«

»Erpressung ist kein Entgegenkommen.« Flower stemmte die Hände in die Hüfte und funkelte ihn vorwurfsvoll an.

Er lachte. »Ich dachte eher an eine Übereinkunft. Ich werde dir besser zuhören, und du isst mit mir die Köstlichkeiten, die ich Hailey abgerungen habe.«

»Deshalb bist du da?« Flower schien ehrlich erstaunt und ignorierte nun sogar das leichte Stupsen der Hochlandkuh.

»Aye. Das erschien mir besser, als mich absichtlich zu verletzen, um deine Aufmerksamkeit zu erlangen.«

Wenig später saßen er und Flower gemeinsam am Eingang der verlassenen Wiesenhütte und genossen die warmen Strahlen der Morgensonne. Neben ihnen graste die schwangere Hochlandkuh wieder Seite an Seite mit einem anderen Rind, ebenso wie es rund vier Dutzend weitere Tiere vor ihnen auf der leicht abfallenden Weide taten.

»Möchtest du?« Er reichte ihr den letzten Bissen des noch immer warmen Brotes. Obwohl sie nach wie vor etwas Abstand von ihm hielt, fühlte er sich so ausgeglichen wie schon lange nicht mehr.

Flower schüttelte den Kopf. »Ich bin mehr als satt, danke. Normalerweise esse ich nie, bevor ich hierherkomme.«

Er zog die Hand zurück und schob sich das Brot dann selbst in den Mund. »Das könnte ich nicht«, erklärte er, nachdem er runtergeschluckt hatte. »Einen Tag beginnen ohne Essen, puh.«

Flower lächelte. »Man gewöhnt sich daran. Als ich vor drei Jahren begonnen habe, jeden Morgen hierherzukommen, hat mein Bauch auch manchmal noch geknurrt.«

»Drei Jahre schon.« Erstaunt betrachtete er Flower, die nun die Augen schloss und ihr Gesicht in die Morgensonne reckte.

»Seit drei Jahren nahezu jeden Tag.« Sie öffnete die Augen wieder und breitete mit einem andächtigen Lächeln die Arme aus. »Aber ich bin auch davor oft auf die Weide gegangen. Ich mochte es hier immer schon am liebsten.«

»Es ist auch wirklich schön hier«, stimmte er ihr zu und ließ seinen Blick über die Natur um sie herum gleiten. Er nahm wahr, wie sich die zarten Stängel der Wildblumen vor ihm sanft im Wind wogen. »Wusstest du, dass wir daheim auf Castle Girnigoe auch Rinderweiden haben?«

»Ach ja?« Flowers Augenbrauen hoben sich, und sie wandte ihm den Kopf zu.

Cailan nickte, während er ein kleines Stück näher an sie heranrutschte. »Sie grenzen unmittelbar an die Burg. So können unsere Knechte die Rinder leichter bewachen. Hier«, er schloss mit einer Kopfbewegung die gesamte Weide ein, »sind die Tiere recht schutzlos, meinst du nicht?«

Flower zögerte und drehte ein kleines Holzstück in ihrer Hand, das sie zwischen den Grashalmen aufgehoben hatte. »Leaf hat das auch schon gesagt. Aber anders als mein Onkel leben wir hier so weit von der Grenze unserer Ländereien entfernt, dass noch nie jemand versucht hat, unsere Rinder zu stehlen.«

»Eine Bande Wegelagerer hat es einmal bei uns versucht«, erzählte Cailan. »Da war ich aber noch jung, zehn vielleicht. Weißt du, was das Schlimme daran war?«

Flower schüttelte den Kopf. Dabei fiel ihr Zopf wieder nach vorn.

»Mein Vater wollte mich daraufhin nicht mehr allein auf die Weiden lassen, obwohl sie so nah sind.« Er grinste verschwörerisch. »Ich bin natürlich trotzdem gegangen. Wer sonst hätte meiner Mutter Schmetterlinge fangen sollen?«

Flower atmete erschreckt ein. »Ich hoffe doch sehr, dass du keinen erwischt hast! Sie können nicht mehr fliegen, nachdem man sie berührt hat.«

Er lachte, überrascht über so viel aufrichtige Sorge, und hob abwehrend die Hände. »Ich kann dich beruhigen, ich bin nicht sonderlich geduldig.«

»Ich weiß.« Flower legte das Holzstück zur Seite und griff nach dem Beutel, der vor ihnen lag. Kurz ruhte ihre Hand auf dem Apfel, ehe sie sich für die Pastete entschied. Wie es schien, war für Süßes doch noch Platz in ihrem Bauch.

Cailan schmunzelte. Während Flower einen herzhaften Bissen nahm, fragte er: »Hattest du schon immer so ein großes Herz für Tiere?«

Flower schluckte rasch, und in ihre Augen trat eine Ernsthaftigkeit, die er bisher nur bei ihr gesehen hatte, wenn sie jemandem half. »Ich konnte es noch nie ertragen, wenn ein Tier gelitten hat.« Ihre Lippen wurden schmal, ihre Stimme etwas dunkler. »Oder ich einem Tier in Not nicht beistehen konnte.«

Cailan musterte sie aufmerksam. »Das kann ich nachvollziehen.« Und das war nicht einmal gelogen. Sein Vater hatte ihm schon früh beigebracht, dass ein Clanführer Leid vermeiden musste. Dass es seine Aufgabe war, zu helfen. Aber dennoch ... »Bei Tieren kann man leider nicht viel tun, außer sie zu erlösen.«

»Oh, ganz im Gegenteil«, ereiferte sich Flower und legte die Pastete zur Seite. »Man kann auch Tiere heilen, wenn man weiß, wie es geht.«

Er runzelte die Stirn. »Willst du mir sagen, dass du dem Schmetterling auch eine Salbe zubereitet hättest?«

»Nein.« Ihre Mundwinkel hoben sich kurz, ehe sie wieder ernst wurde. »Aber ich habe wirklich das Gefühl, dass es Murray – das ist das Hochlandrind da drüben – hilft, wenn ich ihn mit Butter einreibe. Und erst vor unserer Abreise habe ich eine Wunde an Scotts Hals mit Honig vor einer Entzündung bewahrt.«

»Tatsächlich?« Flowers Vorgehen war edel, aber auch ziemlich ungewöhnlich, und er fragte sich, ob das Ergebnis wirklich ihrem Zutun oder einfach nur dem Zufall geschuldet war. Das sagte er jedoch nicht laut, weil ihre goldgrünen Augen so entschlossen leuchteten und ihm das außerordentlich gut gefiel.

»Aber mein Wissen reicht noch nicht«, verkündete Flower nun mit genau jener Entschiedenheit. »Fionas Auge ist noch immer entzündet. Und wenn das Kalb doch falsch herum liegt, weiß ich nicht, was ich tun soll.«

»Es wird schon gut gehen«, meinte er und fragte sich, ob sie allen Rindern Namen gegeben hatte.

»Und was, wenn nicht? Ich will mich nicht auf das Glück verlassen. Ich will selbst wissen, was zu tun ist. So wie Eiric aus Portskerra. Sie könnte mir so vieles beibringen.«

»Portskerra?« Er hob eine Augenbraue, während er noch ein Stück näher an Flower rückte. »Der Ort sagt mir etwas.«
»Warst du schon einmal dort?«
»Nein.« Er schüttelte den Kopf. »Aber ich glaube, dass mein Cousin Lochlann den Namen einmal erwähnt hat. Mein Vater hat ihn nach dem plötzlichen Tod seiner Eltern an die Grenze zwischen unseren und euren Ländereien gesandt, um dort für ein friedliches Zusammenleben zu sorgen.« Er zuckte mit den Schultern. »Vermutlich dachte er, dass Lochlann eine Aufgabe guttäte.«

Bestürzung trat in Flowers Gesicht, und ihre freudige Erregung schien für einen Moment vergessen. »Der Arme. Hat es ihm wenigstens geholfen?«

Da Cailan die Stimmung gewiss nicht ins Trübe kippen lassen wollte, grinste er verschmitzt. »Er hat zumindest einige Witwen im Grenzgebiet sehr friedlich gestimmt, ehe er vor zwei Jahren geheiratet hat.«

»Oh«, hauchte Flower, und er sah belustigt, wie sie bei dieser Bemerkung errötete.

Er griff nach ihrer Hand. »Hat dir schon einmal jemand gesagt, wie hinreißend du bist?«

Flower versteifte sich für einen Moment und blickte ihn misstrauisch an. Sie wirkte, als ob sie mit ihren Gedanken noch ganz woanders war, fragte aber trotzdem: »War das etwa ein Kompliment?«

Schmunzelnd beugte er sich zu ihr hinüber. »Und ich finde, dass du verdammt gut küsst«, murmelte er mit rauer Stimme. »So gut, dass ich kaum glauben kann, dass unser Kuss auf Ardvreck Castle dein erster war.«

Flowers Lider flatterten, während er immer näher kam. Sie roch süß, nach Rosen und Zimt, und er wusste, dass ihre Lippen ebenso süß schmecken würden. Es war viel zu lang her, dass er sie berührt hatte, und er sehnte sich nach ihrer Nähe. Doch kurz bevor er seine Lippen auf Flowers senken konnte, rückte sie etwas von ihm ab.

Ihre Wangen waren noch röter geworden, aber ihre Stimme war fest.

»Was lässt dich glauben, dass das mein erster Kuss war?«

»Ich ... ähm ...«

Er musste ein furchtbar entsetztes Gesicht machen, denn Flowers Mundwinkel zuckten belustigt, ehe sie laut auflachte. »Von einem Mann, der mit mehr Frauen getändelt hat, als ich wissen will, hätte ich etwas mehr Verständnis erwartet.« Ihre Augen glänzten spöttisch.

»War es Finley?«, knurrte er. »Wenn ja, bringe ich ihn um.«

Flower legte den Kopf schief und ließ ihn einen Moment zappeln. Dann schüttelte sie den Kopf und gestand ohne jegliche Reue: »Ich scherze nur.«

»Hm«, brummte er, das Bild von ihr im Arm von Finley lebhaft vor seinen Augen. Was, wenn sie am Ende doch log?

»Du bist doch nicht beleidigt?«, erkundigte sich Flower, als er nichts weiter sagte. »Wenn man Greers Ausführungen glauben darf, hätte ich um einiges mehr Grund zur Eifersucht als du.«

»Du hast mit Greer über mich geredet?«, staunte er verblüfft. Als er wegen der Salbe für sein Auge bei der Heilerin gewesen war, hatte er sich schon gefragt, wie sich die beiden Frauen wohl in Zukunft begegnen würden. Greer war zwar nicht unbedingt anhänglich, aber er bezweifelte trotzdem, dass sie die Vorstellung von ihm und Flower mochte. Doch dass sie mit ihr offen über ihn gesprochen hatte?

Flower entzog ihm ihre Hand, beinahe so, als ob ihr seine Berührung plötzlich unangenehm wäre. »Wir haben über Männer im Allgemeinen geredet.«

Er grinste. »Verdammt schade, dass ich das nicht gehört habe.«

Flower dagegen schwieg und griff wieder nach dem kleinen Holzstück. Sie drehte es mehrmals in ihrer Hand, ehe sie mit einem Ruck den Kopf hob. »Wie viele Bastarde hast du eigentlich?«, platzte es aus ihr heraus.

»Was?« Seine Augen weiteten sich verdutzt bei dieser Frage.

»Keine, soweit ich weiß.«

»Wie kannst du dir da sicher sein?«

Cailan nahm ihr das Holz aus der Hand und strich über ihre Handinnenfläche. »Auch wenn mein Ruf etwas anderes behauptet, habe ich doch ein gewisses Maß an Anstand. Und ich habe mich stets bemüht, dass meine Zusammenkünfte ohne Folgen bleiben.«

»Weil du keine Kinder möchtest?«, entfuhr es Flower. Einen aberwitzigen Moment lang meinte er, einen hoffnungsvollen Schimmer in ihren Augen zu entdecken.

»Im Gegenteil. Ich hätte am liebsten ein Dutzend Kinder.« Er drückte kurz ihre Hand. »Aber eben mit meiner Ehefrau, um meine Nachfolge zu sichern.«

»Aber das müsste doch nicht sofort sein, oder?«, hakte sie nach.

»Oh doch«, widersprach er grinsend. »Am besten sogar jetzt sofort.« Wieder neigte er sein Gesicht näher zu ihr, und auch sie starrte für einen Moment auf seinen Mund. Dann aber senkte sie den Blick und kaute unruhig auf ihrer Lippe.

»Was ist ... was ist, wenn ich mit Kindern warten will?«

Was war das für eine Frage? Er betrachtete seine Verlobte aufmerksam, merkte, wie sich ihre Brust ungewöhnlich schnell hob und senkte. Sanft legte er einen Finger unter ihr Kinn und hob es an, damit sie ihm in die Augen sah. »Ist das eine Falle? Willst du sehen, ob ich entgegenkomme und verständnisvoll bin?«

»Würden wir nun warten, oder nicht?« Flowers Unterlippe zitterte leicht, und ihr Blick glitt unstet über seine Gesichtszüge. Hatte sie etwa Angst?

Aye, natürlich, ging es ihm schließlich auf. Er schalt sich einen Narren, weil ihm das nicht früher eingefallen war. Flower hatte tatsächlich Angst, aber nicht vor dem Kinderkriegen, sondern vor dem Ehebett. Gewiss hatte Greer seiner unschuldigen Braut etwas erzählt, das sie abgeschreckt hatte. Vielleicht, dass er stürmisch war und seine Leidenschaft nicht bändigen konnte. Und nun war sie verunsichert, zumal Greer meist schamlos übertrieb. Nahm man das zusammen mit den schaurigen Geschichten über rücksichtslose Männer, die in der Hochzeitsnacht nur an ihr eigenes Vergnügen dachten – war es da noch ein Wunder, dass sie ihn bat, damit zu warten?

Cailan strich ihr mit einer Hand sanft über die Wange. »Wir finden für alles eine Lösung. Aber jetzt«, er zog Flower mit einer federleichten Bewegung auf seinen Schoß, »will ich dich küssen.«

Und damit beugte er sich nach vorn und bedeckte ihre Lippen sanft mit seinen. Es war ein kurzer Kuss, der nichts forderte. Ein weicher Kuss, der nicht verschreckte. Ein Kuss, der einlud, einander kennenzulernen. Und ein Kuss, nach dem Flower ihn mit strahlenden Augen anlächelte.

»Das war schön.«

Lächelnd strich er ihr eine Strähne hinter das Ohr, unter dem das mondförmige Muttermal ihre Haut zierte. Er wollte sie weiterküssen, stürmischer küssen, sie um den Verstand küssen. An ihrer Lippe knabbern, mit der Zunge ihren Mund erkunden, sie zum Stöhnen bringen. Doch Flower war noch immer angespannt, und wenn er ihr die Angst nehmen wollte, musste er behutsam vorgehen.

»Was hältst du davon, wenn wir morgen einen Ausflug machen? Ich erinnere mich an eine sehr schöne Stelle, an der Artair und ich vorgestern vorbeigeritten sind.«

Flower sah ihn zweifelnd an. »Du weißt schon, dass du damit Gefahr läufst, dir ein weiteres blaues Auge von Leaf einzufangen? Sie könnte denken, dass du mich entführst.«

»Also ist es dir doch aufgefallen«, stellte er fest und war gleichzeitig froh, dass die Schwellung mittlerweile wieder abgeklungen war. »Aber nein, du kannst unbesorgt sein. Noch mal erwischt der kleine Teufel mich ganz gewiss nicht.«

Flower gluckste. »Ich sollte dir verbieten, meine Schwester so zu nennen. Aber irgendwie glaube ich, dass ihr die Bezeichnung gefallen würde.« Der Schalk in ihren Augen wich wieder der Ernsthaftigkeit. »Was ist mit unseren Vätern? Sie werden uns sicher nicht alleine ausreiten lassen.«

»Du meinst, nach den Geschehnissen bei Logans Hochzeit?« Er konnte der Versuchung nicht widerstehen, ihr nochmals einen kurzen Kuss auf die Lippen zu hauchen. »Sie müssen es ja nicht wissen. Triff mich morgen Nachmittag an der Eiche im Dorf. Für alles andere sorge ich.«

KAPITEL 26

»Bist du aufgeregt?«, fragte Hailey, als sie am nächsten Tag neben Flower den Hügel hinab ins Dorf ging. Dabei hüpfte der Korb an ihrem Arm auf und ab, sodass Flower besorgt um die Eier war, die sich darin befanden.

»Etwas vielleicht«, gestand sie und strich sich über ihr Kleid. Sie hatte überlegt, eines ihrer kostbaren Gewänder anzuziehen, doch letztendlich hatte sie sich für ihr Reisekleid entschieden. Alles andere wäre zu auffällig gewesen.

»Etwas?«, hakte die Freundin nach. »Gestern Abend, als ich den Tisch abgeräumt habe, hast du Cailan mit ganz großen Augen angesehen.«

»Habe ich nicht«, protestierte sie, obwohl das nicht die ganze Wahrheit war.

Hailey schmunzelte und warf einen Blick zum blauen Himmel, der nur vereinzelt mit Wolken betupft war. »Mir scheint, Jan hat sich geirrt. Es sieht überhaupt nicht nach Regen aus. Eurem Ausritt steht nichts im Weg.«

»Zum Glück.« Flower sah sie ernst an. »Du weißt ja, was ich vorhabe.«

Hailey drückte ihre Hand, doch ihr Lächeln erreichte nicht die Augen.

»Du glaubst nicht, dass es gelingt«, stellte Flower fest. »Und wenn nicht einmal du daran glaubst ...« Sie seufzte und blieb stehen.

»Na, na.« Hailey schüttelte energisch den Kopf und hakte sich bei ihr unter. »Der Tag, an dem ich meine Zuversicht verliere, muss erst noch kommen. Aber vielleicht braucht es mehr als einen Nachmittag, um Cailan von Kindern abzubringen.«

Flower seufzte. Mit Finley wäre alles so einfach gewesen. Doch, und zu dem Schluss war sie bereits mehrere Male gekommen, diese Überlegung half ihr nun mal nicht weiter. Sie musste Finley vergessen, zumal sie sich mittlerweile vor allem als Freund an ihn erinnerte, und sich auf ihre Zukunft mit Cailan besinnen. Den Mann, bei dem ihr Herz wirklich höherschlug und an dessen lebhafte, verwegene Art sie immerzu denken musste.

»Jetzt mach nicht so ein Gesicht«, tadelte Hailey. »Am Ende wird alles gut. Für uns beide.«

»Ich in Portskerra und du in den Armen eines wundervollen Ehemanns?«

»Aye.« Lachend schwenkte Hailey ihren Korb. »Ich hätte ja schon einen im Blick.«

»Was? Warum weiß ich davon nichts?« Flower blickte ihre Freundin derart durchdringend an, dass diese sich erschrocken die Hand vor den Mund schlug.

»Ach, es sind nur Träumereien«, winkte sie ab und ging eilig weiter. »Da vorne ist schon die Kate meines Vaters. Ich fürchte, ich muss es dir ein anderes Mal erzählen.«

»Dich hat es ganz schön erwischt, was?«

»Kann schon sein«, gestand Hailey, ehe sie Flower fest in die Arme schloss. »Genieß du deinen Ausflug mit Cailan. Wenn jemand auf der Burg nach dir fragt, sage ich, dass du bei Greer bist.«

»Du bist die Beste«, bedankte sie sich und setzte ihren Weg zur alten Eiche fort.

Als Flower bei ihrem Treffpunkt ankam, war Cailan noch nirgends zu sehen. Also ließ sie sich am Fuß des Baumes im weichen Gras nieder. Der alten Eiche wurden magische Kräfte zugesprochen. Ob Flower ihr wohl auch ihre Wünsche anvertrauen sollte, so wie es die Dorfbewohner und nicht selten auch ihre jüngste

Schwester taten? Obwohl … seit Skye sich so oft bei Father Maxwell im Bergkloster aufhielt, vertraute sie ihre Sorgen eher der Eiche dort an. Diese war angeblich ein Abkömmling des hiesigen Glücksbaumes.

Nahendes Hufgetrappel riss Flower aus ihren Gedanken. Sie wandte ihren Kopf und sah, wie sich Cailan im schnellen Trab auf Taran näherte. Sein helles Leinenhemd hatte er an den Ärmeln hochgekrempelt, und es wurde von dem Wind nah an ihn gedrückt, sodass sie seinen muskulösen Oberkörper erkennen konnte. Seine dunkelblonden Haare peitschten um sein Gesicht, und als sie ihn so betrachtete – lässig und aufrecht im Sattel –, konnte sie einen Moment lang gar nicht glauben, dass sie diesen Mann heiraten durfte.

»Flower.« Cailan parierte seinen Hengst durch und schwang sich mit einer mühelosen Bewegung vom Pferderücken. »Entschuldige die Verspätung, aber River hat mich so begeistert über meine Zeit auf dem Kontinent ausgefragt, dass ich mich kaum losreißen konnte.«

Sie schmunzelte, konnte sie sich doch genau vorstellen, wie River aufgeregt an ihren Zöpfen herumspielte, während sie mit leuchtenden Augen jede, aber auch wirklich jede Einzelheit wissen wollte. »Sei froh, dass du nicht in Brügge warst. Da kann meine Schwester gar nicht mehr an sich halten.«

Cailan streckte ihr eine Hand hin, um ihr beim Aufstehen zu helfen. »Was ist das Besondere an Brügge?«

»Es ist einer der größten Handelsplätze mit einer beeindruckenden Wasserhalle, in der Waren aus aller Welt ankommen.« Flower ergriff seine Hand, und bei der Berührung begann es, in ihrem Bauch sanft zu kribbeln. »Jan stammt von dort, und River würde gern einmal dorthin reisen, wie vermutlich zu jedem anderen Ort der Welt.«

»Darauf kann ich verzichten«, meinte Cailan. »Ich glaube kaum, dass es irgendwo schöner ist als hier.« Er beschrieb mit seiner Hand eine kreisartige Bewegung.

»Dasselbe denke ich auch«, gestand Flower lächelnd.

»Obwohl ...« Er zwinkerte. »Wo wir jetzt hinreiten, ist es noch ein wenig schöner.« Fragend zog sie eine Augenbraue hoch, doch er schüttelte nur den Kopf. »Lass dich überraschen.«

»Das meinte ich nicht.« Sie nickte in Tarans Richtung. »Du hast nur ein Pferd mitgebracht.«

Er neigte den Kopf. »Ich hätte ja auch schwer mit zwei Pferden die Burg verlassen können, wenn ich behaupte, allein auszureiten. Außerdem«, sein Schmunzeln wurde breiter, »hatte ich dir doch auf unserer Rückreise versprochen, dich auf meinem Pferd zu entführen.« Damit umfasste er ihre Hüfte und hob sie auf den rotbraunen Hengst, ehe er sich selbst hinter sie in den Sattel schwang.

Sie lächelte. »Hailey wäre davon sehr angetan.«

»Du hoffentlich auch.« Cailan legte einen Arm um ihre Hüfte und drückte sie enger an sich. »Entgegen deiner früheren Meinung kenne ich nämlich nicht nur Verlangen.« Damit hauchte er ihr einen Kuss in den Nacken, der sie sofort an seiner Aussage zweifeln ließ, und trabte Taran an.

Trotz des wichtigen Gesprächs, das ihr bevorstand, genoss sie den Ritt durch die Highlands sehr. Im Schritt durchquerten sie den Wald. Das letzte Mal, als sie vor jemandem im Sattel gesessen hatte, war sie noch ein Kind gewesen und hatte es gar nicht erwarten können, endlich allein reiten zu dürfen. Doch nun, da sie Cailans harte Brust an ihrem Rücken fühlte und seinen Geruch nach Sandelholz einatmete, verspürte sie keinerlei Verlangen mehr danach und bereute es fast, dass sie auf dem Heimweg von Ardvreck Castle so stur gewesen war.

»Sieh nur, ein Reh«, flüsterte sie. Das Tier lugte in einiger Entfernung hinter einem Baumstamm hervor. »Es ist noch sehr jung«, fügte sie hinzu. Als sie näher kamen, verschwand das Kitz rasch wieder im Unterholz.

»Zum Glück war es nicht verletzt«, neckte Cailan. »Sonst hättest du gewiss darauf bestanden, abzusteigen.« Seine Stimme wurde tiefer. »Und ich mag es gerade sehr mit dir hier.« Damit schob er ihre Haare ein kleines Stückchen zur Seite und küsste sie sanft auf den Hals. Flower lief bei dieser Berührung ein warmer Schauer über den Rücken. Leicht neigte sie den Kopf, und während Cailan die empfindliche Stelle weiter küsste, wanderte seine Hand zu ihrem Bauch. Er strich vorsichtig darüber, doch sie hielt seine Hand fest.

»Das haben wir nicht ausgemacht.«

»Nein«, wisperte er an ihr Ohr. »Aber es gefällt dir trotzdem.« Flower öffnete schon den Mund, um das zu leugnen, da lachte Cailan leise. »Ich spüre deinen Herzschlag, Flower. Und du wirst schon wieder rot. Aber gut, wenn du lieber wieder schneller reiten willst ...« Damit schloss er seinen Arm fest um ihre Taille, und Taran galoppierte los.

Bald schon ließen sie den Wald hinter sich und ritten über offene Wiesen und an glitzernden Seen vorbei. Das warme Licht der Sonne ließ die Farben der Natur kräftig leuchten, und über ihnen, hoch in den Lüften, kreisten Greifvögel majestätisch über der Landschaft. Es roch nach Heidekraut, Blumen und dem Salz des nahen Meeres. Flower hatte sich selten so wohlgefühlt.

»Da sind wir«, verkündete Cailan, als sie am Rand eines anderen Waldes ankamen. Mit einer flinken Bewegung schwang er sich aus dem Sattel und hob sie hinunter. Etwas verunsichert blickte sie ihn an.

»Wir sind zu einem Waldrand geritten?«

»Nur Geduld.« Schmunzelnd band er Taran an und zog eine Wolldecke aus der Satteltasche. Im nächsten Augenblick griff er nach ihrer Hand und führte sie einige Schritte in den Wald hinein.

Etwas verwundert folgte Flower ihm unter tief hängenden Ästen hindurch und an einer Höhle vorbei. Dann, als sie sich schon erneut erkundigen wollte, wohin sie gingen, vernahm sie über das Rascheln der Baumkronen hinweg ein sanftes Plätschern. Erst war es ein leises Geräusch, dann aber wurde es zunehmend lauter, und auf einmal öffnete sich vor ihnen eine kleine Lichtung.

»Ein Wasserfall«, staunte sie. Sie ließ Cailans Hand los und trat einige Schritte nach vorn, um das malerische Bild besser in sich aufnehmen zu können. Dort, am Ende der Lichtung, plätscherte klares Wasser über mehrere Felsstufen, ehe es sich in den kleinen See vor ihr ergoss. Ein Graureiher stakste durch das kühle Nass, und das Licht der Sonne verlieh dem Gewässer einen nahezu magischen Glanz. Grüne Blätter trieben auf der Oberfläche des Sees und drehten sich anmutig auf ihrem Weg zurück an das grasbewachsene Ufer.

Flower legte eine Hand auf ihre Brust, während sie die Luft des Waldes tief einatmete. »Cailan ... Ich weiß gar nicht, was ich sagen soll. Das ist wunderschön.«

»Ich weiß.« Er zwinkerte ihr zu und breitete dann die Wolldecke nahe dem Seeufer aus. Sie wollte gerade zu ihm gehen, um sich darauf niederzulassen, als er sich zu ihrer großen Überraschung sein Leinenhemd über den Kopf zog.

»Was tust du da?«, hauchte sie erstaunt. Sie sollte wegsehen, aber konnte doch nicht anders, als auf das Spiel seiner starken Muskeln zu starren.

»Ich gehe baden«, erklärte Cailan. Damit streifte er sich auch die kniehohen Stiefel von den Beinen und watete – nur noch mit seiner Hose bekleidet – in den See hinein. Im nächsten Moment sprang er kopfüber ins Wasser und tauchte einige Augenblicke später prustend wieder auf. »Gott, ist das kalt!«, rief er lachend und strich sich die nassen Haare aus dem Gesicht.

Flower, wie von seiner Unbeschwertheit angezogen, kam näher. Sie konnte dabei den Blick nicht von dem mit einem hellen Flaum bedeckten Oberkörper des Mannes abwenden, der ihr Ehemann werden sollte.

»Du starrst«, stellte Cailan grinsend fest.

Ihre Wangen wurden warm. »Ich ...«, fing sie an zu erklären, doch er winkte ab.

»Von mir aus kannst du so viel starren, wie du möchtest.« Langsam kam er näher.

»Ach ja?« Mit viel Mühe heftete sie den Blick auf sein Gesicht.

»Ja.« Er hatte wieder das Ufer erreicht und stand nun dicht vor ihr. »Es lenkt dich davon ab, dass ich jetzt nah genug bin, um dich ins Wasser zu entführen.«

Damit hob er sie auf die Arme und trug sie in den See.

»Meine Stiefel! Mein Kleid, Cailan!«, protestierte sie lautstark und stemmte sich gegen seine Brust.

Doch er sah sie nur mit einem verschmitzten Grinsen an. »Die hättest du ohnehin nicht ausgezogen. Und jetzt, Mylady, mach dich bereit!«

»Das wagst du nicht!«, keuchte Flower, doch schon im nächsten Moment sank sie mit Cailan unter die Wasseroberfläche. Prustend tauchte sie wieder auf und konnte nicht anders, als herzhaft zu lachen. »Ich kenne niemanden, der so gewissenlos ist wie du, Mylord.« Sie befreite sich aus seinen Armen und spritzte ihm eine Ladung Wasser ins Gesicht.

Sogleich entfuhr ihm ein raubtierhaftes Knurren. »War das eine Kriegserklärung?«

»Verdammt richtig!«, rief sie und überschüttete ihn mit mehr Wasser. Cailan lachte laut und erwischte sie nun seinerseits mit einem Schwall. So ging das eine Weile, ehe sie erschöpft die Arme hob. »Ich gebe auf.«

»Und was lässt dich glauben, dass ich diese Kapitulation annehme?« Er kam mit einem amüsierten Glitzern in den Augen näher auf sie zu.

»Dein anständiges Herz?«

»Ich habe kein anständiges Herz.«

»Dein Mitgefühl?«

Doch Cailan schüttelte nur den Kopf. »Ein Kuss«, verlangte er.

»Ich willige ein im Austausch gegen einen Kuss.«

Und noch bevor sie überhaupt die Zeit hatte, zu widersprechen, hatte er sie an sich gezogen und ihr mit einer Hand zärtlich die nassen Haare zurückgestrichen. Sanft legten sich seine Lippen auf ihre, und die Welt um sie herum begann sich leicht zu drehen. Eine süße Hitze durchflutete ihren Körper, und wie durch eine fremde Macht geführt, schlang sie ihre Arme um Cailans Hals und presste sich näher an ihn.

Ein heiseres Knurren entfuhr ihm, und er eroberte ihren Mund mit seiner Zunge. Erst war Flower überrascht, doch schon nach wenigen Momenten genoss sie die Berührung in vollen Zügen und umkreiste seine Zunge mit ihrer. Himmel, fühlte sich das gut an!

Auch Cailan schien das zu denken, denn er küsste sie weiter, immer weiter, und immer leidenschaftlicher. Seine Hände wanderten ihren Rücken hinab, und schon bald knetete er sanft ihre Pobacken. »Cailan«, tadelte sie, doch er murmelte nur: »Genieße einfach«, und überzog ihren Hals mit sinnlichen Küssen.

Flower bekam eine Gänsehaut, was ganz sicher nicht an der Kühle des Wassers lag. Sie schmiegte sich enger an Cailan, und er umgriff ihre Beine und schlang sie um seine Hüften, während er wieder ihren Mund mit seinen heißen Liebkosungen verwöhnte. Von einem bisher ungeahnten Feuer ergriffen, erwiderte sie seine Küsse, presste sich fester an ihn, fuhr ihm mit den Händen durch die Haare.

»Du weißt gar nicht, was du mit mir machst«, raunte Cailan, und nur am Rande nahm sie wahr, wie er sie zurück ans Ufer trug.

»Was tust du?«, wisperte sie an seinen Lippen.

»Du zitterst.« Er strich ihr einen Wassertropfen von der Wange. »Deshalb gehen wir an Land.«

Sie wollte protestieren, doch da hatte er ihren Mund mit einem weiteren Kuss gefangen genommen. Sie rechnete damit, dass er sie jeden Moment absetzen würde, doch Cailan trug sie ganz aus dem See, bevor er sie vorsichtig auf ihre Beine stellte. Mit einem ehrfürchtigen Ausdruck in den Augen strich er über ihre Schultern, ehe seine Hände zu den Verschnürungen ihres Kleides wanderten.

Mit der Erfahrung eines Mannes, der das schon viele Male getan hatte, begann er sie zu lösen.

»Nein«, flüsterte Flower und legte ihre Hand auf seine.

»Du wirst krank, wenn du das nasse Kleid nicht ausziehst«, ermahnte er sie sanft. »Außerdem trägst du immer noch dein Unterkleid.«

»Das im Moment auch sehr nass ist«, beharrte sie.

»Und deshalb trocknen muss.« Er zog sie näher an sich und sah ihr tief in die Augen. »Vertrau mir, Flower.«

Angesichts der Aufrichtigkeit in Cailans Stimme schmolz ihr Widerstand, und sie überließ sich seinen geschickten Fingern, die sie erstaunlich schnell aus ihrem Überkleid schälten. Kaum dass das Kleid zu Boden gesunken war, hob Cailan sie heraus und trug sie zu der Wolldecke hinüber, auf der er sie vorsichtig ablegte.

»Die Stiefel müssen auch trocknen«, sagte er und befreite sie mit etwas mehr Mühe auch von diesen.

»Du Schuft, das hast du von vornherein geplant.« Flower schüttelte atemlos den Kopf. Ihr Herz schlug ihr noch immer bis zum Hals, hatte doch noch kein Mann zuvor sie auf diese Weise berührt.

Cailan legte sich neben sie und zog sie in seine Arme. Eine Weile lagen sie so da. Sie lauschte seinem ebenfalls schnellen Herzschlag und spürte die Wärme, die sein Körper ausstrahlte. Im Hintergrund vernahm sie das sanfte Rauschen des Wassers, doch nur so lang, bis sich Cailan aufrichtete und sie erneut küsste.

Dieses Mal war der Kuss langsamer, zaghafter. Cailan ließ ihr genug Raum, um sich in ihrer spärlichen Bekleidung wohlzufühlen, die, wie sie sehr genau wusste, viel weniger verbarg, als sie sollte. Zärtlich strich er über ihren Arm, und erst als sie, erregt von der quälenden Langsamkeit seiner Liebkosungen, erbebte, drehte er sie auf den Rücken und begann, ihren Hals zu küssen.

Ein heißes Prickeln durchflutete Flower, und sie legte den Kopf seufzend in den Nacken. Cailan entfuhr ein leises Knurren. Während er weiter ihren Hals mit seinen Küssen verwöhnte, fuhr seine Hand tiefer und umfasste eine ihrer Brüste.

Flower wusste, dass sie ihn aufhalten sollte, da sie noch nicht verheiratet waren. Doch unter Cailans Berührungen schmolz jeglicher Widerstand dahin. Sanft liebkoste er ihre Brust, rieb mit seinem Daumen über die empfindliche Spitze, die sich unter dem feuchten Stoff ihres Unterkleides willig aufstellte.

Sie stöhnte und wölbte sich ihm entgegen, zog seinen Mund zurück auf ihren und küsste ihn hemmungslos. Cailans Hand wanderte noch tiefer, verweilte einen Moment auf ihrem Bauch, ehe er sie über den Stoff zwischen ihren Beinen gleiten ließ.

Noch nie hatte ein Mann Flower dort berührt, und sie sog scharf die Luft ein. Sie wollte protestieren, doch es fühlte sich gut an, so unbeschreiblich gut, wie Cailan sie durch ihr dünnes Unterkleid streichelte. Viel besser, als sie es sich je hätte träumen können.

»Hör nicht auf«, hauchte sie, und so dauerte es nicht lang, bis Cailan ihr Kleid behutsam nach oben schob und mit seiner Hand ihre empfindlichste Stelle ohne den störenden Stoff dazwischen berührte.

»Oh Gott, Flower«, stöhnte er. Sie keuchte, entspannte sich aber sogleich wieder, während er sie mit seinen fähigen Bewegungen mehr und mehr ihre Umgebung vergessen ließ. Es gab nur noch sie und ihn, seine Berührung auf ihrem Körper und diese bittersüße Anspannung, die sich mit jedem weiteren Atemzug mehr in ihr anstaute. Die sie mitzureißen drohte und auf die wundervollste Art und Weise quälte.

»Bitte«, keuchte sie und wusste selbst nicht genau, worum sie bat. Da beugte sich Cailan über sie und küsste sie wieder. Mit den Fingern trieb er sie weiter und weiter jenen Gipfel empor, den sie so dringend erklimmen wollte. Von dem sie vor heute nicht einmal geahnt hatte, dass es ihn gab.

Es war folternd und berauschend zugleich, es belebte ihre Sinne und raubte ihr den Atem. Und dann – endlich – brach die Welle, die sich in ihrem Inneren aufgebäumt hatte, und riss sie mit sich in ein Tal vollkommener Glückseligkeit.

»Cailan«, stöhnte sie, während sie sich zitternd an seinen Körper presste und dann erschöpft und glücklich zurück auf die Wolldecke sank.

Als sie die Augen wieder aufschlug, war Cailan über ihr und betrachtete sie mit einem verhangenen Ausdruck in den Augen. Sein Atem ging schwer, und seine Muskeln waren angespannt. »Du hast keine Vorstellung«, presste er mit rauer Stimme hervor, »was du in mir auslöst.«

Ein seliges Lächeln legte sich auf ihre Lippen. »Wenn ich mich richtig erinnere, hast du damit angefangen.«

Cailan lachte und strich ihr eine Strähne aus dem Gesicht, ehe er ihre Lippen erneut mit einem Kuss bedeckte. Dann rollte er sich neben sie und atmete einige Male tief durch.

Flower selbst fühlte sich auf einmal unglaublich müde. Sie schloss die Augen und schmiegte sich in Cailans Arme. Das sanfte Plätschern des Wasserfalls drang wieder an ihr Ohr, über ihr raschelten die Baumkronen, und Cailan zog die Wolldecke über ihren Körper. Im nächsten Moment war sie eingeschlafen.

Flower wusste nicht, wie viel Zeit vergangen war, als sie wieder erwachte. Am Himmel über ihr standen mittlerweile einige Wolken. Auch der Wind wehte stärker, und in diesem Moment landete das Blatt eines nahen Baumes auf ihrer Hüfte.

»Gut geschlafen, Mylady?« Cailan hatte sich auf einen Ellbogen gestützt und betrachtete sie aufmerksam. Seine Mundwinkel waren leicht gehoben, und Flower verspürte den Drang, ihn wieder zu küssen. Ihm musste es ähnlich gehen, denn er beugte sich nach vorne und hauchte einen langen, zärtlichen Kuss auf ihre Lippen.

Nachdem sie sich wieder voneinander gelöst hatten, sah er ihr tief in die Augen. »Hat es dir gefallen?«

Sie wusste sofort, dass er damit nicht den Kuss meinte. Ihre Wangen wurden warm, und sie zog ihr Unterkleid zurecht, das zwar noch immer derangiert, aber immerhin inzwischen getrocknet war. »Es war durchaus ... angenehm.«

»Angenehm?« Cailan legte die Stirn in Falten und zog sie wieder näher an sich. »Ist das nicht eine leichte Untertreibung, Mylady?«

»Na gut«, seufzte sie und konnte ein Lächeln nicht unterdrücken. »Es war himmlisch, wenn du es genau wissen willst. Und furchtbar unanständig. Wenn das meine Mutter wüsste!«

Cailan schmunzelte und strich über ihre Wange. »Ich weiß. Aber ich hoffe, dass du so weniger Angst vor unserer Hochzeitsnacht hast.«

Sie richtete sich auf die Ellbogen auf und hob eine Augenbraue. »Wieso denkst du, dass ich Angst davor habe?«

»Nun ja.« Cailan sah sie forschend an. »Du hast mich gestern gefragt, ob wir mit Kindern warten können.«

»Oh«, flüsterte sie, als sie verstand, welchem Missverständnis er unterlegen war.

»Ich weiß nicht genau, was Greer dir über mich erzählt hat«, fuhr er fort. »Und ich kann mir gut vorstellen, wie sich manches anhört, wenn man es noch nicht erlebt hat. Aber ich wollte dir zeigen, dass ich behutsam mit dir umgehe. Dass ich auf dich aufpasse. Du musst keine Angst haben, Flower. Unsere Hochzeitsnacht wird wunderschön. Für uns beide.«

»Oh«, wiederholte sie. Sie setzte sich auf und rieb ihre Hände unruhig aneinander. »Nun, es ist so ...« Plötzlich war sie furchtbar aufgeregt. Das war der Moment, auf den sie gewartet hatte. Ihre Chance, Cailan endlich in ihre Träume einzuweihen. Einmal holte sie noch tief Luft und strich die Strähne aus ihrem Gesicht, die ihr der immer stärker werdende Wind dorthin geweht hatte. »Ich habe keine Angst vor dir«, erklärte sie dann mit fester Stimme.

Und das hatte sie wirklich nicht. Sie hatte beobachtet, wie er sich um sein Pferd kümmerte und auf der Reise immer wieder Hailey zuliebe angehalten hatte. Die Dorfbewohner sprachen gut von ihm, und auch wenn er manchmal fürchterlich arrogant war, hatte sie ihn nie als grausam erlebt. Und Greer ... Himmel, die Frau schmolz fast bei der Erinnerung an seine Liebesfertigkeiten. Doch das würde sie ihm natürlich nicht sagen.

»Ich fühle mich sogar sehr wohl in deiner Gegenwart«, gestand sie stattdessen.

»Wieder eine Untertreibung«, neckte Cailan, hörte ihr aber weiter zu.

»Es ist nur ...« Flower sah ihm fest in die Augen, während ihr Herz immer heftiger schlug und ihre Handflächen feucht wurden. »Ich bin noch nicht bereit für Kinder. Weil ich zuerst noch nach Portskerra möchte, um von Eiric mehr über das Heilen von Tieren zu lernen.« Noch einmal holte sie tief Luft. »Ich träume schon seit Jahren davon, weißt du?«

Einen Moment sah Cailan sie verständnislos an. Dann schüttelte er den Kopf, während er sich ebenfalls aufrichtete und seinen Zeigefinger sanft unter ihr Kinn legte. »Oh, Flower, meine süße Flower, du bist wirklich erstaunlich.«

»Erstaunlich?«

»Aye, erstaunlich.« Er schmunzelte und musterte sie mit einem belustigten Ausdruck in den Augen. »Weißt du, wie viele Frauen mich gerne heiraten würden? Allein deswegen, weil sie dann die Herrin von Castle Girnigoe wären und sich dort am warmen Kaminfeuer ein angenehmes Leben machen könnten?« Er schüttelte wieder den Kopf. »Aber du ... du träumst davon, in ein Bauerndorf zu ziehen, um Tiere zu heilen.« Seine Stimme wurde weicher. »Ich lag richtig vor all den Jahren: Du bist ein kleiner Kräuterzwerg.«

Flowers Bauch krampfte, und sie starrte Cailan fassungslos an. Wie konnte er so etwas sagen? Sofort rückte sie von ihm ab und funkelte ihn mit zu Schlitzen verengten Augen an. »Das ist nicht lustig, Cailan. Verstehst du nicht, dass die Tiere mich brauchen?«

So wie Bhaic einst?
Und Fiona jetzt?
Er beugte sich vor, um sie erneut zu küssen, doch sie wich ihm aus.
»Flower.« Cailan seufzte, griff nach ihrer Hand und fuhr mit seinem Finger darüber. »Du weißt doch selbst, dass das nicht infrage kommt.«

»Nein, Cailan, ich mache keinen Spaß.« Sie entzog ihm ihre Hand und sah ihn mit all der Ernsthaftigkeit und Wut an, die sie fühlte. »Ich werde nach Portskerra gehen.«

»Weg von mir?« Er lehnte sich vor und raunte ihr ins Ohr: »Mir scheint, ich sollte dir noch eine Kostprobe davon geben, warum du das nicht willst.«

»Cailan!« Ihre Stimme war schneidend, und sie schob ihn grob von sich. »Nimm mich ernst.« Ihr Atem beschleunigte sich, sie sah ihm eindringlich in die Augen. »Ich muss zu Eiric, verstehst du? Sonst lasse ich die Tiere im Stich.«

Cailan stöhnte und warf einen Blick zum Himmel, an dem sich die Wolken mittlerweile zu einer dichten Decke zugezogen hatten. Er wirkte besorgt. »Und wie hast du dir das vorgestellt? Portskerra ist drei Tagesritte von Castle Girnigoe entfernt.«

Sie atmete auf. *Endlich.* Er hörte ihr zu. Vorsichtig legte sie ihre Hand auf seinen Oberschenkel und bemühte sich um eine ruhige Stimme. »Du hast gestern doch erwähnt, dass dein Cousin Lochlann in der Nähe von Portskerra wohnt. Vielleicht könnten wir eine Zeit lang bei ihm bleiben?«

»Bei Lochlann?« In der Ferne ertönte das leise Grollen eines Donners. Cailan zuckte zusammen und sah abermals nach oben. Erst als sie mit ihrer Hand leichten Druck ausübte, antwortete er. »Ich wüsste nicht, was ich da soll. Ich habe Aufgaben daheim auf Castle Girnigoe. Ich übe mit unseren Männern den Schwertkampf, ich lerne von meinem Vater.«

Mit gefurchter Stirn schob sich Flower abermals die Haare aus dem Gesicht. Warum hatte sie daran nicht gedacht?

»Dann …«, sie zögerte kurz, weil sie sehr bedauerte, was sie nun sagen musste, »gehe ich eben allein. Männer ziehen auch in den Krieg, während ihre Ehefrauen auf der Burg bleiben.«

Ein ungläubiges Lachen erklang. »Aber du bist kein Mann.« Cailans Tonfall wurde ungeduldig. »Du bist eine Frau. Meine zukünftige Frau. Dein Platz ist an meiner Seite auf Castle Girnigoe. Bei unseren Kindern.«

»Hast du mir überhaupt zugehört?« Flower musste an sich halten, um ihn nicht zu schütteln. »Ich will keine Kinder, sondern nach Portskerra. Fionas Auge …« Sie schnappte nach Luft, so kam sie nicht weiter. Sie musste sich etwas anderes einfallen lassen. »Vergiss für einen Moment die Tiere«, bat sie. »Von Eiric kann ich auch mehr über das Heilen von Menschen lernen. Du hast selbst gesehen, wie nützlich es war, dass ich die Schulter deines Vaters einrenken konnte.«

»Aye, das stimmt. Aber das kannst du ja schon.«

»Aber so viel anderes kann ich noch nicht! Schwindel, wenn Kinder bei der Geburt falsch liegen, Schwermut. Denk nur daran, wie vielen Menschen ich auf Castle Girnigoe helfen könnte, wenn ich mehr darüber wüsste.«

Cailan musterte abermals prüfend den Himmel. »Mein Vater würde einen Tobsuchtsanfall bekommen, wenn ich meine Ehefrau in ein Bauerndorf ziehen lasse, anstatt Nachkommen mit ihr zu zeugen.«

»Das ist nicht gerecht! Verdammt, Cailan, denk doch an Greer. Was täten die Bewohner von Tongue ohne sie?« Flower griff erneut nach seiner Hand, dieses Mal fester. In der Ferne ertönte ein weiteres Donnergrollen. »Es wäre doch nicht für immer, und du könntest mich besuchen kommen. Cailan?«

»Hm?«

»Zur Hölle, wo bist du mit deinen Gedanken? Das hier ist wichtig!«

Cailan schüttelte sich, sein Gesicht war ungewöhnlich bleich, und plötzlich richtete er sich eilig auf. »Es tut mir leid, Flower«, presste er angespannt hervor. »Aber du wirst nicht nach Portskerra gehen. Und jetzt komm.« Er hielt ihr seine Hand hin, sein Blick wanderte unstet zu den Bäumen hinüber und wieder zurück.

»Aber warum nicht?« Sie schlug seine Hand beiseite und kam selbst auf die Beine.

Cailan stöhnte, während er ihr Überkleid aufhob und die letzte Feuchtigkeit aus dem Stoff wrang. »Weil meine Ehefrau an meiner Seite bleibt!« Er reichte ihr das Gewand mit verschlossener Miene. »Ich habe meine Pflicht schon einmal vernachlässigt, und es hatte furchtbare Folgen. Das wird mir nie wieder passieren.«

Zum ersten Mal seit Tagen dachte Flower daran, was Ewan ihm nach ihrer Rückkehr auf Castle Varrich vorgeworfen hatte. »Die vierundzwanzig Toten?«

Cailan zuckte heftig zusammen und fasste an seinen rechten Arm, sodass sie stützend nach ihm greifen wollte.

»Hast du Schmerzen?« Er schüttelte den Kopf und wirkte dabei schon wieder seltsam abwesend. Besorgt trat sie näher an ihn heran. »Cailan, was auch immer geschehen ist: Wenn ich da gewesen wäre, wenn ich genug gewusst hätte, hätte ich diesen Menschen vielleicht helfen können.«

Cailans Gesicht verwandelte sich vollends zu einer Maske aus Stein. »Niemand hätte ihnen mehr helfen können, hörst du? Niemand!« Mit seinen Augen durchbohrte er sie, und doch schien er gedanklich weit weg zu sein. »Sprich nie wieder davon.«

Flowers Nackenhaare stellten sich auf. Zitternd trat sie einen Schritt zurück und schlüpfte in ihr Überkleid. Es war offensichtlich, dass Cailan litt, und das tat ihr leid. Aber es ging nicht nur um ihn, sie litt ebenfalls! Und das konnte sie nicht länger missachten.

»Hätte ich Finley geheiratet, hätte ich mehr über das Heilen lernen können«, schleuderte sie ihm entgegen. »Er hat mich verstanden und ...«

»... hätte sowieso keine Kinder zeugen können?« Cailan lachte bitter, als er mit fahrigen Bewegungen nach der Wolldecke griff. »Und ich dachte, diese Geschichte würde dafür sorgen, dass du Finley nicht mehr willst.«

Sie keuchte und starrte ihn ungläubig an, während die ersten, feinen Regentropfen auf sie herabfielen. »Willst du mir damit sagen, dass das eine Lüge war?«

In weiter Ferne donnerte es abermals, und dieses Mal entdeckte Flower sogar einen Blitz am Horizont. Cailan hatte ihn auch gesehen, und die letzte Farbe wich aus seinem Gesicht.

»Es war eine Lüge, aye«, zischte er ohne jegliche Reue und fasste nach ihrem Arm. »Und jetzt komm! Wir müssen los.«

»Aber unsere Unterhaltung ist noch nicht beendet«, beharrte Flower und ballte die Hände zu Fäusten. Sie sollte verflucht sein, wenn sie jetzt aufgab!

»Du kommst jetzt sofort mit mir mit!«, herrschte Cailan sie an. »Oder ich werfe dich über meine Schulter und trage dich zu Taran.«

»Das würdest du nicht wagen!« Wütend beobachtete sie, wie er schon wieder zum Himmel blickte und sich die steile Falte zwischen seinen Augenbrauen vertiefte.

»Doch«, knurrte er, und im nächsten Moment befand sie sich auf seiner Schulter.

Sie trommelte heftig mit den Händen gegen seinen Rücken und protestierte lautstark. Doch es half nichts. Cailan zeigte keinerlei Mitleid, und so blieb ihr nichts anderes übrig, als sich von ihm zurück zu Taran tragen zu lassen.

KAPITEL 27

Das Unwetter vor zwei Tagen hatte den Rosengarten von Castle Varrich nicht verschont. Unzählige Blütenblätter waren im Wind von den Rosenstielen getrennt worden und bedeckten nun den Boden des friedlichen Ortes wie Blutstropfen. Für Flower war es ein Bild der Verwüstung. Das blieb also von einer erblühenden Blume übrig, wenn sie gegen einen übermächtigen Sturm kämpfen musste. Würde es ihr nach ihrer Hochzeit mit Cailan genauso ergehen?

Seit ihrem gemeinsamen Ausritt zum Wasserfall hatte sie ihn, so gut es ging, gemieden, obwohl sie sich auch nach ihm sehnte. Doch sie war ihm böse, sehr sogar. Wie konnte er ihre Träume nur derart vernichtend ablehnen? Er hatte nicht einmal darüber nachgedacht, sie zu Eiric gehen zu lassen. Ohne jegliches Entgegenkommen oder Verständnis hatte er beschlossen, dass sie bei ihm auf Castle Girnigoe bleiben sollte. Dabei hatte er bis zu ihrem Kuss auf Ardvreck Castle nicht einmal den Anschein erweckt, bald heiraten zu wollen. Warum also konnte er nicht noch ein wenig länger allein in seinem Bett schlafen und damit warten, Nachkommen in die Welt zu setzen? Er war schließlich bei bester Gesundheit, und ihnen würden noch Jahre bleiben.

»Fla-a«, riss Conalls Glucksen sie aus ihren Gedanken. Er war vom Schoß ihrer Mutter gekrabbelt und hatte ein Rosenblatt in seine speckigen Babyhände genommen. Mit sichtbarer Freude in den Augen zeigte er es ihr, und sie wusste nicht, ob sie bei diesem Anblick lächeln oder weinen sollte.

»Das ist ... ein sehr schönes Rosenblatt«, krächzte sie mit einem schweren Kloß im Hals.

Conall lachte, ehe er das Blatt mit seinen kleinen Fingern zerriss.

»Ist er nicht ein Sonnenschein?« Rhona betrachtete ihren Sohn mit offensichtlichem Stolz. Flower erwiderte nichts darauf. Der Name Conall bedeutete Wolf, und Wölfe waren Tiere der Nacht.

»Er hat ein wildes Herz und wird gewiss ein starker, mächtiger Mann wie dein Schwiegervater«, fuhr Rhona in andächtigem Ton fort. Dabei war ihr Bruder nur ein unselbstständiger Säugling, der ihre Mutter, wie deren Augenringe verrieten, wieder einmal eine Nacht Schlaf gekostet hatte.

»Woher willst du das wissen?« Nachdenklich beobachtete sie Conall dabei, wie dieser kreischend auf das nächste Rosenblatt zurobbte. »Er ist doch noch so klein.«

»Eine Mutter weiß so etwas«, befand Rhona liebevoll. »Genau wie ich schon immer wusste, dass du meine selbstloseste Tochter sein wirst. Schon als Kind hast du deinen letzten Haferkeks mit deinen Schwestern geteilt und Blumen gepflückt, wenn es jemandem nicht gut ging. Du hast ein großes Herz, Flower, und wirst gewiss eine wundervolle Ehefrau und Mutter sein.«

Flower starrte sie einen Moment lang mit großen Augen an. »Das denkst du also über mich.« Ihre Kehle wurde eng. »Dass ich eine gute Ehefrau und Mutter sein werde?«

»Aye.« Rhona blickte sie voller Zuneigung an. »Es ist deine Art, dich um andere zu kümmern.« Sie lächelte. »Das hast du wohl von mir.«

Flower richtete den Blick auf den Boden und strich mit ihrer Hand über die verwelkten Rosenblätter. Sie wollte nicht wie ihre Mutter sein. Sie wollte sich nicht aufopfern und all das aufgeben, was ihr wichtig war. Und erst recht nicht für die Launen eines selbstsüchtigen Mannes.

»Vermisst du sie nicht? Deine Gedichte?« Sie warf ihrer Mutter einen forschenden Seitenblick zu. »*Und süßer nichts, als ganz allein, mit Geist und Seel' bei dir zu sein.*«

Rhona wurde blass, und ihre Unterlippe zitterte leicht. »Woher kennst du diese Zeilen?«

»Du hast mir früher oft deine alten Gedichte vorgelesen, wenn ich nicht einschlafen konnte. Erinnerst du dich nicht daran?«

»Doch, doch.« Rhona nickte, und ihr Blick glitt in weite Ferne, während sie mit ihren schmalen Fingern ihren Ehering drehte.

»Wo sind sie jetzt, deine Gedichte?« Flowers Stimme klang bitter. »Hast du überhaupt eine einzige Zeile verfasst, seit du uns bekommen hast?«

»Ich ...« Rhona legte den Kopf schief und sah sie einen langen Moment an. In ihren Augen stand ein Anflug von Traurigkeit, der tief an Flowers Seele rührte. »Weißt du, man kann nicht alles haben.« Dann, mit der gewohnten Entschiedenheit: »Und ich habe euch. Das ist meine Aufgabe.«

»Aber macht dich das auch glücklich?« Das war doch zum Verzweifeln! Wie konnte ihre Mutter nur so blind sein? Nicht sehen, wie sie einen Teil von sich selbst aufgab, indem sie sich nur auf die Rolle als Ehefrau und Mutter beschränkte?

Doch in Rhonas Augen war die altbekannte Selbstsicherheit zurückgetreten. »Natürlich macht mich das glücklich«, wiederholte sie das, was sie immer sagte. »Wenn ich Conall sehe, wie er mich aus seinen grünen Augen anlacht. Oder dich, wie du hier vor mir sitzt. Flower, ich liebe euch. Es gibt nichts Schöneres auf der Welt, als Mutter zu sein. Ihr seid es wert!« Sie sah sie mit einer solchen Überzeugung an, dass Flower versucht war, ihr tatsächlich zu glauben. »Das wirst du schon sehen, wenn du nächsten Sommer dein eigenes Kind in den Armen trägst.«

Flower konnte nicht verhindern, dass ihr bei dieser Vorstellung eine Träne über die Wange rann.

»Oh, Kind!« Rhona strich ihr beruhigend über den Arm. »Warum weinst du denn nun?«

Sie atmete langsam ein und aus, sog den fruchtigen Duft der Rosen ein und lauschte dem beruhigenden Rauschen des Meeres, dann wischte sie sich energisch die Träne weg. »Ich frage mich«, krächzte sie, »wann wir uns so fürchterlich auseinandergelebt haben.«

»Wie meinst du das?« Rhona legte die Stirn in Falten, während sie Conall zurück auf ihren Schoß holte. Sogleich begann dieser, wild zu strampeln, sodass sie ihn seufzend wieder absetzte. Dieses Mal weiter entfernt von den Beeten mit den dornigen Rosenstielen.

»Es gab einmal eine Zeit«, erklärte Flower langsam, »da wusstest du, was mich glücklich macht. Wenn du mir Geschichten von all den Tieren in den Highlands erzählt hast. Oder wenn wir gemeinsam auf die Weiden gegangen sind. Aber irgendwann hat das aufgehört. Irgendwann hast du begonnen, zu glauben, dass mein einziger Wunsch ist, Ehefrau und Mutter zu sein.« Sie schüttelte den Kopf. »Aber das stimmt nicht. Das reicht mir nicht.«

»Oh, Flower.« In Rhonas Augen stand echtes Mitgefühl. »Ich hätte es wissen müssen.« Sie seufzte dramatisch. »Ich war vor meiner Hochzeit mit Gregor auch so schrecklich aufgewühlt, nachdem ich …« Sie brach ab. »Glaub mir, Cailan ist ein guter Mann. Du musst keine Angst haben, es wird alles gut. Dein Vater und ich sind ja so stolz auf dich.«

»Hast du mir überhaupt zugehört?«, fragte Flower tonlos, und eine weitere Träne kullerte aus ihren Augen.

»Aye.« Rhona strich ihr über die Schulter. »Die Hochzeit, der Umzug nach Castle Girnigoe, deine Familie, die du zurücklassen wirst … Ich muss gestehen, es fällt mir auch nicht leicht, dich gehen zu lassen. Aber ich wünsche mir nur das Beste für dich. Dass du glücklich wirst. Hab Vertrauen, Flower. Es wird alles gut.«

»Fla-a!«, brüllte Conall und hob ein neues Rosenblatt in die Luft.

»Ich heiße Flower«, verbesserte sie ihren kleinen Bruder eine Spur zu schroff, sodass dieser zu weinen begann.

»Nicht doch, Conall.« Rhona nahm ihren Sohn tröstend auf den Arm. »Holst du ihm das Holzpferd, das Artair für ihn geschnitzt hat?«, bat sie. »Das beruhigt ihn immer.«

Mit zitternden Händen stand Flower auf und sah ihre Mutter an. »Ich fürchte, ich weiß nicht, wo sein Holzpferd ist.«

Damit wandte sie sich ab und stürmte aus dem Rosengarten. Tränen verschleierten ihre Sicht und in ihrem Inneren brannte die Enttäuschung. Doch da war auch noch ein anderes Gefühl. Stolz. Darüber, dass sie einmal nicht getan hatte, was ihre Mutter von ihr erwartete. So leid sie ihr auch tat und sosehr sie sie auch liebte.

»Was ist denn mit dir geschehen?« Erschrocken ließ Hailey das Ei fallen, das sie in der Hand hielt. Mit einem leisen Platschen schlug es auf dem Boden der Küche auf, in die Flower nach ihrer Flucht aus dem Rosengarten gerade hineingeplatzt kam. »Oh, verdammt!« Sie fluchte und betrachtete wehmütig das klebrige Gemisch zu ihren Füßen. »Das ist schon das zweite heute. Gut, dass Wynda sich schon hingelegt hat.«

»Das sieht dir gar nicht ähnlich«, bemerkte Flower. Sie griff nach einem Lappen neben dem Korb mit Gemüse und bückte sich, um das Ei aufzuwischen.

»Lass das!«, bat Hailey und kniete sich hin. »Ist doch nur ein Ei. Sag mir lieber, was los ist. Ich sehe doch, dass du geweint hast.«

Flower schenkte ihrer Freundin einen traurigen Blick und ließ sich auf dem Boden nieder. Verzweifelt schlang sie die Arme um ihre Knie. »Ich weiß nicht mehr weiter. Hailey, ich ... ich kann nicht mehr.« Wieder traten Tränen in ihre Augen, und das, obwohl sie nicht weinen wollte. »Die Hochzeit ist in weniger als zwei Wochen. Greer hat mir gesagt, dass es keine Kräuter gibt, um eine Schwangerschaft zu verhindern. Keine jedenfalls, die mein Leben nicht gefährden würden. Cailan«, ihre Stimme wurde noch verzweifelter, »will mich nicht zu Eiric gehen lassen, aber dafür ein Dutzend Nachkommen mit mir zeugen. Und meine Mutter ...«

Sie schnappte nach Luft, ehe sie matt die Schultern sinken ließ.
»Wenn ich ehrlich bin, wusste ich schon lang, dass sie mich nicht mehr versteht.«

»Und trotzdem heiratest du Cailan, um sie glücklich zu machen«, sagte Hailey leise und schloss sie in die Arme. Es war eine feste Umarmung, eine stützende Umarmung. Eine Umarmung, in der Flower loslassen konnte und trotzdem nicht fiel.

»Ich heirate ihn, um die Freundschaft unserer Clans nicht zu gefährden.«

»Nein«, widersprach Hailey langsam, während sie ihr beruhigend über den Rücken fuhr. »Du heiratest ihn, um deine Eltern nicht zu verletzen. Oder erinnerst du dich nicht mehr an unsere Gespräche auf dem Rückweg von den MacLeods? Dass du glaubst, dass Ewan Sinclair ohnehin froh wäre, wenn die Ehe nicht zustande kommt?«

»Aber jetzt ist es zu spät. Wir haben doch schon alle eingeladen«, nuschelte sie und sog Haileys vertrauten Geruch nach frischem Brot ein.

Diese schob sie von sich und sah ihr streng in die Augen. »Ewan Sinclair hat seine Gattin eingeladen, das war's. Und dass sie kommt, habe ich Cailans Clansmänner sagen hören, ist so unwahrscheinlich wie ein Schneesturm im Sommer.«

»Hm«, brummte Flower. Sie wusste, dass Hailey recht hatte. Mit der Hand tastete sie auf dem Tisch über ihnen herum, bis ihre Finger eine der noch warmen Pasteten fanden.

»Außerdem«, fuhr die Küchenmagd fort, während sie den Beutezug mit einem Lächeln quittierte, »habe ich Lord Sinclair und deinen Vater beobachtet, wenn ich ihnen Erfrischungen für ihr ewiges Schachspiel bringe. Sie lachen viel miteinander. Sie verstehen sich gut.«

»Was soll das heißen?«, brachte Flower mampfend hervor, während etwas Blätterteig auf ihr Kleid krümelte.

»Das soll heißen«, sagte Hailey, die sich das heruntergefallene

Stück in den Mund schob, »dass ich nicht glaube, dass Lord Sinclair deinen Vater für deine Handlungen verantwortlich machen würde. Er würde ihm verzeihen, selbst wenn wir jetzt sofort nach Portskerra durchbrennen würden und du Cailan nicht heiratest.«

»Ich habe den Eindruck, dass dir der Sinn nach einem Abenteuer steht.«

Haileys Gesicht bekam einen gequälten Ausdruck, und sie ließ sich geräuschvoll gegen einen der Mehlsäcke sinken. »Bei meinem letzten Besuch hat mein Vater kein einziges Wort mit mir geredet. Er hat mich nur angesehen und dann auf die Feuerstelle gezeigt. Kochen soll ich für ihn. Vermutlich bis zum Ende meiner Tage. Ist es da so unverständlich, dass ich von hier wegwill?«

»Nein.« Flower schüttelte den Kopf und reichte der Freundin den letzten Bissen der Pastete. »Du hast etwas Besseres verdient.«

»Und du hast es verdient, glücklich zu sein«, beteuerte diese. Sie legte das Gebäck zur Seite und griff nach Flowers Händen. »Du darfst nur nicht aufgeben. Noch ist Zeit.«

»Wir brauchen ein Wunder.« Mit einem tiefen Seufzer starrte sie an die Decke. Ein Wunder, das Cailan dazu bewegte, sie für eine gewisse Zeit nach Portskerra gehen zu lassen. Denn sie wollte ihn wirklich nicht verlieren. Ihn, dem schon seit so vielen Jahren ihr Herz gehörte.

»Wie wäre es mit Rührei?«, schlug Hailey auf einmal mit betont aufmunternder Stimme vor.

»Rührei? Nach einer Pastete? Und ist das nicht sowieso viel zu anspruchslos für dich?«

Hailey zwinkerte. »Manchmal muss man klein anfangen, wenn man nach den Sternen greifen will.«

In diesem Moment kam Tevin, der gedrungene Stallbursche mit den Pausbacken, in die Küche gestürmt. »Lady Flower!« Sein Atem ging schnell, und seine Wangen waren gerötet vom Rennen. »'n rothaariger Lord is' in den Burghof geritt'n und will mit Euch red'n.«

»Ein rothaariger Lord?«, wiederholte sie atemlos. Sofort richtete sie sich auf und strich ihr Kleid glatt. »Hat er seinen Namen genannt?«

»Aye.« Tevin nickte eifrig. »Er sagt, er is' der Lord Finley MacLeod, aber ich solle ihn Finley nenn'.«

»Das hört sich ganz nach ihm an«, sagte sie lachend, ehe sie sich ungläubig an Hailey wandte. Diese saß noch immer auf dem Boden und wirkte etwas blass um die Nase. »Hast du das gehört? Finley ist da!«

»Das ist ...«, setzte Hailey an, brach dann aber den Satz ab.

»Das ist mein Wunder«, rief Flower und reichte ihr die Hand, um sie hochzuziehen. Sie wusste zwar nicht genau, was der junge Lord ausrichten konnte. Aber wenn jemand einen Weg aus ihrem Dilemma fand, dann war es er.

»Wie meinst du das? Überlegst du ...« Sie warf Tevin einen bedeutungsschweren Blick zu, der sofort ein paar Schritte zurücktrat. Dennoch senkte sie ihre Stimme zu einem Flüstern. »Überlegst du, Finley doch zu heiraten?«

Flower sah die Küchenmagd einen Moment lang an. »Ich weiß es nicht.« Sie erinnerte sich wieder daran, wie wenig Verständnis Rhona vorhin gezeigt hatte. Dass sie ihr gewünscht hatte, nächsten Sommer bereits Mutter zu sein. War sie es ihren Eltern überhaupt schuldig, nach deren Vorstellungen zu leben? Und was war mit Cailan? Ganz egal, wie stark sie für ihn empfand, musste sie sich seiner Vorstellung vom Leben anpassen?

»Aye.« Sie atmete langsam aus und missachtete das Brennen in ihrem Herzen. »Das ist vermutlich genau das, was ich mir überlegen sollte.«

»Flower.« Hailey räusperte sich und sah gar nicht glücklich aus.

»Was ist denn?« Sie wurde von Augenblick zu Augenblick ungeduldiger. War Finley vielleicht genau deshalb hier? Um um sie zu kämpfen? Um sie zu heiraten? Dabei hatte er sich auf Ardvreck Castle doch nicht einmal mehr von ihr verabschiedet.

Hailey seufzte. »Sei vorsichtig. Cailan wird es nicht gefallen, dass Finley hier ist. Zumal ich glaube, dass Finley«, Hailey stützte sich mit den Händen am Tisch ab, »ziemlich in dich verliebt ist.«

»Ich passe auf«, versprach sie und schloss die andere Frau in eine dankende Umarmung. »Aber solange wir nicht verheiratet sind, kann Cailan mir nichts verbieten. Genauso wenig wie die anderen. Schließlich hat Cailan niemandem erzählt, dass Finley und ich verlobt waren.«

KAPITEL 28

Auf dem Burghof konnte Flower Finley nirgends entdecken. Fragend blickte sie zu Tevin, der sie begleitet hatte und nun ebenfalls vergeblich nach ihm Ausschau hielt.

»Vielleich' is' der Lord Finley … ähm … nur der Finley in die große Halle gelauf'n und zieht ein Ale weg?« Der Stallknecht kratzte sich am Hals und sah sehr verdrießlich aus.

Sie schüttelte den Kopf. »Wir sind doch gerade durch die große Halle gegangen. Da wären wir ihm begegnet.«

»Also … puh, das is' jetzt wirklich seltsam. Aber ich schwör's, Mylady, der Finley war hier. Genau dort.« Tevin zeigte mit dem Finger auf das Burgtor und runzelte derart betrübt die Stirn, dass sie dem Jungen ein aufmunterndes Lächeln schenkte. Er mochte nicht der Schlaueste sein, aber er hatte das Herz am rechten Fleck. Selbst Rhona konnte ihn derart gut leiden, dass sie sich die Mühe machte, seine unsaubere Sprache zu berichtigen.

»Mach dir keine Sorgen, wir finden Finley schon.« Ihr Blick glitt zu dem Pferdestall hinüber. »Tatsächlich glaube ich, dass ich ganz genau weiß, wo er ist.«

»Wirklich?« Tevins Mund klappte auf. »Na, das is' 'ne Sache, Mylady.«

»Aye.« Flower schmunzelte und spürte, wie ihr Herz schneller schlug. »Aber Tevin, tust du mir einen Gefallen? Sorgst du dafür, dass niemand in den Pferdestall geht, bis ich wieder herauskomme? Ganz besonders Cailan Sinclair nicht, wenn er von seinem Ausritt zurückkehrt?«

In Tevins Augen trat Stolz. »Is' doch Ehrensache.« Dann kratzte er sich wieder. »Aber was is' denn jetzt mit dem Finley? Er wollte Euch wirklich dringend seh'n.«

»Lass das meine Sorge sein«, beruhigte sie ihn und hastete nach rechts, vorbei an den Hühnern, zum Pferdestall.

»Finley!«

Ein strahlendes Lächeln lag auf ihren Lippen, als sie den Lord mit den kupferfarbenen Locken und den fröhlichen Sommersprossen entdeckte. Er stand schräg an eine Box gelehnt und streichelte ein Pferd mit weißer Blesse, das seinen Kopf eifrig gegen sein Leinenhemd rieb. Einige Pferdehaare hafteten dadurch bereits an dem Stoff, doch den jungen Mann schien das nicht im Mindesten zu stören.

»Flower.« Ein Ausdruck wahrer Freude erhellte sein Gesicht, als er den Kopf hob, und ihr fiel ein Stein vom Herzen. Er war also nicht gekommen, um seine anhaltende Wut an ihr auszulassen.

Sie beschleunigte ihre Schritte, während sie in Richtung des Pferdes nickte. »Wenn ich du wäre, würde ich das lieber lassen.« Ihr Lächeln bekam einen schelmischen Zug, denn sie erinnerte sich an ihre erste Begegnung mit Finley auf Ardvreck Castle. »Seine Besitzerin mag es nicht, wenn Fremde ihn streicheln.«

Finleys Mundwinkel zuckten. »Und ist seine Besitzerin ebenso unausstehlich?«

»Das kommt darauf an«, erwiderte Flower schmunzelnd und streckte ebenfalls die Hand nach der Mähne des Hengstes aus. »Die meiste Zeit über ist sie wundervoll. Das Pferd gehört meiner Schwester.«

»Verzeih. Ich wollte deine Schwester nicht beleidigen.«

»Ich weiß doch.« Sie blickte einen Augenblick lang in Finleys braune Augen, ehe sie ihn fest in die Arme schloss. »Du glaubst nicht, wie sehr ich mich freue, dich zu sehen.«

Finley sog scharf die Luft ein, und sie spürte, wie sich sein Körper versteifte. Dennoch drückte er sie enger an sich. »Das kann ich nur zurückgeben.«

Eine Weile standen sie so da, und Flower genoss die Ruhe, die sie in seinen Armen verspürte. Die Gewissheit, dass sie, so wie sie war, angenommen wurde. Dann aber schob Finley sie leicht von sich, und sie bemerkte erschrocken, dass sein Gesicht schmerzverzerrt war.

»Gott, Finley, was ist los?«

»Ach«, er machte eine wegwerfende Handbewegung und wirkte dabei ziemlich zerknirscht, »es ist nichts.«

»Hast du vergessen, dass ich eine Heilerin bin?« Sie sah ihn streng, aber trotzdem nicht mit weniger Sorge an. »Nun sag schon.«

»Ich wollte unser Gespräch wirklich nicht so beginnen«, seufzte er. »Aber du lässt mir ohnehin keine Wahl, oder?«

»Nein«, bestätigte sie. Ein ungutes Gefühl stieg in ihr empor.

Finley seufzte wieder und richtete den Blick zur Decke. »Mein Vater ...« Seine Gesichtszüge wurden hart, so hart, wie sie es bei ihm noch nie gesehen hatte. »Mein Vater hat es nicht gut aufgenommen, dass ich dich nach unserer Verlobung allein mit Cailan in den Garten habe gehen lassen.«

Flowers Blut gefror in den Adern. Sie wollte etwas sagen, doch aus ihrem Mund kamen keine Worte. Es dauerte einige Momente, bis sie die Sprache wiederfand. »Er hat dich geschlagen?«, hauchte sie. »Wegen ... wegen mir?«

»Nein.« Finley schüttelte entschieden den Kopf. »Dich trifft daran keine Schuld, hörst du?«

»Hast du dich deshalb nicht von mir verabschiedet?« Ihre Unterlippe bebte. »Weil du ... zu große Schmerzen hattest?«

Finley sah zu Boden. Mehr Bestätigung brauchte sie nicht, um zu wissen, dass sie recht hatte. Ein kalter Schauer lief ihr über den Rücken.

»Es tut mir leid.« Sie schluckte schwer und griff nach Finleys

Hand. »Es tut mir so unglaublich leid, Finley. Ich ... ich gehe sofort und hole dir eine Salbe und ...«

Er schüttelte erneut den Kopf und verzog die Mundwinkel zu einem sanften Lächeln. »Später. Wir haben uns doch gerade erst wiedergetroffen.«

Sie wollte protestieren, doch da drängte sich ihr eine andere Frage auf. »Was tust du überhaupt hier?«, erkundigte sie sich vorsichtig. »Vor allem«, sie schluckte abermals, »wenn du verletzt bist.«

In Finleys Blick trat eine seltsame Mischung aus Schmerz und Stolz. »Ich habe mit meinem Vater gebrochen. Er wollte an die MacKenzies schreiben und mich zur Strafe mit einer tobsüchtigen Witwe verheiraten. Als ich widersprochen habe, hat er erneut die Beherrschung verloren und ...« Mit schreckgeweiteten Augen schlug sie sich die Hand vor den Mund, doch er winkte ab. »... da hat es mir gereicht.« Seine Gesichtszüge wurden für einen Moment weicher. »Ich musste an dich denken, Flower. Wie du mich ermutigt hast, mich diesem Tyrannen zu widersetzen.« Seine Stimme nahm einen harten Unterton an. »Ich habe ihm erklärt, dass ich nach Glasgow gehen werde, zu Onkel Ian.« Er presste die Lippen zu einer schmalen Linie zusammen. »Er hat getobt wie noch nie und angefangen, wild um sich zu schlagen. Ich war kurz davor, mich auf eine Schlägerei mit ihm einzulassen. Aber«, er zuckte mit den Schultern, »ich wollte nicht wie er sein. Es ist nicht richtig, Gewalt mit Gewalt zu begegnen. Also bin ich aus dem Raum geflohen und habe noch in der gleichen Stunde Ardvreck Castle verlassen.«

»Oh, Finley.« Sie verspürte das starke Bedürfnis, ihn erneut in den Arm zu nehmen. »Das muss unendlich schwer für dich gewesen sein.«

»Aye.« Er nickte. »Aber nur weil es schwer war, heißt es nicht, dass es falsch war. Flower«, Finleys Gesichtsausdruck hellte sich wieder auf, »ich war mir noch nie sicherer, das Richtige getan zu haben. Ich werde an der Universität in Glasgow studieren! Stell dir das nur vor.«

Sie lächelte. Es war unverkennbar, dass Finley noch immer unter dem Bruch mit seinem Vater litt. Und doch glaubte sie, dass es das freudige Funkeln, das sich bei der Erwähnung von Glasgow in seine Augen gestohlen hatte, wert war. Zumal sie das Verhalten von Lord MacLeod wahrlich ungeheuerlich fand.

»Finley.« Ihre eigene Anspannung kehrte zurück. Sie räusperte sich und strich noch einmal Leafs Hengst über die Nüstern. »Wieso bist du dann hier und nicht in Glasgow?«

Ihn schien diese Frage keineswegs zu überraschen. Er legte seine Hände auf ihre Schultern und sah sie eindringlich sah. »Ich bin wegen dir hier, Flower. Du hast mir gezeigt, dass ich selbst ein Gefangener der Strukturen war, die ich verändern will. Du hast mich befreit, während ich dich kampflos habe gehen lassen. Aber jetzt bin ich da.«

»Um was zu tun?«

Finley atmete hörbar ein. »Um dich zu retten. Komm mit mir nach Glasgow. Komm mit mir und sei frei.«

»Finley«, hauchte sie und sah in seine freundlichen braunen Augen.

»Ich würde dir natürlich nie Vorschriften machen«, sagte er ernst. »Kein Mensch sollte über einen anderen verfügen. Obwohl ich mich frage, inwiefern das für Könige zutrifft, weil sie ihre Macht ja von Go...« Er blinzelte. »Entschuldige, was sagst du?«

Flower schwieg einen langen Moment. Vor ihrem inneren Auge sah sie sich und Finley in Glasgow. Er tagsüber bei der Universität, sie bei Eirics Schwester, ehe sie abends gemeinsam vor dem warmen Kaminfeuer saßen und sich von ihren Erlebnissen erzählten. Es wäre ein friedliches Leben, ein stilles Leben. Ein Leben, in dem sie dem nachgehen konnte, was ihr so wichtig war.

»Ich will keine Kinder«, platzte sie unvermittelt heraus.

Er blinzelte überrascht. »Das ... wusste ich noch gar nicht. Das hast du auf Ardvreck Castle nie erwähnt.«

»Ja, nun ja ...« Sie wich seinem Blick aus. »Cailan hat mir da etwas erzählt, von einem Pfeil, und da dachte ich ...«

Finleys Miene verdüsterte sich. »Dieser verdammte Lügner! Er ist ein noch viel schlechterer Verlierer, als ich angenommen habe.«

»Vermutlich«, gab Flower zurück und verdrängte Cailan aus ihren Gedanken. Sie zögerte einen Augenblick und vergrub die Finger im Stoff ihres Kleides. »Willst du ... willst du immer noch, dass ich mit dir nach Glasgow komme?«

Finley musterte sie eindringlich und hielt kurz inne. Dann griff er nach ihren Händen und drückte sie fest. »Aye. Mir ist alles egal, solange wir gemeinsam nach Glasgow gehen. Außerdem sind Meinungen auch nur verdichtete Gedanken und Gedanken nie etwas Beständiges.«

Flower schüttelte den Kopf, als sie verstand, was Finley da sagte. »Ich denke nicht, dass ich meine Meinung über Kinder ändere. Wenn du also eine Familie willst ...«

Wieder zögerte Finley einen Moment, dann schloss er kurz die Augen. »Ich denke, zwei Menschen sind eine Familie. Außerdem werden wir Onkel Ian haben, und vielleicht kommt Hailey auch mit?«

Flower schluckte, überwältigt von seinen Worten. Es wäre ein Ausweg. Das Versprechen einer anderen Zukunft. Aber dennoch ...

»Ich weiß, was du überlegst«, kam er ihr zuvor. »Du willst deine Familie nicht verletzen. Aber Flower, ich habe darüber nachgedacht, sehr viel sogar. Wenn deine Eltern dich wirklich lieben, werden sie dich gehen lassen. Und wenn sie das nicht tun, haben sie deine Liebe nicht verdient. Egal, wie du es also drehst, es ist die richtige Entscheidung, deinen eigenen Wünschen zu folgen.«

Ein wehmütiger Ausdruck stahl sich auf ihr Gesicht, und sie seufzte. »Ob du es glaubst oder nicht, etwas Ähnliches habe ich mir heute auch gedacht.«

»Heißt das, wir gehen zu zweit nach Glasgow?« Finley sah sie mit einer derart großen Erleichterung an, dass es sie fast irritierte. Konnte sie es wirklich tun? Konnte sie einfach mit Finley fliehen und ihre Eltern enttäuschen? Und was war mit Cailan? Ein schmerzhaftes Gefühl stellte sich in ihrem Bauch ein, als sie an ihn dachte. Sein Lachen, sein Scharfsinn, sein Selbstbewusstsein. Die Art, wie er Verantwortung übernahm, Respekt einflößte und doch losließ, um wild zu sein und Spaß zu haben. Seine Küsse, seine Berührungen und die Leidenschaft, die sie vor ihrem Streit am Wasserfall geteilt hatten. Sie erbebte bei der Erinnerung. Ob das wohl mit Finley je auch so sein konnte?

Sie blickte ihm in die Augen. Cailan hätte sie vermutlich schon längst geküsst. Er hätte nicht versucht, sie mit philosophischen Überlegungen zu überzeugen, sondern lieber gehandelt. Genau wie sie, wenn sie jemandem half.

»Lass mich raten.« Lächelnd streichelte Finley wieder über den Kopf von Leafs Hengst, der sich gegen ihn drückte. »Du fragst dich, wie du in Glasgow mehr über das Heilen von Tieren lernen kannst? Auch dafür habe ich mir etwas überlegt. Mein Onkel hat Zugang zu allen Büchern der Universität, auch zu denen über Heilkunde. Ich bin sicher, er leiht sie für uns aus.«

Kurz überlegte Flower, ob sie Finley von Eirics Schwester erzählen sollte. Doch er wirkte so stolz, dass sie es sein ließ. »Du hast wieder einmal an alles gedacht«, lobte sie stattdessen.

»Nein, an alles kann niemand denken«, widersprach er. »Dafür bräuchte man allumfassendes Wissen, und Wissen ist oft nur eine begründete Vermutung, aber nicht zwingend die Wahrheit. Trotzdem habe ich es versucht. Für dich. Für uns. Dafür, dass keiner von uns allein ist.«

»Finley.« Sie wusste nicht, was sie sagen sollte. Sie war überfordert von ihren Gefühlen, vollkommen durcheinander nach ihrem Streit mit Cailan und dem katastrophalen Gespräch mit ihrer Mutter.

»Du musst es nicht jetzt entscheiden.« Er drückte abermals ihre Hand. »Auch wenn es schön wäre. Aber ich weiß, wie zerrissen dein Inneres ist. Deshalb werde ich auf dich warten. Es sei denn ...«, er schluckte schwer, und Unmut trat in seinen Blick, »es sei denn, du hast dich in meinen Cousin verliebt?«

»Wie kommst du denn darauf?«, krächzte Flower heiser und wusste nicht, wen von ihnen sie damit mehr überzeugen wollte. Zumindest bei Finley schien sie Erfolg zu haben, denn er atmete erleichtert auf.

»Das hätte ich auch nicht erwartet.« Da sie darauf nichts antwortete, fügte er hinzu: »Ich werde nun in die Küche gehen und einen Apfel für Scott holen.«

»Scott?« Sie drehte den Kopf suchend zu allen Seiten. In all ihrer Aufregung hatte sie ganz vergessen, sich nach Finleys Pferd zu erkundigen.

Finley, der ihre Gedanken zu erahnen schien, hob die Mundwinkel. »Sein Huf hat sich nicht entzündet. Du hast deine Sache gut gemacht.«

»Danke«, murmelte sie, obwohl sie noch immer etwas neben sich stand.

»Ich sollte auch deinem Vater meine Aufwartung machen«, fuhr er fort. »Weißt du, wo ich ihn um diese Stunde finden kann?«

Flower legte den Kopf leicht schief. »Er spielt vermutlich Schach mit Lord Sinclair. Aber Finley, was willst du ihnen sagen? Doch nicht etwa ...«

»Ach, sei darum unbesorgt«, unterbrach er sie. »Immerhin ist Cailan mein Cousin. Kann es nicht sein, dass ich ihn so sehr mag, dass ich seiner Hochzeit unbedingt beiwohnen will?«

Sie schmunzelte. »Finley MacLeod, ich wusste gar nicht, dass du so verschlagen bist. Aber im Ernst: Cailan wird das keinen Lidschlag lang glauben, und sein Vater auch nicht.«

»Und was sollen sie tun? Mich ausladen?« Er schüttelte den Kopf. »Sie wissen doch nicht, dass ich mit meinem Vater gebrochen habe, und wollen ihn gewiss nicht weiter verärgern, nachdem, was auf Ardvreck Castle geschehen ist.«

»Aye, vielleicht.« Obwohl sie sich in Cailans Fall darüber nicht annähernd so sicher war wie Finley.

»Hab Zuversicht.« Er schloss sie etwas ungelenk in die Arme. Dieses Mal legte sie ihre Hände nur vorsichtig auf seinen Rücken, um keinen Druck auf die Wunden auszuüben.

»Wenn du in die Küche gehst«, bat sie, als sie sich wieder voneinander lösten, »frag Hailey nach der Salbe, die ich gestern mit ihr angerührt habe. Sie steht noch bei ihr und wird den Wunden an deinem Rücken helfen.«

»Mache ich.« Finley mied ihren Blick. »Ich habe ohnehin Lavendel dabei, den ich Hailey bringen muss.«

Noch ehe Flower sich darüber wundern konnte, ging er davon. Sie hob eine Hand an die Lippen. Cailan hätte sie nicht so schnell wieder allein gelassen. Er hätte mit seinen Neckereien und leidenschaftlichen Berührungen ihr Wiedersehen unvergesslich gemacht. War es aberwitzig, dass ihr das fehlte? Dass ihr Finleys freundschaftlich anmutende Zuneigung auf einmal nicht mehr genug schien?

Sie schloss die Augen und atmete tief durch. Sie sollte unbedingt noch ein weiteres Mal mit Cailan sprechen, bevor sie Finley eine Antwort gab.

KAPITEL 29

»Ich brauche eine Pause.« Mit beinahe flehendem Blick wischte sich Artair über die schweißnasse Stirn, sein Pferd lenkte er mühelos mit den Beinen.

»Schwächelst du, MacKay?« Cailan warf ihm einen belustigten Blick zu. »Oder kannst du nur nicht mehr verlieren?«

Der blonde Mann schnaubte. »Laut meiner Rechnung herrscht Gleichstand. Und ich konnte nicht ahnen, dass du plötzlich so einen Narren am Wettreiten gefressen hast.«

»Du enttäuschst mich.« Er dachte an seine Niederlage auf Ardvreck Castle, die der Grund dafür war, dass er unbedingt ein besserer Reiter werden wollte. »Vielleicht hätte ich doch lieber Leaf fragen sollen. Deine Schwester hätte sich nicht mit einem Unentschieden zufriedengegeben.«

Artairs Miene wurde verschlossen. »Sie ist nicht meine Schwester.«

»Ich verstehe wirklich nicht, warum du das immer so betonst. Nach all den Jahren solltest du doch wissen, dass du dazugehörst.«

»Seit wann so einfühlsam, Sinclair?«

Cailan zuckte mit den Schultern, mehr verzweifelt als belustigt. »Ich übe mich seit Neuestem in Verständnis.«

Artair wandte den Kopf und runzelte die Stirn. »Nicht sehr erfolgreich, wie mir scheint. Du hast noch immer nicht mit Flower gesprochen, was?«

Er bemühte sich um eine ruhige Miene. Er hatte mit seiner Verlobten gesprochen, hatte versucht, durch den Ausritt zum Wasserfall alles in Ordnung zu bringen. Nur damit sie ihm mitteilte, dass sie nach Portskerra ziehen wolle, um Tiere zu heilen, während er allein auf Castle Girnigoe blieb. Ohne Erben. Er seufzte. »Flower hat eine sehr abwegige Vorstellung von unserer Zukunft. Sie will mehr über das Heilen lernen.«

»Das habe ich schon geahnt«, gab Artair schmunzelnd zu. »Nur was genau ist daran abwegig? Flower hat dank ihres Wissens bestimmt mehr als ein Dutzend Leben gerettet.«

Cailan starrte seinen Freund finster an, seine Kehle wurde eng. Selbst wenn Flower ein Dutzend Leben gerettet hatte, hatte *er* zwei Dutzend Leben verloren, würde weitere verlieren, wenn es zu Unruhen kam, weil die Sinclairs schwach wirkten. »Das muss ich dir jetzt nicht ernsthaft erklären, oder?«

»Hast du schon einmal daran gedacht, dass Flower vielleicht auch deiner Mutter helfen kann, wenn sie mehr über Kräuter weiß?«

Er lachte freudlos. »Unsere Hebamme versucht ihr seit Jahren zu helfen.« Aber versuchte besagte Hebamme nicht auch, Salben gegen Schmerzen herzustellen, was ihr misslang, während Flower es konnte? Und hatte nicht sogar sein eigener Vater die Heilkünste seiner Verlobten gewürdigt? Er schluckte.

»Sei kein Sturrkopf, Sinclair, das hat Flower nicht verdient«, bat Artair eindringlich. »Und jetzt los, da vorn ist ein Wasserfall, und ich will mich endlich erfrischen.«

»Ein Wasserfall?« Cailans Bauch zog sich zusammen, als er vor sich einen allzu bekannten Waldrand bemerkte. Zur Hölle, war er so in Gedanken versunken gewesen, dass er nicht auf den Weg geachtet hatte?

Er hielt Taran an und deutete mit dem Kopf in die entgegengesetzte Richtung. »Lass uns lieber im Meer baden. River hat mir von einer Bucht erzählt, an der es noch schöner sein soll als vor den Kalksteinhöhlen.«

»Am Strand von Coldbackie?« Artairs Pferd kam ebenfalls zum

Stehen. »Aye, da ist es schön, aber ich brauche *jetzt* eine Erfrischung, nicht nachher.«

Der andere Mann wollte sein Pferd wieder antreiben, doch Cailan blieb standhaft. »Ich will jetzt nicht zum Wasserfall.«

Artair zog die Augenbrauen zusammen. »Warum denn nicht?«

Es war, als ob ein schweres Gewicht auf Cailans Brust drückte. *Weil es mich an Flower erinnert. An unseren Streit. Daran, dass sie keine Kinder bekommen will. Daran, dass ich sie davon abbringen muss, denn wenn ich das nicht kann ...* Holz brach, Donner grollte, er ritt mit Flower vom Wasserfall zurück, der Sturm wie eine Bedrohung hinter ihm, er jagte ihn, erreichte ihn, verwandelte sich in einen früheren Sturm, ein bekanntes Gewitter. Um ihn herum das Wasser, der Regen, die Blitze ...

»Gott, Sinclair, du wirst ja ganz blass. Was ist denn los?«

Cailan schüttelte sich und umklammerte Tarans Zügel fester. »Es ist nichts.«

»Nichts.« Artair sah ihn stirnrunzelnd an. »Hältst du mich für so einfältig, wie es Rhona tut?«

Er spannte die Kiefermuskeln an. »Du würdest es einfach nicht verstehen, niemand kann das. Lass uns zum Meer reiten.«

Ein vorwurfsvoller Blick war die Antwort. »Du kannst nicht wissen, ob es jemand versteht, wenn du es niemandem sagst. Aber gut«, Artair seufzte ergeben, »River freut sich bestimmt über unsere Gesellschaft.«

Am Abend betrat Cailan die große Halle etwas früher als sonst. Sein Schritt war beschwingt, die salzigen Fluten des Meeres hatten sein Gemüt abgekühlt und ließen ihn Artairs Worte in einem neuen Licht sehen. Sollte er sich vielleicht tatsächlich Flower öffnen? Ihr zumindest von seinen verstorbenen Brüdern erzählen? Würden sie dann wieder zu der Vertrautheit und dem spielerischen Necken zurückkehren können, die er so schmerzlich vermisste?

Als er nach einem kurzen Gruß an Jan, der bisher noch allein am

Tisch der Burgbewohner saß und ihm stets sehr zuvorkommend begegnete, auf die Tafel des Clanführers zuschritt, entdeckte er Flower sofort. Sie stand mit dem Rücken zu ihm und warf gerade lachend den Kopf in den Nacken. Ihr langes Haar schwang dabei anmutig hin und her, und er musste unvermittelt daran denken, wie weich es sich zwischen seinen Fingern angefühlt hatte. Ein warmes Gefühl der Zuneigung überkam ihn, und er spielte mit dem Gedanken, seine Hände von hinten an ihre Hüften zu legen und ihr allem Anstand zum Trotz einen Kuss auf den Scheitel zu hauchen. Oder konnte er gar einen Kuss auf den Mund wagen? Falls sein Vater auch zu früh in die große Halle kam und Zeuge dieser Zärtlichkeit wurde, wartete gewiss eine neue Tracht Prügel auf ihn. Aber vielleicht war es das wert, so sehr, wie er sich nach Flowers Nähe sehnte ...

Gerade als sich ein vorfreudiges Schmunzeln auf seine Lippen legte, trat seine Verlobte im Gespräch leicht zur Seite. Ein ungläubiges Keuchen entrang sich seiner Kehle, denn sie sprach nicht wie erwartet mit einer ihrer Schwestern.

»Das gibt es doch nicht«, knurrte er und beschleunigte seine Schritte. Spielten seine Augen ihm einen Streich? Doch die Erscheinung des Mannes, der lässig auf der Tischkante saß, verschwand nicht. Seine Wut wuchs und wandelte sich dann abrupt in ein Gefühl, das Beklemmung gefährlich nah kam. Er ballte die Fäuste und musste sich zwingen, nicht zu rennen. Wie lang standen die beiden dort schon, obwohl noch niemand anderes von der Familie zugegen war?

»Da ist ja meine Verlobte.« Besitzergreifend legte er einen Arm um Flowers Schulter, sobald er sie erreicht hatte, und presste ihr entschlossen einen Kuss auf den Mund. Sie erwiderte ihn nicht, was ihn gewaltig störte, doch es sandte trotzdem ein klares Zeichen an Finley. Dieser funkelte ihn an, und er glaubte, noch nie eine solche Wut in den Augen seines Cousins gesehen zu haben. Auch wenn Flower – und das war eine Leistung – noch zorniger aussah.

»Hast du den Verstand verloren?«, zischte sie. Er war sich sicher, dass sie diese Worte gerne laut gefaucht hätte, doch ihr besorgter Blick zu Jan hinüber verriet, warum sie das nicht tat.

»Ich nicht«, erwiderte Cailan barsch und sah bedeutsam zu seinem Cousin. Mit all der überlegenen Herablassung, die er zustande bringen konnte, erkundigte er sich: »Was verschafft uns die Ehre?«

»Finley«, erklärte Flower und befreite sich, sehr zu seinem Missfallen, aus seiner Umarmung, »hat mir gerade erzählt, dass er sich gerne einmal mit Father Maxwell aus dem Bergkloster unterhalten würde – bevor du unser Gespräch unterbrochen hast.«

»Wirst du Mönch, Cousin?«

»Nicht doch.« Finley sah die junge Frau vor ihm mit einer Vertrautheit an, die Cailan die Fäuste noch etwas fester ballen ließ. »Ich bin der Welt und ihren Versuchungen weiter zugetan. Auch wenn das nicht ausschließt, dass ich dabei noch etwas im Kopf habe.«

Cailan schnaubte zornig. Wären sie allein gewesen, hätte er gute Lust gehabt, sich auf Finley zu stürzen. »Ich schlage vor«, presste er mit zusammengekniffenen Augen hervor, »dass du jetzt sofort das Kloster aufsuchst und danach verschwindest. Wir haben dich nicht zu unserer Hochzeit eingeladen.«

»Cailan.« Flower warf ihm einen mahnenden Blick zu.

»Was?«, brummte er. »Ich sage nur die Wahrheit.«

Finley lächelte belustigt. »Ich fürchte, auch hier unterliegst du einem Irrtum.« In seiner Stimme schwang eine falsche Nachsicht, die beleidigender nicht hätte sein können. »Nachdem ich vorhin mit deinem Vater gesprochen habe, hat er darauf bestanden, dass ich bleibe.«

»Er hat was?«

»Mich ein-ge-la-den.« Finley betonte die Silben derart deutlich, wie man es nur für einen Schwachsinnigen tun würde. »Warum auch nicht?«

»Du weißt genau, warum nicht«, wetterte Cailan, dessen Geduld sich gefährlich dem Ende näherte.

»Nun«, sagte Finley gedehnt, während er ihn unverwandt aus feindseligen Augen anstarrte, »weder Ewan noch Lord MacKay schienen einen Grund zu kennen. Im Gegenteil, Lord MacKay fand es bewundernswert, dass ich trotz fehlender Einladung die weite Reise auf mich genommen habe, um bei der Hochzeit meines lieben Cousins dabei zu sein.«

Cailan trat einen Schritt näher auf ihn zu. »Du lügst.«

»Keinesfalls.« Ein amüsierter Ausdruck spielte um seine Lippen. »Lord MacKay meinte sogar, dass sich die Wälder hier wunderbar zum Ausreiten eignen und wir beide das in den nächsten Tagen zusammen machen sollten. Daran hättest du doch gewiss Freude, nicht wahr?«

Unwillkürlich hob Cailan die Hand, um seinen Cousin zu packen. Dann aber legte sich ein spöttisches Lächeln auf sein Gesicht. »Oh, aye, ich liebe es, auszureiten. Erst vor zwei Tagen hatte ich einen *sehr vergnüglichen* Ausritt mit Flower.« Er bedachte sie mit einem anzüglichen Blick, den selbst eine Nonne nicht hätte missverstehen können, ehe er mit rauer Stimme fortfuhr: »Wenn ich es mir genau überlege, Liebling, sollten wir das bald wieder tun. Schließlich hattest du großen Spaß dabei.«

»Ich meine«, beschied Flower mit hochroten Wangen, »dass ich vorerst genug vom Ausreiten habe.«

»Was höre ich da?«, zwitscherte River, die sich gerade mit einem fröhlichen Lächeln in ihrem blauen Kleid näherte. »Du hast genug vom Ausreiten? Dann will morgen vielleicht jemand mit mir und Artair zu den Seehunden segeln? Unser Boot ist endlich fertig!«

»Ich gehe morgen mit meinem Vater jagen«, lehnte Cailan eine Spur zu schroff ab.

»Das ist schade.« River schob die Unterlippe vor. »Was ist mit dir, Finley? Gehst du auch jagen?«

»Ich denke nicht«, sagte dieser lächelnd, während Cailan sich fragte, wie es kam, dass selbst River seinen Cousin schon beim Vornamen nannte. »Aber bei einem Ausflug aufs Wasser wäre ich dabei. Vielleicht mit dir zusammen, Flower?«

»Das wäre wundervoll! Obwohl ...« River sah ihre Schwester nachdenklich an und nahm einen ihrer kunstvoll geflochtenen Zöpfe zwischen die Finger. »Die See könnte morgen ungewöhnlich rau sein, wei...«

»Mach dir darüber keine Sorgen«, fiel Flower ihr entschieden ins Wort, obwohl Sorge gewiss angebracht wäre, wenn selbst River Bedenken äußerte. »Ich habe dir schon lang versprochen, dass ich wieder einmal mitkomme. Und«, Cailan erntete einen harten Blick, »ich lege Wert darauf, meine Versprechen zu halten.«

»Flower«, warnte er und griff nach ihrer Hand. Um nichts in der Welt würde er zulassen, dass sie und Finley etwas ohne ihn unternahmen.

Doch sie funkelte ihn nur wütend und aufgrund seiner unverschämten Bemerkung über ihr gemeinsames Liebesabenteuer noch immer hochrot an. »Du kannst es mir nicht verbieten, wenn Artair dabei ist. Noch sind wir nicht verheiratet.« Damit befreite sie sich aus seinem Griff und schenkte ihrer Schwester und Finley ein strahlendes Lächeln. Da in diesem Moment auch die anderen Familienmitglieder die große Halle betraten und das Abendessen begann, blieb Cailan nichts anderes übrig, als wutentbrannt mit den Zähnen zu knirschen.

Mitternacht konnte noch nicht lang vorüber sein, als Cailan allein an dem unebenen Holztisch in der Dorfschenke zurückblieb. Artair hatte sich soeben verabschiedet und war zurück zur Burg gegangen, während er selbst sich für ein weiteres Ale in dem etwas heruntergekommenen, aber gerade deshalb gemütlichen Raum entschied. Und das, obwohl Greer und Kerr im hinteren Teil der Schenke vergnügt miteinander schäkerten und ihm unentwegt ein ähnliches Bild von Flower und seinem verdammten Cousin in den Kopf riefen.

Was zur Hölle wollte Finley nur auf Castle Varrich? Er nahm einen großen Schluck der für seinen Geschmack zu süßen Flüssigkeit und setzte den Krug geräuschvoll ab. Es war gewiss kein Zufall, dass sein Cousin hier so kurz vor seiner Hochzeit auftauchte. Gregor MacKay mochte die Geschichte der familiären Zuneigung glauben, doch Cailan ließ sich davon keinen Moment täuschen. Und das hatte Finley auch nicht versucht. Im Gegenteil, er hatte ihn vorhin sogar offen provoziert.

Cailan runzelte die Stirn. So ein Verhalten sah seinem Cousin nicht ähnlich, und dieser neu entdeckte Kampfgeist beunruhigte ihn zutiefst. Wie war es dem Rotschopf überhaupt gelungen, seinen Vater von diesem Unterfangen zu überzeugen? Oder steckte am Ende der alte Haudegen selbst dahinter, dem es doch keine Ruhe ließ, dass Cailan seinem Sohn die Braut gestohlen hatte?

Und was war mit Flower? Er führte den Krug abermals an seine Lippen. Er hatte schon die ganze Zeit über geahnt, dass sie an Liebeskummer wegen Finley litt. Würde sie nun, da er gekommen war, mit ihm gehen? Ihn verlassen, weil ihre Gefühle für den anderen Mann stärker waren?

Wieder blickte Cailan zu Greer und Kerr hinüber, die fröhlich miteinander lachten, und spürte dabei einen Stich in seinem Inneren. Er musste etwas tun. Er musste seinen Cousin loswerden, sodass Flower diesen ein für alle Mal vergaß. Die Frage war nur, wie? Was konnte er unternehmen, damit Flower und er wieder zueinanderfanden und sich die ungezwungene Leichtigkeit und die wärmende Nähe erneut zwischen ihnen einstellten?

Irgendwann, als Kerr für einige Momente verschwand und Cailan sich gerade wunderte, warum sein Krug schon wieder leer war, kam Greer zu ihm.

»Warum so verdrießlich?«, neckte sie, ließ sich unaufgefordert ihm gegenüber nieder und stützte die Ellbogen auf den Tisch. »Ist Euch die Ehe schon jetzt verhasst, Mylord?«

»Nein«, antwortete er barsch, ehe er in Erinnerung an ihre gemeinsamen Stunden etwas versöhnlicher hinzufügte: »Anders als dir, wie ich höre.«

Greer warf lachend die Haare zurück und zwinkerte. »Das Leben ist ein Spiel. Und ich für meinen Teil spiele gerne noch ein wenig länger.« Dabei beugte sie sich vor und bot ihm dadurch einen derart tiefen Blick in ihren Ausschnitt, dass er sich unwillkürlich fragte, ob sie ihn gerade einlud, das Lager mit ihr zu teilen. Weiß Gott, vielleicht würde eine Nacht mit ihr dabei helfen, dass er seinen verfluchten Cousin und Flowers bewundernde Blicke vergaß.

»Triffst du mich später?«, raunte er und meinte es doch nicht.

»Nein«, sagte Greer nach kurzem Zögern, ehe sie einen Finger unter sein Kinn legte. »Aber Ihr seid doch sehr erfinderisch darin, verbotene weibliche Gesellschaft zu finden. Warum klettert Ihr zur Abwechslung nicht einmal in die Kammer Eurer Verlobten?«

»Zu Flower?« Er zog die Augenbrauen zusammen und lehnte sich im Stuhl zurück.

»Habt Ihr noch eine zweite Verlobte?« In Greers Augen tanzte Belustigung. »Das könnte auch ihre Sorge zerstreuen, dass sie für ein erfülltes Liebesleben noch andere Männer braucht.«

Cailans Kinnlade fiel herunter. »Flower denkt, dass ich sie nicht zufriedenstellen kann?« Er beugte sich vor und sah der blonden Frau ihm gegenüber streng in die Augen. »Greer, du hast ihr doch hoffentlich gesagt, wie verdammt gut ich das kann?«

Doch die Heilerin zwinkerte nur. »Worte ersetzen keine Taten, Mylord.« Damit griff sie nach seinem leeren Krug und erhob sich mit schwingender Hüfte.

Nachdem Greer gegangen war, trank er kein weiteres Ale mehr, sondern starrte nur auf das Licht der Kerze, das unruhig vor ihm flackerte. Er konnte einfach nicht glauben, dass Flower dachte, er könne sie nicht zufriedenstellen. Hatte er ihr am Wasserfall nicht das Gegenteil bewiesen? Er hatte geglaubt, dass Flower die körperliche Liebe langsam angehen wollte. Aber vielleicht war es ganz anders? Vielleicht war sie ungeduldig, hungrig wie Greer? Und nun, da Finley da war ...

Cailan erhob sich abrupt. Greer hatte recht. Er sollte Flower unbedingt einen Besuch abstatten, bevor Finley es tat. Und ihr ein für alle Mal zeigen, dass er alles war, wonach sie sich in ihren kühnsten Träumen sehnte.

Flowers Kammer lag im ersten Stock, und es wäre für Cailan nicht unmöglich gewesen, an der unebenen Burgmauer hinaufzuklettern, um zu ihr zu gelangen. Schließlich war das Wetter gut, was bedeutete, dass die Fenster nicht mit Holzvertäfelungen bedeckt wurden.

Aber warum sollte er sich die Mühe machen, wenn es auch einfacher ging? Es war spät in der Nacht, alle auf Castle Varrich schliefen. Er konnte einfach durch den Turm zu ihrer Kammer gehen, der die große Halle, das erste Geschoss und das zweite Geschoss, in dem er und sein Vater untergebracht waren, miteinander verband.

Er hatte Glück. Als er aus dem Turm trat, bestätigte ein prüfender Blick, dass sich niemand auf der Balustrade befand, von der aus man die große Halle überblicken konnte. Auf leisen Sohlen begab er sich zu Flowers Kammer und sandte dabei ein Stoßgebet gen Himmel, dass diese nicht verriegelt war. Er wurde erhört.

Langsam drückte er die hölzerne Tür auf, schob sich durch den kleinen Spalt und zog sie vorsichtig wieder hinter sich zu. Die Tür machte kein Geräusch, und so vernahm er neben einem Uhu, dessen Ruf ebenso wie das silbrige Mondlicht durch das offene Fenster drang, nur die gleichmäßigen Atemzüge von Flower.

Seine Verlobte lag unter einer mit Fellen bedeckten Leinendecke auf der Seite, die Hände gefaltet unter dem Gesicht, die Lippen leicht im Schlaf geöffnet. Ihre offenen Haare strömten über das Kissen unter ihr, und sie sah so sanftmütig aus, dass er für einen Moment vergaß, wie viel Feuer in ihrem Herzen brannte.

Unschlüssig trat er einen Schritt näher auf das Bett zu. War es wirklich so schlau gewesen, herzukommen? Wenn er sie jetzt weckte, würde sie ihn dann nicht eher zum Teufel jagen? Kurz hielt er inne. Dann aber entschied er, dass es falsch wäre, unverrichteter Dinge zu gehen. Eine so günstige Gelegenheit würde sich so schnell nicht wieder bieten, und er wollte die Gefahr, die von Finley ausging, unbedingt beseitigen, bevor der Funke zwischen den beiden zur Flamme wurde und er Flower verlor.

»Flower.« Er setzte sich an ihre Bettkante und strich ihr behutsam über die Schulter.

»Hm«, brummte sie und schmiegte ihren Körper im Schlaf enger an ihn. Dabei spürte er ihre angenehme Wärme und die Weichheit ihrer Rundungen.

»Flower«, wiederholte er, dieses Mal etwas lauter, und berührte zart ihre Wange nahe dem mondförmigen Muttermal. »Ich bin's, Cailan.«

Doch Flower wachte nicht auf. Ob er sie wohl mit einem Kuss wecken sollte? Er beugte sich langsam zu ihr hinunter und roch bereits ihren betörenden Duft nach Rosen und Zimt, als sie erschreckt die Augen aufriss und blitzartig nach oben schnellte. Dabei stieß sie mit ihrem Kopf hart gegen sein Kinn.

»Was zur Hölle!«, fluchte sie derart laut, dass er unwillkürlich eine Hand über ihren Mund legte, bevor sie noch ihre gesamte Familie aufweckte. Ihre Augen weiteten sich, und keinen Moment später spürte er ihre Zähne, die sich hart in seine Hand gruben. »Was soll das?«, zischte sie, als er die Hand mit schmerzverzerrtem Gesicht zurückzog. »Bist du jetzt von allen guten Geistern verlassen?«

Cailan rieb sich die pochende Stelle und blitzte sie einen Moment böse an, ehe er sich nach einem tiefen Atemzug daran erinnerte, dass sie mit ihrer Empörung nicht im Unrecht war. Während sie schützend ihre Bettdecke vor die Brust zog und möglichst weit von ihm wegrutschte, sagte er: »Entschuldige, ich wollte dich nicht erschrecken.«

»Was, bitte, willst du dann mitten in der Nacht in meiner Kammer?« Sie funkelte ihn verständnislos an, bevor sie geräuschvoll die Luft einsog. »Bist du etwa betrunken, Cailan?«

Er schüttelte wahrheitsgemäß den Kopf, obwohl er nicht leugnen konnte, dass er nach Ale roch. »Ich wollte etwas Zeit mit dir verbringen.«

»Zeit mit mir verbringen? Mitten in der Nacht?« Flower sah ihn ungläubig an. »Du musst betrunken sein, wenn du denkst, dass ...«

»Psst«, warnte er und legte sanft einen Finger auf ihre Lippen. »Du wirst alle wecken, wenn du so laut sprichst.«

»Vielleicht sollte ich alle wecken.« Immer noch fassungslos fuhr sie sich durch die Haare. »Hast du eigentlich eine Ahnung, was passiert, wenn man dich bei mir findet?«, wisperte sie dann.

Cailan lehnte sich zu ihr hinüber und grinste. »Macht es das nicht umso aufregender?« Er umfing ihre Wange mit seiner Hand und strich mit dem Daumen über ihre Lippen.

»Cailan ...«, protestierte sie schwach, doch ihr Widerstand schmolz. Sie neigte ihren Kopf und schmiegte ihre Wange in seine Hand.

»Sag, dass du mich willst«, flüsterte er. »Sag, dass du mich willst, und ich beweise dir, dass du niemand anderen brauchst. Dass wir zusammengehören.«

»Ich ...« Flower legte ihre Hand auf seine und sah ihn aus großen Augen an. Ihre Unterlippe zitterte leicht, und die Ader an ihrem Hals pulsierte. In ihren Augen tanzten unzählige Emotionen. Sehnsucht. Neugierde. Verlangen. Und es bestand kein Zweifel daran, dass sie ihn wollte. Dass sie sich genauso nach ihm verzehrte wie er sich nach ihr. Aber galt das nur für seinen Körper oder auch für ihn selbst?

Cailan verdrängte den Gedanken, legte seine Hand in Flowers Nacken, bat stumm um Erlaubnis und zog sie an sich, als sie ihm diese mit einem kleinen Seufzer gewährte. Ihre Lippen waren leicht trocken vom Schlaf, doch er benetzte sie mit der Feuchte seines Mundes, küsste sie kurz vorsichtig, dann stürmischer. Er vergrub seine Hand in ihren Haaren und sank gemeinsam mit Flower nach hinten in die Kissen. Sie seufzte hitzig, schlang die Arme um seinen Nacken und zog ihn näher an sich. Er keuchte, rieb sich an ihr, knabberte an ihrem Ohr. Seine Hände waren überall, auf ihren Brüsten, zwischen ihren Schenkeln, unter ihrem Kleid. Flower wies ihn nicht zurück, wand sich unter seinen Berührungen, brannte vor Leidenschaft. Sie wollte ihn, und er wollte sie. Und er wollte mehr.

Ohne darüber nachzudenken, was er tat, griff er in Flowers Ausschnitt und zerriss den Stoff ihres Nachtgewandes. Er wollte ihren Körper sehen, die Wärme ihrer Haut auf seiner spüren. Er wollte seinen Kopf im Tal ihrer Brüste vergraben und sich zwischen ihren Schenkeln verlieren. Ihr zeigen, dass sie ihm vertrauen und sich bei ihm fallen lassen konnte. Weil sie selbst im Sturm der Leidenschaft bei ihm zu Hause war.

Doch da merkte er, wie sich Flower unter ihm plötzlich versteifte. Mit einer Hand stemmte sie sich gegen seine Schulter, mit der anderen versuchte sie, ihr zerrissenes Leinenhemd zusammenzuhalten.

»Was ist?«, keuchte er überrascht und richtete sich auf.

Sie rutschte seitlich unter ihm hervor und griff nach der Decke, die sie bis zu ihrem Kinn hochzog. Ihre Augen suchten seine, und wo zuvor Verlangen gestanden hatte, erkannte er jetzt Unsicherheit. Oder war es gar Reue?

»Du solltest jetzt besser gehen«, sagte sie leise, während ihr Atem noch immer schnell ging.

»Flower.« Er berührte sie an der Schulter. »Ich bin dein Verlobter, in wenigen Tagen dein Ehemann. Rede mit mir.« Als sie stumm blieb, setzte er sich schwer atmend neben ihr aufs Bett. »Ich werde aus dir wirklich nicht schlau«, seufzte er, während er sich durch die Haare fuhr. »Erst klammerst du dich an mich wie eine Ertrinkende, dann schickst du mich weg.«

Flower entfuhr ein Laut, der einem Glucksen ähnelte. »Habe ich etwa deinen Stolz gekränkt, Mylord?«

»Etwas«, gab er brummend zu, obwohl es eigentlich sein Herz war, das gekränkt war. Forschend sah er Flower an. Dann grinste er verführerisch. »Hast du überhaupt eine Ahnung, was dir entgeht?«

Als sie die Lippen entschieden zusammenkniff, lachte er leise. Zumindest schien sie sich an die erlösende Glückseligkeit zu erinnern, die er ihr am Wasserfall bereitet hatte und die sie sich heute selbst verwehrte.

Einen Moment war Schweigen, dann holte Flower tief Luft und sprach gedämpft: »Cailan, ich habe es mir anders überlegt.« Er hob eine Augenbraue und lehnte sich bereitwillig zu ihr, doch Flower hielt ihn auf. »Nein, nicht *das*. Ich hätte gern, dass du bleibst. Ich wollte ohnehin mit dir sprechen.«

»Mit mir sprechen?« Für einen Moment lauschte er seinem rasenden Herzschlag, dann holte er tief Luft. »Also gut, wir sprechen. Aber dann lass mich zuerst etwas sagen.« Er seufzte, ehe er mit ehrlicher Reue zugab: »Es tut mir leid.«

»Das mit meinem Nachthemd?«

Seine Mundwinkel zuckten. »Nein, das bedauere ich nicht im Geringsten.« Er räusperte sich. »Mir tut leid, dass ich dich damals angelogen habe, was Finley betrifft. Das ist eigentlich nicht meine Art, aber dich mit ihm zu sehen, hat mich wahnsinnig gemacht.«

Flower schwieg einen Moment, ehe sie murmelte: »Wenn dein Verständnis nur annähernd so groß wäre wie deine Eifersucht ...«

Cailan kniff sie leicht in die Seite. »Hey, Mylady, ich gebe mir hier gerade wirklich Mühe ...«

Sie gluckste kurz, doch dann wurde ihr Blick wieder ernst, und sie griff nach seinen Händen. »Dann hast du es dir also noch einmal überlegt?«

Der Knoten in seinem Bauch meldete sich zurück. Ja, er hatte überlegt, stundenlang. Hatte alles aus jedem Blickwinkel betrachtet und es wirklich versucht.

»Flower.« Er strich ihr eine Strähne hinter das Ohr. »Ich hasse diese seltsame Kälte, die seit dem Ausritt zwischen uns herrscht. Und mir ist auch klar, dass ich am Wasserfall sehr hart zu dir war. Aber immer wenn ...«

Seine Stimme brach. Er wollte es ihr sagen, wollte es so sehr. Die Last nicht mehr allein tragen, sie endlich einweihen in das, was geschehen war. Er entzog ihr seine Hand und tastete nach seinem rechten Arm, während sich der altbekannte Schwindel meldete. Was, wenn sie ihn danach verachtete? Ihm nicht mehr in die Augen sehen konnte?

»Ja?«

»Immer wenn ...« Ihm wurde warm, die Welt schien sich um ihn herum zu drehen. Regen peitschte in sein Gesicht, Erdklumpen wurden aufgewirbelt, er zitterte. Vor ihm der umgefallene Baumstamm, über ihm das Unwetter. Er ritt schneller und ...

»Du tust es schon wieder.« Flower löste behutsam die Finger, die er um seinen Arm gekrallt hatte. »Du bist nicht hier.«

Cailan blinzelte mehrmals, grub seine Fingernägel in die Handflächen. Unter Aufbietung sämtlicher Willenskraft holte er Luft. »Vor einiger Zeit ist etwas geschehen.« Tief atmen. »Etwas, das mich verändert hat.«

»Die zwei Dutzend ...« Flower verstummte, vielleicht weil sie sich an sein Gebaren am Wasserfall erinnerte.

Er dagegen roch Rauch, sah verkohlte Balken, fühlte die Asche in seinen Händen. Seine Atmung beschleunigte sich, ihm schwindelte wieder, es war zu viel.

Es war einfach zu viel.

Seine Miene verhärtete sich, als er wieder in die Gegenwart zurückkehrte und sich für die Erklärung entschied, die er aussprechen konnte. »Vor einiger Zeit sind meine beiden Brüder gestorben. Der eine kurz nach der Geburt, der andere im Alter von einem Jahr.« Flower sog scharf die Luft ein. »Ich kannte sie nicht«, fuhr er fort. »Aber ihr Schicksal hat mir gezeigt, wie leicht Kinder sterben. Und wie wichtig es deshalb ist, möglichst früh möglichst viele Nachkommen in die Welt zu setzen.«

»Oh, Cailan.« Flowers Augen schimmerten feucht, und ihre Stimme wurde weich. »Das tut mir leid, das wusste ich nicht.«

Er presste seine Lippen fest aufeinander und ließ zu, dass sie ihn in eine Umarmung zog. Heiser und von ihrem Verhalten erleichtert krächzte er: »Verstehst du mich jetzt besser? Warum ich dich auf Castle Girnigoe brauche?«

Sie drückte ihn noch einmal fest, ehe sie sich wieder von ihm löste. Unter ihren dichten Wimpern hervor sah sie ihm tief in die Augen. »Ich verstehe, dass du besorgt bist. Kinder sterben, und jedes Mal ist es furchtbar und ungerecht. Aber du und ich sind jung. Wir haben so viel Zeit, Cailan. Ich kann nach Portskerra gehen und eines Tages mit dir Kinder haben. Nur weil einmal etwas geschehen ist, heißt es nicht, dass es immer so kommt.«

Cailan schwieg einen langen Moment. Er wollte Flower glauben. Wollte, dass sie glücklich war. Dass sie vielleicht sogar herausfand, wie man seiner Mutter helfen konnte. Aber: »Das geht nicht. Damit zu warten, ist zu riskant. Wir beide haben Pflichten unseren Clans gegenüber, und wir müssen sie erfüllen.«

Flower reckte das Kinn. »Aye, wir haben Pflichten. Aber nicht nur unseren Clans gegenüber. Auch gegenüber uns selbst.« Ihre Augen glitzerten auf einmal verräterisch. »Ich hatte einmal einen Hund, Bhaic. Er ist gestorben, weil ich nicht für ihn da war und nichts vom Heilen verstand. Damals habe ich mir geschworen, dass mir das nie wieder geschieht und ich in Zukunft Tieren helfen werde. Ich muss dieses Versprechen halten, Cailan. Ich muss zu Eiric.«

Die Verzweiflung in ihren Augen rührte tief an seinem Herzen. Sie musste ihren Hund sehr geliebt haben, auch wenn sein Tod nichts im Vergleich zu dem eines Menschen war. Er seufzte. »Warum fragst du nicht Greer, ob sie mit nach Castle Girnigoe kommt? Dann könnt ihr euch dort gemeinsam um die Tiere kümmern, wenn dir das so wichtig ist.«

»Greer schert sich nicht um Tiere«, erwiderte Flower traurig. »Und sie kann mir nicht das beibringen, was ich wissen muss.«

Er seufzte abermals. »Dann veranlasse ich eben, dass deine Heilerin aus Portskerra zu uns auf die Burg zieht. Würde dich das glücklich machen?«

Doch Flower verneinte. »Wir können doch nicht eine Frau zwingen, ihre Heimat zu verlassen.«

»Vielleicht will sie ja gehen?«

»Und was, wenn nicht?« Ihre Stimme bekam einen nahezu flehenden Unterton. »Cailan, hab doch Vertrauen und lass mich eine Zeit lang fort.«

Doch er schüttelte den Kopf. »Nein, Flower, das geht nicht. Ich habe dir gerade mehr Zugeständnisse gemacht, als ich muss. Weil du mir wichtig bist. Weil ich dich glücklich sehen will.« Er legte seine Hand an ihre Wange und blickte ihr fest in die Augen. »Weil ich dich liebe.« Seine Mundwinkel hoben sich, als er leise und voller Zuneigung hinzufügte: »Vermutlich tue ich das schon, seit du mich am Bach geohrfeigt hast.«

»Oh, Cailan.« Ihre Lippen bebten, und zu seiner großen Verwirrung stürzte ein ganzer Schwall Tränen aus ihren Augen. Verunsichert tupfte er sie weg.

»Bitte, weine doch nicht.«

»Ich liebe dich auch«, hauchte Flower und schniefte leise. »Du bist für mein Herz so unverzichtbar wie die Sonne für die Gräser auf der Weide.« Sie holte Luft. »Aber Cailan, wenn du mich liebst, wenn du mich wirklich liebst und glücklich sehen willst, lässt du mich nach Portskerra gehen und dort erblühen.«

Bestürzt ließ er die Hand sinken. Er hatte ihr seine tiefsten Empfindungen anvertraut, und nun stieß sie ihn zurück? Obwohl sie seine Gefühle erwiderte? »Ich kann nicht, Flower.« Seine Stimme klang endgültig. »Ich muss im Sinn meines Clans handeln. Und wenn du mich liebst, unterstützt du mich darin.«

Flower schwieg so lange, dass er beinahe schon glaubte, er sei endlich zu ihr vorgedrungen. Behutsam strich er über ihren von der Decke verhüllten Oberschenkel.

»Wenn wir einmal auf Castle Girnigoe sind, wirst du schon sehen, wie schön es dort ist. Es ist eine große Burg, umgeben von Weideland und Wasser. Von meinem Zimmer aus kann man sogar den Sonnenaufgang sehen. Wir werden dort sehr glücklich sein.«

Flower wischte sich mit dem Ärmel des Nachthemds über die Augen. »Kann ich noch irgendetwas tun oder sagen, damit du deine Meinung änderst?«

»Nein«, sagte er wahrheitsgemäß.

Flower ließ ihre Schultern sinken und nickte langsam. »Ich bin müde, Cailan. Ich würde jetzt gerne schlafen.«

Eine Weile sah er seine Verlobte an und wünschte, er könnte ihr den Schmerz nehmen. Doch das war nicht möglich. Er schluckte. Eigentlich hatte er noch den Bootsausflug mit Finley ansprechen wollen, entschied sich jedoch dagegen. Vielleicht, weil er hoffte, dass die Seehunde Flower aufmuntern würden.

Er gab ihr einen letzten, federleichten Kuss auf die Lippen. »Träum schön, mein Herz.« Im nächsten Augenblick verschwand er ebenso leise, wie er gekommen war.

KAPITEL 30

Als Flower am nächsten Morgen erwachte, fühlte sie sich zutiefst erschöpft. Ihre Stirn war leicht warm, und ihre Glieder schmerzten. Sie sollte aufstehen und auf der Weide nach Fiona sehen. Die Geburt des Kalbes stand unmittelbar bevor, und obwohl Hochlandrinder gewöhnlich keine Unterstützung beim Gebären brauchten, wollte sie doch lieber dabei sein. Man wusste nie, ob es zu Schwierigkeiten kam, und vielleicht konnte sie trotz ihres wenigen Wissens helfen.

Mühsam stützte sie sich auf die Ellbogen und atmete mehrmals ein und aus. Aber der Schwindel wollte nicht verschwinden, und sie musste sich eingestehen, dass sie zu schwach war für den Weg bis zur Weide. Frustriert spritzte sie sich etwas Wasser aus der Schüssel ins Gesicht, die wie immer zusammen mit den Salbentiegeln auf dem Tisch neben ihrem Bett stand. Doch es half nichts – an diesem Morgen wollte ihre Kraft nicht zu ihr zurückkehren. So zog sie die Decke wieder enger um ihren Leib und hoffte, dass das Kalb sich noch etwas Zeit ließ. Wenige Augenblicke später sank sie, im Stich gelassen von ihrem Körper und erdrückt von tiefer Schwermut, zurück in einen unruhigen Schlaf.

Im Traum begegnete sie Cailan. Sie standen gemeinsam auf einer hohen Felsklippe, unter ihnen tobte das stürmische Meer. Er küsste sie, drückte sie an sich, schwor ihr seine Liebe. Und dann, mit dem Ausdruck größter Unschuld in den Augen, stieß er sie hinab in die tosenden Fluten. Sein Gesicht verschwamm vor ihren Augen, sein *Ich liebe dich* bekam einen schrillen, höhnischen

Klang. Sie weinte und schrie, aber er kam ihr nicht zu Hilfe. Da war nichts außer der Dunkelheit und der Kälte des Wassers, die ihr die letzte Luft zum Atmen nahmen.

Irgendwann – dem Stand der Sonne zufolge musste es Mittag sein – erwachte Flower wieder. Sie war schweißgebadet, und ihre Haare klebten feucht an ihrer Stirn. Wo war all das Wasser, gegen das sie so verzweifelt gekämpft hatte? Verwirrt sah sie sich um. Das Wasser … *Verdammt.* Sie schnellte hoch. Sie hatte River doch versprochen, heute eine Fahrt mit ihr, Finley und Artair auf dem neu hergerichteten Boot zu unternehmen. Ob sie wohl schon zu spät war?

Sie wollte aufstehen, doch die Welt um sie herum drehte sich, noch stärker als in der Frühe. Sie stöhnte. Sie würde sich doch nicht etwa am Wasserfall erkältet haben?

Beunruhigt legte sie eine Hand auf ihre Stirn. Sie war wärmer als zuvor. Flower atmete langsam aus. Es half nichts, sie musste den Ausflug absagen. Auf dem Meer würde ihr in diesem Zustand furchtbar übel werden, und wenn sie ehrlich war, kam ihr etwas Ruhe gerade recht. Sie wollte heute weder Zeit mit Finley verbringen noch von Wasser umgeben sein. Nicht nach letzter Nacht und nicht nach ihrem Traum. Egal, wie ungerecht und unsinnig das war.

Für einen Augenblick liebäugelte sie damit, einfach liegen zu bleiben und den Geschehnissen ihren Lauf zu lassen. Aber das konnte sie River nicht antun, sie musste ihr zumindest Bescheid geben. Genug Kraft für eine weite Strecke hatte sie noch immer nicht, doch den kurzen Weg bis in den Burghof, wo sie sich verabredet hatten, würde sie schon schaffen. So wartete sie geduldig, bis sich der Schwindel etwas gelegt hatte und sie aufstehen konnte.

Einmal auf den Füßen, befreite sich Flower von dem Nachthemd, dessen Ausschnitt Cailan in der letzten Nacht zerrissen hatte. Sie knüllte es zusammen und hob es an ihre Lippen. Ihre Augen wurden feucht.

Er liebte sie.
Cailan liebte sie.
Und trotzdem ließ er zu, dass sie innerlich zerbrach.

Sie vergrub ihr Gesicht im Stoff, sog Cailans Geruch ein, der noch immer daran haftete, und spürte ihrem Schmerz nach. Dann schleuderte sie das Kleidungsstück in die hinterste Ecke ihres Zimmers und stieg, nachdem diese heftige Bewegung wieder Schwindel verursacht hatte, vorsichtig in das Unterkleid sowie ihr braunes Wollkleid. Sie spritzte etwas Wasser auf ihre Wangen und verließ die Kammer.

Bis sie im Burghof ankam, war Flower völlig erschöpft. Sie stützte sich mit der Hand an den kalten Steinen der Burgmauer ab, während sie nach River Ausschau hielt. Sie entdeckte sie nicht, sah dafür aber drei sich im Schwertkampf übende Sinclair-Männer, Tevin, der zwei Pferde gleichzeitig durch den efeubewachsenen Torbogen führte, und – auch wenn sie das heute hatte vermeiden wollen – Finley. Der junge Lord stand etwas abseits und unterhielt sich angeregt mit Hailey, überraschenderweise hielt er dabei ein Huhn im Arm.

Trotz ihrer Verfassung musste Flower lächeln. Niemals konnte sie sich vorstellen, dass Cailan ein Nutztier auf den Arm nahm, durch sein Gefieder strich und sich dabei heiter mit einer Küchenmagd unterhielt. Aber Finley schien daran keinen Anstoß zu nehmen. Mit ihm gab es keine Grenzen, die man nicht durchbrechen konnte. Nur eins würde sich nie ändern: Finley war nicht Cailan.

Ihr Herz wurde wieder schwer, und sie überlegte, unbemerkt in ihre Kammer zurückzukehren. Doch Finley war auch zum Ausflug eingeladen und konnte River ihre Nachricht gewiss überbringen.

»... wusste gar nicht, dass sie so weich sind«, hörte sie ihn verwundert sagen, als sie sich ihm und Hailey näherte. »Da sieht man es wieder. Nichts ist, wie es scheint. Ah, Flower!« Ein ertappter

Ausdruck huschte über sein Gesicht, als er sie erblickte, und er setzte das Huhn schnell zu Boden. »River und Artair sind schon vorgegangen, aber ich habe keinen Moment daran gezweifelt, dass du noch kommst.«

Flower bemühte sich um ein Lächeln, während sie wankend nach Haileys Arm griff. Diese schien sofort zu merken, dass etwas nicht in Ordnung war. »Flower, was ist los?« Und dann, als sie ihre Haut berührte: »Himmel, du bist ganz warm!«

»Psst«, machte sie, da Hailey viel zu laut sprach. Sie blickte zu Finley. »Es tut mir leid, aber ich kann nicht mitkommen. Ich werde krank.«

Finley betrachtete sie besorgt. »Hoffentlich nichts Schlimmes? Was kann ich tun?«

»Aye, Flower, was können wir tun?«

Flower rührte das Mitgefühl der beiden, doch sie schüttelte entschieden den Kopf. »Danke, aber ich komme zurecht. Ich brauche nur etwas Ruhe.« An Finley gewandt fügte sie hinzu: »Aber wenn du mir einen Gefallen tun willst: Begleite River und Artair. Meine Schwester hat sich so gefreut, dass wir mitkommen.«

Er zögerte einen Moment, nickte aber dann. »Wo finde ich die beiden? Artair sagte irgendetwas von einer Höhle, aber ich kenne mich hier nicht aus.«

»Oh, das ist ganz einfach«, eiferte sich Hailey. »Die Höhlen befinden sich im Felsen unterhalb von Castle Varrich. Man muss nur ins Dorf gehen und sich dann nach links wenden, und schon ist man da. Aber River hat mir erzählt, dass …«

Flower drückte warnend ihren Arm. Sie fürchtete, dass die Freundin Finley von dem geheimen Tunnelnetz im Kalkfelsen erzählen würde. Von dem diese, wenn man es genau nahm, eigentlich auch nichts wissen sollte.

Hailey stutzte verwundert, ehe sie ihr verschwörerisch zublinzelte. »… dass heute ein wundervoller Tag ist, um die Seehunde zu sehen!«

Finley legte die Stirn in Falten. Gewiss hatte er bemerkt, dass Haileys Satz keinen Sinn ergab.

»Hailey liebt Seehunde beinahe so sehr wie das Kochen«, mischte sich Flower daher ein, um das Thema zu beenden. »Bei beidem überkommt sie eine derartige Leidenschaft, dass sie nicht mehr an sich halten kann.«

»Ach so.« Finley bedachte die Küchenmagd mit einem warmen Lächeln. »Unter diesen Umständen solltest du an meiner Stelle gehen, denn ich denke, dass du mehr Freude hättest als ich. Dadurch sind wir gemeinsam glücklicher, und danach sollten wir doch streben, oder nicht?«

»Nicht doch«, wehrte Hailey ab und senkte den Blick. »Ich bleibe bei Flower.«

Doch diese schüttelte den Kopf. Obwohl sie die Fürsorge ihrer Freundin schätzte, wollte sie im Moment allein sein. Sie fühlte sich matt und erschöpft und wollte nichts mehr, als einfach nur zu schlafen. »Warum begleitest du Finley nicht? Heute ist doch dein freier Tag, Hailey, und ich komme wirklich allein zurecht.«

»Nein, Flower, ich glaube nicht, dass …«

»Geh«, beschied sie knapp. Sie konnte nicht mehr lang das echte Ausmaß ihres Befindens verbergen und wollte weder Finley noch Hailey beunruhigen. »Ich werde ohnehin nur schlafen.«

»In Ordnung«, willigte die Freundin schließlich ein. »Aber ich bringe dich zumindest zurück in deine Kammer.«

»Halt mich, Cailan, bitte! Lass mich nicht los! Cailan! Bitte!«

Schreiend erwachte Flower aus ihrem Traum, gerade rechtzeitig, bevor das eisige Wasser sie verschluckte. Ihr Atem ging schnell, sie war schweißgebadet und zitterte. Unruhig blinzelte sie, und es dauerte einen Moment, bis sie verstand, dass sie sicher in ihrem Bett auf Castle Varrich lag. Das helle Licht der Sonne strömte in ihr Zimmer, es musste erst Nachmittag sein. Dabei hätte sie schwören können, dass sie mehrere Stunden geschlafen hatte.

Nachdem sich der erste Schwindel gelegt hatte, entdeckte sie neben ihrem Bett eine Schüssel mit Suppe. Daneben lag ein Brot und auf diesem eine Pastete. Doch sie hatte keinen Hunger. Ihr war heiß und kalt gleichzeitig, und ihre Stirn glühte trotz des fiebersenkenden Tees, den sie sich vorhin noch zubereitet hatte. Ermattet ließ sie sich zurück in die Kissen sinken und ergab sich erneut der übermächtigen Kraft des Schlafes. Auch wenn sie sich davor fürchtete, was sie in ihren Träumen erwarten würde ...

Als sie das nächste Mal die Augen aufschlug, war es Abend. Hailey saß auf einem Stuhl neben ihrem Bett und griff sogleich nach ihrer Hand, als sie sich regte.

»Endlich«, seufzte die Freundin. »Wenn du noch länger geschlafen hättest, hätte ich dich geweckt, aus Sorge, dass du gar nicht mehr aufwachst.«

Flower benetzte ihre ausgetrockneten Lippen, ehe sie mit heiserer Stimme krächzte: »Es waren doch höchstens ein paar Stunden.«

Doch Hailey schüttelte den Kopf. »Du hast einen ganzen Tag und eine ganze Nacht geschlafen. Zumindest denke ich das, denn du hast nichts von dem Essen angerührt, das ich dir gebracht habe.«

»Oh«, murmelte Flower verstört, während ihr Bauch knurrte. Doch sie konnte und wollte nichts essen.

Hailey jedoch ließ nicht mit sich reden und zwang sie, ein paar Bissen Brot zu sich zu nehmen.

»Deine Eltern waren vorhin da, um nach dir zu sehen, und deine Geschwister auch. Selbst Finley wollte zu dir.« Hailey räusperte sich. »Ich konnte ihn aber davon abhalten. Du schreist manchmal im Schlaf Namen und ...«

»Danke«, wisperte sie, weil sie genau wusste, wessen Namen Hailey meinte. Sie schluckte. »War ... Cailan auch da?«

»Aye.« Die Freundin nickte. »Aber nur kurz, weil sein Vater ihn nicht zu lang bei dir lassen wollte.«

Flower schloss die Augen. Sie wollte lieber gar nicht wissen, ob sie währenddessen nach Cailan gerufen hatte. Ihr Verlobter würde sie nur damit aufziehen, sobald sie wieder gesund war, und das war das Letzte, das sie brauchte.

»Ich habe Greer gefragt, was für einen Tee ich dir kochen kann«, plapperte Hailey weiter, während sie eine Tasse an Flowers Lippen führte. »Er ist zwar inzwischen kalt, aber ich denke, du solltest ihn trotzdem trinken.«

»Danke«, murmelte sie wieder und nahm einen Schluck von der kühlen Flüssigkeit. »Pfui«, ihr lief ein Schauer über den Rücken, »ist das bitter!«

»Nun trink schon! Wenn du willst, rühre ich dir morgen Honig hinein.«

Flower lächelte kraftlos. Müsste der Honig nicht irgendwann einmal zur Neige gehen, so häufig wie Hailey ihn verwendete? Keine zehn Lidschläge später war sie wieder eingeschlafen.

»Wach auf, Flower, wach auf!«

Cailans Stimme drang aus weiter Ferne an ihr Ohr, hinunter bis ins tiefste Tal des Ozeans, in dem sie schon wieder ertrank, erst dumpf, dann immer lauter. Verwirrt öffnete sie die Augen, und tatsächlich. Cailan saß auf einem Stuhl neben ihrem Bett, irgendwo hinter ihm stand Artair.

»Flower«, murmelte Cailan sanft. »Was träumst du nur für Unsinn? Du weißt doch, dass ich dich niemals verlassen würde. Ich werde immer an deiner Seite sein. Ich lasse dich nie wieder gehen.«

»Ich weiß«, hauchte sie schwach und schloss wieder die Augen. Genau das stand Portskerra im Weg.

Als sie das nächste Mal zu Bewusstsein kam, war Cailan verschwunden. Dafür erschienen kurz darauf River, Leaf und Skye und brachten ihr warmes Brot, das Hailey für sie gebacken hatte. Flower war es leid, in ihrem kränklichen Zustand gefangen zu sein. Sie musste endlich wieder zu Kräften kommen. Auch wollte sie ihrer Familie keine unnötigen Sorgen bereiten, und außerdem musste sie unbedingt nach Fiona sehen.

Während sie das Brot verzehrte, unterhielten sie ihre Schwestern mit den verschiedensten Geschichten.

»… fast bei den Seehunden waren, hat sich der Mast gelöst. Einfach so!« River warf die Arme in die Luft. »Wir mussten ihn abtrennen und von da an rudern. Aber es war trotzdem schön. Finley und Hailey haben es zum Glück mit Humor genommen.« Sie senkte die Stimme. »Aber anders als Artair und ich mussten sie ja auch nicht rudern.«

Alle lachten. Das Gespräch kreiste noch eine Weile um den Ausflug, ehe Leaf von einer Unterhaltung zwischen Gregor und Lord Sinclair berichtete, die sie belauscht hatte.

»Sie haben Nachricht erhalten, dass Cailans Mutter nicht zur Hochzeit kommen wird. Deshalb wollen sie euch vermählen, sobald du wieder gesund bist.« Ihre Schwester lehnte sich verschwörerisch nach vorne, während sich Flowers Inneres schmerzhaft zusammenzog. »An deiner Stelle würde ich also noch eine ganze Weile in diesem Bett bleiben.«

Dieses Mal lachte keiner, stattdessen fragte Skye mit traurigen Augen: »Wirst du uns vergessen?«

Flower wies diese Vorstellung zwar entschieden von sich – »Niemals« –, doch ihre Kräfte schwanden. Sie hatte gute Lust, Leafs Rat zu folgen, aber letztendlich würde sie sich dann nicht besser als ein trotziges Kind verhalten. Sie schluckte. »Habt ihr etwas von einem neugeborenen Kalb gehört?«, wechselte sie das Thema.

Doch alle drei schüttelten den Kopf. So blieb ihr nichts anderes übrig, als sich noch etwas länger zu gedulden und ihre Schwestern zu bitten, sich umzuhören.

Am nächsten Morgen fühlte sich Flower besser. Ihr Fieber war gesunken und das Laken zum ersten Mal nicht nass geschwitzt. Dennoch wusste sie, dass sie ihre Genesung gefährden würde, wenn sie jetzt bereits aufstand. Also blieb sie weiter im Bett liegen.

Mittags betrat Hailey das Zimmer. Ihr Gesicht war aschfahl, doch sie setzte eine betont fröhliche Miene auf, als sie bemerkte, dass Flower wach war. »Guten Morgen, Langschläferin.«

Doch Flower kannte die Freundin zu gut, um sich von deren falscher Heiterkeit täuschen zu lassen. Sie richtete sich im Bett auf und sah sie streng an. »Raus mit der Sprache. Was ist los?«

Seufzend setzte sich Hailey auf den Stuhl neben ihr. »Mein Brot ist verbrannt, und Wynda war mir deswegen böse.«

»Und jetzt die Wahrheit«, verlangte Flower, da sie an Haileys unruhigem Blick erkannte, dass diese log.

Doch die Freundin schüttelte nur stumm den Kopf und knetete ihre Hände. Und da kam ihr ein schrecklicher Gedanke.

»Es ist doch nicht ...« Sie schluckte. »Es ist doch nichts mit Fiona?« Hailey wich ihrem Blick aus, und Flower lief ein eisiger Schauer über den Rücken. »Hailey!« Sie spürte Furcht in sich aufsteigen und packte ihre Freundin am Arm.

»Tevin sagt, dass es Fiona gut geht«, murmelte Hailey betrübt. »Aber ihr Kalb hat es nicht geschafft. Es ist bei der Geburt gestorben.«

»Nein!« Flower schrie, und der ganze Schmerz, den sie fühlte, lief in heißen Tränen über ihre Wangen. »Nein, Hailey, nein!«, schluchzte sie. »Das kann nicht sein, das darf nicht sein! Ich hätte ihr helfen müssen!«

Die Küchenmagd nahm sie beruhigend in den Arm. »Du weißt doch gar nicht, ob du etwas hättest tun können.«

Doch Flower schluchzte weiter und konnte und wollte sich nicht trösten lassen. Bilder von Bhaic schossen ihr durch den Kopf. Damals war sie zu schwach gewesen, um ihm zu helfen. Und nun hatte sie ihre geliebte Fiona ebenso bitter enttäuscht. Nach all den

Jahren war sie immer noch nicht in der Lage, für die da zu sein, die ihre Hilfe am dringendsten brauchten.

Immer neue Tränen rannen über ihre Wangen. Vermutlich hatte Hailey recht. Sie hatte keine Ahnung, was man tat, wenn ein Kalb verkehrt herum lag. Doch diese Erkenntnis war beinahe genauso schmerzvoll und trug letztendlich dazu bei, dass kurz darauf ihr Fieber wieder stieg und sie sich schlimmer und kränker fühlte als zuvor.

Zwischen grausigen Träumen, in denen sie immerzu ertrank, sah sie die Gesichter ihrer Familie. Sie nahm Cailan wahr, der ihre Hand hielt, und Finley, der ihr, stets in Haileys Begleitung, gut zuredete. Selbst Greer kam, um sie eigenhändig ihren bitteren Tee zu bringen. Doch Flower ließ sie alle nicht an sich heran und schwieg die meiste Zeit. Sie litt. Sie trauerte. Und dann, als das Fieber endgültig sank und ihre Kräfte zurückkehrten, wusste sie, dass es Zeit war. Dass sie sich lange genug der Schwermut hingegeben hatte und eine Entscheidung treffen musste.

KAPITEL 31

Es war bereits dunkel, als Flower den Rosengarten betrat. Wie Hailey ihr verraten hatte, hielt sich Finley in wolkenlosen Nächten immer dort auf, um die Sternbilder am Firmament abzuzeichnen. Die Freundin hatte sie zwar eindringlich gewarnt, dass er bei dieser Arbeit ungern gestört wurde, und vorgeschlagen, lieber ein anderes Mal mit ihm zu sprechen. Doch sie hatte trotz Haileys Einwand abgelehnt. Die Zeit lief ihr davon, und eine bessere Gelegenheit würde sich ihr nicht bieten.

Wie Hailey vermutet hatte, saß Finley auf der hüfthohen Mauer, die den Rosengarten zur Klippe hin begrenzte. Und tatsächlich: Sein Blick war in den Nachthimmel gerichtet. In der Hand hielt er einen Griffel, mit dem er in eine Wachstafel ritzte. Wie er so dasaß, den Kopf im Nacken, die Lippen gedankenversunken zusammengepresst, erinnerte er Flower ein wenig an Skye.

»Finley.« Mit gestrafften Schultern ging sie an den Rosenbeeten vorbei, deren Duft von einem lauen Wind in ihre Nase getragen wurde.

»Flower, welch eine Überraschung!« Finley legte die Wachstafel zur Seite, eilte ihr entgegen und schloss sie in den Arm. »Du ahnst gar nicht, welche Sorgen Hailey und ich uns um dich gemacht haben.«

Sie lächelte entschuldigend, nachdem er sie wieder losgelassen hatte. »Das wollte ich nicht.«

Er machte eine wegwerfende Handbewegung. »Was zählt, ist, dass es dir wieder gut geht.« Seine Augen verengten sich. »Das tut es doch, oder?«

Sie nickte. Hailey hatte sie vorhin in warmem Wasser gebadet und die letzten Überreste der Krankheit mit einem weichen Schwamm von ihrem Körper gewaschen. Nun fühlte sie sich frisch, und die angenehm kühle Nachtluft verlieh ihr neue Kraft, auch wenn ihr Herz noch immer schmerzte.

»Wunderbar«, strahlte Finley. »Willst du ... willst du zu dem Baum hinübergehen? Hailey sagt, dass du dort am liebsten sitzt.«

»Tut sie das?« Flower betrachtete die Esche mit den tief hängenden Ästen. »Ich hoffe doch sehr, dass sie keine anderen Geheimnisse verraten hat?«

»Hailey doch nicht«, widersprach Finley und kratzte sich am Kopf. »Zumindest nicht absichtlich.«

»Also warst du darauf aus, welche zu erfahren?«

»Aye«, gestand er freimütig. »Aber am Ende habe ich in den Tagen mit Hailey nur jede Menge über Kräuter und Pasteten gelernt.« Er verzog den Mund. »Und einen schauerlichen Knoblauch-Lavendel-Keks probiert.«

Ihre Mundwinkel zuckten. »Sei froh, dass sie dir die Knoblauch-Pfeffer-Milch erspart hat.«

Finley schauderte. »Hailey ist eine tolle Köchin«, verteidigte er jedoch dann die Küchenmagd. »Und wer Neues probiert, muss eben manchmal irren. Außerdem stand sie ziemlich neben sich, als du krank warst.« Ein Ausdruck tiefer Bewunderung trat auf sein Gesicht. »Sie hat sich so aufrichtig um dich gesorgt, wie ich es noch bei niemandem erlebt habe.«

»Sie ist wirklich die Beste«, stimmte Flower zu. »Ich ...« Sie rieb unruhig ihre Hände aneinander und spürte, wie sich etwas in ihr verkrampfte. Das war der Moment, auf den sie sich die letzten Stunden vorbereitet hatte. Von dem sie schon seit Tagen wusste, dass er unvermeidbar war. Sie atmete noch einmal den lieblichen Duft der Rosen ein, der seit jeher eine beruhigende Wirkung auf sie hatte, ehe sie mit fester Stimme sagte: »Ich werde Hailey fragen, ob sie mitkommt. Wenn du und ich nach Glasgow gehen.«

Finleys Augenbrauen schossen in die Höhe, und sein Mund klappte leicht auf. »Du ... du willst also doch mit mir gehen?«

Flower betrachtete ihn verwirrt. Mit diesem unverkennbaren Ausdruck von Schrecken auf seinem Gesicht hatte sie nicht gerechnet. Unsicher strich sie ihr Kleid glatt. »War das ... war das nicht das, was du vorgeschlagen hattest?«

»Doch, doch«, beeilte er sich zu sagen, während er sich erneut am Kopf kratzte. »Es ist nur ... Als ich Hailey endlich dazu bekommen habe, mich zu dir zu lassen, hast du immerzu Cailans Namen gerufen ... und dass er dich nicht verlassen soll ... und da dachte ich ...«

Flower wurde eng ums Herz, und sie machte unbewusst einen Schritt weiter weg von der Mauer, unter der sich die Wellen des Meeres an der Steinklippe brachen. Sie würde nicht stürzen. Sie würde sich nicht stoßen lassen.

»Vergiss Cailan.« Sie bemühte sich um ein warmes Lächeln. »Du bist meine Zukunft, Finley.« Sie trat wieder näher an ihn heran und strich ihm eine Locke aus der Stirn. »Du. Ich. Und Glasgow.«

Finley blies die Backen auf und ließ die Luft geräuschvoll ausströmen. Er sah verzweifelt aus, oder vielmehr überfordert, und hob den Kopf zu den Sternen, ehe er ernst fragte: »Liebst du mich denn, Flower?«

Sie sah Finley mit großen Augen an. »W...was?«

Er nahm ihre Hand. »Ich will wissen, ob du mich liebst«, sagte er sanft. »Ob meine Seele das ist, was deiner Seele fehlt.«

Flower betrachtete ihn einen langen Moment und musste unvermittelt an Cailan denken. An seinen unverschämten Spott, an seine Aura der Stärke und Willenskraft, an die glühende Leidenschaft, die sie teilten. Sie waren wie Feuer und Wasser. Sie brauchten sich und konnten doch nicht nebeneinander bestehen. Zusammen gab es sie nicht.

Sie gab sich einen Ruck. »Finley.« Sie legte vorsichtig ihre rechte

Hand auf seine Schulter, stellte sich auf die Zehenspitzen und näherte sich langsam seinem Gesicht. »Du bist mein Freund. Und Freundschaft ist Liebe.«

»Dein Freund?«, echote er, während er sich zu ihr hinabbeugte.

»Aye«, flüsterte sie. »Und jetzt hör auf mit deinen ewigen Fragen und küss mich.« *Küss mich, auf dass ich Cailan vergesse.*

Finley zögerte kurz, und sie glaubte schon, er würde sich zurückziehen. Dann aber beugte er sich vollends zu ihr hinunter und legte seine Lippen sanft auf ihre. Es war ein zaghafter, unsicherer Kuss, und sie spürte ... nichts. Kein Kribbeln, keinen Schauer, einfach nur Leere. Und dann, irgendwann, hob Finley den Kopf.

Einen Moment lang schauten sich beide stumm an. Dann fingen Finleys Mundwinkel an zu zucken, und er schüttelte lachend den Kopf. »Gott, Flower, das war der schlechteste Kuss meines Lebens.«

Flower sah ihn fassungslos an, ließ sich dann aber von seiner Heiterkeit anstecken. Sie schmunzelte. »Wenn ich nicht wüsste, dass du nur meinetwegen hergekommen bist, wäre ich jetzt beleidigt.« Unschlüssig kaute sie auf ihrer Unterlippe herum. »Sollen wir ... Sollen wir es noch einmal probieren?«

»Willst du das denn?«

Sie schwieg, ehe sie traurig den Kopf hängen ließ. »Nein.«

»Ich auch nicht.« Finley griff nach ihrer Hand und führte sie zurück zu der Mauer.

Sie zögerte kurz, nahm dann aber neben ihm auf den rauen Steinen Platz.

»Weißt du, Flower«, begann er, ihre Hand immer noch in seiner. »Ich glaube, dass du unrecht hast. Freundschaft ist zwar Liebe, aber es ist nicht die Art von Liebe, die wir eigentlich mit dem Wort meinen. Es ist nicht die Liebe, die uns im tiefsten Winkel unserer Seele berührt und bei der wir den Verstand verlieren. Die uns schlaflose Nächte bereitet und die unser Herz überlaufen lässt. Die uns zeigt, dass wir nur zu diesem einen Menschen gehören und zu keinem anderen.«

Flower seufzte und lehnte den Kopf an Finleys Schulter. »Ich weiß.«

Er legte einen Arm um sie und schwieg eine Weile. »Du weißt es, weil du Cailan auf diese Art liebst, nicht wahr?«

Sie richtete sich wieder auf und sah ihn beinahe verzweifelt an. »Was zählt das schon? Cailan will mich nicht nach Portskerra gehen lassen. An deiner Seite könnte ich meine Träume leben.«

»Und das ist alles, was du willst?« Er musterte sie eindringlich. »Denn im Fieberwahn hast du nicht *danach* gerufen.«

Flower runzelte die Stirn. »Willst du mich loswerden, Finley MacLeod?«

»Nein«, beschwichtigte er sie, wenn auch eine Spur zu schnell. »Du kannst mich jederzeit nach Glasgow begleiten. Als Freundin. Denn ich habe in den letzten Tagen etwas erkannt.«

»Ach ja?«

»Aye. Ich denke zu viel mit dem Kopf und zu wenig mit dem Herzen. Ich habe das, was logisch schien, zu lange vor das gestellt, was glücklich macht. Dabei sollte ich mutig sein und darauf vertrauen, dass sich Wege finden werden, wenn man niemals nie sagt.«

»Himmel, Finley, du klingst ja genauso wie Hailey in ihrer unverbesserlichen Zuversicht!« Sie stutzte, dann schlug sie sich die Hand vor den Mund, als sie mit aller Wucht verstand, was ihr bisher entgangen war. Sie sprang von der Mauer auf, schwankte kurz, bevor sie das Gleichgewicht wiederfand. »Hast du dich etwa in meine beste Freundin verliebt?«

Finley hatte den Anstand, rot zu werden, während er sich ebenfalls erhob. »Ich wollte es nicht«, gestand er. »Und sei versichert, dass ich mich zu jedem Zeitpunkt aufrichtig um dich gesorgt habe. Aber Haileys Fürsorge und Zuversicht und ihr sehnlicher Wunsch nach einer eigenen Familie, Kindern …« Er brach ab. »Tief im Inneren habe ich, glaube ich, ohnehin immer geahnt, dass du bei Cailan bleibst, und ... was soll ich sagen? Spätestens nach unserem Ausflug zu den Seehunden war es um mich geschehen.«

»Spätestens?«

»Nun ja«, Finley räusperte sich und wirkte noch verlegener, »auf Ardvreck Castle ist sie mir auch schon aufgefallen, auch wenn ich mir diesen Gedanken damals sofort verboten habe.«

Flower war sprachlos. Der Mann, mit dem sie hatte durchbrennen wollen, war in ihre beste Freundin verliebt, vielleicht schon seit ihrer ersten Begegnung! War er am Ende gar nicht wegen ihr nach Castle Varrich gekommen?

»Und ... und Hailey?«, stammelte sie.

»Tja. Hailey.« Finley seufzte und strich sich durch die kupferfarbenen Locken. »Ich weiß es nicht, ich weiß es wirklich nicht, Flower. Manchmal sieht sie mich so an, als läge mir ihr Herz zu Füßen, und dann, im nächsten Moment, weicht sie zurück, wenn ich sie berühre.«

Flower zuckte zusammen. »Das tut sie mir zuliebe.« Wie hatte sie nur so blind sein können? Wann immer sie mit Hailey über Finley hatte reden wollen, war diese ungewohnt schweigsam geworden. Und erst kürzlich hatte die Freundin von einem Mann gesprochen, den sie für unerreichbar hielt. Wieso nur hatte sie nicht nach dem Namen gefragt?

»Meinst du wirklich?« In Finleys Augen trat ein leichter Hoffnungsschimmer, und er begann, unruhig auf und ab zu laufen.

»Aye.« Sie rieb sich über die Stirn. Wie sehr musste Hailey gelitten haben, als sie ihr vorhin erzählt hatte, dass sie mit Finley nach Glasgow gehen würde. Und das alles, weil die Freundin in ihrer unendlichen Loyalität Flowers Glück über das eigene gestellt hatte! »Was wirst du jetzt tun, Finley? Kannst du dir vorstellen, mit Hailey zusammen zu sein, obwohl sie eine Magd ist?«

Er blieb stehen, hob beide Arme und lächelte. »Ich bin mittellos, von meinem Clan verstoßen und auf die Gnade meines Onkels angewiesen. Hailey hat immerhin eine Anstellung und kann mit ihren Kochkünsten in Glasgow gewiss wieder eine finden.«

»Ich wusste schon immer, dass du ein außergewöhnlicher Mann bist. Und ich glaube, dass ihr sehr glücklich werdet.«

»Wenn Hailey denn überhaupt nach Glasgow will«, seufzte Finley.

»Oh, ganz bestimmt.« Sie versuchte, nicht daran zu denken, wie es sein würde, die Freundin zu verlieren. »Ihr steht schon sehr lange der Sinn nach einem Abenteuer.«

Ein freudiges Strahlen trat auf Finleys Gesicht, das jedoch kurz darauf einer ernsten Miene wich. »Und du? Was wirst du tun?«

Flower ließ sich erneut auf die Mauer sinken und sah hinaus auf das Meer, auf dem sich das silbrige Licht des Mondes spiegelte. Mit den Fingern strich sie über den rauen Stein. »Ich weiß es nicht, Finley, ich weiß es nicht.«

»Aber ich weiß es.« Er setzte sich neben sie und drückte ihre Hand. »Kämpfe. Kämpfe für das, was du willst.« Er schüttelte den Kopf. »Auch wenn ich noch immer nicht glauben kann, dass das mein Cousin ist.«

»Und Portskerra.«

»Und mein Cousin. Gibt es wirklich keinen Weg, beides zu vereinen?«

Sie seufzte. »Cailan hat vorgeschlagen, Eiric nach Castle Girnigoe zu bitten.«

»Das klingt doch gut!«

»Wenn sie denn käme … Was ich brauche, ist mehr Zeit, um Cailan umzustimmen. Denn wenn ich erst einmal schwanger bin, wird alles nur noch schwieriger.«

Einen Moment schwieg Finley, dann räusperte er sich. »Verzeih mir die Offenheit, Flower. Aber keine Frau kann schwanger werden, wenn sie nicht … du weißt schon.«

»Aye.« Ihre Wangen fühlten sich auf einmal schrecklich heiß an. »Aber du weißt sicher, dass genau *das* von mir erwartet wird?«

»Schon«, räumte Finley ein. »Aber du könntest dich weigern.«
»Mich weigern?«
Er nickte. »Cailan ist vieles, aber ich kann mir nicht vorstellen, dass er sich dir aufzwingen würde. Und dich bloßstellen wird er auch nicht.« Er zwinkerte. »Mein Cousin wird schließlich kaum zugeben, dass er seine eigene Frau nicht verführen kann.«
Flower sah ihn nachdenklich an, während zarte Hoffnung in ihr emporstieg. An diese Möglichkeit hatte sie noch gar nicht gedacht. Sie legte den Kopf schief und erinnerte sich daran, was Cailan auf der Rückreise von Ardvreck Castle gesagt hatte. *Ich würde nie etwas tun, was du nicht willst.* Dennoch war sie nicht vollends überzeugt, obwohl sie wusste, dass ihr Verlobter damals nicht gelogen hatte. »Und was dann? Was, wenn ein Jahr vergeht und er seine Meinung trotzdem nicht ändert?«
»Dann hast du wenigstens alles versucht und kannst immer noch zu mir und Hailey kommen. Aber Flower«, Finley drückte abermals aufmunternd ihre Hand, »ich glaube nicht, dass es dazu kommt. Denn wenn ich in den letzten Tagen zu meinem anfänglichen Entsetzen eines festgestellt habe, ist es, dass Cailan dich genauso liebt wie du ihn. Und wo Liebe ist, ist auch ein Weg.«
»Kommt der Spruch auch von Hailey?«, fragte Flower lächelnd. Ihr Herz begann in wachsender Zuversicht schneller zu schlagen, und ein warmes Gefühl breitete sich in ihr aus.
»Nein. Aber denkst du, er würde ihr gefallen?«
Sie lachte. »Ganz bestimmt! Ich kann sie fragen, wenn ich ihr von allem erzähle.«
»Von allem?« Finleys Gesichtsausdruck wurde zweifelnd. »Auch von unserem Kuss, wenn man ihn überhaupt so nennen darf?«
»Von allem«, sagte sie entschlossen. »Ab jetzt gibt es zwischen uns nur noch die Wahrheit.«
»Wie du meinst. Du kennst Hailey besser als ich. Aber Flower,

ich muss dich warnen.« Er sah sie ernst an. »Es könnte sehr gut sein, dass es sie gar nicht gibt, die eine Wahrheit.«
»Oh, Finley«, schmunzelte sie.
Ihr Blick wanderte an der Klippe hinab zur Meeresbucht. Eine sanfte Brise spielte um ihre Nase, und sie fragte sich zum ersten Mal, ob Cailan sie in ihren Träumen tatsächlich in die Fluten gestoßen hatte oder ob sie am Ende nicht selbst gesprungen war.

KAPITEL 32

Am Tag ihrer Hochzeit wachte Flower genauso früh auf wie an jedem anderen Tag auch. Vor ihrem Fenster vertrieb das Zwitschern der Vögel bereits die Nacht, und die Gewohnheit in ihr drängte danach, auf die Weiden zu gehen.

Doch dieser Morgen war anders. Dieser Morgen war der Morgen, an dem sie Cailan Sinclair heiraten würde. Den Mann, den sie von ganzem Herzen liebte.

Ein Lächeln stahl sich auf ihr Gesicht, während sie sich unter den Fellen auf den Rücken drehte. Gewiss, manchmal war er arrogant, unausstehlich und in jedem Fall viel zu pflichtbewusst. Aber vor allem war er verführerisch, scharfsinnig, humorvoll und leidenschaftlich. Er ging wundervoll mit ihren Schwestern um, und sie hatte noch nie jemanden gekannt, in dessen Gegenwart sie sich so unbeschwert und gleichzeitig so geborgen fühlte. Und gestern im Rosengarten hatte sie ihm sogar die Zusicherung abgerungen, dass er in der Hochzeitsnacht nichts tun würde, vor dem sie sich fürchtete. Auch wenn sie nicht sicher war, ob Cailan die Tragweite dieses Versprechens verstand.

Das schlechte Gewissen missachtend, schlug sie die Felle zurück und setzte sich auf. Hailey, mit der sie sich lang und innig ausgesprochen hatte, schwor, dass alles gut werden würde. Dass Cailan seine erst kürzlich genesene Braut nachsichtig behandeln würde, wenn sie am Ende des Tages entsetzliche Müdigkeit vortäuschte. Und auch wenn sich eine leise Stimme in ihr fragte, ob sie sich von zu viel Zuversicht hatte anstecken lassen, war sie im Moment bereit, daran zu glauben.

Ein Klopfen an der Tür riss Flower aus ihren Gedanken. Das musste Hailey sein, die versprochen hatte, ihr heute Morgen zu helfen. Flink erhob sie sich und zog den Riegel geräuschvoll zurück, den sie seit Cailans nächtlichem Besuch wieder jeden Abend vorlegte.

»Mutter«, grüßte sie überrascht, als sie stattdessen Rhona mit Conall auf dem Arm vor ihrer Tür entdeckte. Ihr Bruder schrie zur Abwechslung einmal nicht, sondern sah sie still aus großen grünen Augen an.

»Guten Morgen, Liebling. Lässt du uns herein?«

»Natürlich.« Sie machte widerwillig einen Schritt zur Seite. Seit ihrem Streit im Rosengarten herrschte eine seltsame Anspannung zwischen ihnen. Diese hatte sich auch in den letzten Tagen nicht gelegt, da Flower ihre Mutter zwischen dem Blumensammeln mit River, dem Porträtsitzen für Skye und dem Schachspiel mit Lord Sinclair kaum gesehen hatte. Jeder Augenblick des Tages schien ausgefüllt gewesen zu sein. Und das, obwohl Finley und Hailey ihr sogar den Rücken freigehalten hatten. Dank ihnen war sie zumindest zweimal bei Fiona gewesen und hatte Greer aufsuchen können, um die Heilerin daran zu erinnern, Lorna den Baldrian, Nessa das Eisenkraut und dem Schmied die Minze zu bringen, wenn sie nicht mehr da war. Und hatte all das wehmütig ein letztes Mal selbst getan, falls es Greer doch vergaß.

»Setz dich einen Moment zu mir.« Rhona nahm auf der Bettkante Platz und klopfte neben sich.

Flower zögerte kurz, schloss die Tür und ließ sich dann neben ihrer Mutter nieder.

»Oh, mein Liebling, du weißt, wie sehr ich mir diesen Tag herbeigewünscht habe.« Rhona seufzte melancholisch, während Flower die Lippen etwas fester zusammenpresste. Hatte ihre Mutter ihr überhaupt nicht zugehört? »Und doch ist es kein einfacher für mich. Ich erinnere mich noch genau an die Zeit, als du so alt warst wie Conall. Mein kleines, liebes Mädchen mit dem selbstlosen Wesen. Und jetzt, sieh dich an. Du bist eine Frau geworden. Eine Frau, die mich nicht mehr braucht, weil sie bald selbst Mutter wird.« Rhona seufzte abermals.

In Flower hingegen wuchs die Anspannung. Da war es wieder, dieses Drängen, das die Wahrheit forderte. Das schon jahrelang im Inneren gegen ihre Rippen trommelte und trotzdem nie erhört wurde. War heute endlich der Tag? Heute, wo sie ein neues Leben begann, in dem sie frei sein würde?

Sie straffte die Schultern und hob das Kinn. Vielleicht war es unsinnig, ihre Mutter ins Vertrauen zu ziehen. Doch sie konnte und wollte nicht länger schweigen, sich keinen Augenblick länger selbst verleugnen. Und so sagte sie mit wild klopfendem Herzen endlich das eine Wort, das auf ihrer Zunge brannte:

»Nein.«

Tief Luft holen.

»Und nein.«

»Nein?« Rhona zuckte ein wenig zurück und strich Conall irritiert über den Rücken.

»Richtig, Mutter. Nein.« Sie atmete langsam ein und aus und sah Rhona offen an. Ihre Finger zitterten, doch ihre Stimme war fest. »Nein. Ich werde dich auch in Zukunft brauchen, weil du mir wichtig bist und ich dich liebe. Und nein, ich werde nicht bald selbst Mutter. Weil ich nach meiner Hochzeit nach Portskerra gehe.« Nicht aufgeben, weitersprechen. »Um Tierheilerin zu werden.«

Rhonas Augen weiteten sich, und sie wurde blass. »Flower, mein Liebling.« Ihre Finger tätschelten Conall zu fest, sodass dieser protestierend grunzte. »Was redest du da nur? Geht es dir nicht gut? Die Aufregung un...«

»Nein, Mutter.« Entschlossen missachtete sie den Teil in ihr, der sie anflehte, wieder zu lügen. »Es ist keine Aufregung, sondern etwas, das ich dir und Vater schon längst hätte sagen sollen. Ich werde Tierheilerin. Nicht Mutter.«

»Tierheilerin?« Rhona schnappte nach Luft, ihr Blick glitt unstet durch den Raum, und dann wurde ihre Stimme schrill. »Das ist doch Wahnsinn! Das geht nicht ... das ist ...«

»Das, was ich will.« Flower krallte ihre Finger in die Felle, dass es schmerzte. »Auch wenn ich bedauere, dass ich euch damit enttäusche.«

»Weiß Cailan ...?« Die Stimme ihrer Mutter brach.

Sie nickte, obwohl dieser genau genommen noch nicht zugestimmt hatte. »Aye.«

Rhona schluckte, schluckte nochmals, fuhr sich mit der freien Hand durch die ergrauenden Haare. »Flower ...«

Tränen traten in ihre Augen und drohten Flower das Herz zu brechen. Doch sie hatte beinahe bis zum Jawort gebraucht, um endlich Nein zu sagen. Und sie würde ihre Worte nun nicht zurücknehmen, auch wenn ihr Bauch sich immer wieder krampfartig zusammenzog. Sie zwang sich, ihre Mutter anzusehen.

Deren Unterlippe bebte, während sie aufgelöst Conall hin und her schaukelte. »Du entsetzt mich«, murmelte sie. »Du ... meine ganze Erziehung ...« Sie fasste sich an die Stirn. »Das kannst du doch nicht tun! Flower, das darfst du nicht!«

Flower blinzelte gegen die Tränen an, die nun auch in ihr hochstiegen. Es war genauso schwer, wie sie es sich vorgestellt hatte. Sie dachte an ihren Vater, an ihre erste Ohrfeige, und wie er ihr eingeschärft hatte, auf dieser Burg zu tun, was er sagte. Doch morgen würde sie wegziehen. Sie atmete langsam ein und aus. »Ab jetzt bestimme ich, was ich darf und was nicht. Und du und Vater entscheidet, wie ihr damit umgeht.« Sie holte abermals tief Luft. »Und wenn das bedeutet, dass ihr mich nun nie wiedersehen wollt und verstoßt, wie du es Leaf stets androhst, muss ich das hinnehmen.«

»Dich nie wiedersehen?« Rhonas Gesichtsfarbe wechselte von Weiß zu Grau, ihre Stimme war nicht mehr als ein dünnes Flüstern. »Ich bin enttäuscht. Verletzt. Auch wütend. Aber Flower«, die erste Träne fiel, »du bist immer noch mein Kind.« Rhona tupfte sich über die Wange. »Dass du denkst, ich könnte dich verstoßen, tut von allem vielleicht sogar am meisten weh.«

Flower konnte die Tränen nun selbst nicht länger zurückhalten. »Ich dachte ... weil du immer sagst ...«

Rhona legte sich eine Hand auf die Stirn und blähte undamenhaft die Backen. »Irgendwie muss ich ja gegen Leaf ankommen. Auch wenn du scheinbar den viel größeren Unsinn im Kopf hast.« Sie fasste nach Flowers Schulter, so als wollte sie sie schütteln. »Tiere, warum denn ausgerechnet Tiere?«

Flower tastete nach der Hand ihrer Mutter. »Weil sie jemanden brauchen, der für sie eintritt. Der ihnen hilft, wenn kein anderer es tut.«

Rhona entzog ihr ihre Hand und fuhr sich fahrig mit dem Ärmel ihres Kleides über die Augen. »Diese Fürsorge, das ist doch genau der Grund, aus dem du Mutter werden sollst.« Ihre Stimme wurde wieder fester. »Bist du sicher, dass du nicht ...?«

Flower nickte und wischte ihre eigenen Tränen fort. Der Drang, nachzugeben, bäumte sich abermals in ihr auf, doch das Wissen, das Richtige zu tun, schmetterte ihn nieder. »Aye. Zumindest in der nächsten Zeit. Und das werde ich Vater vor meiner Abreise auch sagen.«

Rhona drückte Conall enger an die Brust und blinzelte heftig. »Dein Vater ...« Ihre Miene wurde weich. »Gott, ich fürchte, dein Vater wird das alles sogar gutheißen, solange Cailan damit einverstanden ist. Erst gestern hat er sich gefragt, wer nun nach den Rindern schauen soll.« Sie stieß einen ungläubigen Laut aus. »Ich ... Nun, Flower, ich weiß nicht, was ich noch dazu sagen soll.«

Sie befeuchtete ihre Lippen. Zarte Hoffnung wärmte ihr Herz. Wenn sogar ihr Vater auf ihrer Seite war ... »Du musst nichts sagen. Aber vielleicht«, sie schluckte, »vielleicht kannst du mich eines Tages verstehen. Mich, wie ich wirklich bin.«

Rhona seufzte, hob ihre Hand, ließ sie wieder sinken und strich ihr dann doch über die Wange. »Das wage ich zu bezweifeln. Tiere!« Sie seufzte wieder. »Immerhin heiratest du Cailan. Das tust du doch, oder? Denn wenn nicht, dann ... Lord Sinclair ... Flower, das könnte ich nicht, ich würde, also ich würde ...«

»Atme.« Sie drückte sanft die Hand ihrer Mutter. »Ich heirate Cailan. Aber nicht, weil du mich zwingst, sondern weil ich ihn liebe.«

»Dem Himmel sei Dank«, entfuhr es Rhona, während sie sich Luft zufächelte. »Es gibt doch noch einen Gott, der mir gnädig ist.«

»Fla-wer!« Mit einem Glucksen zog Conall an Flowers Haaren.

Sie stieß einen heiseren Laut aus, der einem Lachen ähnelte. Nach und nach wich ihre Anspannung dem Gefühl von Stolz. Vielleicht würde Rhona sie tatsächlich nicht verstehen. Und vielleicht würde auch ihr Vater weniger begeistert sein, als ihre Mutter vermutete. Aber das war egal. Dieses Leben gehörte ihr, und wenn die Liebe ihrer Familie stark genug war, würden sie mit der Zeit wieder zueinanderfinden.

»Fla-wer!«

»Schon besser, kleiner Wolf«, lobte sie lächelnd, während sie behutsam Conalls Hand löste. »Auch wenn du meine Haare jetzt loslassen musst.«

Da kam Hailey mit einem Korb frischer Wiesenblumen herein. »Guten Morgen«, flötete sie und wirkte um diese Tageszeit so wach, wie Flower sie lange nicht mehr erlebt hatte. »Ich habe alles dabei, um dich zur schönsten Braut zu machen, die die Highlands je gesehen haben.«

»Immerhin«, seufzte Rhona und erhob sich, als Conall nun an ihren Haaren zog und zu schreien begann. Dabei wischte sie sich erneut über die rot geränderten Augen. »Es tut mir leid, aber ich muss euch allein lassen.«

»Keine Sorge, Lady MacKay«, versicherte Hailey, die auf einmal nicht mehr überschwänglich, sondern besorgt wirkte. »Eure Tochter ist bei mir in den besten Händen.«

Rhona nickte und sah zu Flower. »Wir sehen uns bei der Kapelle.«

»Mutter.« Sie berührte sie vorsichtig am Arm. »Danke, dass du gekommen bist.«

Rhona schenkte ihr ein erschöpftes Lächeln, aber immerhin ein Lächeln, und murmelte mehr zu sich als zu ihr: »*Dies Kind von mein, einst lieb und fein, mag Freud und Qual zugleich mir sein.*«

Kaum dass ihre Mutter gegangen und Conalls Geschrei verklungen war, erkundigte sich Hailey leise: »Ihr habt doch nicht an deinem Hochzeitstag gestritten?«

Doch Flower winkte ab. »Nein. Wir waren nur seit Langem wieder ehrlich zueinander.«

»Bitte, erzähl mir alles. Und bei allen Heiligen, steh dabei auf, es wird Zeit, dass wir dich anziehen.«

»Es ist genauso, wie ich es mir vorgestellt habe!« Hailey klatschte begeistert in die Hände, während sich Flower in ihrem moosgrünen Kleid mit den goldenen Verzierungen um die eigene Achse drehte und der aus fünf Strängen geflochtene Zopf um ihren Kopf flog. »Vorsicht! Nicht, dass die Blumen herausfallen!«, rief sie lachend, und Flower stimmte in das Lachen ein.

»Danke.« Sie strahlte und strich über ihr Kleid. Cailan hatte sich gewünscht, dass sie es trug, weil es die gleiche Farbe wie ihre Augen habe. Sie hatte über diese Bemerkung gelacht und gefragt, ob sich andere Frauen von solchen Aussagen geschmeichelt fühlten. Und Cailan, wieder ganz der Alte, hatte schelmisch geantwortet, dass sie das lieber nicht wissen wollte.

»Jetzt bist du wahrlich bereit zu heiraten«, freute sich Hailey. »Und warte nur, bis du nachher die Pflaumenküchlein probierst, die Finley und ich gebacken haben. So gut sind sie mir noch nie gelungen!«

»Das habt ihr also gestern gemacht.« Flower schmunzelte. »Muss die Köchin ihn nun auch beim Vornamen nennen?«

»Natürlich.« Hailey grinste. »Auch wenn Wynda froh war, als wir abends gegangen sind, um die Sterne anzuschauen. Hast du den großen Korb auch schon einmal gesehen?«

Sie verneinte lächelnd. »Also hast du Freude an dem, was Finley dir erzählt?«

»Ich verstehe es nicht immer«, gestand die Freundin. »Aber ihm macht das nichts aus, er erklärt mir Dinge auch gerne zwei- oder dreimal.«

»Und hat er dich schon geküsst?« Das war eine heikle Frage, doch sie wollte es wirklich wissen.

»Nein.« Hailey schwieg einen Moment. »Aber er hat mich gefragt, ob ich mit ihm nach Glasgow gehen möchte.«

»Und was hast du geantwortet?« Finley hatte sie bei ihrer Verabschiedung im Rosengarten inständig gebeten, ihm diese Frage nicht vorwegzunehmen, und so hatte sie das trotz ihres Vorsatzes, nur die Wahrheit zu sagen, nicht getan.

Hailey sah zur Seite. »Ich würde gerne mit ihm gehen. Aber ich habe auch versprochen, dich zu begleiten – ob nun nach Portskerra oder nach Castle Girnigoe.«

»Und ich habe versprochen, dass wir die große Liebe für dich finden.« Flower umfasste die Schultern der Freundin und sah ihr tief in die Augen. »Ich werde dich schrecklich vermissen, aber Finley und du, ihr gehört zusammen, Lady Hailey MacLeod.«

Deren Augen schimmerten feucht. »Du bist die Beste. Und wer weiß, vielleicht heiratet er mich ja sogar eines Tages?«

Ehe Flower dem überzeugt zustimmen konnte, flog die Tür auf, und Leaf huschte in den Raum.

»Oh Schreck!« Hailey fasste sich an die Stirn. »Ich habe ganz vergessen, sie zu euch zu senden. Nun geht schon.«

»Nanu«, lachte Flower, als ihre Schwester sie bei der Hand

nahm, zur Tür zog und vorsichtig hinaus in den Gang spähte. »Das hört sich alles sehr geheimnisvoll an.«

»Ist es auch«, flüsterte Leaf. »Wir müssen nur aufpassen, dass Mutter mich nicht sieht, sonst steckt sie mich in ein buntes Kleid.«

Wenig später führte Leaf sie ins Freie auf den höchsten Punkt des Turmes, durch den Flower normalerweise treppab in den Rosengarten gelangte. Der Wind zerrte sanft an ihren Haaren, und der vertraute Anblick der umliegenden Landschaft und des Meeres rührte an ihrem Herzen. Bis sie River, Skye und Artair entdeckte, die mit hinter dem Rücken verschränkten Händen auf sie warteten.

»Da bist du ja endlich«, grüßte River und schenkte ihr ein bemüht fröhliches Lächeln. »Mit den Blumen im Haar bist du wunderschön.«

Flower ging zu ihr und drückte sie. »Danke.« Sie wusste genau, dass heute kein leichter Tag für ihre Schwester war. Umso mehr schätzte sie deren Anstrengung, sich das nicht anmerken zu lassen.

»Freust du dich denn?«, wollte River nun wissen.

»Das fragst du noch nach dem Kuss, den sie Cailan gestern im Rosengarten gegeben hat?« Leaf grinste frech, während sie sich in ihrem schwarzen Leinenhemd gegen die Zinnen des Turmes lehnte. »Auch wenn ich an Flowers Stelle natürlich trotzdem nicht heiraten würde, denn ...«

»Du hast uns gesehen?« Flower sah mit roten Wangen erst zu Leaf und dann zu Artair, der ebenfalls schmunzelte. »Aber es war doch niemand außer uns im Garten.«

»Leaf saß bestimmt in den Ästen des alten Baumes«, mutmaßte Skye, die der Kuss mit Cailan nicht im Geringsten zu überraschen schien.

Sogleich hob Leaf die Augenbrauen. »Woher weißt du das?«

»Ich habe schon mehrmals beobachtet, wie du am Stamm hinaufgeklettert bist.«

»Hm«, machte Leaf, während Artair leise lachte und der jüngsten MacKay über den Kopf strich. »Vor dir muss man sich in Acht nehmen, was?«

Skye schwieg, sodass River wieder das Wort übernahm. »Ein Kuss im Rosengarten? Das ist ... das ist wirklich rührend!« Sie räusperte sich und wirkte für einen kurzen Moment verlegen. »Küsst Cailan denn gut?«, fragte sie dann.

Wieder grinste Leaf. »Schlecht kann es nicht gewesen sein, denn unsere Schwester hat *hinreißend* geseufzt.«

Flower starrte Leaf ungläubig an, dann lachte sie. Am liebsten hätte sie etwas nach ihr geworfen. »Du bist unglaublich. Ich kann den Tag nicht erwarten, an dem du heiratest.«

»Gott bewahre«, knurrte diese, kletterte auf eine der Zinnen und ließ die Beine baumeln, woraufhin sich Artair sogleich einen Schritt näher zu ihr stellte. Zu wissen, dass er sie halten würde, falls sie fiel, beruhigte Flower.

»Heute ist erst einmal Flowers Hochzeitstag«, sagte River. »Und deshalb haben wir dir alle etwas mitgebracht.« Sie holte ein gefaltetes Pergament hinter ihrem Rücken hervor. »Für dich.«

»Oh, River.« Gerührt nahm Flower das Geschenk entgegen und faltete es auseinander. Zum Vorschein kam eine Karte.

River, die neben sie getreten war, erklärte mit leuchtenden Augen: »Hier ist Castle Varrich. Und dort«, sie zeigte auf einen Punkt weiter östlich, »ist Castle Girnigoe. Und das sind alles Burgen, die Clan Sinclair und damit eines Tages dir gehören.«

»Das sind jede Menge«, bemerkte Flower beeindruckt, während ihre Augen über die mit Buchstabendrehern gespickten Burgnamen huschten. »Wie hast du das herausgefunden?«

Ihre Schwester lächelte. »Lord Sinclair hat mir dabei geholfen. Seit ich ihn einmal im Schach besiegt habe, mag er mich sehr.«

»Er wollte es dir auch beibringen?«

»Ich konnte es schon, und nachdem Vater das verraten hat, konnte ich einer Partie nicht entgehen.«

Flower schmunzelte und betrachtete aufs Neue die liebevoll gezeichnete Karte. Dabei fiel ihr Blick auf eine Burg, die besonders nah an der Grenze und damit in der Nähe von Portskerra lag. Ob das wohl der Ort war, an dem Lochlann lebte? Sie schüttelte den Gedanken ab und wandte sich mit einem warmen Lächeln an River. »Ich danke dir, das ist ein wunderbares Geschenk.«

»Jetzt ich.« Leaf glitt in einer fließenden Bewegung von den Zinnen hinunter. Sie fasste in ihren Stiefel und reichte ihr einen Gegenstand, der in ein grobes Tuch eingeschlagen war. »Wenn du einmal nicht mit Cailan übereinstimmst.«

Gespannt löste Flower das Tuch und wickelte einen Dolch aus, der in einer ledernen Scheide ruhte.

»Den hat Graham ursprünglich für mich angefertigt, aber ich denke, du brauchst ihn dringender«, erklärte Leaf ernst.

»Er ist wunderschön!« Vorsichtig zog sie die Waffe aus dem Leder. »Auch wenn ich nicht vorhabe, ihn gegen Cailan zu verwenden.«

»Mag sein.« Leaf zuckte mit den Achseln. »Aber vielleicht wird es doch einmal nötig.«

»Ich dachte, der Dolch hilft Flower beim Kräuterschneiden?«, warf Skye nun ein.

»Das ganz bestimmt.« Flower lächelte ihre jüngste Schwester an. »Hast du das Muster für den Griff entworfen?«

Diese nickte. »Gefallen dir die Winkel?«

Flower lachte, als sie an ihr Gespräch mit Skye vor der Schmiede dachte. Offenbar brachte die viele Zeit mit Leaf Skyes freche Seite zum Vorschein. Aber das konnte dem ruhigen Mädchen sicher nicht schaden.

»Danke.« Sie wollte beide gleichzeitig umarmen, doch während Leaf sich kurz drücken ließ, machte sich Skye rasch los und reckte das Kinn.

»Ich habe auch etwas Eigenes für dich.« Aufregung lag in ihrem

Blick, als sie ihr ein sorgsam zusammengerolltes Pergament reichte und dann an ihren Nägeln kaute.

Flower war schon gerührt, bevor sie es entrollte und erkannte, um was es sich bei dem Geschenk handelte. »Das sind ja wir vier Schwestern. Auf der Weide bei unseren Hochlandrindern!«

»Damit du immer ein Stück Zuhause bei dir hast.« Skye schwieg kurz, ihre Augen wurden feucht, und sie flüsterte leise: »Und uns nicht so schnell vergisst.«

Flower ging vor der Zwölfjährigen in die Knie und nahm ihr Gesicht in beide Hände. »Ich werde euch niemals vergessen, hörst du? Niemals.«

Zu ihrem Entsetzen sah sie, wie eine Träne über Skyes Wange lief, und sie zog sie fest an sich. »Ich werde so oft zurückkommen, wie ich kann. Und ihr werdet mich auch besuchen.«

Skye nickte und blinzelte tapfer die Tränen fort. Währenddessen trat Artair zu ihnen und legte Flower eine Hand auf die Schulter.

»Auf mein Geschenk musst du noch etwas warten. Aber es wird dir gewiss gefallen, wenn du es später hörst.«

»Spielst du etwa auf deiner Flöte für mich?«

»Aye.« Er zwinkerte. »Das Singen sollte ich nämlich besser lassen.«

Flower stand lachend auf und umarmte den blonden Mann, der für sie wie ein Bruder war. »Ihr seid die Besten«, murmelte sie und sah von einem zum anderen. »Und ich liebe euch von ganzem Herzen.«

»Und wir dich«, erwiderte River.

Leaf setzte dem gefühlvollen Moment mit einem ungewöhnlichen Schimmern in den Augen ein Ende. »Ich muss los. Wir sehen uns später.«

»Wohin gehst du?«, erkundigte sich Skye.

»Ein neues Versteck suchen.« Leaf grinste. »Den Baum im Rosengarten kann ich schließlich kaum mehr verwenden.«

Die verbleibende Zeit bis zur Trauung verging wie im Flug, und so war Flower beinahe überrascht, als sie sich umgeben von ihrer Familie und den Burg- und Dorfbewohnern neben Cailan auf den Stufen der Kapelle wiederfand. Diese waren ebenso wie der Burghof mit Blumen bedeckt, was sie fast glauben ließ, auf den Weiden von Ribigill zu sein.

»Du siehst hinreißend aus«, raunte Cailan leise, während sich das glitzernde Sonnenlicht in seinen zinngrauen Augen spiegelte. »Noch schöner als sonst.«

Ihr wurde warm ums Herz, und sie flüsterte: »Du siehst auch ganz passabel aus, Mylord.«

Cailan lachte und machte Anstalten, etwas Weiteres in ihr Ohr zu murmeln, doch da räusperte sich Father Maxwell mit freundlicher Miene und begann mit der Trauung.

Was genau er sagte, nahm Flower nicht wirklich wahr. Immer wieder warf sie einen Blick zu Cailan, wie er mit seinen dunkelblonden Haaren und dem verschmitzten Lächeln neben ihr stand. Ihr Herz schlug bis zum Hals, und sie konnte es gar nicht erwarten, dass der Cousin ihres Vaters zum Ende kam und sie endlich den Mann küssen durfte, den sie mehr als alles andere auf der Welt liebte.

Und dann, als sie ihre Hände ineinandergelegt und die Ehe bejaht hatten, war es endlich so weit. Cailan zog sie fest an sich, und in seinen Augen lag eine solche Zuneigung und Wärme, dass ihr beinahe schwindelig wurde.

»Ich liebe dich«, hauchte er, bevor er sich zu ihr hinunterbeugte und sie voller Leidenschaft küsste, bis sie vollkommen vergaß, dass ihre gesamte Familie ihnen dabei zusah. Es gab nur sie beide, seine Hände auf ihren Hüften, seine Lippen auf ihren, das Feuer der Liebe in ihrem Herzen. Ihre Haut prickelte, ihr Puls raste, und sie wünschte sich, dass dieser eine Kuss nie zu Ende gehen würde. Doch dann räusperte sich Father Maxwell erneut unter dem Beifall der Anwesenden, um sie daran zu erinnern, dass ihnen noch eine Messe bevorstand.

KAPITEL 33

Eine gefühlte Ewigkeit später war der Gottesdienst zu Ende, und Flower trat an Cailans Seite ins Freie. Es wehte eine angenehm frische Brise, und am Himmel strahlte die Sonne mit ihnen um die Wette. Um sie herum ertönten die Jubelrufe der Burg- und Dorfbewohner, für die es in der Kapelle zu eng gewesen war. Flower war nie glücklicher gewesen und schmiegte sich näher an Cailan, der sie ein zweites Mal innig küsste. Sofort wurde der Jubel noch lauter, ehe die Anwesenden begannen, ihnen zu gratulieren.

»Willkommen in der Familie«, sagte Lord Sinclair lächelnd und gab ihr zu ihrer Überraschung einen kurzen Kuss auf die Wange.

»Glückwunsch, ihr beiden«, wünschte auch Gregor, der sie fest an seine Brust drückte und auch Cailan in den Arm schloss. Seine Augen schimmerten feucht, und es freute sie von ganzem Herzen, ihren Vater so glücklich über etwas zu sehen, das sie anfangs für ihn und am Ende doch für sich selbst getan hatte.

Ihm folgten die anderen MacKays, ein an diesem Tag sehr überschwänglicher Jan und die Clansmänner der Sinclairs, bis schließlich die Dorfbewohner an der Reihe waren. Unter ihnen befanden sich der Schmied mit seinen beiden Kindern Graham und Nessa, der Fischer Dubh mit seiner Frau Lorna und seiner Enkelin Isla, die alte Moira, der Schankwirt mit seiner Tochter Mhairi sowie Kerr und Greer.

Gestern noch hatte Flower überlegt, ob es wohl seltsam mit der Heilerin werden würde. Doch freimütig, wie sie war, wünschte ihnen Greer nur viele vergnügliche Stunden in der Ehe.

Finleys Glückwünsche fielen dagegen bei Cailan um einiges kühler aus, doch sie selbst schloss er voller Wärme in die Arme. »Allein das Strahlen in deinen Augen verrät mir, dass du dich richtig entschieden hast«, raunte er, ehe er sie wieder freigab und sie von einer mit Glückstränen überströmten Hailey in Beschlag genommen wurde.

»Für meinen Geschmack hat dich Finley viel zu lang umarmt«, knurrte Cailan, als die beiden sich entfernten. »Und was hat er dir ins Ohr geflüstert?«

Flower lachte und schlug ihm spielerisch auf den Arm. »Cailan Sinclair. Ich habe gerade eben *dich* geheiratet, und du bist immer noch eifersüchtig auf Finley?«

Mit einem ergebenen Brummen zog er sie enger an sich, gab ihr abermals einen leidenschaftlichen Kuss und flüsterte dann mit rauer Stimme in ihr Ohr: »Du weißt gar nicht, wie sehr ich mir den Abend herbeisehne.«

»Nicht so ungeduldig«, tadelte sie und versuchte, den Gedanken an später und das ungute Gefühl, das damit einherging, beiseitezuschieben. Was ihr glücklicherweise gelang, als der Schäfer und sein Sohn auf sie zutraten, um ihnen ebenfalls zu gratulieren.

Auf die Zeremonie folgte ein rauschendes Fest in der großen Halle. Auch diese war überall mit Blumen geschmückt, an der Balustrade, auf den Tischen und auf dem Boden. Flower sog den süßen Duft der Blütenblätter tief ein, und ihr wurde schwindelig vor Freude.

Beim Festmahl hatten sich Wynda und Hailey selbst übertroffen und nach all den Bärlauch-Pilzen, Karottenpürees, Walnusstaschen und Bratäpfeln musste Flower am Ende sogar ihr Pflaumentörtchen an Jan abtreten. Dieser bedankte sich erfreut und verschlang das Törtchen, obwohl er zuvor beim Rehrücken und bei den von Dubh gefangenen Lachsen kräftig zugelangt hatte, mit einem Bissen.

Gegen Abend wurden unzählige Kerzen entzündet, und die Gäste begannen zu tanzen. Artair spielte wie versprochen auf seiner Flöte, und Lord Sinclair, der dem Ale bereits gut zugesprochen hatte, gab zur Begeisterung aller in seinem sonoren Bariton ein Lied zum Besten. Kerr holte seinen Dudelsack hervor, und selbst Rhona ließ sich von Cailans Vater nach dessen Gesang zu einem Tanz überreden, der wenig mit dem förmlichen Linientanz zu tun hatte, den sie sonst so schätzte.

Flower unterhielt sich viel mit ihrer Familie, aber auch mit nahezu allen Dorfbewohnern. Dazwischen fand sie sich immer wieder an Cailans Seite, der ihr schamlos Küsse stahl, sie neckte und zum Lachen brachte. Er trank viel Ale, doch das störte sie nicht, denn er war ausgelassen und fröhlich und so unbeschwert, wie sie ihn lang nicht erlebt hatte.

Gerade hatten sie sich nach einem wilden Tanz zurück an die Tafel gesetzt, da spürte sie unter dem Tisch Cailans Hand auf ihrem Oberschenkel.

»Mylord«, wisperte sie atemlos. Obwohl sie die Berührung genoss, sah sie sich rasch nach allen Seiten um.

»Es wird Zeit, sich zurückzuziehen«, raunte er.

Doch noch ehe sie etwas antworten konnte, kam River mit glühenden Wangen zu ihnen gelaufen und streckte ihnen die Hände entgegen. »So ein Fest hat es lange nicht gegeben. Ihr wollt doch gewiss nicht nur herumsitzen und zusehen?«

Angesichts Cailans Vorschlag verzichtete Flower darauf, River zu erinnern, dass sie bis gerade eben selbst getanzt hatten, und sprang rasch auf. Sie schenkte Cailan ein keckes Lächeln. »Nun, Mylord, das wollen wir uns lieber nicht nachsagen lassen.« Und keinen Lidschlag später befanden sie sich wieder unter den Tanzenden.

Aus dem Augenwinkel sah Flower Finley und Hailey, die ebenfalls im Takt der Musik herumwirbelten, und das Strahlen auf dem Gesicht der Freundin ließ sie gerührt aufseufzen. Das Lied ging zu

Ende, es folgte ein nächstes und noch eines, und irgendwann, als Cailan sich mit Skye im Kreis drehte, fand sich Flower neben Finley unter einer Säule im Schatten der Balustrade wieder.

»Da ist ja die glückliche Braut.« Finley verbeugte sich leicht vor ihr. »Du siehst bezaubernd aus, wenn ich das sagen darf.«

»Du darfst«, erwiderte sie. »Vielleicht tröstet es mein Herz ja darüber hinweg, dass du mit meiner besten Freundin durchbrennst?«, neckte sie in ihrer ausgelassenen Stimmung.

Er lachte. »So wie du es sagst, muss ich fast meine Ehre infrage stellen.« Sein Lächeln wurde breiter. »Aber dann fällt mir ein, dass du dich auf Ardvreck Castle mit meinem Cousin verlobt hast, und zwar keine Stunde nach deinem Antrag an mich. Und das beruhigt mein Gewissen ungemein.«

»Ich bin so froh, dass du trotzdem bis zu meiner Hochzeit geblieben bist.«

»Deinen Gemahl scheint das weniger zu freuen. Er schaut ausgesprochen grimmig zu uns herüber.«

Sie warf einen kurzen Blick in Cailans Richtung und schmunzelte. »Ich nehme an, das ist ein Zeichen dafür, wie sehr er mich liebt. Und er weiß schließlich noch nicht, dass dein Herz Hailey gehört.«

»Aye«, räumte Finley ein und suchte mit den Augen in der Menge nach dieser, ehe er ergeben seufzte. »Ich muss immer lächeln, wenn ich an sie denke. Und kann noch nicht ganz glauben, dass sie tatsächlich zugestimmt hat, mich nach Glasgow zu begleiten.«

Flower legte ihm eine Hand auf die Schulter. »Tu mir einen Gefallen und bring ihr das Schreiben bei, ja? Ich würde so gern ab und an einen Brief von ihr lesen.«

»Versprochen.«

»Und Finley?« Sie sah ihm fest in die Augen. »Gib Hailey einen Kuss. Und zwar einen richtigen.«

Finley lachte und zwinkerte ihr freundschaftlich zu. »Das lässt sich einrichten.« Damit verschwand er in der Menge mit unmittelbarem Kurs auf Hailey.

Während Flower ihm noch lächelnd nachsah, gesellte sich Cailan zu ihr. Irgendwie war es ihm gelungen, Skye an Artair abzugeben. Der grimmige Ausdruck auf seinem Gesicht war verschwunden, dafür spielte jenes dunkle, verführerische Lächeln um seine Lippen, das sie nur allzu gut kannte. Er legte seine Hände besitzergreifend um ihre Taille und sah sie mit entschlossenem Blick an. »Ich habe genug davon, dich zu teilen. Kommst du mit mir nach oben, oder soll ich dich hier um den Verstand küssen?«

Ihr Herz begann, schneller zu schlagen. »Können wir nicht noch bis Mitternacht bleiben? Ich würde so gern noch einmal mit meinen Schwestern tanzen.«

Cailan legte einen Finger unter ihr Kinn und hob es leicht an. »Hast du am Ende doch Angst vor mir, Mylady?«

»Nein.« Sie schüttelte den Kopf und sah ihm tief in die Augen, obwohl die Anspannung in ihrem Innerem wuchs. »Ich vertraue dir.«

»Also gut«, seufzte Cailan und zog sie an sich. »Dann bleiben wir bis Mitternacht. Aber Flower«, seine Stimme wurde noch tiefer, und er streifte mit seinen Lippen über ihren Hals, »bis Mitternacht und keinen Moment länger.«

Cailan machte sein Versprechen wahr. Genau um Mitternacht, oder zumindest erklärte ihr Ehemann, dass es das nun sei, nahm er sie bei der Hand und führte sie in das Gemach, das er auf Castle Varrich bewohnte. Ihre Familie, einige Hochzeitsgäste sowie Father Maxwell folgten ihnen. Letzterer war bereits stark am Schwanken, und niemand konnte die Worte verstehen, die er lallte, als er das Ehebett segnete. Kurz schien es sogar, als wolle er sich selbst darauf niederlassen, doch Cailan konnte das verhindern und scheuchte ihn sowie die anderen Anwesenden ungeduldig aus dem Raum. Flower tauschte einen letzten, etwas besorgten Blick mit Hailey, die ihr aufmunternd zulächelte, ehe die Tür ins Schloss fiel und sie mit Cailan allein war.

»Gefällt es dir?« Cailan machte eine ausladende Bewegung mit den Armen. Vor ihrer Ankunft hatte jemand – vermutlich River – mehrere Kerzen entzündet und auf dem Boden getrocknete Rosenblätter und Lavendel verstreut. Das Bett war frisch bezogen, und auf einem Tisch daneben standen zwei Becher und ein Krug mit Wein.

»Aye.« Flower blieb unsicher neben der Tür stehen und vergrub ihre Hände in dem Stoff ihres Kleides. Es war eine liebe Geste von ihrer Schwester gewesen, doch es machte ihr Unterfangen nicht unbedingt einfacher. Obwohl sie hellwach war, gähnte sie herzhaft und beobachtete, wie Cailan ihnen beiden Wein einschenkte.

»Hier.« Mit einem Lächeln auf den Lippen kam er auf sie zu und reichte ihr einen fast vollen Becher. Sie nahm ihn mit zittrigen Händen entgegen und prostete Cailan zu, der einen großen Schluck trank. Flower dagegen nippte nur kurz an ihrem Wein.

»Trink etwas mehr«, riet Cailan mit wohlmeinender Miene. »Es entspannt dich.«

»Ich bin entspannt«, protestierte sie. »So entspannt sogar, dass ich sofort einschlafen könnte.« Sie gähnte wieder, vielleicht etwas zu dramatisch.

Mit einem belustigten Funkeln in den Augen wies er auf ihre Hände. »Du umklammerst den Becher, als ob dein Leben davon abhinge.«

»Tue ich nicht«, widersprach Flower heftig. Hastig lockerte sie ihren Griff um das tönerne Gefäß.

Cailan lachte leise. »Wie du meinst.« Er wollte ihr den Wein wieder aus der Hand nehmen. Da überlegte sie es sich anders, setzte den Becher an die Lippen und trank ihn vor lauter Aufregung in einem Schwung leer.

Ihr Ehemann zog eine Augenbraue hoch, sagte aber nichts.

»Ich«, sie gähnte wieder und drehte den Becher unruhig in ihren Händen, »fand das Abendessen sehr lecker.«

»Das Abendessen?« Cailan legte den Kopf schief. Dabei spielte erneut ein amüsierter Zug um seinen Mund, und Flower musste daran denken, wie wundervoll sich seine Lippen auf ihren anfühlten. Ob sie es wohl wagen konnte, ihn zu küssen, bevor sie sich schlafen legte?

»Aye, das Abendessen«, beeilte sie sich zu sagen, als sie merkte, dass sie einen Moment zu lang geschwiegen hatte. »Besonders das Karottenpüree. Es war so … sättigend, und jetzt bin ich«, sie bedeckte den Mund mit ihrer Hand und gähnte lang, »satt und ganz furchtbar müde.«

Nun lachte Cailan und entwendete ihr das leere Trinkgefäß. Seine raue Haut berührte dabei ihre, und ein warmer Schauer durchlief sie.

»Du lachst mich aus.« Ihr Blick wanderte über seine markanten Gesichtszüge. Darin lag eine seltsame Mischung aus Zuneigung und Erregung, die sie schneller atmen ließ.

»Nein.« Nachdem er den Becher abgestellt hatte, kam Cailan mit langsamen Schritten zu ihr zurück. Er strich ihr eine Strähne hinter das Ohr, die sich im Laufe des Abends aus ihrem kunstvollen Zopf gelöst hatte. »Obwohl du eine furchtbar schlechte Lügnerin bist, finde ich dich hinreißend. Auch wenn ich dir nicht zustimmen kann.«

»Hm?« Flower war zu sehr von Cailans Hand abgelenkt, die nun auf ihrer Wange ruhte, als dass sie einen klaren Gedanken fassen konnte. Sie verlor sich in seinen zinngrauen Augen, die einem schottischen See im Morgengrauen glichen, und die sie so eindringlich ansahen, dass sie drohte, darin zu versinken.

»Das Abendessen war zwar lecker«, raunte er. »Aber nichts geht über den Nachtisch.«

»Du meinst die Pflaumentörtchen?« Ihr schlug das Herz bis zum Hals, und sie spürte, wie ihr der Wein zu Kopf stieg.

»Nein.« Er strich mit dem Daumen über ihre Lippen. »Ich meine dich.«

Und dann küsste er sie.

Es war ein stürmischer und leidenschaftlicher Kuss. Er stammte von einem Mann, der viel zu lange auf etwas gewartet hatte, bei dem die Ungeduld nun überhandnahm. Er war fordernd und feurig und doch keineswegs grob oder hart. Und entgegen all ihren Vorsätzen raubte er Flower den Atem. Er ließ ihren Puls rasen, ließ ihre Lippen prickeln und vernebelte ihren Verstand. Er ließ sie seufzen, ihre Arme um Cailans Nacken schlingen und ihn näher an sich ziehen.

Cailan knurrte daraufhin, strich verlangend ihren Rücken hinab und umfasste ihre Pobacken. Seine Zunge umschmeichelte ihre Lippen, ehe Flower ihm Einlass gewährte. Er schmeckte süß, nach Wein und Versuchung, und sie gab sich seinem Kuss ganz hin, folgte dem Tanz seiner Zunge, verlor sich im sinnlichen Spiel ihrer Münder. Sie wollte ihn, wollte ihn mit jeder Faser ihres Körpers.

Irgendwann begann Cailan, die Verschnürungen ihres Kleides zu lösen. Kurz schoss ihr der Gedanke durch den Kopf, dass sie ihn aufhalten sollte. Doch was war schon dabei, wenn sie das wiederholten, was sie am Wasserfall getan hatten? Zu allem Weiteren konnte sie immer noch Nein sagen.

Beseelt von dieser Überlegung und ergriffen von tiefer Leidenschaft ließ sie zu, dass Cailan sie von ihrem Überkleid befreite. Er warf es zu Boden und zog sich selbst das Hemd über den Kopf. Staunend fuhr sie mit ihren Fingern über seine harten Muskeln, berührte seine starken Arme. Sie sog seinen Geruch nach Sandelholz ein und küsste ihn leidenschaftlicher als je zuvor.

Cailan stöhnte, hob sie hoch und trug sie zum Bett, wo er sie behutsam auf die Felle legte. Langsam schob er ihr Unterkleid über ihre schmalen Schultern, tiefer und tiefer, bevor er begann, ihre Brüste zu liebkosen. Er überzog sie mit heißen Küssen, umkreiste die harten Spitzen mit seiner Zunge, biss sogar leicht hinein, woraufhin Flower überrascht aufkeuchte. Hitze durchflutete ihren Körper und sammelte sich in ihrem Schoß, ließ sie ungeduldig werden.

Doch Cailan widmete sich noch immer ihren Brüsten, trieb sie mit seinen Berührungen in den Wahnsinn, sodass sie ihre Hand in seine Haare grub. Dann, plötzlich, ließ er von ihr ab. Sie stöhnte enttäuscht und dann vor Schreck, als er ihr in einer einzigen Bewegung das Unterkleid vom Körper zog.

Nackt lag sie vor ihm, und diese plötzliche Blöße trieb ihr noch mehr Röte in die Wangen. Noch nie hatte ein Mann sie so gesehen und erst recht nicht mit seinen Augen derart verschlungen, wie Cailan es gerade tat.

»Du bist wunderschön«, hauchte er, ehe er wieder über ihr war, sie weiterküsste, ihren Mund, ihre Brüste und dann tiefer.

»Was tust du da?«, japste Flower.

Doch anstatt ihr zu antworten, grinste er nur verwegen und senkte seinen Kopf zwischen ihre Beine.

»Oh Gott«, stöhnte sie, als seine Zunge sie zu erkunden begann. Er liebkoste sie, erst quälend langsam, dann schneller. Er steigerte ihr Verlangen, trieb sie erbarmungslos näher an den Abgrund der Erlösung. Sie stöhnte, drückte seinen Kopf enger an sich, bog sich ihm entgegen. Und dann, als die Woge der Glückseligkeit über ihr zusammenbrach, schrie sie auf, wand sich zitternd unter Cailans Liebkosungen und sank schließlich erschöpft zurück in die Kissen.

Er lachte leise und kam hoch zu ihr. »Ich hoffe doch, du hast noch nicht genug, denn das war erst der Anfang.«

»Warte«, lachte Flower, als Cailan sie auf den Mund küssen wollte. »Ich bin noch ganz außer Atem.«

»Und was ist mit mir?« Er legte ihre Hand auf seinen Schritt.

Flower sah ihn wachsam an, als sie ihn durch seine Hose berührte. »Fühlt es sich nicht unangenehm für dich an, wenn das so anschwillt?«

»Ganz die Heilerin. Aber keine Sorge, das tut nicht weh.«

Sie seufzte erleichtert und ließ zu, dass er sie erneut küsste.

»Fass mich an«, bat Cailan leise.

Langsam schob Flower ihre Hand in seine Hose. Sie wusste nicht so recht, was sie tun sollte. Als er das bemerkte, befreite er sich von seinen Stiefeln und seiner Hose, legte seine Hand auf ihre und zeigte ihr, was ihm gefiel.

Voller Bewunderung ließ Flower ihren Blick, dann ihre Hände über seinen Körper wandern. Sie bemerkte erstaunt, wie viel er bei ihren Berührungen zu empfinden schien, und wollte am liebsten nie wieder aufhören.

Irgendwann, zwischen heißen Küssen und ihren Berührungen, stöhnte Cailan auf und entwand sich behutsam ihrem Griff. Er versiegelte ihre Lippen mit seinen und rollte sich auf sie. Seine Härte drängte gegen sie, und als er versuchte, mit sanftem Druck seiner Hände ihre Schenkel zu öffnen, wusste Flower, dass sie nicht länger zögern durfte. Mit all der Willenskraft, die ihr noch geblieben war, legte sie ihm die Hände auf die Schultern. »Warte.«

Sofort löste er seinen Mund von ihrem. »Vertrau mir, Flower«, flüsterte er mit lustverhangenen Augen. »Du bist bereit für mich.«

»Ich ...« Sie atmete langsam aus. »Ich will es ja, aber nur, wenn ich dabei nicht schwanger werde.«

Er zuckte kurz zusammen. »Bitte was?«

»Du hast es versprochen«, wisperte sie. »Du hast versprochen, dass wir nichts tun, was ich nicht will.«

Sie spürte, wie Cailan sich bei dieser Aussage versteifte. »Aye. Aber du weißt ganz genau, dass ich damit etwas anderes gemeint habe.«

»Das macht keinen Unterschied«, sagte sie. Sie wollte ihn, brauchte ihn, aber erst musste er ihr sein Wort geben, dass er Rücksicht auf ihren Wunsch nahm.

»Flower«, seufzte Cailan und richtete sich auf die Ellbogen auf, um ihr besser ins Gesicht sehen zu können. »Wir haben doch darüber gesprochen. Ich will, dass du glücklich bist, aber wir brauchen Kinder.«

Er strich ihr mit dem Daumen über die Wange und beugte sich zu ihr, um sie erneut zu küssen. Doch sie wandte den Kopf ab. Ihre Lust schwand.

»Geh bitte runter von mir.« Als er sich nicht rührte, stemmte sie die Hände gegen seine Brust. »Ich liebe dich, aber ich kann nicht zulassen, dass ich schwanger werde. Nicht, bevor ich in Portskerra war.«

»Was soll das heißen?« Cailans Kiefermuskeln waren angespannt, und er wirkte auf einmal sehr bleich.

»Das soll heißen, dass du jetzt sofort von mir runtergehst.«

»Ich bin dein Ehemann.« Seine Gesichtszüge verhärteten sich. »Und heute ist unsere Hochzeitsnacht.«

»Ich will aber nicht«, zischte sie und versuchte, sich unter ihm herauszuwinden.

»Flower, verdammt! Wir *müssen* Erben zeugen. Wieso verstehst du das nicht?«

»Nicht heute Nacht«, beharrte sie.

»Flower, bitte, komm doch zu Sinnen«, stöhnte Cailan, mittlerweile totenblass und heftig atmend. »Ich will dich nicht zwingen müssen.«

Sie keuchte auf, ihre Augen verengten sich. Er hatte es versprochen, und sie konnte es nicht glauben, dass sie sich so in ihm getäuscht hatte. Ihr Inneres zog sich schmerzhaft zusammen, und sie brauchte einen Moment, bis sie die Sprache wiederfand. »Wenn du das tust, Cailan«, presste sie hervor, »verlasse ich dich.«

Mit einem Schwall zorniger Flüche rollte sich Cailan von ihr herunter und richtete sich auf. Aufgebracht ging er im Raum auf und ab. Dabei hielt er seinen rechten Arm fest umklammert. »Das kann doch nicht wahr sein! Eine Aufgabe, eine einzige Aufgabe hast du als meine Ehefrau, und die ist, Kinder mit mir zu zeugen. Aber du weigerst dich.« Seine Stimme wurde lauter, anklagend zeigte er auf sie. »Du weigerst dich! Du hinderst mich daran, meinem Vater ein guter Sohn zu sein. Du gefährdest meinen Clan. Und wofür? Damit du zu irgendeiner Kräuterhexe gehen kannst?«

»Eine einzige Aufgabe?«, herrschte Flower ihn an, während sie mit zitternden Händen ihr Unterkleid wieder anzog. »Das denkst du also?«

»Das denkt jeder Mann mit einem Funken Verstand«, donnerte Cailan. Er fegte die beiden Becher vom Tisch, sodass sie klirrend auf dem Boden zerbrachen. Dann nahm er den Weinkrug und leerte diesen, ohne ein einziges Mal abzusetzen.

»Finley nicht«, gab Flower zurück und sah ihren Ehemann aus blitzenden Augen an. Ihre Hände waren zu Fäusten geballt, und sie hatte gute Lust, ihm den Krug aus der Hand zu schlagen.

»Finley also.« Cailan kam ihr zuvor, indem er den Krug an die Wand warf. Mit langsamen Schritten näherte er sich ihr. »Hat er das vorhin in dein Ohr gewispert, ja? Zusammen mit irgendwelchen Liebesgeständnissen?«

»Nein«, entgegnete sie hart. »Er hat mir gesagt, dass es die richtige Entscheidung war, dich zu heiraten.« Ihre Unterlippe bebte. »Aber wie sich herausstellt, hat er sich geirrt. Ich hätte lieber mit ihm durchbrennen sollen.«

»So ist das also.« Cailan fluchte derb, seine Augen glühten. »Denkst du etwa, Finley wäre ein besserer Ehemann als ich?«

»Immerhin hat er mir keine Gewalt angedroht, als ich ihn nicht weiter küssen wollte.«

»Du hast ihn geküsst?« Fassungslos starrte Cailan sie an.

»Aye.« Sie hob das Kinn.

Cailan fuhr sich mit einer fahrigen Bewegung durch die Haare und ging wieder im Raum auf und ab. Er zitterte mittlerweile am ganzen Körper, in seiner Miene standen Wut, Reue und Schmerz. »Diese Hochzeit war ein großer Fehler. Der größte meines Lebens, um genau zu sein. Was bin ich nur für ein verfluchter Narr, dass ich ein so unnatürliches Wesen wie dich geheiratet habe! Ich hätte

Eleanor zur Frau nehmen sollen.« Er lachte gequält. »Aber nein, ich musste meinem Begehren folgen. Schon wieder! Zur Hölle, lerne ich es denn nie?« Er schlug einmal mit der Faust gegen den Bettpfosten, umklammerte krampfhaft das Holz.

Flower zuckte zusammen. Tränen des Zorns rannen über ihre Wangen. »Wie kannst du so etwas sagen? Und wer ist Eleanor?«

»Wage es ja nicht, zu weinen!«, fuhr Cailan sie an. Sein Atem ging stoßweise, sein Blick glitt in die Ferne. So, wie sie es nun schon mehrmals erlebt hatte.

Flower ballte die linke Hand zur Faust, griff mit der rechten nach dem Kissen und wollte es Cailan an den Kopf schleudern. Doch dann geschah etwas, mit dem sie nicht gerechnet hatte. Ihr Ehemann ging in die Knie, bedeckte die Augen mit einer Hand und weinte stumm.

Vollkommen fassungslos ließ Flower das Kissen sinken. Die Wut brodelte noch immer in ihren Adern, Enttäuschung riss schmerzhaft an ihrem Herzen, und doch empfand sie Mitgefühl.

Langsam trat sie einen Schritt näher und legte Cailan nach kurzem Zögern eine Hand auf die Schulter. Dabei beschlich sie zum ersten Mal das Gefühl von Schuld. »Ist es ... ist es wegen deiner Brüder?« Seine Schultern zuckten, und sie war sich nicht sicher, ob er sie gehört hatte. Sie holte erneut Luft. »Cailan? Es tut mir leid, was mit deinen Brüdern geschehen ist. Wirklich.« Er hob leicht den Kopf. »Aber bitte, versuch doch zu verstehen. Wir sind noch so jung, dass ...«

»Dass was? Wir nicht sterben können?« Cailans Stimme war nicht mehr als ein tonloses Krächzen. »Du hast keine Ahnung, Flower. Keine!« Ruckartig stieß er ihre Hand weg.

Sie wischte sich fahrig ihre Tränen fort und breitete die Arme aus. »Dann erkläre mir doch, was los ist, verdammt! Denn wenn du glaubst, dass ich meine Träume für deine männliche Eitelkeit aufgebe, irrst du dich.«

»Du willst es also wissen, ja?« Cailan kam schwankend und mit einem schmerzvollen Ausdruck in den Augen auf die Beine. »Ich ...«, er brach ab, sah kurz zur Seite, sah wieder zu ihr und hob hilflos die Arme. »Ich bin ein Mörder, Flower. Ein Mörder! Ich habe zwei Dutzend Leben auf dem Gewissen.«

Ihr Herz setzte einen Schlag aus, und sie wich unwillkürlich vor ihm zurück. Ein Mörder? Das hörte sich nicht nach dem Unglück an, das sie bisher vermutet hatte. Hatte ihr Ehemann mutwillig getötet?

Cailan quittierte die Angst in ihren Augen mit einem freudlosen Lachen. »Vierundzwanzig Menschen sind tot. Meinetwegen. Sechzehn Männer, sechs Frauen, zwei Kinder, eins davon noch nicht einmal drei.«

Flower schnappte nach Luft, wich weiter zurück. Sie erreichte mit dem Rücken die Tür, das dumpfe Geräusch ließ sie erschaudern.

»Jetzt verachtest du mich, was?« Cailan kam näher. Sein Blick war so undurchdringlich und so verloren, dass sie ihn kaum mehr erkannte.

»Ich ...« Sie schluckte, suchte verzweifelt nach jenem Mut, den sie vorher gehabt hatte. »Ich verstehe nicht.« Ihre Stimme war kaum mehr als ein Flüstern. »Warum sind diese Menschen tot? Und was hat das mit uns zu tun?«

Cailans Nasenspitze berührte ihre, er schloss kurz die Augen. »Diese Menschen sind tot, weil ich meine Bedürfnisse über die meines Clans gestellt habe. Weil ich meine Pflicht vernachlässigt habe, anstatt diese Menschen vor den Gunns zu beschützen. Weil ich lieber durch den Sturm zu einer Liebschaft geritten bin, anstatt sie aus einer brennenden Kirche zu retten. Und dabei fast selbst mein Leben verloren habe.«

»Oh nein«, keuchte Flower und schlug sich die Hand vor den Mund. *Oh nein, oh nein, oh nein.* Wenn das wirklich wahr war, konnte sie Cailan da noch verdenken, dass er sofort Nachkommen wollte? Als eine Art Wiedergutmachung für damals?

»Oh doch.« Kraftlos sanken seine Schultern herab, und in seinen Augen stand solch ein Schmerz, dass sie trotz ihres Entsetzens und ihrer Wut nicht anders konnte, als ihn in den Arm zu nehmen.

»Cailan«, flüsterte sie. »Cailan, hör mir zu. Wenn das so war, bist du doch kein Mörder.« Sie strich über seine Wangen. »Du ... Es war ein Unglück. Ein schlimmer Streich des Schicksals.«

Doch Cailan stieß sie von sich und schlug sich mit der Faust auf die Brust. »Es war einzig und allein mein Versagen. Und deshalb hast du jetzt genau zwei Möglichkeiten, Flower.« Er trat einige Schritte zurück und zeigte mit seinem zitternden Arm auf das Bett. »Entweder du kommst zu Sinnen, und wir vollziehen die Ehe sofort. Oder wir gehen schlafen und tun es morgen früh.«

»Das meinst du nicht ernst«, flüsterte sie. »Cailan, ich verstehe dich ... Was du erlebt hast. Aber ...«

»Kein Aber und, verflucht noch mal, auch kein weiteres Wort über Portskerra oder irgendwelche Tiere!« Sein Brustkorb hob und senkte sich hektisch, und doch war seine Stimme fest. »Nur deine Antwort: jetzt oder morgen früh?«

»Cailan, bitte.«

»Jetzt oder morgen früh?«

Erneut stiegen ihr Tränen in die Augen, und in ihrem Inneren zerbarst etwas. Zerstörerisch. Endgültig. Ihr Mitgefühl und die naive Hoffnung, dass zwischen ihnen doch noch alles gut werden würde.

Sie ergriff ihr Überkleid und warf Cailan einen letzten, schmerzerfüllten Blick zu. »Du bist ein grausamer Mann, und ich kann nicht glauben, dass ich dich geliebt habe.«

KAPITEL 34

Das Grollen von Donner riss Cailan aus einem unruhigen Schlaf. Erschrocken öffnete er die Augen und richtete sich ruckartig im Bett auf. Sein Blick wanderte zum schmalen Fenster, doch noch zerrissen keine Blitze den Nachthimmel, und es regnete auch nicht. Er atmete auf. Das Gewitter musste noch in weiter Ferne sein. Er sollte etwas Wein trinken und sich wieder hinlegen. Mit etwas Glück würde er dann bereits schlafen, wenn das Unwetter nach Castle Varrich zog – falls das überhaupt geschah.

Angestrengt kniff er die Augen zusammen und suchte im Schein der beinahe heruntergebrannten Kerzen den Raum ab. Doch anstatt den Weinkrug wie üblich auf dem Tisch zu finden, lag dieser zerbrochen auf dem Boden. Inmitten von zarten Lavendelzweigen und getrockneten Rosenblättern.

Schlagartig kehrte die Erinnerung in seinen schmerzenden Kopf zurück. Er sog scharf die Luft ein und blickte nach rechts, doch neben ihm war niemand. Flower war also noch immer nicht zurückgekehrt.

»Verfluchte Närrin«, knurrte er. Mit wieder aufkeimender Wut und grimmiger Miene legte er sich zurück in die Kissen. Wie konnte sie ihm das antun? Er hatte sich solche Mühe gegeben, um sie an ihrem Hochzeitstag glücklich zu machen. Auch wenn es Rivers Vorschlag gewesen war, hatte er gestern dabei geholfen, den Raum schön herzurichten. Er war viel länger auf dem Hochzeitsfest geblieben, als er gewollt hatte, damit Flower mit ihren Schwestern tanzen konnte. Er hatte sie mit Finley sprechen lassen, obwohl er den Rotschopf am liebsten eigenhändig aus der Burg geworfen hätte. Und in ihrem Schlafgemach hatte er sich trotz seines brennenden Verlangens zuerst ihrem Vergnügen gewidmet und alles dafür getan, um ihr die Angst zu nehmen. Damit sie beide die Nacht in vollen Zügen genießen konnten.

Und sie? Sie hatte ihn mit ihren Küssen, ihrem Körper und ihren Seufzern in den Wahnsinn getrieben, nur um ihn dann von sich zu stoßen. Um zu verkünden, dass sie nicht willens war, ihm einen Erben zu schenken. Das war doch verrückt! Es war ihre Pflicht, mit ihm Kinder zu bekommen. Sie konnte sich dieser Aufgabe doch nicht einfach verweigern! Hatte er ihr das nicht in aller Deutlichkeit klargemacht?

Wieder stieg die Furcht in ihm auf, die bereits vorhin von ihm Besitz ergriffen hatte. *Eine Dame mit Ambitionen kann ein ganzes Königreich zu Fall bringen,* hatte sein Vater einst gesagt. Sollte er nun recht behalten?

Abermals ertönte ein Donnergrollen, und Cailan berührte unwillkürlich seinen rechten Unterarm. Es konnte so schnell gehen, so verdammt schnell. Und das hatte er Flower sogar erklärt! Trotz seines inneren Widerwillens hatte er sich ihr geöffnet. Doch wozu, wenn sie ihn nun verachtete und kein bisschen mehr verstand?

Er zog das Fell enger um sich und drehte sich auf die Seite. Er wollte jetzt nicht mehr denken, sondern einfach weiterschlafen – und vor allem das Unwetter verschlafen. Doch es wollte ihm nicht gelingen. Während draußen die ersten leisen Regentropfen vom Himmel fielen, wurde er sich schmerzlich bewusst, dass auch er sich nicht richtig verhalten hatte. Aye, Flower hatte seine Worte verdreht und ihm seine Rechte verweigert. Und dennoch hätte er niemals drohen dürfen, sie zu zwingen. *Niemals!* Er war selbst bestürzt gewesen, dass ihm die Worte über die Lippen gekommen waren, und er hatte sie auch nicht so gemeint.

Ein kalter Schauer lief ihm über den Rücken, als er sich an den Ausdruck in ihren Augen erinnerte. Sie hatte Angst gehabt. Angst vor ihm und Angst vor dem, was er vielleicht tun würde. Und Angst, als er ihr alles erzählt hatte ... So viel Angst, die er zu verantworten hatte. Dabei wusste er doch genau, wie sich dieses grässliche Gefühl anfühlte. Wie hatte er so grausam sein können? Cailan drehte sich wieder auf den Rücken. Er hätte es einfach für die eine Nacht gut sein lassen sollen. Er hätte sie zu ihren Bedingungen lieben und am nächsten Morgen noch einmal mit ihr sprechen sollen. Doch ob sie dann zur Vernunft gekommen wäre?

Er ballte die Fäuste unter dem Fell, während der Regen etwas stärker wurde. War Flower nicht unaufrichtig ihm gegenüber gewesen? Ja, er hatte gewusst, dass sie gern nach Portskerra gehen würde, aber er hatte angenommen, dass sie sich von diesem Gedanken nach ihrem letzten Gespräch verabschiedet hatte. Sie hätte ihm sagen müssen, dass das nicht der Fall war. Und erst recht, dass sie ihm die Kinder verweigern würde, bis er nachgab! Denn hätte er das gewusst, hätte er ... Ja, was? Sie nicht geheiratet?

Cailan schluckte, als er an diese Möglichkeit dachte. Flower nicht an seiner Seite, sondern als die Braut eines anderen. Von Finley? Er fühlte einen Stich in seiner Brust. Nein, das hätte er niemals zulassen können. Auch wenn er tagelang mit ihr streiten müsste, könnte er das niemals ertragen. Schlimm genug, dass sie Finley überhaupt geküsst hatte! Wie hatte sie das nur tun können? Und mit ihm durchbrennen? Auch davon hatte sie gesprochen. Cailans Muskeln spannten sich an, und sein Herzschlag beschleunigte sich. Flower würde doch nicht ... Sie würde doch nicht nach ihrem Streit genau das tun? Vor seinem inneren Augen sah er Flower und Finley gemeinsam davongaloppieren.

»Teufel und Verdammnis!«, fluchte er und richtete sich im Bett auf. Er würde kein Auge zutun, ehe Flower nicht wieder neben ihm lag. *Sie ist nur in ihrer Kammer,* beruhigte er sich, während er sich Hose und Leinenhemd überstreifte. *Sie ist nur in ihrer Kammer und schläft.* Schließlich waren sie verheiratet. Sie hatte ihm gestern das Jawort gegeben. Das hätte sie nicht getan, wenn sie ihn verlassen wollte.

Aber doch erinnerte ihn ihre leere Bettseite daran, dass sie nun nicht mehr da war. Dabei musste ihr doch klar sein, dass man sie am späten Morgen gemeinsam im Hochzeitsgemach finden musste? Dass es ansonsten äußerst unangenehm für sie beide wurde? Außer natürlich, wenn sie das nicht kümmerte. Weil sie mit Finley schon längst über alle Berge war und nicht zurückkommen würde.

Cailan ignorierte den Anflug von Schwindel, der ihn bei diesem Gedanken überkam. Eilig schlüpfte er in seine Stiefel und war bereits dabei, aus dem Raum zu stürmen, als sein Blick noch einmal auf das blütenweiße Bettlaken fiel. Ohne lange darüber nachzudenken, ergriff er seinen Dolch, der auf dem Fenstersims lag. Mit einer fahrigen Bewegung schob er den linken Ärmel seines Leinenhemdes etwas nach oben, schnitt sich in den Handrücken und verteilte das hervortretende Blut auf dem Bett. Denn auch wenn Flower ihn vor die vielleicht größte Herausforderung seines Lebens stellte, liebte er sie zu sehr, als dass er sie je wieder gehen lassen konnte.

Flower war nicht in ihrer Kammer. Als Cailan das erkannte, wurde ihm gleichzeitig heiß und kalt. Die Truhe mit ihren Kleidern war geöffnet, und das moosgrüne Kleid, das sie zur Hochzeit getragen hatte, lag achtlos auf dem Boden daneben. Ihr Bett war unbenutzt, ihr Umhang fehlte, was nur zwei Dinge bedeuten konnte. Entweder war sie schon verschwunden, oder sie war gerade dabei, genau das zu tun.

Mit keuchendem Atem hastete er aus der Kammer, dennoch darauf bedacht, Flowers noch schlafende Familie nicht zu wecken. Er nahm die Treppen im Turm, um in die große Halle zu gelangen. Dabei hörte er erneut das Grollen des Donners, das zunehmend in kürzeren Abständen erfolgte. Er fluchte heftig, war ein Gewitter doch das Letzte, was er nun brauchte. Nicht nur, weil es bei ihm den Drang auslöste, sich in den Schlaf zu trinken, bevor ihn der gewohnte Schrecken vollends ereilte, sondern weil er gar nicht daran denken wollte, dass sich Flower vielleicht in diesem Moment im Freien befand und den lebensgefährlichen Blitzen ausgesetzt war.

Angespannt erreichte Cailan die große Halle. Die Spuren des Festes waren noch nicht beseitigt worden. Umgefallene Krüge lagen auf dem Boden, die Blumenketten hingen von der Balustrade und verströmten unbeirrt ihren süßlichen Geruch. Doch von Flower fehlte jede Spur. Dabei hatten sie erst vor wenigen Stunden hier gemeinsam glücklich getanzt und ihre Hochzeit gefeiert.

Cailan spürte einen schmerzvollen Stich bei dieser Erinnerung und überlegte fieberhaft, was er als Nächstes tun sollte. *Der Pferdestall*, schoss es ihm durch den Kopf. Doch als er die Stallungen erreichte, war Flower auch dort nirgends zu sehen. Dafür entdeckte er den Stallburschen, der an eine Box gelehnt selig schnarchte.

»Wach auf, Junge!« Er ging in die Knie und rüttelte Tevin an der Schulter.

Dieser legte sich eine Hand an die Schläfe und blinzelte. »Mylord, was macht'n Ihr hier?«

»Ist jemand heute Nacht davongeritten?«

»Nich' dass ich wüsste.«

Cailan stöhnte und versuchte, zu erkennen, ob Kallan fehlte. Aber es war dunkel im Stall, und er wusste nicht, wo die Stute stand. Und schließlich konnte Flower auch auf einem anderen Tier geflohen sein.

»Steh auf«, herrschte er den Jungen an, »und sieh nach, ob ein Pferd fehlt!«

»Sicher«, beeilte sich Tevin zu sagen und rappelte sich schwerfällig auf. Er wankte den Gang entlang, während Cailans Ungeduld wuchs. Draußen regnete es immer stärker, und es stürmte heftig.

»Alle da, wo se sein soll'n«, erklärte Tevin schließlich.

Cailan atmete auf. Vielleicht hatten Flower und Finley die Burg also noch nicht verlassen? Es donnerte, und er zuckte heftig zusammen.

»Soll ich noch was für Euch mach'n?«, erkundigte sich Tevin, der sich nur mit sichtlicher Mühe auf den Beinen hielt.

»Sattle mein Pferd und warte hier, bis ich wiederkomme«, befahl Cailan. Ein mulmiges Gefühl breitete sich in ihm aus. »Und verhindere mit allen Mitteln, dass jemand anderes um diese Stunde ausreitet.«

»Nur 'n Gestörter würde bei so 'nem Sturm reit'n geh'n«, brummte Tevin, ehe er kopfschüttelnd in Tarans Richtung davonschlurfte. Dass er damit auch ihn beleidigt hatte, schien er nicht zu bemerken.

Cailan jedoch kümmerte das nicht, zumal er dem Jungen auf voller Länge recht geben musste. Es war wahnsinnig, freiwillig in ein Gewitter hineinzureiten, und er hoffte inständig, dass es nicht dazu kommen würde. Er raufte sich die Haare und überlegte, wo Flower noch sein könnte, wenn sie sich noch auf der Burg befand. In der Küche vielleicht? Um Vorräte für ihre und Finleys Flucht zu holen?

Augenblicklich hastete er aus dem Stall, rannte über den Burghof und unter dem rosenbewachsenen Torbogen hindurch in den Kräuter- und Rosengarten. Er war vollständig vom Regen durchnässt, als er die Küche erreichte und die Tür aufriss.

Sogleich blieb er wie angewurzelt stehen. Er hatte erwartet, die Küche im Dunkeln vorzufinden. Doch das Gegenteil war der Fall. Drei große Kerzen standen auf dem Herd und tauchten die gemauerten Wände, Töpfe und Pfannen, Obstkörbe und Mehlsäcke in ein warmes Licht. Es roch nach Bratäpfeln und Kräutern, und auf dem Boden, auf mehreren großen Fellen, lag Finley MacLeod über einer Frau und küsste sie leidenschaftlich.

»Ich bringe dich um!«, brüllte Cailan und war mit wenigen Schritten bei ihm. Er packte ihn an den Schultern, zog ihn auf die Beine und schmetterte ihn so hart gegen die Wand, dass Finley die

Luft aus der Brust gepresst wurde. Cailan wollte gerade zum Schlag ausholen, als ein schrilles »Nicht, Mylord« die Luft zerriss. Verwirrt ließ er seine Faust sinken und drehte den Kopf zur Seite. »Hailey?«

»Aye«, stammelte diese, während sie ihr Kleid in Ordnung brachte und auf die Beine kam.

Finley befreite sich unterdessen aus seinem Griff und sah ihn aus feindseligen Augen an. »Was zur Hölle soll das, Sinclair? Willst du mir auch noch die zweite Verlobte stehlen?«

Cailans Puls raste, und er starrte Finley vollkommen ungläubig an, während ihm das Wasser aus seinen Haaren ins Gesicht rann. »Die zweite Verlobte?« Sein Blick wanderte zu Hailey, die mit hochroten Wangen immer noch an ihrem Kleid herumnestelte. Er hob einen Finger und zeigte zwischen ihr und Finley hin und her. »Ihr ...« Er schüttelte den Kopf. »Ihr könnt doch unmöglich verlobt sein. Du bist doch seit Wochen hinter meiner Braut her. Und Hailey ist eine Magd.« Er packte seinen Cousin wieder an der Vorderseite des Leinenhemdes und drückte ihn an die Wand.

Doch diesmal war der andere Mann vorbereitet. Er trat ihm hart gegen das Schienbein und befreite sich aus seinem Griff. »Das stimmt. Hailey ist eine Magd. Aber was macht das für einen Unterschied?« Er funkelte ihn herausfordernd an. »Ich liebe sie. Alles andere ist egal.« Damit ging er zu Hailey hinüber und legte ihr schützend einen Arm um die Taille.

»Das ... das kann nicht sein«, stammelte Cailan und lehnte sich gegen die mehlbedeckte Tischplatte. »Denn wenn du Hailey liebst ...« Er schüttelte erneut den Kopf, als er verstand, dass er einer vollkommen falschen Annahme unterlegen war. Kurz verspürte er Erleichterung darüber, doch dann wurde ihm schlagartig bewusst, was das noch bedeutete. Wenn Flower nicht mit Finley unterwegs war, lief sie womöglich allein durch den Sturm. Ohne jemanden, der ihr helfen konnte, wenn ihr etwas zustoßen sollte.

Schweiß trat ihm auf die Stirn. »Habt ihr Flower gesehen?«

»Ich dachte, sie wäre bei Euch«, sagte Hailey verwundert.

»Also habt ihr sie nicht gesehen?«, wiederholte er. Ihm wurde übel. Ein Gewitter allein war die Hölle, aber die Vorstellung, dass Flower währenddessen auch noch draußen unterwegs sein könnte … Er schüttelte sich und hakte mit drängender Stimme nach: »Du auch nicht, Finley?«

»Nein«, sagte dieser ernst und runzelte die Stirn. »Ist etwas geschehen?«

»Aye«, sagte Cailan gepresst. Mehr erklärte er jedoch nicht, denn er hatte weder die Lust noch die Zeit dazu. Stattdessen wollte er von Hailey wissen: »Wo würde Flower nach einem Streit hingehen? Sie würde doch nicht … allein weglaufen?«

Hailey schwieg einen Moment. »Das kommt darauf an«, antwortete sie schließlich. »Entweder sie ist auf den Rinderweiden oder …« Die Magd schüttelte den Kopf. »Nein, das glaube ich nicht. Dafür müsstet Ihr schon etwas sehr Schlimmes getan haben.«

»Und dann wäre sie wo?«

Hailey sah ihn mit schreckgeweiteten Augen an. »Dann wäre sie auf dem Weg nach Portskerra.«

»Verdammt!« Cailan schlug mit der Faust gegen die Wand. In seinen Ohren rauschte es, und er glaubte, keine Luft mehr zu bekommen.

»Was hast du getan, Cailan?«, drang Finleys Stimme nun an sein Ohr. Dieser war kreidebleich geworden, blankes Entsetzen stand in seinem Blick.

Es donnerte, woraufhin Cailan heftig zusammenzuckte. Die Furcht in ihm wuchs. Er wollte nicht hinaus in den Sturm, doch er musste. Denn er würde nicht zulassen, dass seine Vergangenheit ihm die Zukunft raubte. Dass Flower etwas geschah und er sie für immer verlor. »Ich finde sie.«

»Wir kommen mit«, erklärten Finley und Hailey wie aus einem Mund.

Doch er schüttelte den Kopf. »Nein. Ihr bleibt hier. Hailey, du suchst Flower weiter auf der Burg. Finley, du siehst nach, ob sie ins Dorf gegangen ist. Und ich reite zu den Rinderweiden und zur Not nach Portskerra. Wenn ihr sie findet, schickt ihr mir einen Boten hinterher.«

Beide nickten, doch da fiel Finley noch etwas ein. »Was sagen wir, wenn jemand nach ihr fragt?«

Cailan sah ihn entschlossen an. »Niemand wird fragen. Bevor die Sonne aufgeht, haben wir Flower gefunden. Sie hat kein Pferd mitgenommen.«

»Und wenn nicht?«, beharrte sein Cousin. »Wäre es nicht besser, Verstärkung zu holen?«

Doch Cailan schüttelte wieder den Kopf. »Es gibt nur eine Straße nach Portskerra.«

Finley straffte die Schultern und funkelte ihn an. »Sie mag deine Frau sein, aber sie ist unsere Freundin. Wenn wir sie bis Mittag nicht gefunden haben, kommen wir dir nach. Dein Stolz geht nicht über ihre Sicherheit.«

Cailan nickte und wandte sich ab. Fast war er bei der Tür angelangt, als Finley ihm noch einmal hinterherrief: »Cailan?«

Er drehte sich um.

»Pass um ihretwillen auf dich auf! Es ist gefährlich, durch einen Sturm zu reiten.«

»Ich weiß.« Damit stürmte er aus der Küche und rannte durch den prasselnden Regen zurück zum Pferdestall.

KAPITEL 35

Es war nicht schwer gewesen, Castle Varrich unbemerkt zu verlassen. Ihre Familie war inzwischen zu Bett gegangen, und so hatte sich Flower unbemerkt zu ihrer eigenen Kammer schleichen können. Sie hatte das Gefühl gehabt, keinen Augenblick länger auf der Burg bleiben zu können. Besser sie war verschwunden, wenn am Morgen alle aufwachten. Auf diese Weise konnte sie niemand aufhalten.

Sie würden es nicht verstehen. Flower wusste das. Sie würde ihnen wehtun. Auch das wusste sie. Und vermutlich würden sie sie nun doch verstoßen. Doch sie konnte es nicht ändern. Das Opfer war zu groß, und sie war nicht länger bereit, es zu bringen.

Was bin ich nur für ein verfluchter Narr, dass ich ein so unnatürliches Wesen wie dich geheiratet habe. Diese Worte hatte Cailan ihr entgegengeschleudert. Doch Flower war nicht *unnatürlich*. Es war nicht unnatürlich, mehr vom Leben zu wollen, als Mutter zu sein. Rhona mochte es nicht verstehen, Cailan mochte es nicht verstehen, doch das war egal. Flower würde sich nicht länger davon abhalten lassen. Auch wenn es sie unendlich schmerzte, dass sie diejenigen, die sie am meisten liebte, deshalb verlor.

Leise schluchzend hatte sie ihr Reisekleid angezogen und etwas Schmuck sowie ihre Silbermünzen an sich genommen. Es war nicht viel, aber es würde reichen, um nach Portskerra zu kommen. Den Dolch, den Leaf ihr geschenkt hatte, hatte sie in ihren Stiefel gesteckt, die Karte von River noch einmal angesehen, um sich den Weg gut einzuprägen. Anschließend hatte sie diese zusammen mit

Skyes Zeichnung in ihrem Lederbeutel verstaut und war nach einem letzten Blick auf den Raum ihrer Kindheit durch den Turm hinab in den Rosengarten geeilt.

Ihr erster Gedanke war gewesen, Vorräte aus der Küche mitzunehmen. Doch dann wäre sie Hailey über den Weg gelaufen, die dort womöglich noch mit Aufräumen beschäftigt war. Und so gern sie sich auch von ihrer besten Freundin verabschiedet hätte, hatte sie doch gewusst, dass sie das lieber lassen sollte. Hailey hätte nur versucht, sie davon abzuhalten, mitten in der Nacht allein aufzubrechen, und sie ermutigt, am Morgen noch einmal mit Cailan zu sprechen.

Ebenso wenig wie Proviant hatte Flower ihr Pferd mitnehmen können. Im Burghof hatten sich Ewan Sinclair und Father Maxwell lallend unterhalten. Natürlich hätte sie warten können, bis die beiden sich irgendwann schlafen legten. Doch diese Geduld hatte sie nicht aufbringen können. Sie hatte es keinen Wimpernschlag länger in der Burg ausgehalten. Ihr Herz hatte geblutet, ihr Innerstes vor Schmerz gebrannt, und sie hatte nur einen einzigen Gedanken gehabt: Sie musste möglichst schnell weg. So war sie durch das Tor im Rosengarten zu Fuß ins Freie entschwunden.

Bereits auf dem Weg zu den Weiden hatte sie geahnt, dass das ein Fehler gewesen war. Ohne Vorräte und ohne Pferd würde die Reise zu Eiric eine sehr beschwerliche werden. Tränen waren über ihre Wangen geronnen, und sie hatte sie nicht zurückgehalten.

Wie hatte sich Cailan nur so furchtbar verhalten können? Sie verstand seinen dringenden Wunsch nach Nachkommen. Dass er von der Vergangenheit gezeichnet war. Aber auch wenn er das nicht glaubte: Er war jung und gesund, und sie würden noch viel Zeit haben, um Kinder zu bekommen. Doch er hatte nicht einmal den Gedanken in Erwägung gezogen, zu warten, hatte nur sich und seine eigenen Befindlichkeiten zählen lassen. Weil er der Mann war, der bestimmte. Der Lord, der bekam, was er wollte.

Hätte er doch besser diese Eleanor geheiratet und mit ihr zahlreiche Kinder gezeugt. Das wäre doch viel leichter gewesen, als zu versuchen, sie in sein Bett zu zwingen. Vermutlich war Cailan deshalb so wütend geworden. Weil er verstanden hatte, dass ihr Nein ein endgültiges Nein gewesen war. Und verdammt, es hatte sich gut angefühlt, Nein zu sagen.

Doch die Folgen ... ihre Eltern, die ihr vielleicht Portskerra, gewiss aber nicht die Trennung von Cailan verzeihen würden. Und Cailan selbst, der die Ehe annullieren lassen und vermutlich nie wieder mit ihr reden würde. Dieser Gedanke schmerzte sie, sehr sogar, konnte sie doch nicht von einem Moment auf den anderen aufhören, ihn zu lieben. Und dennoch musste sie ihn verlassen, wenn sie sich selbst nicht verlieren wollte.

Wieder waren ihr Tränen in die Augen gestiegen, und sie hatte erst jetzt gemerkt, wie erschöpft sie war. Heute hatte der schönste Tag ihres Lebens sein sollen, nicht der traurigste. Ihr Blick war zum Himmel gewandert. Nicht einmal der Mond und die Sterne waren zu sehen gewesen. Eine dunkle Masse aus Wolken hatte sie verdeckt und alles in eine vollkommene Düsterheit gehüllt, die den Schmerz in ihrem Inneren widerspiegelte.

Auf den Weiden angekommen, hatte Flower gewusst, dass sie weitergehen sollte. Doch nachdem sie sich sonst von niemandem verabschiedet hatte, hatte sie zumindest Fiona und Murray noch einmal sehen wollen. Mit tränennassem Gesicht war sie in das Gehege gestiegen. Die beiden Hochlandrinder waren nebeneinander unter dem Unterstand gelegen, der, angrenzend an die Wiesenhütte, ihren rotbraunen Körpern etwas Schutz vor Wind und Wetter bot. Beide Tiere hatten geschlafen, und so hatte sie sich leise zu ihnen gesetzt und den Rücken an die Wiesenhütte gelehnt.

»Bald heile ich dein Auge«, hatte sie in Fionas Richtung geflüstert, während sie die letzten, bereits welken Blumen aus ihrem Haar gezogen hatte. »Und dein nächstes Kalb bringe ich sicher auf die Welt.« Ihre zottelige Freundin hatte davon nichts mitbekommen und friedlich weitergeschlafen. Und irgendwie hatte diese

Ruhe sich auf Flower übertragen. Sie hatte gemerkt, wie ihre Augenlider schwer wurden und wie die Erschöpfung sie übermannte. Nur ein paar Momente Ruhe, hatte sie sich gesagt und die Augen geschlossen. Ein paar Momente, und dann würde sie gehen ...

Als Cailan zu den Weiden galoppierte, konnte er kaum weiter sehen als bis zum Kopf seines Pferdes. Es regnete in Strömen, und der Wind peitschte ihm die eisigen Tropfen gnadenlos ins Gesicht.

»Flower«, brüllte er, während ein Blitz über ihm den Himmel zerriss und er mit aller Kraft die Erinnerungen an damals zurückdrängte. »Flower, hörst du mich?«

Er erhielt keine Antwort. Gnadenlos trieb er Taran weiter den Hügel hinauf, rief den Namen seiner Ehefrau wieder und wieder, während der Sturm um ihn herum tobte. Sein Inneres flehte darum, dass das Gewitter aufhören möge, dass die Qual ein Ende nahm. Alles in ihm schrie danach, Zuflucht zu suchen und zu warten, bis alles vorüber war.

Doch das würde er nicht tun. Das durfte er nicht tun. Nicht heute. Er war durchnässt bis auf die Haut, und seine Finger wurden bereits taub, als er die Weiden erreichte. Er fror, und seine Zähne schlugen klappernd aufeinander, doch er brüllte Flowers Namen weiter gegen den rauschenden Regen, stieg schließlich von Taran ab und suchte sie zu Fuß.

»Flower, antworte mir!« Kein Zeichen. Er rannte vorbei an dem umzäunten Weidestück zu der Wiesenhütte hinüber und riss die Tür auf. Sein Herz schlug bis zum Hals, und als er nach einigen Momenten auf dem Boden etwas zu erkennen glaubte, warf er sich sofort daneben auf die Knie. »Flower, bist du das?« Mit beiden Händen tastete er im Dunkeln den Boden ab. Er spürte Felle, Wolldecken, mehr Felle, mehr Wolldecken, aber keine Flower.

»Nein, nein, nein!« Er rannte zurück nach draußen, wo die Regentropfen wie Wurfgeschosse auf das Gras prallten und die Weide in einen dampfenden Sumpf verwandelt hatten, und lief um die

Hütte herum. Seine Knie zitterten, seine Füße versanken im Schlamm. Der Sturm sollte aufhören, musste aufhören.

»Flower«, brüllte er verzweifelt. Doch nur das tobende Gewitter antwortete ihm. »Verdammt!« Er kehrte zur Vorderseite der Hütte zurück und warf einen Blick in den Unterschlupf, unter dem sich zwei Hochlandrinder eng aneinanderdrückten. Flower konnte nicht bei ihnen sein. Es sei denn ...

Ohne Zögern schwang er sich über den Zaun und eilte auf die Tiere zu. Diese flohen sofort und gaben den Blick auf die Hinterwand frei.

Nichts. Vor der hölzernen Wand war nichts als klaffende Leere. Mehrere Blitze erhellten gleichzeitig den Himmel, zogen sich wie Adern durch das Schwarz und die schräg fallenden Regenschwaden. Cailan hob schützend eine Hand vor die Augen. Holz brach, Äste flogen, nein! *Nein, nicht jetzt!*

Er wollte schon umkehren, nein, nicht umkehren, sondern woanders weitersuchen, als er etwas im platt gelegenen Gras sah. Er hastete zurück und stellte fest, dass es sich um die Blumen handelte, die Flower bei ihrer Hochzeit in ihrem Zopf getragen hatte.

Ein Schauer erfasste ihn, und er musste sich am Holz abstützen. Sie war hier gewesen. Flower war hier gewesen. Nicht auf der Burg. Nicht im Dorf. Sondern hier. Und das konnte nur eines bedeuten: dass sie sich mit absoluter Gewissheit auf dem Weg nach Portskerra befand.

Cailan stockte der Atem. Ihm wurde schwindelig, schwarze Punkte tanzten vor seinen Augen, und er musste sich bewusst zwingen, länger aus- als einzuatmen. Dann, als der Schwindel nachließ, rannte er zurück zu Taran und schwang sich so schnell wie nie zuvor auf den Rücken seines Pferdes. Er hatte keine Wahl. Selbst wenn sich der Sturm wie ein Höllenmonster immer und immer wieder aufbäumte, mit einer Gewalt und Kraft wütete, die so alt war wie die Welt selbst: Er musste Flower finden!

Sofort versetzte er seinen Hengst in einen schnellen Galopp,

Taran musste seinem Namen heute alle Ehre machen. Er beugte sich weit über dessen Hals und trieb das Tier zu höchster Geschwindigkeit an. Wenn Flower unmittelbar nach ihrem Streit zu Fuß aufgebrochen war, hatte sie einen ordentlichen Vorsprung. Vielleicht würde das Gewitter vorbei sein, bevor er sie fand. Und doch durfte er nicht darauf warten. Er musste zu ihr, musste sich davon überzeugen, dass sie in Sicherheit war. Wollte sie halten, sie küssen, sich entschuldigen – und ihr sagen, dass er sie liebte.

Angespornt durch diesen eisernen Willen schnalzte er mit der Zunge und trieb Taran zu noch längeren Galoppsprüngen an. Die Blitze über ihm zerrissen den Himmel, wurden kürzer in ihren Abständen. Er ritt geradewegs in das Herz des Sturms hinein. Seine Hände bebten, ein brennendes Stechen jagte durch seinen ganzen Körper. Aber er durfte jetzt nicht aufgeben.

»Flower!« Seine Kehle brannte, doch noch immer war seine Ehefrau nirgends zu sehen. Auch keine Spuren von ihr, und wie hätte es sie auch geben können, wenn der Regen alles verwischte? Sein rechter Arm schmerzte, aber er musste weiterreiten, schneller, weiter, zu ihr. Er durfte nicht daran denken, dass er nun durch einen Wald ritt. Mit Bäumen, die ihn oder, noch viel schlimmer, Flower erschlagen könnten, wenn er sie nicht endlich fand. Dann hätte er sie auf ewig verloren, und das alles wegen eines nun lächerlich scheinenden Streites.

»Komm schon, Taran!« Cailan beugte sich noch weiter im Sattel nach vorne. Der Hengst wieherte und gab sein Bestes, preschte mit ihm über den matschigen Boden, trotzte dem Wind und dem Regen.

»Flower, wo bist du?« Die Donnerschläge wurden in seinen Ohren zu einem einzigen Dröhnen, und vor seinen Augen zerbrach nun doch jeder Baum. Es war damals, er bekam keine Luft, und alles in ihm krampfte. Es sollte aufhören, warum hörte es nicht auf? Ein weiterer Blitz zuckte über den Himmel. Er sah ihn nicht, nur das Licht, das die Wolken von hinten erleuchtete wie Dämonen der Hölle. Aus Schwarz wurde ein zuckendes grelles Flattern, das doch nicht schneller war als sein Herzschlag. Er wollte schreien, musste lauter sein als der Donner, lauter als die Geräusche in seinem Ohr. Und so schrie er.

Es war ein ungestümes Brüllen, das da aus seiner Kehle drang. Er reckte das Gesicht nach vorn und ließ den Regen an ihm abprallen, stellte sich vor, wie dieser die Vergangenheit von ihm wusch. Sollte der ganze Wald zusammenbrechen, er würde weiterreiten, bis er Flower fand. Es blitzte, und es donnerte, und er hatte Angst. Doch diese Angst würde ihn nicht länger besiegen, nicht heute, nicht jemals mehr. Er war in den Sattel zurückgekehrt und ritt wieder. Und je länger er das tat, je länger er dem Sturm und der Angst trotzte, desto weniger zählte beides.

Und dann, als der nächste Blitz den Horizont erhellte, sah er sie. Eine Gestalt, etwa hundert Schritte vor ihm, die sich mit gesenktem Kopf und in einen dunklen Umhang gehüllt durch den Sturm kämpfte. Es musste Flower sein, es konnte nur Flower sein.

»Flower!«

Doch sie drehte sich nicht um, hörte ihn vielleicht nicht. Er trieb Taran weiter, den Blick starr nach vorn gerichtet auf die Biegung, hinter der die Gestalt gerade verschwand. Gleich war er da, nur noch wenige Galoppsprünge. Gleich würde er bei Flower sein. Ein weiterer Blitz zerriss die Dunkelheit. Taran wurde noch schneller, schien seine Aufregung zu spüren. Cailan gab ihm mehr Zügel, überließ ihm die Führung.

Er hatte sie fast erreicht, da war er sich sicher, war fast bei ihr, als Taran, von einem Augenblick auf den anderen, die Vorderhufe fest in den Boden grub und zum Stehen kam. Cailan, nach vorne gebeugt und die Zügel nur lose in der Hand, konnte sich nicht mehr im Sattel halten und wurde mit voller Wucht über den Hals des Pferdes geschleudert.

»Nein!«

Im Fallen sah er dann den Baumstamm, den verfluchten Baumstamm, über den Taran – wie damals – nicht gesprungen war. Er schlug hart auf. Und dann wurde um ihn herum alles schwarz.

Der Wald müsste sich bald lichten. Zwar war Flower lang nicht mehr mit Leaf und Artair hier gewesen. Doch sie erinnerte sich noch daran, dass auf diesen hoch aufragenden Felsen am Wegrand bald ein offenes Feld mit einem kleinen Dorf folgte. Dort konnte sie gewiss Zuflucht finden und vielleicht auch mit ihren Münzen ein Pferd erstehen.

Und dennoch, je länger es blitzte und donnerte, desto deutlicher kamen ihr Leafs Worte in den Sinn. *Weißt du denn nichts über Unwetter? Sobald es anfängt zu blitzen, muss man sich einen Graben suchen und sich dort hineinlegen.*

Doch Flower hatte sich dagegen entschieden. Sie war schon jetzt vollkommen durchnässt und zitterte am ganzen Körper. Wenn sie nicht bald ins Warme kam, würde sie wieder krank werden. Daher eilte sie, die Kapuze ihres Umhangs tief ins Gesicht gezogen, stur weiter.

Während sie den sich rasch bildenden Pfützen auswich und über die kleinen Äste stieg, die der starke Wind von den Bäumen gerissen hatte, musste sie daran denken, wie beunruhigt Cailan am Wasserfall über das damals aufziehende Gewitter gewesen war. Ob er wohl gerade in seinem Bett auf Castle Varrich saß und an die Vergangenheit dachte? An die verlorenen Menschenleben, für die er sich verantwortlich fühlte? Oder haderte er mit der Gegenwart, bereute vielleicht schon, was er zu ihr gesagt hatte?

Sie presste die Lippen zusammen und kletterte über einen dicken Baumstamm, der den Weg versperrte. Sie war noch viel näher an Castle Varrich, als sie es vorgehabt hatte. Gegen ihren Willen war sie an der Wiesenhütte in einen unruhigen Schlaf gesunken, ehe sie von dem auffrischenden Wind geweckt wurde und hochgeschreckt war. Sie war sofort losgeeilt, bevor jemand sie hier entdeckte, und hatte sich absurderweise gleichzeitig gewünscht, dass genau das geschah. Dass Cailan kommen würde, um sie zu suchen. Weil er seinen Fehler einsah und sie zurückholen wollte.

Obwohl es vielleicht nicht nur sein Fehler gewesen war ... Diese unangenehme Überlegung versuchte sie entschieden zu verdrängen, doch der Gedanke kehrte immer wieder zu ihr zurück. *Zu einem Streit gehören zwei,* pflegte ihr Vater zu sagen. War sie am Ende zu gierig gewesen? Sie hatte sowohl die Ehe mit Cailan als auch Portskerra haben wollen, obwohl sie doch wusste, dass er dafür nachgeben musste. War das gerecht ihm gegenüber gewesen? Hätte sie das Entgegenkommen nicht auch bei sich suchen sollen, anstatt es nur von ihm zu fordern? Vor allem, nachdem sie erfahren hatte, weshalb es ihm so wichtig war, möglichst schnell für Nachkommen zu sorgen?

Die erneut aufsteigenden Tränen mit Mühe zurückdrängend, kämpfte sie sich weiter durch den Regen. Diese Gedanken halfen alle nichts. Sie war gegangen, und jetzt würde sie nicht wieder umkehren. Sie würde nach Portskerra gehen. Für Fiona. Für Bhaic. Für sich. Und wenn Cailan dort nach ihr suchte, konnte sie immer noch Eiric fragen, ob diese nach Castle Girnigoe ziehen würde. Aber dafür musste er erst einmal kommen. Dafür musste er sie noch immer wollen.

»Flower!«

Einen aberwitzigen Moment lang meinte sie, seine Stimme gehört zu haben. Sie drehte sich um, doch wenn es einmal nicht blitzte, sah man wenig. Sie schüttelte entschieden den Kopf und hastete weiter durch den eiskalten Regen. Ihre Sinne spielten ihr Streiche, weil sie zutiefst erschöpft war – Cailan war schließlich nicht lebensmüde und würde sie keinesfalls ausgerechnet dann suchen, wenn ein Sturm tobte. Sie folgte der Biegung des Weges nach rechts, und da endlich lichtete sich der Wald. Dankbar ging sie schneller, rannte beinahe vor Erleichterung. Bis sie einen markerschütternden Schrei hörte, den sie sich nicht eingebildet haben konnte.

Sie zuckte zusammen, heftiger, als sie es bei jedem Donner getan hatte. Ohne zu zögern, wandte sie sich um und rannte, so schnell ihre Beine sie über den matschigen Untergrund trugen, zurück.

Im Licht eines Blitzes erkannte sie den Umriss eines Pferdes, das vor dem umgefallenen Baumstamm stand, über den sie gerade erst gestiegen war. Davor, im Schlamm auf dem Boden, lag eine reglose Gestalt.

Oh, Himmel, nein! Sie beschleunigte ihre Schritte. Es kümmerte sie nicht mehr, ob sie in eine Pfütze trat, und als ihr Umhang sich in einem Ast verfing, ließ sie ihn einfach zurück. Ihre Brust brannte, ihre Knie zitterten, doch sie rannte weiter. Und dann endlich erreichte sie ihn.

»Cailan!«

Flower ließ sich neben ihn in den Matsch sinken. Sofort beugte sie sich über ihn, tastete nach seinem Puls, lauschte auf seinen Atem. Er hatte sie gesucht. Hatte trotz seiner Vergangenheit sein Leben erneut in einem Unwetter aufs Spiel gesetzt. War er denn wahnsinnig? Und jetzt – zur Hölle, wo war sein Herzschlag?

»Oh, Gott«, schluchzte sie erleichtert, als sie ihn endlich wahrnahm. Er war am Leben. Cailan war am Leben. Und nun rührte er sich auch.

»Flower«, krächzte er und richtete sich langsam auf. »Flower, bist du das wirklich?«

Sie nickte, während sie ihm mit zittrigen Händen über das kalte Gesicht strich. Tränen der Erleichterung stiegen in ihr hoch, als er sie fest in die Arme schloss.

»Ich hatte solche Angst um dich«, raunte Cailan mit bebender Stimme und bedeckte ihr nasses Haar mit unzähligen Küssen. »Dass ich dich nie wieder in meinen Armen halten könnte. Dass ich dich für immer verlieren würde.«

»Mir geht's gut«, schluchzte Flower. »Mir geht's gut. Aber was ist mit dir? Bist du verletzt? Hast du Schmerzen?«

Cailan löste sich aus der Umarmung und tastete seinen rechten Arm ab. Über ihnen blitzte es erneut. Er zuckte kurz zusammen, holte dann aber tief Luft und blickte sie entschieden an. »Nein. Es war nur ein Sturz. Und das Einzige, das zählt, ist, dass ich dich gefunden habe.«

Damit lehnte er sich nach vorne und gab ihr einen besitzergreifenden Kuss auf den Mund, der ihr trotz des Regens um sie herum die Hitze zurück in den Körper trieb. Sie wollte nicht, dass er endete, wollte, dass er niemals endete. Doch schon nach einigen Augenblicken löste sich Cailan wieder von ihr.

»Wir müssen von hier weg.« Etwas wackelig kam er auf die Beine. »An einen Ort in diesem Wald, wo die Bäume niedriger sind.«

Flower richtete sich ebenfalls auf. »Da vorne ist ein Dorf. Lass uns lieber dorthin gehen und um Unterkunft bitten.«

KAPITEL 36

Wenig später saß Cailan mit Flower in einer Bauernkate vor dem wärmenden Feuer. Der ältliche Mann, der dort wohnte, war mit seiner Frau bereitwillig zu seiner Tochter hinübergegangen, nachdem Cailan ihm eine Münze in die Hand gedrückt hatte. Auch hatte er Taran bei seinem eigenen Pferd untergebracht und versprochen, die Nachricht, dass Flower in Sicherheit war, an Finley zu überbringen, sobald sich der Sturm gelegt hatte. Flower hatte währenddessen mit der Bäuerin gesprochen und für sie zwei Krüge Ale, Brot und Käse sowie trockene Kleidung und Wolldecken aufgetrieben.

Zwar passte Cailan die Hose des Bauern, doch in das Leinenhemd hatte er sich mit seinem muskulösen Oberkörper nicht hineinzwängen können, weshalb er nun nur mit der Wolldecke über den Schultern vor dem Feuer saß. Flower neben ihm versank beinahe in dem weiten Kleid der üppigen Bäuerin. Sie hatte es erst angezogen, nachdem er sich abgewandt hatte.

Unter anderen Umständen hätte er sie dafür neckend aufgezogen, doch vorhin hatte er es gelassen. Die Anstrengungen der letzten Stunden hatten ihnen noch zu tief in den Knochen gesteckt, und sie hatten sich vor allem aufwärmen müssen. Nun, nachdem ihre Lippen nicht mehr blau waren und sie sich gestärkt hatten, fühlte er sich wieder besser. Der Regen prasselte nur noch leise auf das Dach, und auch der Sturm hatte nachgelassen. Cailan fuhr sich über den rechten Arm.

»Du hast doch Schmerzen«, bemerkte Flower sogleich und

schluckte hastig ihr letztes Stück Käse hinunter. »Seit wir hier sind, fasst du immer wieder dorthin.«

Doch er schüttelte den Kopf. »Ich habe keine Schmerzen.« Er blickte in ihre goldgrünen Augen. »Wirklich, mir geht es gut.«

Und das tat es. Obwohl er durch einen Sturm geritten war, obwohl er zwischen Donner und Blitzen von Taran gestürzt war, ging es ihm gut. Weil ihm das Unwetter zunehmend egal geworden war, je mehr er sich um Flower gesorgt hatte. Weil die Vorstellung, sie zu verlieren, viel schlimmer gewesen war als die Angst, selbst zu sterben. Und weil – wie Flower ihm schon bei seinem nächtlichen Besuch versichert hatte – sich schlimme Ereignisse nicht zwingend wiederholen mussten. Die Welt war nicht schwarz oder weiß. Sie war grau.

»Ich würde wirklich gern wissen, woran du denkst«, riss Flowers Stimme ihn aus seinen Gedanken.

Er musterte sie ernst, rückte gleichzeitig etwas näher an sie heran. »Ich denke, dass du eine ganz besondere Frau bist, Flower Sinclair.« Er strich ihr eine inzwischen wieder getrocknete Haarsträhne hinter das Ohr und seufzte. »Und dass du die ganze Wahrheit verdient hast.«

Und so erzählte er ihr alles. Von der Frau, die er damals hatte besuchen wollen, von seinem Sturz und den Stunden danach, von der Standpauke seines Vaters, von der Sorge, nie wieder kämpfen zu können, von der grässlichen Schuld, die er durch die verlorenen Menschenleben auf sich geladen hatte, und von der Furcht vor falschen Entscheidungen und Gewittern.

»Und du dachtest wirklich, dass ich dich deswegen verachte?«, hauchte Flower, nachdem er geendet hatte.

Sein Blick wanderte kurz in die Flammen, und er zuckte mit den Schultern. »Ist dieser Gedanke so abwegig?«

Sie nickte heftig. »Aye. Ich verachte dich nicht, Cailan, ich bewundere dich. Für deinen Mut, dich dem Leben und seinen Entscheidungen trotzdem zu stellen. Und hätte ich gewusst, wie sehr dich Stürme quälen ...«

»Wärst du nicht geflohen?« Er zog eine Augenbraue nach oben und sah sie forschend an.

Sie senkte den Kopf und knetete ihre Hände. »Nun ja. Nach dem, was du gesagt hast …« Sie sah wieder auf, die Augen leicht zusammengekniffen. »Wer ist eigentlich Eleanor?«

Er schmunzelte. »Die Ehe mit ihr war nur eine Überlegung meines Vaters. Ich kenne sie nicht einmal.«

Flower atmete erst erleichtert auf, dann betrachtete sie ihn vorwurfsvoll. Er lächelte entschuldigend und verschränkte seine Hand mit ihrer. »Es tut mir leid. Wirklich. Ich hätte nichts von alledem zu dir sagen sollen. Auch wenn du mich ziemlich hereingelegt hast, Mylady.«

Flower hatte den Anstand, zu erröten. »Ich weiß.« Sie schluckte. »Und dafür muss ich mich bei dir entschuldigen. Ich hätte dir sagen sollen, dass ich Portskerra nicht aufgeben will. Aber«, ihre Augen begannen zu schimmern, »ich wollte dich nicht verlieren. Und ich dachte, dass du nur noch nicht verstanden hast, wie viel mir das Heilen bedeutet.«

Cailan strich über ihre Wange. »Ich muss gestehen, mir war tatsächlich nicht klar, wie wichtig dir das ist. Ich habe es für einen Kindheitstraum gehalten, eine Liebelei, die du schon überwinden würdest. Aber ich habe mich geirrt.« Er beugte sich vor und gab ihr einen kurzen, zarten Kuss. Als er sich wieder von ihr löste, schüttelte er den Kopf. »Wolltest du dich mir wirklich verweigern, bis ich nachgebe?«

Flower errötete noch stärker und wandte sich ab. »Es ist nicht leicht für mich, das durchzusetzen, was mir wichtig ist. Aber Finley meinte …«

Sie verstummte augenblicklich, und seine Züge verhärteten sich. Dennoch legte er sanft einen Finger unter ihr Kinn und drehte ihren Kopf zu sich. »Was sagt mein werter Cousin?«

Sie atmete tief ein. »Finley hat zu mir gesagt, wo Liebe ist, ist auch ein Weg.«

Er hob eine Augenbraue. »Ich nehme an, das war, bevor du ihn geküsst hast?«

»Danach. Ich schätze«, sie fuhr mit ihrer Hand über das weiche Fell, um ihre Verlegenheit zu verbergen, »ich schätze, dafür sollte ich mich auch entschuldigen. Aber falls es hilft«, beeilte sie sich hinzuzufügen. »Es war der schlechteste Kuss meines Lebens. Denn Finley liebt Hailey, und ich«, sie sah ihn aus großen Augen an, »nun ja, ich liebe dich.«

Cailans Mundwinkel hoben sich, und sein Herz setzte einen Schlag aus. »Kannst du das noch einmal wiederholen?«

Flower schwieg einen langen Moment, dann flüsterte sie: »Aye, Cailan Sinclair. Ich liebe dich. Ich gehöre zu dir wie der Tau zu den Gräsern und die verblassenden Sterne zum Morgengrauen.« Ihr Blick wurde traurig, und ihre Unterlippe zitterte leicht. »Auch wenn mir das zum Verhängnis wird.«

Er blinzelte verwirrt. »Wie meinst du das?«

Sie seufzte, während sie mit dem Daumen über seine Haut streichelte. »Mein Herz ist zweigeteilt, Cailan. Die eine Hälfte schlägt für dich. Für dein Lachen, deine Küsse, selbst deine Arroganz.« Ihr kurzes Lächeln verschwand. »Die andere Hälfte schlägt für mich. Für Portskerra und all die Tiere, denen ich helfen muss. Wie soll ich leben, wenn mein halbes Herz aufhört zu schlagen? Sterbe ich dann nicht ganz?«

Eine Träne kullerte über ihre Wange, und er wischte sie ergriffen fort.

»Flower«, raunte er. »Seit meinem Sturz vor vier Jahren war mir nichts wichtiger, als für meinen Clan da zu sein. Ich habe Angst davor, schreckliche Angst, meine Schutzbefohlenen noch einmal in Gefahr zu bringen. Und das würde ich, wenn ich diese Welt ohne Erben verlasse und damit Unruhen heraufbeschwöre. Aber Flower«, er nahm ihr Gesicht in beide Hände und seufzte, »inzwischen habe ich genauso viel Angst, dass ich diese Welt verlasse, ohne dass du bei mir bist.« Seine Stimme war kaum mehr als ein

Flüstern. »Ich will darauf vertrauen, dass ich nicht beim nächsten Sturz sterbe, auch wenn mir das noch schwerfällt.« Er legte seine Stirn an ihre. »Wenn ich also wählen muss, wähle ich dich.«

»Meinst du das ernst?«, hauchte sie. »Du lässt mich zu Eiric gehen?«

Cailan neigte leicht den Kopf. »Wenn es nicht anders geht, ja.« Ein warmes Gefühl durchströmte ihn, als er die ungläubige Freude in ihren Augen sah. »Auch wenn ich noch immer hoffe, dass deine Heilerin zu uns nach Castle Girnigoe kommt. Und du von ihr auch etwas über Schwermut lernst, um nicht nur den Tieren, sondern auch meiner Mutter zu helfen. Sie leidet seit Jahren daran, und vielleicht wäre auch mein Vater weniger aufgebracht, wenn es ihr besser ginge.«

Flower nickte eifrig und warf sich ihm in die Arme. »Ich werde alles in meiner Macht Stehende versuchen.« Sie strahlte ihn an, wurde aber dann wieder ernst. »Auch wenn ich dir nicht versprechen kann, dass ich Erfolg habe.«

»Ich weiß.« Er nickte und zog sie näher an sich. »Aber du kannst mir etwas anderes versprechen.« Sein Blick suchte ihren, und er strich ihr sanft über die Schultern. »Versprich mir, dass ich nicht der Einzige bin, der aufgeschlossen, entgegenkommend und verständnisvoll ist. Versprich mir, dass du nach deiner Zeit bei Eiric bereit bist, eine Familie mit mir zu gründen. Denn wenn ich befürchten müsste, dass du mit deinem neuen Wissen erst noch alle Hochlandrinder dieser Welt heilen willst ...«

»Das will ich ganz bestimmt«, lachte Flower ausgelassen. »Aber für dich werde ich das als Mutter tun. Also ja, Cailan. Ich verspreche es dir.«

Und damit beugte sie sich vor und küsste ihn. Es war ein langer, stürmischer Kuss. Ein Kuss, der nichts zurückhielt und der ihm eindrucksvoll bewies, dass er soeben die richtige Entscheidung getroffen hatte.

»Na, na, Mylady«, neckte er zwischen zwei Küssen. »Wenn du

so weitermachst, werde ich noch glauben, dass du doch sofort Nachkommen willst.«

»Das nicht.« Seine Ehefrau lächelte ihn verführerisch an und schob die Wolldecke von seinen Schultern. »Aber du hast mir eine unvergessliche Hochzeitsnacht versprochen. Und Cailan, ich hätte sehr gern, dass du dieses Versprechen jetzt wahr machst.«

Er lachte, ehe er sie mit einem leisen Knurren auf die Felle vor dem Feuer drückte. »Du weißt doch, was man sagt, Mylady. Ein Sinclair hält immer sein Wort.«

EPILOG

Neun Monate später

»Cailan Sinclair, das war ...« Flower rang noch immer nach Atem, während sie ihr neues rotes Kleid wieder zurechtzog. »Das war ...«

»Erlösend?«

»Furchtbar unanständig!«

»In jedem Fall noch nicht das Ende meines Geburtstagsgeschenks.« Ihr Ehemann grinste und machte Anstalten, sie wieder auf die Wolldecke zu ziehen, die sie auf dem Boden der Wiesenhütte ausgebreitet hatten. Die Tür stand offen, und im Freien wog sich das Gras in einer lauen Frühlingsbrise. Die ersten Blumen öffneten nach dem langen Winter wieder ihre Blüten, und weiter unten auf der Weide grasten die MacKay'schen Hochlandrinder im Sonnenlicht. Irgendwo unter ihnen befand sich auch die inzwischen wieder trächtige Fiona, deren Auge dank Eirics Salbe aus Knoblauch, Zwiebel, Wein und Galle endlich geheilt war.

Flower lachte fröhlich. »Du weißt schon, dass meine Familie jeden Augenblick da sein kann?«

Auf Cailans Gesicht trat ein verschmitztes Grinsen. »Mir scheint, du vermisst mich nicht genug auf Lochlanns Burg.« Er zog die Augenbrauen nach oben. »Hast du es am Ende auf meinen nächsten Cousin abgesehen?«

Sie sah ihn zärtlich an. »Ich vermisse dich jeden Abend, wenn ich einschlafe, und jeden Morgen, wenn ich aufwache. Und wenn Eiric mir einen freien Moment gibt, auch dazwischen.«

Cailan lächelte und strich über ihren Arm. »Zum Glück hat das bald ein Ende. Ich verstehe immer noch nicht, wie du deine Heilerin jetzt doch dazu gebracht hast, nach Castle Girnigoe zu kommen.«

»Der Vorschlag kam von ihr«, gestand sie. »Ich hatte nicht mehr damit gerechnet, nachdem sie letzten Herbst so entschieden dagegen war. Aber als ich ihr gesagt habe, dass ich nach Hause gehen werde, hat sie ihre Meinung geändert.« Sie schmunzelte. »Ich glaube, Eiric lehrt mich mindestens genauso gern, wie ich von ihr lerne. Auch wenn sie natürlich behauptet, sie käme nur mit, weil es auf Castle Girnigoe so viele Tiere gibt, die unsere Hilfe brauchen.«

»Und meine Mutter, die ungeduldig auf die Frau wartet, dank der sie wieder sie selbst ist.« Cailan sah sie liebevoll an und küsste ihre Handinnenfläche. »Ganz zu schweigen von mir. Ich kann es gar nicht erwarten, dich endlich bei mir zu haben.«

Sie strahlte. Dort, wo er sie geküsst hatte, kribbelte ihre Haut. »Und ich erst. Du glaubst gar nicht, wie schwer es war, Lochlann und seine Frau so verliebt zu sehen und zu wissen, dass du so weit weg bist.«

»Und das, obwohl ich dich beinahe jeden Monat besucht habe, Mylady.«

»Ach, das war meinetwegen?« Sie lehnte sich mit einem neckischen Funkeln in den Augen näher zu ihm. »Hast du nicht verlauten lassen, es sei, um die Bande mit Lochlann zu stärken?«

»Gegenüber allen anderen.« Er zog sie wieder zu sich auf die Decke. »Aber du und ich wissen, dass ich nur deinetwegen gekommen bin. Deinetwegen und weil ich unbedingt das hier tun musste.« Und damit küsste er sie aufs Neue.

Es war ein langer, zärtlicher Kuss, in dem all die Liebe lag, die sie für ihn empfand. All die Dankbarkeit darüber, dass sie ihren Herausforderungen zum Trotz zueinandergefunden hatten. Sie liebte Cailan, mit jeder Faser ihres Seins, und freute sich mittlerweile sogar darauf, eines Tages Kinder mit ihm zu haben. In den letzten Monaten hatte sie viele Abende mit Lochlanns Frau verbracht, die dank einer Amme und der Hilfe ihres Ehemannes keineswegs nur Mutter war, obwohl sie einen Sohn hatte. Das hatte Flower Mut gemacht, und so hatten Cailan und sie seit seinem letzten Besuch aufgehört, Vorkehrungen zu treffen. Die, wie Eiric ihr kürzlich verraten hatte, ohnehin nie ganz sicher gewesen waren, besonders, wenn sie nicht auf die Mondphase geachtet hatten.

Ob wohl in diesem Moment bereits ein kleiner Sinclair in ihrem Bauch heranwuchs? Ihr Herz schlug schneller bei dem Gedanken, und sie wollte ihn gerade mit Cailan teilen, als eine schlanke Gestalt vom Dach der Hütte sprang und leichtfüßig im Gras landete. Erschreckt drehte sie den Kopf zur Tür.

»Leaf!«

»Ich freu mich auch, dich zu sehen«, sagte ihre Schwester und grinste.

»Was tust du auf dem Dach der Hütte? Und wie lang bist du schon dort?«

Leaf lehnte sich lässig gegen den Türrahmen. »Ich mache mittags dort gerne ein Nickerchen. Ist schön sonnig.« Ihre Mundwinkel zuckten. »Auch wenn ich heute durch unerwartete Geräusche viel zu früh geweckt wurde.«

»Oh, bitte nicht«, keuchte Flower. »Wieso hast du nichts gesagt?«

Ihre Schwester zuckte mit den Schultern. »Du hast dich nicht so angehört, als wolltest du gestört werden.«

Cailan lachte und kam auf die Beine. »Du hast keinen Anstand und keine Manieren, Leaf MacKay.«

Das sommersprossige Mädchen grinste frech. »Dieses Kompliment darf ich wohl an euch zurückgeben.«

Nun musste auch Flower lachen. Sie richtete sich auf und schloss ihre Schwester fest in die Arme. »Ich habe dich vermisst.«

Leaf ließ sie kurz gewähren, dann schob sie sie von sich. »Ich dich auch. Aber das habe ich gestern schon gesagt, als ihr angekommen seid. Lässt dein Gedächtnis etwa nach, jetzt, da du noch ein Jahr älter bist? Oder liegt es an Cailans Geburtstagsgeschenk?«

Flower kicherte. »Lass uns hoffen, dass es Letzteres ist.« Sie nickte zum Dach der Hütte hinauf. »Hast du von dort oben auch erspäht, ob die anderen schon unterwegs sind?«

»Zähl bis zehn, dann sind sie da.«

Und so war es. Beladen mit Körben voller Speisen kamen erst Skye und Artair, dann River mit Conall und schließlich Rhona am Arm von Gregor auf die Weiden. Sie alle trugen ein Lächeln auf dem Gesicht, und Flower glaubte, dass sie nie glücklicher gewesen war. Sie begrüßten sich herzlich und breiteten die Decken auf der Wiese aus. Dann aßen und lachten sie gemeinsam, während die Hochlandrinder im unteren Teil der Weide zufrieden grasten. Rhona erkundigte sich sogar kurz nach ihrer Zeit in Portskerra, woraufhin Flower aufgeregt von den lehrreichen Monaten erzählte, in denen sie unter anderem einem Hund wie Bhaic geholfen hatte.

Es war ein wunderschöner Mittag, und Flower war sich sicher, dass er nicht besser werden konnte, bis Gregor zwei Briefe hervorholte. »Hier.« Er reichte ihr den ersten. »Der ist für dich.«

Überrascht nahm sie das Schriftstück an sich und brach das wappenlose Wachssiegel. In großen, krummen Buchstaben stand dort geschrieben:

Liebste Flower,

unsere herzlichsten Glückwünsche zu deinem Geburtstag. Ich wünschte, ich könnte bei dir sein, und im Herzen bin ich es auch. Besucht ihr uns im Herbst in Glasgow? Mein erstes Kind wird dann auf die Welt kommen. Und was wäre schöner, als dich dabei an meiner Seite zu haben?

In tiefer Freundschaft,
Hailey MacLeod

Tränen stiegen ihr in die Augen, und sie drückte den Brief an sich. »Er ist von Hailey. Sie lädt uns nach Glasgow ein!«

»Nach Glasgow?« Rivers Augen wurden groß. »Darf ich mitkommen? Ich würde so gern einmal sehen, wie die Menschen an anderen Orten leben.«

Flower warf ihrem Vater einen fragenden Blick zu, doch dieser lächelte nur und faltete den zweiten Brief auseinander. »River, mein Kind, auf dich wartet ein ganz anderes Abenteuer.«

»Ein Abenteuer?« Ein Strahlen breitete sich auf dem Gesicht ihrer Schwester aus. Gregor nickte zufrieden und reichte River das Schriftstück. Ihre Augen huschten eifrig über die Zeilen. »Er ist von Morgan Sutherland«, murmelte sie und hob den Kopf. »Ist das nicht der Lord mit dem großen Schiff, von dem du mir schon längst mehr erzählen wolltest?« Flower nickte schuldbewusst. »Er schreibt Vater, dass er zu Besuch nach Castle Varrich kommt.« Sie ließ das Blatt fallen und stieß einen Laut der Freude aus, der Conall aus seinem Schlaf weckte.

»Nun spann uns nicht so auf die Folter«, verlangte Artair, der River aufmerksam beobachtete.

Diese warf schwungvoll einen ihrer Zöpfe zurück. »Und er lässt Vater wissen, dass er mich gern kennenlernen möchte. Das kann doch nur eines bedeuten, oder?«

»Oh, aye«, rief Rhona begeistert und klatschte in die Hände. »Er will dich heiraten!«

Rivers Augen bekamen einen träumerischen Glanz, und sie schloss Skye, die neben ihr saß, lachend in die Arme, während Leaf verächtlich eine Braue nach oben zog.

»Du kennst diesen Lord doch gar nicht. Wie kannst du dich da so freuen?«

Doch River strahlte weiter. »Ein Mann, der in Brügge war, muss einfach wundervoll sein! Nicht wahr?«

Leaf verdrehte die Augen, während Flower besorgt zu Cailan sah. Sie erkannte sofort, dass er das Gleiche dachte wie sie.

»Sag es ihr nicht«, flüsterte er leise und legte einen Arm um sie. »Nicht jetzt zumindest.«

»Aye.« Sie schmiegte sich eng an ihn und versuchte, für den Moment einfach nur dankbar zu sein. Trotzdem konnte sie nicht verhindern, dass Sorgen um ihre Schwester in ihr aufstiegen.

Denn River wusste nicht, dass Morgans erste Ehefrau und große Liebe Caitriona vor vier Monaten gestorben war und ihn allein mit einem Sohn zurückgelassen hatte. Vermutlich ging es ihm also nicht um seine Gefühle, sondern nur um eine neue Mutter für den Jungen.

Ob River da glücklich werden konnte?

DANKE

Der Traum der Lady Flower zu schreiben, war für mich selbst wie Träumen. Nein zu sagen zu meinem Management-Master und eigenen Ängsten und Ja zu der Geschichte von Flower und Cailan. Ich habe es keinen Tag bereut und bin unendlich dankbar für diese einzigartige Erfahrung und die vielen Stunden, in denen ich mit Flower und Cailan hoffen und weinen, träumen und leiden und vor allem lieben durfte. Ihr werdet für immer einen besonderen Platz in meinem Herzen haben.

In diesem Sinn danke an all die wunderbaren Menschen, die das mit mir und für mich möglich gemacht haben:

Eva, meine Agentin: Danke, dass du die *Celtic Dreams* von der ersten Stunde an mit mir entwickelt und dafür so ein wundervolles Zuhause gefunden hast. Ohne dich und Lisa gäbe es Finley nicht, und Flower hieße nicht Flower! Danke auch an das restliche Team der Literarischen Agentur Gaeb & Eggers. Ihr seid die Besten.

Anne, meine Lektorin: Danke, dass du mich bei der Entstehung meines ersten veröffentlichten Romans so aufgeschlossen und herzlich begleitet hast. Keine Frage war dir zu unwichtig, und deine wertvollen Ratschläge zur Erzähldynamik und zu Cailan werde ich dir nie vergessen. Ich hoffe, dass wir irgendwann wieder zusammenarbeiten – es hat wirklich Spaß gemacht! Danke auch dir, liebe Corinna, die du anfangs im Hintergrund und zuletzt ganz aktiv und engagiert dieses Buch begleitet hast. Ich bin sehr froh über deine ehrlichen Meinungen, deine Offenheit für meine Vorschläge und alles andere, was du tust. Und natürlich auch danke an dich, liebe Hannah. Dein wachsames Auge und dein zwischenmenschliches Feingefühl haben diesem Roman den letzten Schliff gegeben.

Nicole, meine Testleserin: Danke, dass du meine Geschichte gelesen hast, als ich sie noch niemand anderem zeigen wollte. Danke für die vielen Stunden, in denen du muntere Käfer, schwache Held:innen und zu viel Geometrie kritisch hinterfragt hast. Danke für deine wertvollen Ideen und Anregungen, die Suche nach Finleys Haarfarbe und so viele weitere Momente, an die ich mich für immer erinnern werde.

Meine Schreibgruppen: Danke, liebe Emily, Jana, Olga und Ria für eure Unterstützung in allen Schreiblage. Zu wissen, dass euer Rat und eure Erfahrungen nur eine Nachricht entfernt sind, hat so vieles leichter gemacht. Danke, liebe Mastermindies. Unser monatliches Treffen lässt mich schon Tage im Voraus überlegen, was ich dieses Mal gut gemacht habe. Und danke dir, liebe Sandra, für unser Co-Working und dir, liebe Bettina, für unsere Gespräche.

All jenen, die dieses Buch weiterhin unterstützt haben: Danke, liebe Mitarbeitende von Droemer Knaur, dass Sie und ihr mein Buch nicht nur im Lektorat, sondern auch in jeder anderen Hinsicht hervorragend betreut habt. Danke, liebe Annette Dascher, für die schönsten Cover, die ich mir hätte wünschen können. Danke, liebe Nicola Meier, für deine beruflichen Ratschläge auf dem Weg zur Autorin und danke, lieber Basti, für dein wertvolles Coaching zu neuen Herausforderungen. Kendra und Glenn sowie 2307 und 9698, auch euch, danke.

Meine Herzensmenschen: Danke, meine liebe Familie. Ihr alle – meine Eltern, meine Schwestern Sabrina und Kim, meine erweiterte Familie – bedeutet mir unendlich viel. Ihr standet immer hinter mir und habt mich auf jedem Schritt meines Weges begleitet und unterstützt. Auch Christa möchte ich herzlich danken für ihre ungebrochene Begeisterung und Bruni, die sich zweifelsohne ebenso für mich freuen würde. Danke an meine Freund:innen, die mit mir träumen und meine Texte lesen – mit euch macht dieses Abenteuer doppelt so viel Spaß.

Und dann kommst du, Colin. Ich könnte mir keinen besseren

Partner vorstellen (und das soll etwas heißen, denn ich bin Autorin). Danke für all die Stunden, in denen du mir und meinen Geschichten zuhörst. Danke, dass du nie den Glauben an mich verlierst und mir Mut machst, wenn ich zweifle. Und danke, dass du immer wieder einfach alles möglich machst. *Ich liebe dich!*

Last, but not least – danke dir, liebe:r Leser:in: Danke, dass du dieses Buch gefunden hast. Nichts hat mich beim Schreiben so sehr motiviert wie die Vorstellung, dir eine Auszeit von deinem Alltag zu schenken und dich mit Flower träumen zu lassen. Nichts ist unmöglich, und ich wünsche dir, dass du mutig in deine Zukunft gehst und Nein sagst, wenn ein Nein nötig ist. Ich glaube an dich!

Wenn du magst, besuche mich gern unter @kristin_maciver. Ich freue mich auf dich und natürlich auch, wenn ich dich ein zweites Mal nach Castle Varrich zu River und Morgan mitnehmen darf ...

TRIGGERWARNUNG

Dieses Buch enthält potenziell triggernde Inhalte.

Diese sind:

- Ängste (Angst vor Gewittern, Angst vor Entscheidungen)
- Flashbacks (posttraumatische Belastungsstörung)
- Erwähnung von dem Verbrennen von Menschen in einer Kirche, dem Tod von zwei Kindern und einem Hundeangriff, all dies hat vor der Handlung des Romans stattgefunden

Zur Zeit des Romans war eine eigenständig durchgeführte Expositionstherapie – auch wenn Cailan dieses Wort nicht kannte – vermutlich der einzige Weg, um sich von Ängsten zu befreien. Heutzutage ist das zum Glück anders. Es gibt professionelle Anlaufstellen wie Hausärzt:innen, Psychotherapeut:innen und Psychiater:innen. Hilfe anzunehmen und sich anderen zu öffnen ist ein Zeichen von Stärke, denn Angst ist keine Identität, sondern eine Erkrankung.

Falls es euch momentan mit Ängsten oder anderen Themen nicht gut geht, unterstützt euch die Telefonseelsorge rund um die Uhr, anonym und kostenlos:

0800–1110 111 // 0800–1110 222
https://www.telefonseelsorge.de/

Auszug aus

Kristin MacIver

DIE LIEBE DER LADY RIVER

Klong. Morgan schreckte aus dem Schlaf hoch, der weder tief noch erholsam gewesen war. Das Licht der Morgensonne blendete ihn, während er sich aufrichtete und zu dem hölzernen Aufbau am Heck seines Schiffs sah. Doch auch nachdem er sich mehrmals die Lider gerieben hatte, änderte sich nichts. Dort war niemand, der die Schiffsglocke läutete.

Er hob seinen Blick zum Himmel, an dem keine Wolke zu sehen war, sondern nur strahlendes Blau. So hell, dass es die Sterne vertrieb. Dabei war Caiti bei den Sternen, in der Dunkelheit. Hinter dem grellen Schein, irgendwo in der unendlichen Einsamkeit. An einem Ort, an dem er sie nicht aufsuchen konnte. Erneut überkam ihn tiefe Trauer. Was gäbe er doch darum, noch einmal seinen Namen aus ihrem Mund zu hören und …

Klong. Morgan zuckte zusammen. Was ging hier vor sich? Er legte die Hand schützend über die Augen und sah abermals zum Heck. Aber wieder war niemand an der Schiffsglocke zu sehen. Hatte etwa *sie* geläutet, ihm ein Zeichen gegeben?

Er verwarf den Gedanken, schloss abermals die Augen und fand dennoch keine Ruhe. Er erhob sich, in seinem Nacken prickelte es. Mit zögernden Schritten näherte er sich dem Heck.

»Caiti?«, wisperte er leise, als er die Glocke fast erreicht hatte. »Caiti, bist du es?«

Keine Antwort. Natürlich keine Antwort. Er durfte sich nicht länger seinen Hirngespinsten hingeben, sonst würde er noch wahnsinnig werden. Caitriona war für immer in jenen schimmernden Friedhof verbannt, der nachts am Firmament über ihm stand. Alles, was ihm von ihr blieb, waren ihre Worte und Wünsche, die sie ihm noch als Lebende mitgeteilt hatte. Es gab keine weiteren Zeichen. Keine weiteren ...

»Autsch!« Er fühlte einen unerwarteten Schmerz in der Schulter. »Was zur Hölle«, fluchte er, blickte sich dann um und entdeckte auf den Planken neben sich schließlich ein paar walnussgroße Steine.

Mit wenigen Schritten war er bei der Reling und sah nach unten auf den Meeresgrund, auf dem sein Schiff bei Ebbe trockengefallen war – als ihn der nächste Stein an der Brust traf. Er kniff die Lider zusammen, während er entgeistert die Frau anstarrte, die vor seinem Schiff stand. Sie hatte die Hand vor den Mund geschlagen und sah ihn aus schreckgeweiteten Augen an.

»Oh Gott, das tut mir leid«, stammelte sie, senkte den Blick und knickste hastig. Im nächsten Moment sprang sie eilig einen Schritt zurück, da die ersten Ausläufer der beginnenden Flut nach dem Saum ihres Kleids griffen.

Morgan legte die Hände auf die Reling, und ein Schauer lief ihm über den Rücken. Dort stand jene Frau, die ihn gestern vor den Felsen gewarnt hatte. In ihrem dunkelblauen, mit Perlen besetzten Kleid sah sie aus wie eine Selkie, die dem Meer entstiegen war. Ihr langes, hellbraunes Haar war zu Zöpfen geflochten, aus denen sich einzelne Strähnen gelöst hatten, und ihre Stimme war hoch und hell.

Irritiert betrachtete er ihr Gesicht. Alle Muskeln in seinem Körper spannten sich an. Ihre Unterlippe, die ein wenig voller war als die Oberlippe. Die großen, tiefblauen Augen mit den dichten

Brauen. Die ebenmäßige Haut, die niedrige Stirn. Sie sah aus wie Caiti.

Obwohl er die Reling mittlerweile fest umklammert hielt, schwankte er. Die Frau blickte ihn derweil wieder an und lächelte scheu, wobei sich ihr linker Mundwinkel etwas mehr verzog als ihr rechter. Wie bei Caiti. Ihm wurde übel.

»Guten Morgen, Mylord«, brachte sie krächzend hervor, als er nur dastand und schwieg. »Habe ich ... Habe ich Euch sehr wehgetan?«

»Aye«, antwortete er, meinte damit aber nicht die Körperstellen, an denen ihn die von ihr geworfenen Steine getroffen hatten. Am liebsten wäre er davongelaufen. Weg von diesem Schiff, weg von diesem Ort, weg von diesem Trugbild, das für sein schmerzendes Herz schlimmer war als ein Mastbruch auf offener See.

»Ich dachte nur ...« Sie verstummte.

»Du dachtest was?«

Sie sah ihn an, und ihre Unterlippe bebte, während sie leise gestand: »Ich dachte nur, dass die Schiffsglocke zu läuten, besser wäre, als an der Ankerkette emporzuklettern.«

Wider Willen zuckte kurz sein Mundwinkel, als er vor seinem inneren Auge die zarte Frau an der von Muscheln und Algen bewachsenen Ankerkette hängen sah, dann wurde seine Miene wieder hart und reglos. »Da wärst du ohnehin nicht hochgekommen.«

Die Frau hob für einen Lidschlag das Kinn, ehe sie nickte. »Selbstverständlich nicht.« Sie zögerte kurz. »Seid Ihr mir sehr böse?« Ihre Stimme klang so bestürzt, als ob ihre ganze Welt von seiner Antwort abhing.

Morgan fixierte einen Punkt hinter ihrer Schulter. Je schneller er sie loswurde, desto besser. »Weil du mein Schiff gestern gerettet hast, vergebe ich dir.« Er neigte den Kopf und wollte sich abwenden, doch die Augen der Frau weiteten sich abermals vor Schreck.

»Ihr habt mich erkannt?«

Er schloss kurz die Augen. Ein Gesicht wie das ihre würde er unter Tausenden erkennen.

»Nun, also, das war etwas überstürzt von mir.« Ihre Stimme klang noch höher als davor. »Ich wollte Eure seemännischen Fähigkeiten nicht anzweifeln, aber Eure Männer …« Sie verstummte wieder. »Es tut mir jedenfalls leid.«

Morgan zog seine Brauen zusammen. Ohne ihre Hilfe hätte sein Schiff jetzt ein Leck. »In Ordnung.«

Ihre Körperhaltung entspannte sich merklich, und zum ersten Mal wirkte ihr Lächeln, das er nie wieder sehen wollte, aufrichtig. »Da bin ich aber erleichtert.« Sie trat einen Schritt näher an das Schiff. »Würdet Ihr mir eine Leiter hinablassen?«

Er rührte sich nicht. Ganz sicher würde diese Frau nicht sein Schiff betreten.

Sie streckte ihm ihre Handflächen entgegen. »Ich habe keine weiteren Steine, falls Ihr deshalb besorgt seid.«

Und da meldete sich seine Vorahnung zurück. Er trat einen Schritt von der Reling zurück und hielt den Atem an, ehe er hervorpresste: »Wir haben uns noch nicht vorgestellt.«

Auf Rivers Gesicht erschien ein Strahlen. »Oh, natürlich, wie dumm von mir.« Sie knickste wieder. »Ich bin Lady River MacKay. Auch wenn Ihr natürlich River zu mir sagen könnt.«

Er taumelte rückwärts, ehe er in die Knie ging. Das war also seine Verlobte?

Erfahre wie es weitergeht in

Kristin MacIver
DIE LIEBE DER LADY RIVER